10
18

12, AVENUE D'ITALIE. PARIS XIIIe

Sur l'auteur

Née 1959, Meg Wolitzer a écrit dix romans – dont *La Position*, *L'Épouse* et *Les Intéressants* – et de nombreux scénarios. Elle vit et travaille à New York.

MEG WOLITZER

LA POSITION

Traduit de l'anglais (États-Unis)
par Madeleine Nasalik

10
18

SONATINE ÉDITIONS

Titre original :
The Position

ISBN 978-2-264-06469-1

Pour Richard

1

Le livre était niché en hauteur, sur une étagère de l'antre, comme s'il s'agissait du seul exemplaire en circulation, comme si les enfants, tant qu'ils ne mettaient pas le nez dedans, pouvaient continuer à entretenir leur innocence face à la vie sexuelle de leurs parents, leur ignorance éternelle face au contact entre deux peaux brûlantes, à deux voix qui se chevauchent, au roulis de la tête de lit en cuivre qui racle le plâtre, le martèle à coups légers et finit par creuser, au fil des ans, deux dépressions en forme de nageoires sur le mur de la chambre dans laquelle dormaient, ou pas, les parents, en fonction de leurs activités nocturnes.

Le livre avait trouvé naturellement sa place parmi une collection de volumes hétéroclites et en grande partie tombés en disgrâce : *Watership Down; Sans viande et sans regrets; L'Art de la véranda; Yes I can, l'autobiographie de Sammy Davis Jr; La Grande Anthologie des golden retrievers*. La liste était longue. Il était glissé avec désinvolture entre deux de ses semblables, cet exemplaire unique, car si les parents avaient choisi d'entreposer au fond de leur cave tous leurs justificatifs, sans oublier les innombrables traductions, dans des cartons scotchés avec soin et étiquetés *Ustensiles de cuisine* ou *Bric-à-brac*, ils auraient adressé un message aux enfants : le sexe, c'est sale. Peut-être pas sale, réflexion faite, mais tabou – ailleurs que sous des draps, dans l'obscurité la plus totale, entre deux adultes unis par les liens du mariage, fidèles, vigoureux, amoureux et consentants.

Cela ne reflétait pas, bien entendu, leur état d'esprit, eux qui s'étaient très longtemps délectés de la chose sexuelle sous tous ses aspects ou presque – tant et si bien qu'ils avaient puisé en eux le courage et l'audace d'y consacrer un livre. Pourtant, lorsqu'ils imaginaient leur progéniture plongée dans ces pages, ils s'alarmaient des séquelles que ce genre de lecture pouvait produire sur des esprits malléables. Rebondirait-elle contre la surface de leurs corps robustes, en pleine croissance ? Ou serait-elle, au contraire, absorbée au même titre que les fractions, les spaghettis en boîte et les patins à roulettes – ces choses-là, qui s'annonçaient soit éphémères et dérisoires, soit capitales, fusionneraient-elles en une forme dépassant l'entendement, endosseraient-elles une signification inconsciente ?

Étant donné que leur confiance en l'avenir éclipsait, le plus souvent, cette inquiétude, rien n'aurait pu empêcher les parents de ranger le livre dans l'antre, sur une étagère, haute mais accessible, que les enfants pouvaient explorer à leur guise, et il était fort possible que cette exploration ait lieu un jour ou l'autre, et personne n'en mourrait, et la vie reprendrait son cours normal, comme elle l'avait toujours fait jusque-là.

Ce fut Michael, 13 ans au compteur et deuxième des quatre rejetons Mellow, qui leva le premier voile. En novembre de l'année 1975, par un vendredi après-midi, il s'était aventuré dans l'antre quelques secondes à peine après que son père eut remis le livre à sa place puis battu en retraite à l'étage. Michael s'était lancé en quête de sa mini-agrafeuse Swingline, bien décidé à agrafer la liasse épaisse qui composait sa rédaction sur l'osmose de l'œuf. Par quel miracle l'agrafeuse rouge avait-elle atterri là, dans l'antre ? Nul n'aurait su le dire. Chez les Mellow, les objets lévitaient et flottaient d'une pièce à l'autre : une agrafeuse, d'ordinaire rangée dans le bureau d'un petit garçon, pouvait se retrouver sans explication, la mâchoire grande ouverte, sous le guéridon de la bibliothèque ; une boîte de biscuits, vide ou pleine, était susceptible d'élire temporairement domicile sur le rebord d'une baignoire. Les objets voyageaient, se promenaient, changeaient de place, en proie à la même bougeotte qui affectait leurs propriétaires.

Une fois dans la place, Michael prit conscience d'un corps étranger. Tout se passa comme si la nature l'avait doté d'une éblouissante mémoire photographique : il sentit la présence de quelque chose qui n'aurait pas dû se trouver là, qui ne s'y trouvait pas plus tôt dans la journée. Il eut la sensation de devenir un ogre de conte de fées, de ceux qui flairent de loin la chair fraîche – l'odorat, dans son cas, ayant cédé la place à l'intuition, presque à un sixième sens. L'introuvable agrafeuse resta muette, ce qui laissa le champ libre au livre, et Michael s'immobilisa sur le seuil, les paupières clignotantes, son regard s'élevant petit à petit vers le plafond, scrutant les étagères, parcourant les titres familiers et apaisants qui avaient tous ensemble jalonné la vie de sa famille, comme le calendrier de l'Unicef punaisé à l'intérieur du placard à balais ou le tiroir de la cuisine colonisé par des piles qui roulaient sur elles-mêmes lorsqu'on l'ouvrait.

La vie de la famille Mellow se définissait aussi par une chanson qui fleurait bon les vacances. Des années durant, fonçant pied au plancher sur des autoroutes qui menaient tantôt vers le bourg historique de Colonial Williamsburg, avec ses bougeoirs artisanaux et ses métiers à tisser, tantôt vers le Gîte de la Belle Flambée, un hôtel miteux et assoupi perdu dans les Poconos, dans un break Volvo où s'entassaient la petite tribu et les valises, ils avaient chanté à tue-tête.

– Oh, nous sommes les Mellow, entonnaient-ils, une bande de sacrés rigolos...

Et ils poursuivaient sur leur lancée, en évoquant les autres familles de leur quartier :

– On n'est pas les Bramble / parce qu'on est toujours ensemble.

Ou :

– On n'est pas les Dreyer / parce qu'on est les meilleurs.

Ou encore :

– On n'est pas les Rinzler / parce qu'on...

Un silence perplexe emplissait la voiture, chacun cherchait un moyen de sortir de l'impasse.

– ... est toujours à l'heure ! piaillait Claudia, la cadette, et même si la rime était respectée, les autres marquaient un temps d'arrêt, les grands lâchaient quelques grognements moqueurs aussitôt rabroués par un regard des parents, puis tous capitulaient et la version de Claudia était adoptée à l'unanimité.

Il n'est pas une famille au monde qui ne possède sa propre ritournelle sans rime ni raison, sa collection de livres tombés aux oubliettes, son calendrier mural ou son tiroir dédié aux piles errantes, et en ce sens, peut-être pas au détail près, toutes les familles se ressemblent. Ces éléments-là, introduits dans le foyer Mellow il y a belle lurette, ne l'avaient pas quitté depuis. De retour dans l'antre : Michael Mellow bondit sur le canapé pieds nus, invoqua le livre en silence et là, deuxième étagère en partant du haut, le trouva.

Dos blanc, relié, épais, flamboyant, une sirène en guise de logo, la main sur la hanche, sa queue bifide levée haut, insouciante. C'est cette sirène qui sembla l'enjôler : *Prends-le, Michael. Vas-y. Ne crains rien. Tu n'as aucune peur à avoir, sinon celle d'avoir peur.* Cet aphorisme, Michael l'avait appris en cours de sciences sociales la semaine précédente.

Tirant de toutes ses forces, il arracha le livre de son emplacement, jeta sur son butin un coup d'œil aussi bref qu'horrifié et le fourra sous son T-shirt, plaquant la surface brillante contre sa peau nue et mate. Oubliée la mini-agrafeuse Springline, oubliée l'étude sur l'osmose de l'œuf. Il gravit ensuite les deux volées de marches et disparut une bonne heure dans les ténèbres de sa chambre.

Ce que Michael Mellow découvrit entre ces pages, il s'en rendit compte avant que l'heure se fût écoulée et il ne se sentait pas capable de l'assumer seul. Il estima donc sage de faire appel aux lumières de Holly. Confronté à une énigme trop complexe, trop confuse, trop palpitante ou trop opaque pour pouvoir l'appréhender seul, il s'en remettait souvent aux lumières de sa sœur aînée. Plus compétente, plus expérimentée, Holly affichait un cynisme de vieux routard qui faisait défaut à Michael. Mais le cadet se ravisa : non, pas Holly exclusivement, elle risquerait de trouver bizarre, pour ne pas dire pervers, que son propre frère l'invite à feuilleter cette chose, assise près de lui. Il fallait rameuter aussi les deux autres, convertir cette lecture collective en moment de solidarité fraternelle, en complicité qui traverserait les années. Voilà, le problème était résolu. Imaginez un petit instant que vos parents soient les auteurs d'un livre sulfureux, un livre qui vient de vous exploser entre les mains : vous vous voyez, vous, le parcourir en solitaire et garder le silence à son sujet, ou au contraire le snober, rester détaché et imperméable à sa présence ? Non, impossible de cohabiter avec un livre pareil, de passer à côté dans l'antre alors qu'il brûle là-haut, sur son étagère, et de conclure *in petto* : *Je ne suis pas prêt.*

Michael était assis sur son lit, le livre sur les genoux. De la sueur perlait au creux de sa lèvre supérieure, il la fit disparaître d'un coup de langue et ce geste innocent lui parut déjà chargé d'un sous-entendu sexuel, tout autant que le goût de ce bouillon dans lequel marine le corps humain. Sa propre sueur avait changé de nature de même que sa langue, qui lui sembla charnue, vivante. Ensuite, à qui le tour ? La pulpe de son pouce ? L'articulation de son genou ? Quelle partie de son corps finirait-elle livrée à la récupération, à la réinterprétation ?

Un peu plus tard, il rangea le livre à sa place et n'en parla à personne. Pourtant il avait déjà mis son plan en branle et il s'arma de patience. Le lendemain, tôt dans l'après-midi, il informa les trois autres :

– Ils sont partis. J'ai entendu la voiture.

En ce samedi pluvieux, les enfants étaient parqués à l'intérieur de la maison. La banlieue de Wontauket tout entière semblait plongée dans un début d'hibernation ; la progéniture des autres familles était elle aussi enfermée entre quatre murs, abrutie ; la pluie et le thermomètre en chute libre avaient réduit le monde entier à l'impuissance. L'été venu, la ville savait secouer sa léthargie, sortir les arroseurs automatiques, le vin pétillant, les barbecues, montrer sa fougue, mais certains jours elle se laissait prendre par une apathie aussi localisée que maladive. L'inertie gagnait du terrain. Les volets restaient clos. Dans les cuisines au carrelage couleur terre cuite, avocat ou mastic, on grillait sans entrain des toasts dans les grille-pain, on servait aux chiens de la pâtée en conserve, on dépliait le journal dans toute sa largeur et on dressait un mur entre soi et les membres de sa famille, autour de la table ovale. Peut-être même allait-on réparer, en partie du moins, des objets cassés depuis des temps immémoriaux. La motivation cédait la place à l'ennui, puis à l'abandon.

Une apathie similaire semblait avoir pris ses quartiers chez les Mellow, dans cette vaste demeure en séquoia située sur Swarthmore Circle. Dehors, sur les bouleaux, des restes de pluie s'égouttaient en rythme et recouvraient de feuilles glissantes les briques de l'allée, tandis qu'à l'intérieur, assis ou couchés sur des coussins à motif cachemire jonchant le sol, les enfants Mellow avaient envahi la chambre rose vif de Holly, la grande sœur. De longues minutes s'étirèrent durant lesquelles personne ne souffla mot alors que circulait dans l'air un flux, refoulé, d'énergie et de détermination. Michael en particulier y était sensible.

Dashiell, 8 ans et troisième de la série, chantonnait une comptine de sa propre composition, une ode à un ouvre-boîte électrique qui s'anime et se met à danser, tandis que les trois autres s'absorbaient dans une partie somnolente de *Destins*, ce jeu aux options existentielles renversantes : faire des études, choisir un métier, acheter une voiture, se marier (À quoi bon, cette agitation constante ? se demandait parfois l'un ou l'autre. Qu'est-ce que le monde exigeait de vous ? N'était-il pas possible de vivre tranquillement, d'exister, tout simplement ?).

Michael Mellow, rusé planificateur et grand ordonnateur du destin de sa fratrie, était frêle et brun, beau garçon malgré ses végétations fragiles, condamné à passer pour un cérébral jusqu'au jour de sa mort, même s'il devenait manutentionnaire. Par-dessus le plateau de jeu, il observa à la dérobée sa sœur aînée, Holly, la personne qui accaparait son attention, une attention qui devait rester à jamais dans le domaine du non-dit. Le secret de son amour bien peu platonique, Michael allait l'enterrer comme un chien enterre un os. Du haut de ses 15 ans, Holly exerçait une fascination générale avec ses cheveux blond platine et les taches de rousseur qui constellaient son visage, ses bras et sa poitrine. Elle avait passé de nombreux mois à Jones Beach affalée sur un transat, la pochette d'un disque sans intérêt (le *Mitch Miller's Stars and Stripes Sing-Along*) recouverte d'aluminium et déployée sur ses genoux. Le soleil avait frappé la feuille métallique et rejailli sur le visage pâle et vulnérable de la jeune fille. C'était l'époque bénie où les indices de protection et autres mélanomes meurtriers relevaient de la science-fiction, et le soleil créait un écran de lumière si aveuglant que, même les yeux fermés, Holly avait l'impression de fixer une étendue d'une blancheur argentée : une plaine enneigée, une vague gigantesque.

Retour sur cette froide fin d'automne quand, l'été rangé depuis longtemps dans les cartons, le réflecteur de fortune remisé dans le placard du troisième étage avec les chambres à air dégonflées et les serviettes de plage, aussi rugueuses que de la pierre ponce, Holly Mellow, assise par terre dans sa chambre, bâillait et n'accordait pas une seule pensée à son frère, ni même à un autre membre de sa famille, trop absorbée par sa propre personne. Elle s'était emmailloté les pieds dans des chaussettes en éponge vert acide. Holly avait toujours froid, comme la plupart des filles de son âge. Il semblerait qu'à la venue de la puberté la peau féminine s'affine et ce phénomène donne naissance à des adolescentes sensibles à la moindre pensée vagabonde, à la moindre frayeur, au moindre désir, d'une frilosité extrême. Du jour au lendemain, Holly était devenue une adepte des châles au crochet, des ponchos aux longues franges. Et depuis peu, elle se rendait compte qu'un bras masculin chaud et velu enroulé autour de ses épaules constituait un accessoire indispensable, capable selon elle de lui procurer une satisfaction intérieure qu'elle ne saurait trouver par elle-même dans cette chambre rose adoptée à une époque lointaine pour ses fanfreluches et son ambiance cucul la praline. Une époque révolue puisque avec le temps ce rose était devenu synonyme d'extrême désespoir.

L'adolescence ne s'était abattue sur Holly et Michael que récemment, et de manière isolée, avec ses inévitables corollaires : production effrénée de sébum et humeur en dents de scie. D'un tacite accord, ils avaient endossé les rôles de père et de mère de substitution vis-à-vis de Dashiell et Claudia, les plus jeunes, lesquels arboraient de nouvelles dents géantes qui avaient remplacé leurs minuscules dents de lait, une collection de chemises boutonnées de travers et, chaque matin, une haleine chargée de vitamines. Michael et Holly régnaient de concert sur le duché du deuxième étage, le royaume des enfants où tous cohabitaient avec une ménagerie relativement antipathique : un furet, un gecko, un aquarium peuplé d'artémies (de microscopiques crustacés que la publicité de l'animalerie avait affublés d'une bouche, d'yeux, et même de longs cils), ainsi qu'un poisson d'un bleu irisé dont la queue se décomposait et semait dans son sillage des fragments tout en frappant, à la façon d'une lame, l'eau qui se troublait en un clin d'œil.

Les parents, toujours affectueux mais préoccupés depuis peu par le succès, aussi brutal qu'inattendu, de leur livre, ne se risquaient plus que rarement au deuxième étage. Conséquence de leur négligence, l'endroit s'était métamorphosé en une ménagerie anarchique imprégnée d'une odeur fauve où bourgeonnaient les traces de doigts, où pullulait tout l'attirail nécessaire à la vie enfantine et animale – rien à voir avec l'étage inférieur, l'étage des parents, oasis de modernité toute scandinave. Aux yeux d'un visiteur de passage, le palier réservé aux parents Mellow était chargé d'allusions sexuelles ; sans extrapoler, une ambiance sophistiquée propice à l'épanouissement sans entraves des sens, une gélatine translucide et frémissante qui rendrait l'homme et la femme tout prêts à s'étendre côte à côte sur une surface quelconque – bois blond ou lit en métal, peu importait – et attaquer les préliminaires d'une bonne séance de baise, désintéressée et joyeuse, enthousiaste.

Sur l'insistance de Michael, qui prétendait que l'heure était venue de voir le livre tous ensemble, de leurs propres yeux, « de grandir, vous et moi », les enfants Mellow émergèrent de la chambre, descendirent à pas lourds l'escalier en chêne dont les marches grinçantes étaient recouvertes d'un tapis persan usé jusqu'à la corde, longèrent l'exposition de photos de famille et de portraits scolaires qui signalaient le passage du temps avec un souci de l'exactitude historique, puis, arrivés au rez-de-chaussée, les petites marques tracées au stylo qui enregistraient les étapes de la croissance des enfants, d'abord à peine plus hauts qu'un extincteur puis, dans le cas de Michael, aussi grands qu'une antilope.

Dashiell et Claudia s'attardaient en chemin. Avec ses 6 ans, Claudia, qui trimballait sa poupée troll par sa tignasse orange, y perdait son latin ; le pourquoi de ces gestes furtifs et de cette soudaine solennité lui échappait, même si elle remettait rarement en question l'autorité de ses aînés qui lui semblaient aussi défraîchis que Mathusalem. En sa qualité de cadette, elle se sentait différente des autres, et même de Dashiell, de deux ans plus âgé. Lorsqu'elle pensait à Holly, elle se sentait capable de mourir sur place – Holly, investie d'une beauté et d'une féminité indestructibles, à l'exact opposé de Claudia, petite chose courte sur pattes, grassouillette, fragile, asexuée, privée d'amour.

Au retour de l'école, Claudia avait pour rituel de regarder le téléfilm programmé à quatre heures et demie, seule dans l'antre, tandis que dehors le ciel s'obscurcissait ; entre-temps, ses frères et sa sœur vaquaient à leurs occupations ailleurs, dans une autre pièce. Ces œuvres de quasi-propagande l'avaient encouragée à croire que, une fois arrivé à l'âge adulte, l'urgence était de trouver quelqu'un, n'importe qui, à aimer. Dans son lit, parfois, la nuit, Claudia se serrait dans une étreinte muette et mangeait sa main de baisers, de léchouilles, avant de prononcer d'une voix grave, singeant le héros du téléfilm de quatre heures et demie : « Je t'aime, femme, et je veux t'épouser. »

À 6 ans, elle s'était persuadée qu'il ne serait pas chose aisée de mettre le grappin sur un mari le moment venu. Seule solution : le soudoyer. Dans cette optique, et alors qu'elle n'était pas sortie de l'enfance, elle avait déjà amassé un petit pécule en confiant son argent de poche à une tirelire en plastique blanc. Le week-end, ses parents s'étonnaient :

– Tu n'as pas envie de profiter de tes sous, Claudia ?

– C'est une grosse radine, avait décrété Holly avant d'ajouter, sans raison : Je ne peux pas les encadrer, les radins.

– Je ne suis pas une grosse radine, avait protesté Claudia. J'ai des projets pour mon argent.

Comme Claudia Mellow mettait chaque semaine son argent de poche de côté, sans le crier sur les toits, elle ne s'autorisait aucun plaisir. Pas de chocolat, pas de sucette au melon, pas de sirop aromatisé au Coca que l'on avale d'un trait, la tête rejetée en arrière. C'était une petite fourmi, une nonne solitaire qui se réservait pour un avenir aussi lointain que menaçant.

Sur ses talons, dans l'escalier, marchait Dashiell, beaucoup plus secret que sa petite sœur et pétri de contradictions, l'index vissé dans la narine. Il savait ce qui les attendait et il traînait des pieds, espérant un coup de pouce du destin. Tout à ses cogitations, il laissa son doigt poursuivre sa reconnaissance. Depuis sa naissance, Dashiell semblait engagé dans la recherche perpétuelle d'un trésor encore non identifié. Il explorait des journées entières la décharge de Wontauket, examinait les meubles mis au rebut et les pièces détachées de voiture. Convaincu, peut-être, que s'y tapissait quelque chose d'extraordinaire qui ne demandait qu'à être découvert, car la vie ne pouvait se limiter à ce qu'il connaissait. Si tel était le cas, hélas – quelle immense déception, quelle tragédie.

Une fois, Dashiell avait saigné du nez sans interruption pendant vingt-quatre heures et il avait fallu le cautériser. C'était une procédure perturbante que le docteur Enzelman, le médecin de famille, avait accomplie au moyen d'une aiguille électrique qui grésillait en continu. Dashiell avait fondu en larmes dans le cabinet, son visage et le rouleau de papier autrefois immaculé qui recouvrait la table d'examen barbouillés d'un sang écarlate. En revanche, sur le trajet du retour, dans la voiture, sourd aux sermons de sa mère, il n'avait pas manifesté le moindre repentir.

– Dash, il faut que tu te débarrasses de cette vilaine habitude, avait dit sa mère avec une douceur qui ne parvenait pas à masquer son angoisse. J'ai peur que les autres te mettent à l'écart, que tes amis refusent de jouer avec toi. Tu sais, quand j'étais petite fille à Mount Arcadia...

– Tu l'as déjà raconté.

– Non, pas ça. Pas cette partie-là. Quand j'étais petite fille, il y avait un garçon à la maternelle qui avait exactement la même manie. Il s'appelait William, et il n'arrêtait pas de se trifouiller le nez. Si ma mémoire est bonne, il a été très vite ostracisé dans la cour de récré.

Dashiell ne lui avait pas accordé une miette de son attention, parce qu'il ignorait le sens du mot « ostracisé ». « Ligoté » ? « Brutalisé » ? Peut-être. Il avait sa petite idée sur la question. Il se renfonça dans le siège baquet de la Volvo et son regard s'attarda sur l'autoroute. Malgré son grand cœur, sa mère se laissait parfois submerger par ses émotions et elle était friande d'anecdotes édifiantes inspirées par sa propre enfance.

– Regarde-moi quand je te parle, s'il te plaît, avait-elle ajouté, et il s'était tourné vers elle dans une attitude de défi, en levant la tête de façon à faire de son nez – son nez, son nez à lui – le point de mire.

Dashiell lançait aussi un défi là, dans l'escalier, à son frère et à ses sœurs, mais personne ne semblait s'en formaliser ni s'en soucier, même. S'il opposait une résistance, nul doute que Claudia le traiterait de haut *ad vitam aeternam*. À la seconde où elle poserait son regard sur le livre, elle jubilerait de posséder pareil savoir quand lui pataugerait dans une ignorance crasse. Il craignait d'abord que le livre ne lui soulève le cœur – réaction de dégoût qu'il jugeait normale, à 8 ans –, mais ce n'était pas son unique réticence : il ne supportait pas qu'on lui impose quoi que ce soit, encore moins plonger sa fourchette dans un plat infect.

Par la baie vitrée du palier qui surplombait le rez-de-chaussée, ils remarquèrent tous que le break familial avait déserté l'allée maculée de cambouis. Leurs parents les avaient livrés à eux-mêmes pour se rendre à New York, à quatre-vingt-dix kilomètres de là, et filaient vers l'ouest sur la Long Island Expressway. C'est là tout l'avantage d'une fratrie nombreuse : des parents qui savent s'armer de patience verront leurs enfants former leur propre tribu au bout d'un certain temps et veiller les uns sur les autres ; les grands font déjeuner les plus petits d'une tranche de mortadelle plaquée sur du pain de mie et ils communiquent entre eux dans un langage codé dont ils excluent le monde extérieur et dont aucune tournure n'est laissée au hasard.

Ce jour-là, Michael escorta ses pupilles jusqu'au pied des deux volées de marches et les guida dans les profondeurs de cette pièce aux couleurs de l'automne où la famille s'était réunie à de multiples reprises pour regarder les documentaires de Jacques Cousteau en version anglaise (ils singeaient son accent à couper au couteau : « It iz dificult to know vhen zi vhite shark hi vil attack ») ; où la timide Claudia s'était assise sur le kilim pour psalmodier et disposer autour d'elle, comme si elle exécutait un rituel druidique, ses poupées trolls ; où Holly, à l'abri des rideaux, avait expérimenté avec Adam Selig, pour la toute première fois, une intimité souffle contre souffle ; où Michael était venu à bout, au prix d'efforts surhumains, du *Berceau du chat* et des *Grandes Espérances* ; où Dashiell, résolu à prouver quelque chose aux autres, s'était caché des heures durant derrière le grand vase, une copie Ming débordant de feuilles d'eucalyptus sèches, et avait poussé la chansonnette pour son propre plaisir ; où, quelques années plus tôt, inspirés par ce qu'ils venaient de faire sur le vieux canapé en velours côtelé, les parents avaient vu germer l'idée de leur livre.

Désormais les enfants réclamaient que le monde naturel disparaisse, que les parents les laissent seuls et foncent à tombeau ouvert sur la voie express – la mère étudiant son reflet dans le miroir côté passager, un miroir dans lequel nul homme ne s'était observé, afin d'appliquer sur ses lèvres une fine couche de gloss nacré pendant que le père battait de sa paume la mesure sur le volant, en rythme avec un jazz FM ringard, le break les transportant à des dizaines de kilomètres de leur maison située sur Swarthmore Circle, dans la petite ville de Wontauket, jusqu'au cœur de la métropole, où ils se retrouveraient hors d'atteinte de la curiosité féroce qui animait leur progéniture.

– Une fois qu'on l'aura vu, avait déclaré Holly quelques minutes plus tôt, lorsque Michael leur avait annoncé son projet, alors on ne pourra jamais l'oublier. Il va rester gravé dans notre esprit. Tu te rappelles l'écureuil électrocuté ? Et les rêves que j'ai faits après ?

– Je me rappelle.

Le frère ferma les yeux afin d'effacer l'image qui s'imposa à lui, le petit corps parcouru de soubresauts, suspendu à un fil électrique dans le jardin. Les cauchemars avaient assiégé Holly, nuit après nuit, sans relâche ; elle avait hurlé à trois heures du matin, en proie à une terreur si intense que sa mère, arrachée au sommeil, lui avait administré une gorgée de NyQuil en comptant sur les vertus narcotiques du sirop.

– Mais de voir l'écureuil, ça ne t'a pas démolie, rétorqua Michael. Tu es toujours toi.

Absorbant cette remarque, sa sœur hocha lentement la tête. Elle a les cils blancs, remarqua-t-il. C'était une créature d'un autre monde ; une sirène.

– Et ensuite, Michael ? On leur dit qu'on l'a vu, tu crois ?

– À quoi ça servirait ? Ils n'auraient qu'une envie, en parler. Ils veulent toujours parler de tout. Est-ce que tu leur racontes tout ce qui t'arrive ?

Holly cogita quelques instants. Il lui fallut reconnaître que non, elle ne leur racontait pas tout, ils ne savaient rien d'elle et cela valait mieux.

Les parents s'apprêtaient en ce moment même à rallier un auditorium bondé à Manhattan, afin d'assurer la première d'une longue série de conférences qu'ils donneraient en vue d'expliquer à un large public la genèse du livre, le cheminement de leurs idées, le processus d'expérimentation et d'écriture. Ils raconteraient les séances de pose et chanteraient les louanges de John Sunstein, l'artiste qui avait signé les illustrations : la mère décrirait la gêne éprouvée au début parce qu'elle n'avait aucun goût pour l'exhibitionnisme, mais face au professionnalisme et au respect de Sunstein, un jeune homme affable et posé d'une vingtaine d'années, longs cheveux châtains, qui ne quittait pas ses sandales en peau de buffle, elle avait fini par attendre les séances avec fébrilité. « Vous êtes tous les deux magnifiques », répétait Sunstein avant de disparaître derrière son chevalet, et elle oubliait sa présence tout le temps que durait son travail.

– C'était très paisible de poser pour lui, disait-elle à l'assistance.

Ils discouraient également en experts de l'art érotique chinois et de l'enseignement dispensé par le *Kâmasûtra*, en partie intégré à leur œuvre. Et ils parlaient de la position inédite qu'ils avaient mise au point, de l'ivresse ressentie pendant sa création, puis pendant le travail de finition.

– Tous ces tâtonnements ! plaisantait le père. Épuisant !

Sa remarque déclenchait un éclat de rire général et le public surexcité les mitraillait de questions. Chacun souhaitait les interroger ou mettre son grain de sel dans le débat même s'il n'avait, en réalité, rien à dire.

En ce moment même, les parents fendaient l'air à bord de la voiture familiale, cette Volvo dont le nom même évoquait le sexe. Le moindre détail transpirait l'érotisme, quand on y réfléchissait bien : une Volvo, le coup de langue qui chasse la goutte de sueur qui perle sur sa lèvre supérieure. L'univers bruissant, en pleine floraison, se métamorphosait en un corps vivant, charnel, composé de poussière, de sable, d'eau et d'êtres humains qui emplissaient l'air de leurs cris de douleur ou d'excitation proches du lamento, souvent indissociables les uns des autres.

Le livre était intitulé *Le Plaisir : voyage d'un couple au bout de la volupté*. Le titre, lorsqu'ils l'entendirent et commencèrent à en saisir le sens, plongea les enfants dans une humiliation si extrême qu'elle menaça un instant de provoquer un blocage permanent, de les verrouiller dans l'instant présent et dans le refus inébranlable d'intégrer le monde des adultes, lequel exerçait une tyrannie impitoyable sur les aiguilles de l'horloge, l'énergie, les finances, l'organisme. Réunis dans l'antre, ils s'agglutinèrent autour du livre, Holly et Michael postés devant afin de contrôler le tempo de la lecture, Dashiell et Claudia relégués sur les côtés ; le petit groupe évoquait une publicité vantant les vertus de l'école à la maison.

– C'est parti, dit Michael alors que Holly tournait la première page, et du quatuor s'élevèrent des sons indistincts : une trompette claironnant l'arrivée d'un roi, un râle, un hennissement, un rot prémédité auquel fit écho une violente réprimande.

La jaquette, le titre mis à part, ne présentait rien qui puisse les effrayer ni titiller leur curiosité. D'un blanc tout ce qu'il y a de classique, lustrée, elle montrait un lit aux draps froissés, la couverture rejetée comme si elle n'était plus d'aucune utilité – le message était clair. C'était le lit d'un couple, d'un homme et d'une femme, et, pour l'instant, les enfants se sentaient capables de digérer cette information. Le titre imprimé en arabesques dorées flottait au-dessus du lit vide comme les bribes d'un rêve. Jusque-là, rien d'obscène à signaler. À l'intérieur, le texte prenait ses aises sur des pages entières et démarrait par une préface pondue par un universitaire nommé L. Thomas Juipa, professeur à l'université de l'Illinois à Champaign-Urbana.

– Juipa, lança Holly sur un ton méprisant. Tu parles d'un nom.

– Hein ? fit Michael, pris de court.

– Juipa. Jouit-pas ? répéta-t-elle.

– Ah. Oui. D'accord.

Le bavardage liminaire de L. Thomas Juipa plaçait le projet des Mellow dans un contexte social et qualifiait le livre de courageux, d'admirable, de « souverain remède contre l'époque que nous vivons ». Ensuite débutait le chapitre d'introduction, « Le rapport sexuel : commençons par le commencement », qui s'ouvrait sur une description d'une crudité stupéfiante et s'accompagnait d'un dessin en couleurs, le premier d'une longue série.

Ils étaient là. Eux. Les parents. Allongés sur les draps froissés du lit, ce grand lit blanc déjà représenté sur la couverture, lui au-dessus, elle en dessous, souriants et détendus, leurs corps soudés l'un à l'autre comme les rouages solidaires d'un seul et même mécanisme.

– Putain de merde, lâcha Holly, amatrice depuis peu de ce genre de formules.

Les week-ends où elle écumait la galerie marchande de Wontauket avec ses amies, une troupe de gamines qui s'embusquaient devant les vitrines et faisaient mine de s'extasier sur des débardeurs alors qu'elles jetaient des regards pleins d'un ardent mépris aux cohortes de garçons qui rôdaient, le pas furtif, à travers ces espaces immenses, Holly s'exprimait ainsi pour faire son petit effet, mais confrontée à ce livre elle eut besoin de le dire tout haut, de réagir avec vigueur de peur de faire craquer, en restant muette, la couture invisible qui courait le long de ses flancs.

À côté d'elle, Dashiell se détourna, furieux d'avoir été entraîné là contre son gré, grommelant entre ses dents, puis il reporta très vite son attention sur le livre. Il hésita ainsi à plusieurs reprises, maudissant de toute son âme le frère aîné qui l'avait conduit dans l'antre quand il avait envisagé aujourd'hui un tout autre programme. Au lieu de se perdre comme prévu parmi les mélodies délicates dont il était l'instrument, il était forcé à rester assis, à étudier ces pages, et il sentit une vague de chaleur lui monter au visage. Il haït son existence, coupable tout entière de l'avoir mis en cage, et il se fit le serment de leur montrer de quoi il était capable, oui, de leur montrer à tous, malgré son inexpérience. Pendant ce temps, ses yeux continuaient à dériver inexorablement vers le livre, aimantés comme sous l'influence d'un hypnotiseur. *Oui, maître*, songea-t-il, sans comprendre à qui il s'adressait : à son frère ? à Holly ? à ses parents, malgré leur révoltante absence de pudeur ? Impossible de tirer cela au clair ; par conséquent, il se contenta de regarder, d'observer et d'appeler de tous ses vœux un sauveur providentiel qui viendrait, en le tirant de son état d'hypnose, lui rendre sa liberté.

À côté de lui, la petite Claudia lâcha quelques gloussements suraigus. Elle se visualisa couchée dans un lit avec son futur mari, cernés par l'obscurité, et pour la première fois de sa vie elle s'interrogea sur le bien-fondé du projet qui exigeait le sacrifice de son argent de poche. Quel intérêt ? Tous ces efforts pour cambrer le dos et dénuder les dents ? C'était horrible ; il n'y avait pas d'autre mot. Elle se jura d'aller, dès le lendemain, dilapider son épargne et de se vautrer dans une orgie de friandises, s'offrir bouteilles de Coca miniatures, sucettes et guimauves orange en forme de cacahuètes et, étrangement, au goût de banane ; bref, elle dévaliserait la petite confiserie qu'elle snobait depuis des mois. Elle refusait d'être impliquée dans ce que ses parents faisaient ensemble. Toutes ces années, elle avait vécu dans l'erreur. L'amour, ce n'était pas pour elle ; ce n'était pas ce qu'elle avait cru.

En attendant, elle se mit à se donner des claques en criant :

– Appelez les urgences ! Appelez la police !

– Oh, tais-toi un peu, dit Michael.

Aucun des aînés n'était, au vu des circonstances, en mesure d'endurer la moindre distraction. On aurait dit qu'ils potassaient en prévision d'un examen capital, qu'ils absorbaient un maximum d'informations et s'y cramponnaient pour s'y reporter ultérieurement.

À l'instar des autres, la première illustration, travaillée à l'encre de Chine par John Sunstein, cet artiste à la timidité maladive qui avait à son actif une pochette mémorable pour les Rolling Stones, avait été soulignée de nuances pastel aux teintes douces. Dans *Le Plaisir*, il avait portraituré les parents dans toute leur humanité et dépeint des pratiques sexuelles tantôt banales, tantôt obscures, empruntées soit à l'Occident, soit à l'Orient, soit aux temps anciens, soit à l'ère moderne, avec ou sans accessoire. Aucun journaliste n'avait osé porter à la connaissance du public que ces dessins étaient censés représenter les parents Mellow, et Sunstein avait eu la délicatesse de modifier un élément du physique des deux protagonistes : la mère avait échangé son roux flamboyant, héritage de ses racines irlandaises, contre un brun plus neutre et le père, qui arborait en réalité moustache et barbe fournies, était rasé de près avec une chevelure laineuse. Quelle importance, en définitive ? Il s'agissait d'eux, c'était de notoriété publique. Un secret de Polichinelle. Même les parents des parents, vieillards fragilisés par l'ostéoporose et les problèmes cardiaques, l'avaient compris. Tout comme le docteur Enzelman. Le facteur, le bibliothécaire, les voisins qui habitaient Swarthmore Circle, Princeton Court et Cornell Avenue. Les instituteurs. Tout le monde, jusqu'aux enfants. Maquiller les cheveux, c'était aussi vain que ces déguisements grotesques dont s'affublent les criminels qui souhaitent, dans le secret de leur âme, être rattrapés par la justice.

Je reconnaîtrais le corps de ma mère entre mille, songea Holly Mellow, car elles avaient l'habitude de se déshabiller l'une devant l'autre, bien que Holly en tirât une gêne immense depuis environ un an. Dans une cabine d'essayage du centre commercial, à une époque où la nudité lui était toute naturelle, elles ôtaient leur chemisier, puis leur jean, à l'intérieur de cet espace équipé d'une moquette à pois et de portes battantes, à peine plus grand qu'un isoloir ; régissant ce monde exclusivement féminin, des matrones sorties tout droit d'une basse-cour, lunettes suspendues à une chaînette ornée de perles et Kleenex fourrés

– à quelle fin ? – au creux du décolleté, patrouillaient dans le couloir, à quelques dizaines de centimètres d'elles, et répétaient d'une voix forte : « Comment ça se passe, mesdames ? »

Et à la maison, un beau jour, dans la salle de bains du premier étage, elles s'étaient postées côte à côte, les seins à l'air libre, tandis que sa mère lui montrait comment pratiquer l'autopalpation.

– J'ai appris cette technique grâce à un schéma que j'ai trouvé dans un magazine. Et tu devrais l'apprendre à ton tour, Holly, parce que Mamie Jean s'est fait retirer les deux. Et ses ganglions lymphatiques étaient touchés aussi, avait expliqué sa mère sans s'embarrasser de détails, tout en levant le bras en un salut militaire, l'autre bras croisé en travers de sa poitrine, ses doigts agiles jouant sur la surface du sein comme s'ils pinçaient les cordes d'une harpe.

Mais ici, maintenant, exhibés dans les pages de ce livre, les seins de sa mère s'offraient au regard du premier venu, aplatis de part et d'autre de son buste, couchée sur le dos, tandis que son père illustrait la position du missionnaire. Le corps humain, comprirent très vite les enfants, était tout à fait observable tant qu'il était pris isolément ; en revanche, étudié en pleine action, au contact d'autres corps, rien ne pouvait les aguerrir contre ce genre de spectacle. Leurs yeux n'étaient pas prêts, tout simplement.

Page après page, les parents s'abandonnaient l'un à l'autre de mille manières différentes. Tout indiquait que cet abandon s'était produit dans le studio de John Sunstein mais rien n'interdisait de supposer qu'ils en avaient fait autant chez eux, en d'innombrables occasions, alors que les enfants dormaient bercés par le brumisateur, donnaient à manger aux artémies apathiques, fumaient un joint ou, glissant une main sous l'élastique de leur pyjama, recouvraient leur sexe d'une main délicate, comme pour mieux le protéger des chocs et fardeaux en tous genres que le destin ne tarderait pas à leur infliger. Il n'y avait aucune issue, et ils commençaient à en prendre conscience ; on fonçait droit devant comme on s'engageait tête baissée dans une guerre à la fois périlleuse et palpitante.

Michael observa Holly à la dérobée ; sa peau laiteuse constellée de taches de rousseur était uniformément écarlate. Même la pointe de ses oreilles semblait avoir pris feu. Sa sœur possédait un corps souple de gymnaste et il n'eut aucun mal à se projeter d'ici un an ou deux, à imaginer sa sœur arc-boutée par le désir, en train de faire l'amour avec un garçon sans visage dans une posture particulièrement acrobatique. Quelles sensations éprouvait-on, quand on était une femme ? Michael était incapable de répondre à cette question car il ne pouvait pas se représenter sous la forme d'un réceptacle, par définition creux et réceptif. L'image de sa sœur resta imprimée sur sa rétine, indélébile. *Non, non. Arrête. Ne pense pas à elle de cette manière-là*, se sermonna-t-il.

La page avait été tournée au cours de cette parenthèse contemplative et voilà que les parents s'engageaient dans une activité différente : la mère était attachée à l'aide de foulards par les poignets et les chevilles.

« Ligotez-la avec amour », enjoignait le texte. Tandis que les enfants observaient l'illustration, Dashiell s'alarma à part lui : *Oh non, maman se fait... ostraciser !*

Tous les enfants se représentèrent les parents sur un lit installé dans le studio new-yorkais qu'ils avaient fréquenté deux ou trois fois par semaine pendant quelques mois pour « travailler avec l'artiste », avaient-ils expliqué, et aucun d'eux n'avait eu l'idée de leur demander, au moins une fois, ce qu'impliquait ce prétendu travail. Au lieu de s'en soucier, ils s'étaient souvent bornés à lever la tête, blasés et insouciants, et à recevoir le bisou d'au revoir. Ils avaient répondu : oui, on va se charger du déjeuner ; oui, on connaît le numéro des Rinzler en cas d'urgence ; oui oui, on va se débrouiller, pour retourner aussitôt à leurs activités et à leur nombril. S'ils avaient su à l'époque ce qui se tramait dans leur dos, auraient-ils tenté de barrer la route à leurs parents ? Auraient-ils barricadé la porte afin de les prendre en otage ? Peut-être auraient-ils pu les convaincre : *Ne faites pas ça, sinon plus rien ne sera comme avant.*

Et plus rien n'était comme avant, en effet, plus rien.

Pour l'instant, à l'orée du succès de leur livre, qui deviendrait très vite un phénomène éditorial, les parents ne s'encombraient ni de lucidité, ni de mauvaise conscience. Ils avaient tous les deux un physique avenant et étaient en excellente forme pour leur âge (39 et 40 ans). Une barbe et des cheveux noirs et indisciplinés, qui conféraient au père une aura bohème pimentée de satanisme, contredisaient la douceur dont il faisait preuve au quotidien, bien qu'il n'ait rien d'un artiste. Prévenant et jovial, il savait aussi prêter une oreille attentive aux autres. Il opinait lentement du chef pendant que les enfants babillaient, il se caressait la barbe et il n'oubliait jamais le nom de leurs instituteurs. Bref, c'était un père d'une gentillesse hors normes qui préparait des pancakes à la banane le dimanche matin et apprenait à ses enfants à chanter *Norwegian Wood* en latin de cuisine et à siffler avec deux doigts dans la bouche. Il portait des cols roulés – noirs, de préférence – et une ceinture artisanale en cuir épais, dotée d'une énorme boucle carrée. Il entourait ses enfants d'un amour profond et sincère, mais cet amour faisait pâle figure comparé à la passion qu'il portait à sa femme. Les enfants en avaient tous cruellement conscience, tant cette passion avait envahi la maison, jusqu'aux moindres recoins.

– Votre mère, avait-il déclaré alors qu'ils étaient allés dîner en famille dans un restaurant de fruits de mer, est toujours sublime, même quand elle porte un tablier. Regardez-la. Lauréate du concours Mlle Tablier Sexy, cuvée 1972.

– Arrête tes bêtises, avait-elle répliqué en balayant son compliment de la main, sa bouche luisante de beurre, comme pour mieux souligner ce fragment d'elle qu'il jugeait d'un érotisme torride.

Pourtant, il était bien incapable de privilégier une partie de son corps à une autre ; à ses yeux, tout s'agençait à la perfection.

Les enfants ne se sentaient pas délaissés, loin de là, car le père leur accordait son attention, à eux aussi, et la mère se sentait souvent, pour ne pas dire toujours, mal à l'aise par sa faute. Il lui arrivait de paraître agacée par ses égards, pressée de lui échapper, comme à tire-d'aile. Ils se livraient ensemble à une parade amoureuse : à la dévotion affichée par le père s'opposait une réaction embarrassée, quoique ravie et fière de son ascendant.

– Regardez votre mère, les enjoignait-il, avec quelle grâce elle tient ses baguettes.

Ou bien :

– Regardez votre mère. C'est une femme sensationnelle.

Ou encore :

– Regardez votre mère. C'est la personne la plus intéressante que je connaisse.

Et les enfants regardaient. Ils ouvraient grands les yeux dans les restaurants, dans les supermarchés, dans l'antre le soir venu, dans la cuisine où leur mère, s'affairant devant l'évier, déchiquetait une laitue sous une colonne d'eau. Sa chevelure d'acajou, sa peau pâle et sa poitrine plantureuse la rendaient vulnérable, maternelle, accueillante mais aussi, de toute évidence, hautement désirable. Elle était moins mesurée que lui, plus fantasque, avec une tendance à dramatiser. Elle avait aussi la larme facile – ses yeux bleus, embués, avaient une luminosité particulière. Il lui suffisait de pleurer quelques secondes pour que son nez se mette à rougir, au diapason de ses cheveux. Dans ces moments-là, elle ressemblait à une belle Irlandaise détentrice d'un terrible secret.

– Je sais que votre père s'emballe pour un rien, disait-elle aux enfants quand le principal intéressé n'était pas dans les parages, mais c'est un homme très expressif, ce qui est peu commun.

Les parents de leurs amis étaient loin de professer un amour aussi actif. La plupart cohabitaient pacifiquement à la façon de pensionnaires qui vivaient sous le même toit : ils partageaient un espace commun, si possible en bonne intelligence, et menaient des vies séparées, l'un occupé à la comptabilité du ménage et aux impôts, l'autre impliqué dans l'éducation des enfants. Les Mellow se démarquaient de ces couples-là et les enfants l'avaient compris très tôt, avec une fierté mêlée de déplaisir.

Leurs parents faisaient du sport tous les jours, à une époque où l'activité physique n'était pas encore à la mode, s'imposant chaque matin une série d'abdominaux et de pompes comme le recommandait la Royal Air Force canadienne, afin d'empêcher leur ventre de s'alourdir en un bourrelet de chair piqueté par une cellulite qui trahissait la capitulation. Dans les pages du livre, ils faisaient étalage de ce corps si bien préservé.

L'une des illustrations montrait leur mère – « la femme » – accroupie sur le lit, ses traits figés par une certaine lassitude, coulant un regard par-dessus son épaule, comme pour vérifier ce qui se passait derrière elle, ce que trafiquait « l'homme », comme si elle n'en avait pas la moindre idée, comme s'il repliait une carte routière pendant qu'elle tendait la croupe. Sur une autre, elle le chevauchait, la tête rejetée en arrière, et les tendons de sa gorge avaient été reproduits avec minutie par John Sunstein qui, des années plus tôt, avait ébloui son professeur de dessin anatomique aux beaux-arts de Cooper Union. Elle fermait les paupières, en proie de toute évidence à un plaisir si vif qu'elle ne pouvait l'assimiler les yeux grands ouverts. Autre hypothèse : elle se doutait que les enfants tomberaient bientôt sur ce dessin, et elle voulait éviter tout contact visuel.

– Mais j'hallucine, dit Holly en feuilletant le livre.

– Non, rétorqua Michael. T'es aveugle ou quoi ? Il va falloir encaisser.

Instantanément, il regretta le ton qu'il avait employé avec cette sœur dont la confiance et l'amour lui étaient nécessaires, maintenant plus que jamais. C'était lui qui l'avait poussée dans ce traquenard même si, au bout du compte, elle n'aurait pu s'y dérober. Elle n'aurait jamais permis à ce livre de moisir sur son étagère ; impossible. Pas dans cette maison. La curiosité aurait eu le dernier mot, comme chez lui.

– J'encaisse. Qu'est-ce que tu crois ? Mais ils sont complètement pervers ou quoi ? Qui a des parents qui font ça ?

– Nous.

À présent, il devait donner l'impression de ne pas être ébranlé. Apparaître nonchalant, comme s'il n'avait rien à se reprocher, comme s'il n'avait rien vu et, plus essentiel encore, comme s'il n'avait pas contraint les autres à ouvrir les yeux.

Toutes les activités dépeintes dans les illustrations semblaient se dérouler en pleine journée, les pages blanches faisant office de décor baigné par le soleil ou par une lumière artificielle. Aucune partie de jambes en l'air ne se passait la nuit ; dans le noir, les détails seraient forcément gommés. Un corps en frôlerait un autre, et ce mélange de nervosité et de précision ne saurait être retranscrit, même si la sensation ainsi engendrée serait délicieuse autant qu'éphémère. En revanche, posés sur papier, les draps blancs ne laissaient rien à l'imagination. Une main masculine abordait un téton de femme selon tel angle, ou tel autre ; le pouce et l'index caressaient le mamelon à la façon d'un photographe réduisant son plan à son sujet principal, évacuant hors cadre le superflu. Une femme se collait contre un homme et l'étendue de leurs membres entremêlés formait, en quelque sorte, une prairie humaine.

Le couple du *Plaisir* était présentable, pour ne pas dire *très* présentable, même si les positions qu'ils interprétaient – chaque mouvement, chaque doigt s'insinuant dans les replis des muqueuses, chaque centimètre de verge, chaque main, sans oublier le pied, l'abdomen, la colonne vertébrale, l'orifice, la clavicule, la volute de cheveux, la sueur perlant pareille à la rosée, la bouche forçant une chair qui succombe, le cri silencieux, la jarretelle, les menottes, le foulard rouge et fluide, le talon aiguille au bout d'une jambe nue – étaient aux yeux des enfants une source de stupéfaction toujours renouvelée, une série de coups de marteau assénés à un rythme de plus en plus véloce qui éveillaient, pour certains, une sensation agréable quand d'autres leur procuraient un supplice exquis qui rappelle la douleur ravivée lorsque l'on soulève le bord d'une petite croûte. D'autres encore déclenchaient un émoi d'ordre sexuel dont la nature échappait aux benjamins, puisque personne n'avait pris la peine d'éclairer leur lanterne.

Les plus petits étaient surexcités, leurs sens en alerte, dans un état de lucidité exacerbée qui leur rappelait les courses-poursuites dans la cour bitumée de l'école, les réveillons du jour de l'an où ils avaient la permission de minuit ou les après-midi au bord de la mer, à Jones Beach, lorsqu'ils nageaient des heures durant avant de sortir de l'eau trempés, les lèvres bleuies et le cuir chevelu en feu, impatients de retourner barboter alors que les parents leur intimaient : « Ça suffit. »

Aucun n'était capable de détacher son regard du livre : assis au premier rang, ils assistaient à un spectacle rare – la scène primale – et le lourd rideau cramoisi leur avait dévoilé les mystères de l'amour, privilège et liberté d'ordinaire refusés aux enfants.

Je peux essayer ça avec Adam Selig ? se demanda Holly. Elle aurait l'occasion de le découvrir, plus tôt qu'elle ne l'aurait imaginé.

Qu'est-ce que je les déteste, songea Michael. L'avenir lui apprendrait à ravaler sa haine.

Si j'attrape le livre et que je l'amène à la décharge de Wontauket, est-ce que ça va le faire disparaître ? s'interrogea Dashiell. Bien tenté, mais non. Au fil des années, le livre serait amené à refaire surface sous de très nombreuses incarnations. Indestructible.

Je veux finir ma vie seule, avec mes trolls, se dit Claudia. Longtemps, elle mettrait en pratique au quotidien une version à peine remaniée de ce vœu.

Voilà ce qu'ils font dans leur lit, conclurent les enfants, désormais initiés. Voilà pourquoi la porte de leur chambre est parfois fermée à clef la nuit. Voilà qui sont tes parents, voilà pourquoi tu n'as pas le droit d'entrer, voilà comment ils se présentent au monde entier, voilà ce qu'est être humain, être la proie du désir, être adulte aux États-Unis en l'an 1975, être doté de membres qui s'agitent et réagissent de façon individuelle, et inouïe ; voilà ce que cela signifie, être eux, être vos parents, alors ne vous détournez pas, gardez les yeux ouverts, même toi, la plus petite des quatre, malgré tes 6 ans, submergée par la fébrilité et l'horreur, car il est déjà trop tard, l'illustrateur a trempé la pointe de son crayon dans le réalisme le plus brutal et ses dessins resteront gravés en vous jusqu'au dernier jour, comme cet écureuil mort électrocuté dans le jardin, toujours suspendu à un fil métallique. Oui, voilà ce que cela fait de se cramponner à quelqu'un, un homme et une femme qui se cramponnent l'un à l'autre, voilà l'effet que cela fait, d'être eux, oui, voilà, et le plus incroyable, c'est qu'un jour vous serez à leur place.

2

La frustration sexuelle est une véritable mégalopole, une ville-monde dont les fenêtres restent éclairées d'une lumière vive jusque tard dans la nuit. Derrière ces fenêtres, des femmes et des hommes, assis dans leur lit, discutent, en y mettant plus ou moins les formes, de ce qui va de travers, des responsabilités qui reposent sur leurs épaules, de la meilleure façon de «se remettre sur les rails», de l'opportunité de retenter le coup sans tarder ou, au contraire, de succomber à la fatigue, au découragement. Derrière l'une de ces fenêtres, au vingt-deuxième étage d'un gratte-ciel en forme de forteresse situé sur Amsterdam Avenue, Michael Mellow faisait l'amour à Thea Herlihy, sa petite amie depuis deux ans. À 41 ans, c'était un amant passionné et résolu et, même s'il jetait tous ses efforts dans la bataille, cette séance lui paraissait interminable. Impossible d'arriver au bout. Malgré tout, Michael éprouvait le besoin de s'accrocher, de les épuiser, lui et Thea, de les transformer en un petit tas de copeaux, en une pyramide de sciure humaine, avant de parvenir à reconnaître qu'une fois encore il n'avait pu mener à son terme cette tâche ô combien fondamentale.

Il n'était pas responsable de cet échec, il en avait conscience : la faute incombait à l'antidépresseur que le médecin lui avait prescrit et, s'il devinait qu'il allait devoir changer de traitement, la perspective de renouer même temporairement avec sa neurasthénie le décourageait par avance. Il avait avalé son premier cachet six mois plus tôt, accablé par l'étourderie et l'anxiété indicible qui l'étreignaient dans les bureaux, silencieux et décorés avec goût, de Dimension D-Net. Réfutant la théorie qui circulait parmi ses collègues qui le tenaient, malgré sa modestie, pour un génie du software, Michael Mellow souffrait depuis peu d'une indifférence totale au chant de son ordinateur et au lac couleur d'érable que dessinait la table de la salle de réunion. Des images sans queue ni tête flottaient sous son crâne, chargées d'une angoisse égale : des terroristes islamistes qui faisaient sauter une ville ; la gaffe qu'il avait faite pendant le déjeuner en se moquant de la Scientologie, avant de découvrir qu'un investisseur assis à la même table était un adepte de longue date.

Sur le conseil d'un ami, Michael avait consulté un psychiatre nommé Snell qui lui avait recommandé un ISRS capable de fournir à son cerveau la dose de sérotonine qu'il réclamait à grands cris. Mais ce premier psychotrope l'avait plongé dans une frénésie proche de la transe d'un cocaïnomane à des heures où il était censé dormir. Michael s'était connecté à Internet à deux heures du matin et avait surfé des heures durant avant d'expédier des salves d'e-mails à son frère installé à Providence, à sa sœur cadette qui habitait un meublé dans l'East Village, à sa mère à Saratoga Springs, au nord de New York, à son père en Floride et même à Rufus, la sangsue qui lui tenait lieu de collègue et vivait Dieu seul sait où, peut-être terré sous un bureau dans les locaux de Dimension D-Net, et lui répondait dans la minute qui suivait l'envoi de son e-mail, même au beau milieu de la nuit.

Snell conseilla à Michael un autre médicament au nom troublant, l'Endeva, qui aurait pu figurer dans le dictionnaire, ou peu s'en fallait. Ce presque-mot suggérait que, une fois assimilée par le sang, la substance vous remettrait « en état ». Les noms attribués aux antidépresseurs les plus récents évoquaient des voitures, des cocons à l'intérieur desquels le patient avait envie de se lover. Que se passerait-il, se demanda Michael, le jour où le stock de labels tape-à-l'œil, porteurs de fausses promesses, serait épuisé ? Comment baptiserait-on la génération suivante ? Torpitor ? Laquais ? Imbroglio ? Au bout de trois mois de traitement, la vie avait retrouvé son sens mais le sexe s'éternisait. Michael cachait sa honte chaque fois que les choses traînaient en longueur, comme s'il venait d'être pris en flagrant délit de triche pendant un examen, comme s'il arborait le moignon d'une nageoire dorsale.

Michael planait au-dessus de Thea et observait la jeune femme dans la lueur de la lampe halogène dont il avait réglé le variateur de l'orteil, afin qu'elle diffuse une lumière chaude, tamisée, qui le disposerait à l'amour et, il l'espérait, à l'orgasme. Car l'ironie de la situation ne lui avait pas échappé : depuis un peu plus d'un mois, Michael Mellow, rejeton des légendaires Mellow, ces Mellow rompus aux plaisirs de la chair, était infoutu de boucler ce qu'il avait commencé, infoutu de mener à bien l'acte sexuel, infoutu, pour parler crûment, de jouir, et ce handicap engendrait chez lui gêne et ironie. Ces deux sentiments n'avaient qu'une seule cible, lui-même, et étaient totalement inexploitables : la gêne le paralysait, l'ironie n'alimentait qu'un commentaire à chaud, un boniment doucereux destiné à accompagner ses échecs et à minimiser la gravité de la situation, même la plus gravissime.

Et gravissime, celle-ci l'était. Dans la lumière orangée de la chambre, dessinant un angle droit avec sa partenaire, il vit que Thea avait jeté les bras au-dessus de sa tête, comme pour se livrer à l'ennemi, et fiché ses doigts dans le moelleux d'un oreiller en plume d'oie. Tout en imprimant un mouvement de va-et-vient, il sentit des vagues de plaisir monter et refluer en lui chaque fois que son front heurtait l'étoffe anthracite de la tête de lit et le cognait à la façon d'un boxeur qui s'entraîne à feinter sur un sac de frappe. « Nnng », s'entendit-il grommeler, embarrassé par le son que rendait sa voix dans cette chambre à l'aménagement spartiate qui semblait résonner d'échos que l'heure soit aux disputes ou aux caresses. « Nnng », répéta-t-il. Les sonorités d'un prénom vietnamien : aucune voyelle.

Dans un battement de paupières, Thea ouvrit les yeux. Elle vérifiait furtivement s'il touchait au but, si, par chance, il réussirait à finir ce qu'il avait entrepris avant la tombée de la nuit. Elle se voulut discrète, mais elle rata son coup : Michael surprit son regard, leurs yeux se croisèrent lors d'un moment d'atroce lucidité qui brisa un instant le rythme et l'immobilisa une seconde, à la façon d'une extrasystole. Ils ne savaient ni l'un ni l'autre comment réagir, comment procéder. *Réfléchis*, se dit à lui-même Michael, *utilise ton cerveau.*

– Tout va bien en bas ? demanda-t-il en forçant un sourire.

– Oui. Et en haut, ça va ?

– Bien sûr. Je prends mon temps. Je profite du paysage.

Il caressa le front de Thea et repoussa quelques

mèches de cheveux qui lui rentraient dans les yeux. Sa mine préoccupée le frappa alors, mais la jeune femme amorça ce qui ressemblait à un changement de cap : elle se colla contre lui et l'embrassa goulûment ; aussitôt, le mécanisme se remit en branle. Quelques secondes plus tard, Thea émettait des petits bruits gutturaux et Michael se demanda si ses râles étaient causés par son excitation grandissante ou plus simplement destinés à accélérer le processus, à la façon d'une hormone de croissance, censée lui fouetter les sangs afin qu'il arrive plus vite au but, qu'ils referment enfin ce chapitre et qu'ils restent étendus côte à côte pour discuter, enfin, de son travail, de ses répétitions, de l'itinéraire qu'il emprunterait le lendemain, de leurs amis et du monde en général, une activité qui semblait captiver Thea au plus haut point.

Ce soir, les choses avaient traîné en longueur, comme tous les soirs des semaines passées. Ils avaient d'abord savouré un succulent dîner qu'ils avaient préparé ensemble dans leur micro-cuisine, typiquement new-yorkaise, en préparant des ingrédients que Thea avait achetés à la supérette à son retour du théâtre : tagliatelles, huile d'olive, basilic un peu fané, pecorino. Ils avaient travaillé épaule contre épaule, les mains plongées dans les saladiers et les tiroirs et, tout en s'affairant, ils avaient chanté *Mockingbird*, ce duo mythique interprété par Carly Simon et James Taylor, sa voix à elle, douce et haut perchée, symétrique à la sienne, bloquée dans les graves.

– Mock, chantait-il.

– *Yeah.*

– ing.

– *Yeah.*

– bird.

– *Yeah.*

Et ainsi de suite. Cela mettait Michael en joie que Thea connaisse les paroles : elle n'avait que 28 ans et la chanson avait connu son heure de gloire bien avant sa naissance. Un peu avant qu'il ne vienne au monde lui aussi, et Michael n'avait eu que mépris à l'adolescence pour les ritournelles frivoles dont *Mockingbird* était un parfait exemple. Qui aurait pu prédire que, un jour, il se mettrait aux fourneaux dans une cuisine à peine plus grande qu'un mouchoir de poche et chercherait une mélodie enlevée, entraînante, à roucouler en chœur avec sa petite amie du moment. Ce n'était ni Pink Floyd, ni Yes, ni aucun des groupes qu'il avait étudiés avec une ferveur de talmudiste – et dont il reprenait les chansons quand il était absolument certain d'être seul – qui pouvaient répondre à ce cahier des charges.

Au cours du repas – ils avaient dîné dans l'alcôve qui faisait office de salle à manger, en surplomb de l'avenue, du fleuve Hudson et de la lointaine guirlande de lumières, penchés au-dessus des assiettes couleur citron acquises tout au début de leur vie de couple –, rien n'aurait pu perturber leur sérénité. Et même un peu plus tard, après avoir passé un court moment sur Internet – pour échanger quelques e-mails d'abord avec Claudia, puis avec Rufus-du-bureau –, Michael ne s'était pas départi de sa bonne humeur. Lorsqu'ils avaient fini par se coucher, à dix heures et demie, leurs corps étaient d'une température et d'une texture idéales, perméables et sensibles au moindre contact. Au bout de quelques baisers, chatouilles et cabrioles, Michael glissa sa main entre les jambes de Thea et elle réagit à cette caresse comme elle réagissait d'ordinaire, cédant à un calme contemplatif suivi d'une sorte de frisson. Tout se passait à merveille, tout était parfaitement rodé : elle écrasa sa main entre ses cuisses et lui présenta son profil comme si elle refusait, prise d'une pudeur soudaine, qu'il voie son visage se tordre de plaisir, avec son menton en galoche à la Franklin Roosevelt.

Elle se mit alors à suffoquer, elle relâcha la main qu'elle avait prise en étau, et ce fut tout. Le sexe de Michael en érection resta aux aguets, presque palpitant, mais il s'en désintéressa totalement : il ne risquait pas de jouir de sitôt. Thea l'agaça d'une main légère et négligente tandis qu'ils partageaient un verre d'eau tiède tout en fredonnant quelques mesures de *Mockingbird.* Au bout de quelques minutes, Michael posa le verre sur la table de chevet et ils reprirent le fil de leurs activités.

Cette nouvelle phase fut marquée par une tension inattendue : une question restait en suspens et il fallait, d'une façon ou d'une autre, lui apporter une réponse. Michael chevaucha Thea et la pénétra d'un mouvement vif, et la sensation d'être ceinturé, d'être maintenu en place éveilla en lui un plaisir familier. En cet instant précis, les déclarations d'amour, même les plus passionnées, étaient superflues : il fut envahi par la certitude qu'ils étaient, lui comme elle, interchangeables. Sans s'expliquer le pourquoi de ce revirement, il s'imagina à l'intérieur d'une chambre d'hôtel, engagé dans un acte d'où était exclu tout sentiment. Elle aurait pu être une prostituée analphabète, lui un homme d'affaires quelconque – c'était là tout l'amour qu'ils éprouvaient, en réalité, à ce moment-là.

Michael avait la voix pâteuse à force de se concentrer, de viser un plaisir hors de sa portée, une cible vers laquelle convergeaient les efforts conjugués de son cerveau et des muscles de ses longs bras, de ses longues jambes. Son sexe resterait dur et fier, mais leur tentative se solderait quand même par un échec :

jamais il n'arriverait à éjaculer, c'était peine perdue. Inutile de s'obstiner. « Nnng » devint un cri de guerre, un râle de frustration qui cède la place à la panique, animal, universel.

Michael décida d'arrêter les frais. Il n'en tirait aucun plaisir et Thea non plus, en toute logique. Cela lui rappela toutes les fois où il avait vu un film porté aux nues par la critique et où il s'était rendu compte que le film l'ennuyait, qu'il n'était pas le chef-d'œuvre tant vanté, qu'il avait des fourmis dans les jambes et qu'une balade lui ferait le plus grand bien. Bienvenue dans la grande mégalopole de la frustration sexuelle, se dit-il, c'est ici que vous allez vivre à partir d'aujourd'hui. Il se figea et regarda Thea, accablé.

– Tu arrêtes ? demanda-t-elle.

– Est-ce que ça te pose problème ?

– Non.

– Ça ne mène à rien, comme d'habitude.

Michael saisit la base de son sexe entre le pouce et l'index et entreprit de se retirer, avec mille précautions. Il distingua un petit cliquetis et un bruit sec lorsqu'il quitta le corps de Thea, comme si leur organisme était un mécanisme d'horlogerie parfaitement huilé, boulons, roues dentées, écrous.

– Je croyais que tu étais tout près.

– Non, pas du tout. Désolé.

– Oh. Je n'arrive jamais à dire si tu es proche ou non du but. Les hommes. C'est un grand mystère jusqu'au dernier moment.

– Aucun mystère là-dedans, rétorqua Michael qui jugeait que le vrai mystère, c'étaient les femmes, capables de simuler le plaisir sans éveiller les soupçons.

Il se demanda, une fraction de seconde, si Thea avait déjà simulé un orgasme avec lui. Le doute l'envahit.

– C'est au-dessus de mes forces. Excuse-moi, ajouta-t-il.

Ils s'allongèrent, les yeux dans les yeux. Elle ne paraissait pas se formaliser de son échec.

– Tu n'as pas besoin de t'excuser. Je ne suis pas contrariée, rassure-toi.

– Moi si. À partir de maintenant, tu peux m'appeler L. Thomas Juipa.

Michael visualisa soudain la figure adolescente de sa sœur, cramoisie, couverte de taches de rousseur, et ce souvenir lui mit un peu de baume au cœur.

– Quoi ?

– Rien. Rien d'important.

L'assouvissement sexuel était devenu, au cours des semaines précédentes, si insaisissable qu'il avait acquis dans l'esprit de Michael la valeur de récompense ultime, de phénomène qui surpassait la réminiscence de tous ses orgasmes passés, ces événements innombrables, hermétiques à l'intelligence humaine, qui avaient eu lieu dans cette chambre, et dans d'autres avant elle : sur la banquette arrière d'une Hyundai encombrée de tout un bric-à-brac dont il avait été propriétaire à une époque lointaine ; sur un ponton rongé par la pourriture dans le Maine ; sur une terrasse à Rome, pendant sa première année d'études ; dans le camping-car aérodynamique du père d'une petite amie sur un parking du Michigan ; en solitaire, sur un sac de couchage humide et soyeux, sous les étoiles, dans le jardin de son enfance, les yeux levés vers les mouchetures impressionnistes d'Orion, du Cygne et des deux Ourses, aveugle à ces splendeurs, car rien n'existait en dehors de ce frisson, de cette profondeur. Ces orgasmes-là avaient été bâclés, faciles. Dommage que Michael n'ait pas su à l'époque ce qu'il savait aujourd'hui : le plaisir n'est ni inépuisable ni universel, la joie se morcelle en fragments de la taille d'un confetti tandis que l'on avance en âge, invoquer l'image d'une femme qui gonfle votre corps tout entier de désir n'est pas la garantie d'un plaisir automatique.

L'époque de l'orgasme à coup sûr était révolue. Ce soir-là, Michael s'était glissé sous les draps, bêtement, avec Thea Herlihy, la femme qu'il aimait, dans l'espoir que la situation revienne enfin à la normale. Depuis le début du mois, leurs relations sexuelles se suivaient et se ressemblaient toutes : elles étaient impossibles, du moins impossibles à mener à leur terme naturel. Mais, symboliquement, il lui avait paru essentiel de tenter le coup une dernière fois car, le lendemain matin, Michael se rendrait au bureau, comme à l'ordinaire, et une fois sa journée bouclée il prendrait la voiture pour filer à l'aéroport, et il se passerait presque une semaine avant que lui et Thea ne redorment ensemble dans le même lit.

Michael allait mettre le cap sur Naples, une petite ville de Floride, plus précisément sur la résidence sécurisée des Bois Rieurs, un nom aux résonances indiennes attribué à un ensemble d'appartements en copropriété où son père, Paul Mellow, avait emménagé avec sa troisième femme, Élisa – ou était-ce Élise ? Impossible de retenir son prénom. Michael se rendait en Floride à la requête de sa mère. Il s'inclinait presque systématiquement devant cette boule d'énergie de 67 ans qui préparait de la confiture de poivrons rouges et verts par fournées entières pour les fêtes de Noël et donnait des cours sur la sexualité aux premières années à l'université de Skidmore, durant lesquels elle enfilait, cela avait défrayé la chronique, un préservatif sur une banane – préservatif dont les membres de son auditoire étaient capables de se servir les yeux fermés.

Au-delà de l'embarras qui germait en Michael dès qu'il était question de ses parents, Roz Mellow était sa mère et, malgré ses crises de larmes et son bourrage de crâne, il se devait de lui apporter son aide.

D'ici deux ans, à quelques jours près, *Le Plaisir : voyage d'un couple au bout de la volupté* allait fêter son trentième anniversaire et, à cette occasion, l'éditeur avait eu l'idée de le réimprimer. Un débat houleux avait alors fait rage au sein de l'équipe. L'un des directeurs de collection parmi les plus chevronnés avait qualifié le livre de fossile, de scarabée symbolisant une civilisation perdue entrée dans la postérité grâce à ses moments d'intimité et de plaisir partagés, des siècles avant l'arrivée en fanfare du porno virtuel disponible en un clic de souris, avec ses sites aux intitulés grotesques – bouffemoilachatte.com, culsdeouf.com ou prendstonpied.org – dont quelqu'un, quelque part, avait fièrement assumé la conception, et son graphisme risible, rose et moite, qui aimantait l'œil à la lueur de l'écran nuit après nuit, insomnie après insomnie.

– C'est pour cette raison précise qu'il faut absolument le republier, avait contre-attaqué Jennifer Wing, une jeune éditrice d'origine chinoise dont la ferveur avait pris tout le monde de court. Il faut, avait-elle expliqué lors de la réunion du lundi matin, qu'on rappelle aux gens le monde perdu de l'amour.

Ce qui passait pour obscène en 1975, ce qui avait choqué les foules – le portrait, en toute simplicité, d'un homme et d'une femme dans un lit aux draps blancs –, s'était chargé, au fil du temps, d'une émotion nouvelle grâce à la tendresse indéniable qui se dégageait de ces pages. C'était le même couple, après tout, qui apparaissait sur chacune des illustrations ; on ne pouvait qu'être attendri par ces deux-là, échevelés et attachants, imparfaits mais dévoués à leur cause, toujours enthousiastes, toujours ouverts aux expériences inédites, toujours attirés par le même lit aux draps blancs.

– Ce livre est un fossile, et alors ? avait clamé Jennifer Wing, entourée d'éditeurs somnolents, les cheveux encore mouillés (elle s'était levée à l'aube pour peaufiner son argumentaire avec son petit ami).

D'un point de vue commercial, ils pouvaient décrocher le jackpot en ravivant chez les lecteurs la nostalgie d'une certaine époque. Afin de conserver à l'ouvrage sa pertinence, de le maintenir « à l'avant-garde », ainsi que l'avait expliqué, sans une once d'embarras, Marge Fenner, une éditrice dont le célibat incurable éveillait les soupçons de ses collègues, tout le monde s'accorda à dire qu'une introduction inédite était nécessaire dans la version remaniée, ainsi que l'ajout de plusieurs chapitres traitant, en autres, des MST et, par ricochet, de l'« épanouissement érotique à l'ère du terrorisme ». (*Qu'est-ce que cela signifie ?* s'était demandé Michael. *Envelopper sa queue dans du chatterton ?*) Pareilles précautions auraient été inimaginables, redondantes, semblables à un cauchemar futuriste forgé par un mordu de science-fiction, en l'an de grâce 1975.

Il y aurait aussi une série d'illustrations originales à prévoir pour la réédition, avait expliqué Jennifer Wing lors de son premier contact téléphonique avec Roz Mellow. Certains de ces vieux dessins frisaient le ridicule, en particulier lorsque l'on voyait la tignasse dont l'artiste avait affublé Paul et les bottes de strip-teaseuse en vinyle blanc qui permettaient à Roz d'aborder le sujet du fétichisme. Ils céderaient leur place à des modèles plus contemporains, un homme et une femme dans l'air du temps, bardés de piercings aux endroits stratégiques, à la mine blasée, sardonique, maussade – un couple sexy et mince qui n'avait pas corrompu son amour et son désir par un mépris glacial, au contraire des Mellow.

C'est ce mépris qui avait poussé Paul Mellow à opposer son veto. Non, il ne voulait pas que le livre soit réimprimé ; non, il ne souhaitait pas renouer avec son ex-femme, Roz, renouer avec cette période de leur vie. Il l'avait aimée autrefois, à la folie, il s'était consacré corps et âme à cet amour, les enfants pouvaient en témoigner, et voyez où ce sacrifice l'avait mené. De plus, il n'avait nul besoin des droits d'auteur que générerait forcément cette réimpression : Élise/Élisa, sa femme, avait touché un héritage qui couvrait l'entretien de l'appartement des Bois Rieurs et Paul contribuait, à son rythme, à des revues et à des magazines de psychologie. Si Roz souhaitait tant voir le livre retrouver sa place dans les librairies, c'était parce qu'elle regrettait l'attention médiatique : les plateaux de télévision, les colloques frappés de l'imprimatur universitaire, les articles qui les mettaient en vedette et montraient le couple Mellow dans la fleur de l'âge, vigoureux et hâlés. La version actuelle était moins flatteuse : Paul avait pris du ventre ; sa barbe, jadis noir de jais, avait grisonné et lui donnait l'allure d'un patriarche amish. Ce décalage avait achevé de le convaincre.

– Va voir ton père, avait demandé Roz, au comble du désespoir, à Michael quelques semaines plus tôt. Montre-lui le projet que Jennifer Wing m'a envoyé, la nouvelle intro, la maquette. Ça en jette, je trouve. Peut-être que ça va le faire changer d'avis. Il refuse de m'écouter, cette tête de mule.

– Il est en Floride. Je ne peux pas y aller comme ça, d'un claquement de doigts, avait protesté Michael.

Il comptait lui demander pourquoi Roz ne missionnait pas un autre de ses rejetons, mais il se ravisa. La réponse, il la connaissait déjà. Holly, qui avait coupé les ponts, s'était exilée à Los Angeles où, métamorphosée en hologramme, elle vivait en compagnie d'un mari effrayant, médecin de son état, et de leur fils Buddy. C'était une décision réfléchie, mûrie au fil du temps, que personne ne s'expliquait. Ce n'est que séparée du reste de sa famille qu'elle pouvait, peut-être, vivre heureuse. Holly était donc exclue. Quant à Dashiell, il ne témoignait pas une gentillesse excessive à l'égard de sa mère, quand bien même il lui téléphonait assez souvent. Restait Claudia, qui se serait volontiers rendue en Floride si on l'avait mandatée à cet effet. Le problème, c'est qu'elle aurait été incapable d'influer en quoi que ce soit sur leur père, tant elle manquait d'éloquence. Claudia avait bon cœur et elle était docile, presque soumise. Ces traits de caractère n'avaient de cesse d'étonner Michael, car son caractère excentrique prouvait qu'elle ne manquait pas de cran. Non, quand il s'agissait des parents, elle avait autant de personnalité qu'une lavette. C'était la seule qui était restée célibataire, qui n'avait pas de carrière à proprement parler ; fatalement, elle s'investissait beaucoup – trop – dans la vie de leurs géniteurs.

Les silences ponctuaient la conversation et la plombaient de manière irrémédiable. Roz poussait de longs et profonds soupirs et, à un moment, un sanglot lui noua la gorge. Avant de raccrocher, Michael capitula : « D'accord, d'accord, je vais y aller, je vais parler à papa, ne t'inquiète pas. » Sa mère devait se douter qu'il accéderait à sa demande. Elle était revenue lourdement à la charge – c'était une technique de persuasion qu'elle avait perfectionnée au fil des années – et elle n'ignorait pas que, à l'âge adulte, la plupart des hommes perdent toute objectivité lorsque leur père est mentionné dans la discussion. Michael avait lui aussi remarqué que des gaillards pourtant raisonnables se transformaient en gros bébés naïfs dès que le nom de leur paternel était invoqué. Cela, Roz Mellow en avait joué sans vergogne et, même si elle ignorait certains détails de la vie privée, intime, de son fils – notamment sa dépression et ses problèmes sexuels –, elle savait que Michael finirait par craquer.

La frustration était une sensation toute neuve pour Michael Mellow ; il avait l'habitude de voir ses désirs exaucés en un claquement de doigts et, vu son cadre de vie, l'attente n'entrait que rarement en ligne de compte. Oh, il attendait bien le bus ou le métro chaque matin et chaque soir, il attendait que son café soit annoncé en fanfare au comptoir de Starbucks, mais ces moments-là n'étaient que les composantes d'une chorégraphie commune, la banale bousculade de la vie urbaine qu'il avait choisie de son plein gré. Ceux qui n'y trouvaient pas leur compte pouvaient toujours poser leurs valises dans l'un de ces États immenses où l'attente était une donnée inconnue.

Mais attendre un orgasme sans en voir le bout ? Humiliant et intolérable tout à la fois. En cours de route, le coup de fouet que Michael avait considéré comme allant de soi pendant la relation sexuelle était remplacé par un état neutre, puis l'excitation retombait et il avait alors l'impression de scier une bûche qui refusait de se fendre. Il finissait par jeter l'éponge, se réfugiait dans la salle de bains et scrutait d'un regard oblique, désapprobateur, ce pénis victime d'une inexplicable anaphylaxie, comme le ferait un père face à un enfant désobéissant.

– Écoute, ça n'a aucune importance, lui rappela Thea.

– Bien sûr que si.

– Tu peux culpabiliser tant que tu veux, mais pour moi ça n'a absolument aucune importance, répéta-t-elle avant de s'asseoir, d'allumer la lampe de chevet et de ramasser le texte photocopié de la pièce qu'elle répétait en ce moment, une pièce qui avait pour protagoniste Dora, la célébrissime patiente de Freud, dépressive chronique, à la fois litanie de griefs et désastre sexuel ambulant. Je ne vois pas pourquoi ça prend une telle ampleur chez toi.

– Parce que c'est devenu chronique.

– Et si tu leur demandais de changer d'antidépresseur ? Ils en sortent des nouveaux tous les jours, pas vrai ?

– On a déjà fait ça une fois. C'est loin d'être une partie de plaisir, décrocher et passer à un autre traitement. Ça prend des semaines avant que la molécule ne s'accumule dans le sang. En plus, celui-ci est efficace.

Michael déduisit que Thea tirait un malin plaisir à le voir incapable de jouir. Cette interprétation ne rimait pourtant à rien, puisque Thea l'aimait. Par ailleurs, confrontée à son insatisfaction, elle semblait étrangement indifférente. Sa voix enjolivée de certaines inflexions, elle disait des choses du genre « Oh, pas grave », ou encore « Je m'en fous, Michael », et il la croyait sur parole : elle s'en foutait royalement.

Thea Herlihy appartenait à cette catégorie de femmes qui détenaient la clef à tout un éventail de problèmes et lorsque aucune ne se présentait à elle, ce qui arrivait de loin en loin, elle prenait dans un premier temps les choses avec philosophie, puis avec un désintérêt qui confinait à l'euphorie. Elle était capable d'atteindre l'orgasme en trois minutes, pourvu qu'on l'y encourage au moyen de caresses vigoureuses et de quelques allusions vaguement sinistres à ce qui l'attendait une fois l'orgasme passé. Thea avait un tempérament égal, conjugué à une forme d'androgynie qui la faisait apparaître plus complexe qu'elle ne l'était en réalité. On aurait pu la prendre pour une Française, une femme courageuse mais meurtrie, alors qu'en réalité elle était originaire de Marblehead (qu'elle prononçait « Mobblehead »), un village du Massachusetts, et elle n'avait connu aucun traumatisme notable durant les vingt-huit dernières années qu'avait duré sa jeune vie. Les cheveux blond cendré, elle avait copié sa coiffure sur Mia Farrow dans *Rosemary's Baby* et portait des corsaires ultra-serrés qu'elle égayait de chemises masculines colorées comme des œufs de Pâques – roses ou jaunes – et qu'aucun homme, à la connaissance de Michael, n'oserait porter. Ses lunettes lui avaient coûté les yeux de la tête : c'était le seul luxe qu'elle s'était autorisé, malgré un train de vie relativement modeste.

C'était une comédienne qui chômait rarement. Elle adhérait au syndicat qui représentait sa profession mais, malgré son obstination, elle n'avait pas encore réussi à percer. À force de décrocher des rôles qui payaient mal, elle avait réussi à se bâtir une réputation honorable dans l'univers marginal des petits théâtres sans chauffage central, à l'extrémité ouest de Manhattan, où les acteurs, noyés sous plusieurs épaisseurs de laine, déclamaient vaillamment leur Sam Shepard ou leur David Mamet sur de simples estrades privées de décor. De petites volutes de buée s'échappaient de leur bouche tandis qu'ils aboyaient leurs répliques, laconiques et truffées d'ellipses. À cause de ses cheveux courts, elle avait interprété Jeanne d'Arc plus souvent qu'à son tour ; ce que Thea ignorait encore, c'est qu'*Hystérique* ferait un four mémorable et que, à peine quelques mois plus tard, elle obtiendrait le rôle de Peter Pan dans une mise en scène à succès destinée au jeune public, un rôle qu'elle tiendrait près d'un an – tout de vert vêtue, tunique, collants et chapeau tyrolien, et solidement harnachée.

Depuis leur première rencontre, Michael n'avait raté aucune des pièces dans lesquelles jouait Thea. Il lui apportait des bouquets de lys et de freesias dégouttant d'eau qu'il achetait dans une épicerie coréenne et se postait dans un coin de la loge collective tandis qu'elle discutait dans un sabir incompréhensible avec les acteurs qui lui donnaient la réplique, ou se grimait devant un miroir fêlé, un tube de cold-cream à la main. En dehors des planches, elle fuyait le maquillage ; elle ne laissait aucune trace de fard sur les draps, au contraire des femmes qui l'avaient précédée dans le lit de Michael. D'elle émanaient une pureté, une grâce d'ordre physique, des qualités que l'on associe d'ordinaire aux comédiennes, aux danseuses et aux institutrices en début de carrière.

– Je sors prendre l'air, déclara Michael, parce qu'il ne savait pas trop quoi faire.

Un corps en mouvement a tendance à rester mobile ; le sien piétinait, inachevé. Peut-être irait-il s'offrir un hamburger à la cafétéria ouverte jour et nuit au coin de la rue. Peut-être se contenterait-il de marcher sans but dans le quartier.

– Quel intérêt ? Il est tard. Et il fait froid.

Michael hésita un instant, puis il se rendit compte que Thea avait raison, cela ne l'avancerait à rien de sortir. En ce mois de janvier, la neige se faisait désirer mais le froid était mordant. Un employé de la voirie remonta Amsterdam Avenue à bord de sa voiturette et traça derrière lui un sillage humide, à la façon d'une limace, qui gela instantanément. Dix ans plus tôt, une troupe d'adolescents aurait sûrement investi le trottoir pour faire circuler un joint, indifférents à ces températures glaciales. Ils avaient été chassés par un maire qui se posait en redresseur de torts et, retranchés chez eux, ils fumaient chacun de leur côté, fenêtres grandes ouvertes, l'air nocturne entrant à flots dans leur chambre. Michael repensa à l'époque où lui-même était enfant, puis adolescent, et il eut l'impression de faire revivre un mort, car ce garçon aux boucles de jais et aux orgasmes inépuisables s'était bel et bien volatilisé. Il s'était fait kidnapper à la faveur de la nuit, sans un bruit.

En vérité, le cri qu'articule l'enfance à l'instant où elle s'achève est un bruit horrible pour ceux qui se donnent la peine de tendre l'oreille. Les rares gratifiés de ce don surnaturel savent que ce cri est semblable à celui d'un verre qui se brise, d'un corps qui bascule et heurte le trottoir, le trottoir dur et brûlant de l'existence que l'enfant confond avec la matière accueillante d'une mère ou d'un père capable d'amortir sa chute. Ce bruit était émis aux quatre coins du globe en ce moment même, Michael le savait – des enfants disparaissaient pour être aussitôt remplacés par des cohortes d'adultes malhabiles mais autoritaires. Le monde grouillait de cette espèce nouvelle qui, à peine née, se voyait octroyer le droit de boire de l'alcool, de voter, de conduire, de débattre, de jouer un rôle dans la société et parfois, s'ils jouaient vraiment de malchance (ou de chance, pourquoi pas), de porter le deuil d'événements révolus.

À 41 ans, Michael Mellow gardait un souvenir vivace de tout ce qu'il avait vécu, ou presque, avant et après sa métamorphose. Le garçon fluet, intelligent, cheveux longs et côtes saillantes, avait donné, en grandissant, un homme séduisant, trop grand, souvent stressé, vicié par les antidépresseurs et peine-à-jouir. Son visage d'adulte était plissé au niveau du front, à la façon d'un shar-pei, et ses cheveux coupés court étaient saupoudrés de gris. À Dimension D-Net, il était unanimement considéré comme un collaborateur ultra-doué, même si son manque d'ambition déconcertait quelques-uns de ses collègues. Ceux-là ne saisissaient pas certaines subtilités : celle d'être tenu pour un jeune prodige depuis votre entrée dans le monde, le désespoir qui en découlait et paralysait votre être tout entier.

Soit elle vous emprisonnait dans sa gangue très tôt, cette réputation, soit elle vous dédaignait jusqu'à votre dernier jour. Michael Mellow était un homme intelligent et franc, d'une efficacité redoutable lorsqu'il s'agissait de briller aux examens, de séduire des créatures ensorceleuses, de subjuguer les DRH. La femme qui lui avait fait passer l'entretien à Dimension D-Net n'avait pas perdu de temps pour spécifier au feutre rouge sur son CV : « Steve : EMBAUCHE IMMÉDIATE ». Et l'entreprise avait très vite assumé la fonction de parent de substitution : elle consolait, flattait dans le sens du poil, comblait tous les besoins. Il y avait des primes tous les ans. Il y avait des dîners offerts dans des restaurants à l'ambiance polaire mais feutrée, où les convives étaient invités à composer leur propre assiette à partir d'ingrédients hétérogènes : herbes, graines, chair d'innocents volatiles. On portait Michael aux nues pour son originalité, sa liberté d'esprit, sa personnalité exceptionnelle, qualités que ses propres parents avaient louées des années, voire des décennies plus tôt, quand ils n'étaient pas occupés à se glorifier mutuellement.

– Viens dormir, Michael, suggéra Thea en déposant un baiser sur sa joue. Tu vas être claqué demain. Une longue journée t'attend. Le boulot, et ensuite le voyage. Tu as fait ta valise, au moins ?

– Ça peut attendre demain matin.
– Chéri, tu n'auras pas le temps.

Thea semblait moins préoccupée par sa détresse que par ses préparatifs de voyage. Y avait-il une logique là-dedans ? Afin d'éviter une discussion sans fin, Michael se leva et entreprit de fourrer quelques vêtements dans le petit sac en cuir que Thea lui avait offert pour son anniversaire. Il ne partait qu'une semaine, pas la peine de se charger comme un mulet. Michael sonda le fond d'un tiroir et en tira un maillot de bain noir qu'il jeta dans son sac, muet de frustration. Le morceau d'étoffe atterrit sans un bruit et Thea ne parut rien remarquer.

Des années plus tôt, à l'époque où il était le garçon qu'il n'était plus, quand il avait entraîné son frère et ses sœurs dans l'antre pour les initier à l'œuvre sulfureuse de leurs parents, pour qu'ils l'étudient et pénètrent ensemble dans leur monde, rien n'aurait pu le préparer aux retombées de cet acte. En ce jour de novembre 1975, après avoir lu *Le Plaisir* d'une seule traite et l'avoir rangé sur l'étagère, entre l'austère livre de cuisine végétarienne et l'épais volume sur les golden retrievers, les quatre enfants Mellow s'étaient rapidement dispersés. Ce n'est que bien plus tard que Michael avait reconstitué leur emploi du temps.

Lui était sorti dehors, sans manteau, et avait porté ses pas vers la Jungle : c'était ainsi que les enfants avaient baptisé la parcelle en lisière du jardin, qui n'avait de jungle que le nom : pas de mauvaises herbes en vue, pas de broussailles, pas de branches cassées pourrissant par terre. Ce n'était qu'un massif d'arbres immatures dotés de racines crochues et hésitantes, un bosquet tapissé d'un terreau brun et moelleux que trois employés de la jardinerie Garden World étaient venus répandre. Il arpenta cette pseudo-forêt et déboucha du côté opposé à la maison, là où finissait le terrain des Mellow et commençait la bretelle qui menait à la voie rapide.

« New York 90 km », annonçaient les lettres réfléchissantes d'un panneau au bord de la route, et les parents filaient sur la voie express droit vers cette ville ; peut-être étaient-ils déjà arrivés à destination, car ils allaient aujourd'hui présenter leur « travail », leur bébé, à un auditoire composé de deux cents spectateurs qui avaient payé le privilège de les voir et de les entendre. Nul doute, les gens étaient friands de tout ce qui touchait au sexe. C'était un appétit qui réclamait d'être assouvi sans relâche, d'être rempli à la façon d'un seau au fond percé. Multiplier les partenaires, cela ne leur suffisait plus ; il leur fallait aussi étudier des photos, lire des articles, écouter des anecdotes narrées avec une profusion de détails aussi savoureux qu'affolants.

Michael avait décidé d'assister lui aussi à la conférence, de s'asseoir dans un siège revêtu de peluche et, tirant avantage de la séance de questions-réponses, de lever la main avant de hurler : « Vous croyez que je suis fier de vous ? » Il envisagea l'hypothèse du scandale public la gorge nouée, parce qu'il n'avait jamais fait de caprice de sa vie. Personne ne semblait se préoccuper des enfants Mellow, de ce qu'ils pensaient, de ce qu'ils éprouvaient face à des parents qui exhibaient leur nudité, leurs préférences sexuelles, leur part la plus intime. Lorsque l'on parcourait ces dessins délicats représentant ces corps entrelacés, on les imaginait flottant sur un lit désincarné, aussi tranquille et isolé qu'une planète extérieure au système solaire.

Mais ils avaient des enfants, quatre enfants, et Michael voulait le crier à la terre entière.

Il s'engagea sur la voie d'accès, chemina jusqu'à la route principale, se posta à l'embranchement et leva le pouce. Un cortège de grosses berlines américaines défila devant lui, puis une Seville bordeaux ralentit et se gara sur le bas-côté. Le conducteur, remarqua-t-il le cœur serré lorsqu'il ouvrit la portière, n'était autre qu'Elaine Gamble (« On n'est pas les Gamble / Parce qu'on est toujours ensemble »), leur voisine, dont le fils Stu était tombé au champ d'honneur à 23 ans dans le delta du Mékong. Il avait été appelé sous les drapeaux en 1970 alors qu'il aurait pu échapper à la conscription comme la plupart des jeunes de son âge. Mais non, non, Stu Gamble avait insisté. Heureux propriétaire d'un Glock 17, il se passionnait pour les armes à feu et considérait le magazine *Arms* comme sa bible. Il avait donc préparé son barda et, à peine arrivé sur place, il s'était fait capturer, et sans doute fusiller, par les Vietcongs. Depuis, sa mère vagabondait dans le quartier, devenue le fantôme d'elle-même.

Mme Gamble avait arrangé ses cheveux noirs en un chignon qui rappelait une meringue ; à son poignet osseux, elle portait un bracelet en or vingt-quatre carats équipé d'un fermoir gravé au nom de Stu. Ce bijou ne devait la quitter que le jour où la dépouille de son fils lui serait rendue. Elle tenait à la main une cigarette et l'habitacle de la Seville, habillé d'une moquette assortie à la peinture de la carrosserie, avait absorbé la puanteur de toutes les cigarettes fumées depuis le jour où des représentants de l'armée avaient garé leur limousine noire aux vitres fumées devant sa porte.

– Bonjour, Michael. Où tu vas comme ça ?

– À New York, marmonna Michael.

La rumeur voulait qu'Elaine Gamble ait perdu la raison lorsque l'armée avait reconnu que Stu était officiellement porté disparu. En plus de sombrer dans l'alcoolisme, elle s'était raccrochée à un rituel singulier : elle décrochait son téléphone à des heures indues, composait le numéro des anciens professeurs de Stu et commençait son monologue : ils auraient dû lui donner de meilleures notes, il méritait de figurer au tableau d'honneur, il devait être mort à l'heure qu'il était et, le clou, « il n'y a pas d'école au paradis ».

– Rends-moi un petit service, Michael. Je vais t'emmener en ville, je te le promets, mais il faut d'abord que j'aille faire des petites courses au supermarché. Tu veux bien être un ange et t'en charger à ma place ?

Michael la scruta quelques secondes, s'efforçant de contenir sa colère. *S'il vous plaît, conduisez-moi à New York. C'est tout ce que je vous demande.* Mais Mme Gamble inspirait une pitié ardente et lui n'était qu'un enfant, un petit garçon : il n'avait pas le droit d'être méchant avec elle. Il était contraint d'obéir. La liste qu'elle débita se révéla interminable :

– Il me faudrait du jus de fruits. Et une pizza. Et aussi des légumes surgelés pour les jours où je n'ai pas envie de cuisiner. Tous les jours, autrement dit, alors du maïs, si tu veux bien, ou des haricots verts. Six canettes de soda. Une cartouche de Lark sans filtre. Attends voir, ils n'ont pas le droit de t'en vendre. Peut-être un pot de crème glacée, alors.

Puis elle se tut et lui adressa un brusque signe de la tête, comme si elle exigeait de lui qu'il mémorise son inventaire sur-le-champ. Elle ignorait, remarqua Michael en son for intérieur lorsqu'il franchit le seuil du supermarché, le poing serré autour d'un billet de vingt dollars, qu'elle ne lui demandait pas d'accomplir un exploit. Michael était doué d'une mémoire hors normes qui lui permettait de se maintenir à la tête de sa classe, loin devant les autres, et de cataloguer dans ses archives mentales tous les événements de son quotidien. Le jus de fruits et les haricots verts de Mme Gamble étaient rangés là, avec les fleuves d'Europe, l'osmose de l'œuf et le dessin d'une femme qui ressemblait comme deux gouttes à sa mère et administrait une fellation (« du latin *fellare*, sucer », précisait le livre) à un homme visiblement au septième ciel, un clone de son père – en moins poilu.

À l'intérieur du supermarché, il se chargea de ses emplettes sans faire dans le détail et les rapporta à Mme Gamble emballées dans des sacs en papier. La femme sommeillait quand il regagna la voiture, la tête appuyée contre le siège, et il se rendit compte que sa tenue se résumait à une parka, une chemise de nuit jaune et des pantoufles. Si elle ne l'avait pas croisé sur la voie rapide, elle serait allée faire ses courses en pyjama.

Le souvenir de la souffrance et de l'humiliation subies entre les mains de ses parents se dégonfla face à une détresse authentique. Ils restèrent assis dans un silence de mort. New York n'était plus à l'ordre du jour, il savait qu'elle ne l'y conduirait pas, qu'elle avait oublié sa promesse, qu'il n'avait pas le courage de se plaindre. Après avoir arpenté les allées du supermarché et regagné la voiture de cette femme meurtrie, Michael comprit que l'unique option était de rentrer chez eux, dans leurs maisons respectives, et il puisa dans cette conclusion un indéniable soulagement.

Michael se cloîtra très vite dans le spleen bleu foncé de sa chambre, où il passerait la majeure partie de ses journées jusqu'à son départ à l'université, pas avant quatre ans. Les deux benjamins avaient pour l'instant uni leurs forces dans la cuisine, Claudia avec son armée de trolls, Dashiell, affalé dans un pouf, avec l'air qu'il fredonnait *in petto* et l'envie de chanter à tue-tête. Sa petite sœur, toutefois, ne l'entendait pas de cette oreille : elle avait retrouvé sa joie de vivre.

– Je sais. On va jouer à dada, suggéra-t-elle.

– Pas question, répliqua Dashiell, dédaigneux. Demande à papa.

– S'il te plaît, Dash, supplia Claudia avec force simagrées. Tu es plus grand que moi.

Face à cet enthousiasme débordant, et parce qu'il voulait tromper l'ennui, Dashiell se mit à quatre pattes sur le sol blanc de la cuisine et sa petite sœur s'installa sur lui à califourchon.

– Hue dada, allez ! s'écria-t-elle. (Puis, après coup, elle ajouta :) Hue, cocotte ! Au galop !

– Quoi ? s'insurgea son frère.

Claudia lui appliqua une petite tape, matant toute amorce de rébellion. À l'en croire, il devait se contenter de galoper. Les « dadas », ça ne parle pas.

Dashiell arpenta la cuisine de long en large, son échine ployant sous le poids de sa petite sœur. Il ignorait encore qu'il se verrait, sa vie durant, comme un esclave incapable de résister aux exigences des autres. C'est le ressentiment qui l'aiguillonnait et il émit quelques bruitages, ce hennissement à pleines lèvres qu'il avait entendu dans des dessins animés, car il n'avait jamais vu de cheval de sa vie. Leur peau frémissante, leurs flancs sculptés, leurs yeux énormes à l'opacité indéchiffrable : ces bêtes-là lui faisaient peur. Dashiell n'avait en réalité rien vu du monde, à l'exception du fragment entraperçu quelques heures plus tôt dans les pages du livre. Il accéléra soudain, comme piqué par un taon, et se mit à galoper sans se soucier de la sécurité de sa cavalière. À vrai dire, il espérait lui faire perdre l'équilibre.

– Ouh là ! s'exclama Claudia, mais il ne lui prêta aucune attention.

La petite s'accrocha de toutes ses forces à sa monture, plus fort qu'elle ne l'aurait cru possible, ses jambes serrées contre les flancs de son frère, mi-terrifiée, mi-ravie. Ses mains tressautaient, cramponnées aux cheveux et au col de la chemise bleue, et elle ferma aussitôt les yeux, consciente malgré son jeune âge que le plaisir du jeu serait démultiplié, qu'il lui donnerait l'illusion de durer toujours.

Holly s'était cloîtrée dans sa chambre. Un peu plus tôt, elle était descendue dans la cuisine, poussée par une fringale terrible. Elle avait exploré le fond du garde-manger et trouvé une boîte de gâteaux Yodel que personne n'avait entamée, ce qui lui apparut, sur le moment, comme un cadeau du ciel. Elle retourna dans sa chambre lestée de son butin, ferma la porte, glissa une cartouche huit pistes dans le lecteur, s'assit au bord de son lit et entreprit d'engloutir le contenu de la boîte. Semblable à une coulée de lave, le chocolat crémeux l'apaisa et elle régla le volume de la stéréo à fond. Avant que l'après-midi ne touche à sa fin, Holly Mellow avait dévoré six Yodel et écouté en boucle une chanson de Led Zeppelin. Étendue sur son lit, repue et abrutie, elle décida d'appeler Adam Selig.

– Salut. Tu fais quoi ?

– Rien, avait-il répondu, une réplique qui cadrait bien avec sa molle indolence et son physique de jeune premier. (Sa lèvre supérieure s'ornait d'un fin duvet, la pointe de ses cheveux châtains frôlait le col de sa chemise en velours rasé, celle dont la fermeture Éclair se terminait pas un anneau en laiton.) Et toi, tu fais quoi ? s'était-il enquis depuis les profondeurs de son propre lit, situé à quelque trois cents mètres de celui de Holly, dans un labyrinthe de rues ombragées.

Au-dessus de ce vieux meuble étroit de couleur brune étaient punaisés divers posters en noir et blanc représentant des tigres et des femmes.

– Rien, répondit Holly en se laissant tomber sur son lit. Je me fais chier à cent sous l'heure. Samedi de merde.

Elle ne lui dirait rien du livre signé par ses parents ; elle n'avait pas envie d'en parler, ni même d'y repenser.

– Tu m'étonnes, acquiesça Adam Selig en hochant la tête, comme si elle pouvait le voir. Tu as la mère Hellinger ?

– Ouais. En troisième heure. Et toi ?

– En cinquième. Elle t'a filé l'autre exo ?

– Ouais.

Ils ricanèrent alors en chœur, sans raison, accablant de leur dédain le néant absolu de l'exercice, la passivité impuissante de leur existence. Leur conversation se poursuivit, rapiécée de pauses. C'était un dialogue entre deux paires de poumons, avec des silences et des respirations. En fond sonore, dans la maison des Selig une femme hurlait des mots décousus. « ... lave-vaisselle... fourchettes et couteaux... au fond ! J'ai dit au fond ! »

– Bon ben, continua Holly. Ça te dirait de passer ?

Moins de vingt minutes plus tard, Adam Selig sonnait à la porte de Swarthmore Circle. Comme on le laissait prendre racine sur le seuil, il entra sans y être invité. Aucun adulte ne parasitait la maison de Holly Mellow. En ce moment même, dans la cuisine de Princeton Court, Adele Selig, drapée dans un peignoir de bain, tentait de déloger une fourchette coincée dans le moteur du lave-vaisselle. Ici, la voie était libre.

Adam gravit l'escalier et s'introduisit dans le temple rose d'une chambre à coucher, où gisaient sur le tapis les vestiges d'un jeu de société abandonné en cours de partie et où, stupéfaction, cette friandise blonde et rose l'attendait, assise sur son lit.

La trajectoire qui menait du téléphone au contact physique était remarquablement linéaire. Ils avaient déjà eu une conversation, certes symbolique, un peu plus tôt, ce qui rendait superflu tout échange verbal face à face. Au lieu de reprendre le fil de leur conversation, ils hochèrent la tête en s'abandonnant au tempo imprimé par la basse énergique de Led Zeppelin. Adam se rapprocha furtivement de Holly au bord du lit et elle lui présenta son visage. Son haleine chocolatée, puis sa langue, s'offrirent à lui avec ce détachement propre aux novices, mais la seule réalité d'une bouche entrouverte suffit à provoquer une érection colossale chez ce garçon dont l'horizon aurait dû se limiter, en ce samedi, à un classeur trois anneaux.

Sans peser le pour et le contre, la main d'Adam Selig s'aventura sous le chemisier, sous la brassière, sur le sein. Enfin, les boutons-pression du Levi's sautèrent et ses yeux se posèrent sur une petite culotte ornée d'une frise, délavée à force de passer en machine, qui représentait, si Adam avait pris la peine de s'y intéresser, Bip Bip aux trousses de Titi, motif répété des dizaines et des dizaines de fois, du nombril au postérieur.

– C'est drôlement agréable, soupira-t-il d'une voix angélique qu'il entendait pour la première fois.

À cinq heures de l'après-midi, Adam renvoyé chez lui et la chaîne hi-fi éteinte, les enfants Mellow se rendirent compte qu'ils avaient besoin de rebâtir leur petite communauté. Sans se concerter, ils gagnèrent la cuisine chacun de leur côté, le pas lent. Les aînés remplirent d'eau une casserole et tirèrent d'un placard deux boîtes de macaronis au fromage. Holly déversa les petites pâtes courbes dans une immense passoire et l'eau bouillante déferla dans l'évier en un torrent de vapeur qui la fit reculer d'un pas. Rattrapée par sa coquetterie et par un besoin subit de pureté, elle décida de le considérer comme un soin du visage : elle se pencha au-dessus de l'évier et ses pores se dilatèrent.

Ils étaient assis tous ensemble dans la lumière jaune de la cuisine, les cadavres d'insectes mouchetant, en ombre chinoise, l'intérieur du globe en verre, et aucun ne fit allusion au livre. Ils semblaient presque l'avoir gommé de leur mémoire, assimilé dans leur organisme et dans leurs cellules, des cellules qui respiraient, enflaient, se répliquaient. Dashiell fourra discrètement un doigt dans son nez, Holly le gronda ; Claudia fondit en larmes, des larmes qui coulèrent rouillées et dérisoires, et Michael déclara qu'ils avaient intérêt à vider leur assiette, « sinon ».

– Sinon quoi ? demanda Dashiell.

Il s'attendait à un mensonge.

– Sinon rien, avoua Michael, et ils mangèrent.

Le jour où il devait quitter New York pour rendre visite à son père en Floride, Michael Mellow était assis à son bureau en teck dans les locaux de Dimension D-Net et scrutait, impassible, le tableur farci de chiffres et de lettres qui s'affichait sur l'écran de son ordinateur. Le projet qui l'occupait actuellement avait pour objectif d'éradiquer la famine au Kenya ; le précédent avait ciblé la population la plus miséreuse de la région des Appalaches. Les fondateurs de DDN – Seth et Zachary Dibbler, « les jumeaux », comme on les désignait en règle générale, car ils étaient nés à quelques minutes d'intervalle, empêtrés dans leur cordon ombilical – s'étaient convertis aux bonnes œuvres par le plus grand des hasards. Une convergence fortuite d'événements leur avait permis de découvrir quelques années plus tôt que le logiciel développé pour les rasoirs Lady Gillette pouvait, moyennant certaines modifications, servir à expédier de la nourriture à des populations frappées par la faim. Parce que la disette était un fléau international, le logiciel était constamment remanié et Michael, directeur adjoint en charge du développement, n'avait qu'un objectif, l'améliorer.

Michael avait l'impression d'occuper un poste sans âme, même si ses amis lui rappelaient souvent que son travail était tout sauf abrutissant. Le hall de Dimension D-Net, comme le hall d'un immeuble sur deux à New York, Chicago ou Los Angeles, était arrosé par une fontaine et s'ouvrait, un peu à l'écart, sur un atrium envahi d'une végétation exubérante, convaincue à force d'engrais surpuissants et d'informations contradictoires qu'elle poussait au cœur d'une forêt tropicale. Lorsque Michael arrivait au pied du Strode Building le matin et qu'il franchissait la porte-tambour, il était d'abord accueilli par la gifle vigoureuse de l'eau sur des cailloux déchiquetés, puis par le bonjour que rugissait Mohammed, le vigile armé. Il empruntait ensuite un ascenseur, qui l'expédiait à son étage à une vitesse supersonique, comme si les tâches qu'il allait accomplir ne supportaient aucun retard. À chaque fois que Michael sortait de l'ascenseur et s'engouffrait dans les couloirs de DDN, le décor l'impressionnait autant qu'au premier jour, ce qu'il jugeait parfaitement aberrant. Ses employeurs « s'étaient lâchés ». Ils « n'avaient pas lésiné sur la dépense ». Les murs arrondis étaient tapissés d'un papier japonais à la texture rêche, granuleuse, comme fabriqué à partir d'avoine. Les éclairages se confondaient avec le plafond et chaque bureau était équipé d'un système stéréo dernier cri. La musique stimulait la créativité, argumentaient les jumeaux dans la brochure promotionnelle, et leurs collaborateurs ne s'en plaignaient pas, au contraire. Ils n'auraient cédé leur place pour tout l'or du monde : leur salaire était valorisé d'une année sur l'autre et leurs pulsions charitables étaient assouvies chaque jour davantage.

Michael remonta en silence le couloir à la moquette moelleuse et fut salué par deux collègues, l'un très sociable, l'autre souffrant d'une légère paranoïa. Les trois femmes qu'il croisa ensuite émirent des variations sur le même thème – « Bonjour, Michael » –, les deux premières formulées avec une chaleur indéniable, la troisième (Deb, du service marketing) avec un agacement inexplicable. Que lui avait-il fait ? Aucune idée. Il serait tranquille une fois dans son bureau. L'espace était immaculé ; des arabesques s'entrelaçaient dans l'épaisseur de la moquette ocre, dessinées par les femmes de ménage à jamais anonymes qui avaient passé l'aspirateur quand lui dormait encore. Il glissa un CD – du Mahler – dans le millefeuilles de verre qui constituait le système audio et, le temps d'un éclair, il se rappela qu'à une époque, alors que son mariage prenait l'eau de toutes parts, Paul s'abreuvait de Mahler des nuits durant. Michael se demanda si son père avait gardé cette habitude. Il aurait la réponse le soir même, peut-être, quand il atterrirait en Floride.

Michael se rendit compte que quelqu'un rôdait près de la porte : c'était Rufus Webb, chef de produit, une boule de nerfs de 26 ans qui avait des poches sous les yeux et une vie affective aussi calme qu'un lac de montagne. Rufus ne vivait que pour DDN ; il harcelait Michael d'e-mails lorsqu'ils n'étaient pas dans la même pièce ou dès qu'ils s'affranchissaient, même temporairement, de la vie en entreprise. Michael avait constaté, depuis quelque temps – depuis le début de ses soucis avec Thea –, qu'il ne se formalisait plus du tempérament obsessionnel de son collègue, de la façon que Rufus avait de l'entraîner, lentement mais sûrement, dans la spirale infernale de la névrose.

– C'est vrai que tu t'en vas, alors ? demanda Rufus sans prendre la peine de masquer son angoisse.

– Oui.

– Quand ?

– Ce soir. Je te l'ai déjà dit. Je prends une semaine. Il me restait pas mal de jours à poser.

Toujours planté dans l'encadrement de la porte, Rufus se balança d'un pied sur l'autre et ajouta d'une voix lugubre :

– D'accord. J'espère que je vais m'en sortir sans toi.

– Bien sûr que tu vas t'en sortir.

– Je t'enverrai un e-mail pour te mettre au courant.

– Non. Surtout pas. Ne m'envoie rien, rien du tout. J'ai besoin d'un peu de temps pour moi, Rufus. J'ai des affaires familiales à régler. Tu comprends ?

Le regard de Rufus Webb se fit vitreux ; non, il ne comprenait pas, il ne pouvait pas comprendre, il n'avait pas de famille, c'était un concept qui lui était totalement étranger. Il avait vu le jour dans une capsule solaire sur la planète Zoron.

– N'oublie pas que les jumeaux reviennent d'ici deux semaines, siffla-t-il, sinistre, avant de tourner les talons.

Les jumeaux. Michael sentit sa bouche se dessécher. Les employés de DDN évitaient de prononcer le nom des deux frères à voix haute, de la même façon que les juifs pratiquants désignent Dieu sous une forme abrégée, *G—d*, car ce mot dégageait une telle puissance, une telle menace, qu'il valait mieux ne pas l'écrire en toutes lettres. Les jumeaux vivaient à Maui, dans une maison toute de verre et de bois vêtue au pied d'un volcan endormi et c'est depuis cette maison qu'ils supervisaient les chantiers engagés par leur société, greffés à leurs ordinateurs, leurs casques audio et leurs Blackberry. Ils donnaient l'impression d'être présents dans les locaux new-yorkais tant ils semblaient impliqués dans le quotidien de leurs collaborateurs. Courts sur pattes, les tempes dégarnies, ces deux trentenaires affligés de certaines difformités étaient fins connaisseurs en marijuana.

Rien dans leur comportement ne justifiait la crainte qu'ils inspiraient et, pourtant, tous les salariés de DDN se prosternaient devant eux. Michael ne faisait pas exception. En plus d'être riches à millions, ils mettaient leur fortune au service d'une bonne cause. Il n'en fallait pas plus pour déclencher l'adulation, et la frayeur. S'il y avait un objectif auquel aspiraient par-dessus tout leurs collaborateurs, c'était celui d'engraisser leur compte en banque. L'altruisme n'était pas exclu de cette ambition. Les jumeaux avaient un petit côté Beatles : ils incarnaient des idéaux qu'ils avaient crus perdus au cours du rêve un peu dingue qu'avaient représenté les cupides années 1980 et le début des années 1990.

Michael avait participé à la curée, lui aussi, en ramassant le pactole grâce à une start-up qui avait fait faillite à peine sortie de terre. Il vivait à l'époque avec Alison Berman, une femme au débit de mitrailleuse qui s'était mise à boursicoter après avoir présenté sa démission (elle occupait un poste d'analyste financier dans une banque). Parfois, lorsque Michael rentrait du travail, elle ne levait même pas la tête, trop occupée pour lui dire bonjour. Les yeux vrillés sur son ordinateur, elle semblait hypnotisée. Elle restait assise devant son écran jusque tard dans la nuit et se nourrissait de nouilles sautées qu'elle piochait directement dans la boîte en carton apportée par le livreur. Les longs spaghettis restaient un instant suspendus au bord de ses lèvres, obstinés, comme si quelque chose avait retenu son attention à la dernière seconde. Cette relation nocive n'avait pas duré, Dieu merci ; cette époque tout entière était loin derrière Michael et il avait vécu quelque temps célibataire, et chômeur.

Lorsqu'il avait été embauché par DDN, en 1998, sa mère lui avait envoyé un article tiré du magazine *Psychologie contemporaine*. Des études avaient prouvé que les salariés engagés dans le caritatif étaient beaucoup moins touchés par la dépression que les autres actifs. « À titre d'information », avait-elle écrit sur un Post-it. De toute évidence, Michael faisait partie des moins chanceux. L'Endeva était efficace, jusqu'à un certain point seulement, et ses ratés éjaculatoires le démoralisaient.

Sur un coup de tête, Michael saisit son téléphone et composa le numéro de l'appartement. Thea décrocha à la première sonnerie et il comprit, à sa voix éraillée, qu'il l'avait tirée du sommeil. Il était neuf heures passé de vingt-trois minutes.

– Salut. Bonjour.

– Salut.

Elle bâilla et recouvrit le combiné de la main.

– Trop tard, je t'ai entendue. Quelle vie tu mènes. Le luxe total.

– J'aimerais bien. Il fallait que je me lève, de toute façon.

Ils firent à nouveau le déroulé de leur emploi du temps, les répétitions d'*Hystérique*, le déjeuner avec le responsable technique autour d'un plateau-repas, le cours d'improvisation et, pour boucler la journée, le vol prévu à six heures du soir.

– Bon, eh bien, fais bon voyage, Michael.

– Merci. Je fais bien d'y aller, je pense. Peut-être même que j'arriverai à convaincre mon père. À rendre ma mère heureuse.

– Oui. Écoute, je voulais te dire un truc. Ne te mets pas martel en tête, d'accord ? Pour hier soir, bien sûr. Au lit. Parce que moi, je ne t'en veux pas, lui rappela-t-elle, comme s'il avait pu oublier pareil fiasco.

Un peu plus tard dans l'après-midi, assis sur la banquette arrière d'un taxi, laissant loin derrière les fontaines impétueuses et la verdure luxuriante de la ville, cinglant vers l'aéroport JFK puis vers un appartement inconnu en Floride, Michael Mellow crut que le ciel lui tombait sur la tête : il avait oublié son Endeva.

Et merde, et merde, paniqua-t-il, et il essaya d'appeler Thea, affolé. Le téléphone sonna dans le vide, bien entendu, car elle était déjà partie au théâtre. Il chercha aussitôt une solution de remplacement. Qui appeler ? Son pharmacien, tiens ; il pouvait contacter la pharmacie de son père en Floride, une boîte toute neuve l'attendrait à son arrivée et il ne raterait pas un seul jour de traitement. Mais cette idée ne lui convenait qu'à moitié : il ne voulait pas que Paul Mellow sache qu'il était sous antidépresseurs, qu'il lui demande d'une voix dégoulinante de compassion :

– Dis-moi, qu'est-ce qui ne va pas ?

Michael repensa aux efforts surhumains fournis la veille avec Thea ; il lui suffisait d'évoquer la scène pour souffrir le martyre. Le médicament avait fait de lui un homme (plus ou moins) heureux, mais inachevé – et comment atteindre le bonheur dans cet état ? L'un annulait l'autre. En ce moment même, son cerveau était remodelé par la pilule vert pâle qu'il avait avalée le matin avec son *latte* XXL. Et si la fille la plus sexy de l'univers venait baisser son pantalon pour lui faire une petite gâterie, il serait incapable d'aller au bout. Incapable de finir le boulot. DDN ne lui suffisait pas, il fallait qu'il bosse aussi le soir et le week-end.

Donc non. Hors de question. Hypothèse : et si cet oubli était un acte manqué, une façon d'encourager son cerveau à se purger de ces molécules qui tourbillonnaient sans cesse dans son système sanguin ? Il arrêterait sans aucune forme de préavis. Il savait qu'un sevrage brutal était une solution risquée, il savait qu'il souffrirait de mille effets indésirables – vertige, tremblements, sueurs –, mais cela n'avait aucune importance. Désormais, il débordait d'énergie. Il se rendrait en Floride, il persuaderait Paul de se ranger à l'avis de sa mère, il deviendrait un homme nouveau, il retournerait à New York, à son lit, au corps parfumé et languissant de Thea Herlihy, et il bouclerait la boucle.

3

Claudia Mellow était au volant d'une Nissan Maxima de location blanche, comme l'exige la coutume pour les véhicules de location, peut-être pour mieux les isoler dans le trafic : illégitimes et, d'une certaine manière, en porte-à-faux. Une définition qui faisait écho à l'état d'esprit de Claudia, lancée à vive allure sur la Long Island Expressway, la voie express la plus connue de l'État de New York, à une heure de l'après-midi en cette journée d'hiver ensoleillée, le coffre chargé de matériel – caméras, câbles et chariots, loués eux aussi. La circulation était fluide : la LIE est fréquentée en majorité par des banlieusards qui font la navette matin et soir, les mêmes qui étaient en ce moment bien au chaud dans leurs bureaux du centre-ville, leurs enfants casés dans les écoles spacieuses et colorées.

Claudia régla le chauffage sur le dernier cran et l'air l'agressa dans une odeur de plastique brûlé avant de tiédir l'habitacle et d'assouplir ses muscles raidis par l'effort. Claudia Mellow n'était pas très douée pour la conduite ; elle avait le permis, mais les occasions de prendre le volant se faisaient rares. À sa grande surprise, ses réflexes étaient revenus facilement, cette vigilance associée à une passivité léthargique. Elle se rendait à Wontauket, où elle comptait tourner un film, même si elle savait que, en plus d'être mauvaise conductrice, elle n'avait pas l'étoffe d'un cinéaste. Son matériel avait envahi le coffre tapissé de moquette et débordait sur la banquette rouge de la voiture. Cet attirail lui conférait une sorte de légitimité, une aura de professionnalisme. Si elle s'enroulait dans ces plantes grimpantes que sont les fils et les câbles électriques, elle aurait l'impression, d'une certaine manière, d'être reliée au monde.

Claudia appartenait à l'espèce, chaque jour plus nombreuse, des étudiants en cinéma. Cette engeance ne se contentait plus de pulluler dans les rues de New York, elle envahissait également les villes de moindre envergure qui s'étaient toutes dotées d'« instituts supérieurs d'audiovisuel ». Ce genre d'établissements surgissait de terre partout où une salle de classe était disponible, où le matériel pouvait être emprunté, où une poignée de diplômés en septième art – leur gloire : tourner des films d'entreprise, des publicités, des films indépendants, ou avoir vendu un scénario – acceptaient de répandre leurs lumières sur les étudiants. Les étudiants eux-mêmes formaient une population hétéroclite et débraillée ; on y croisait des adolescents tout juste sortis du lycée comme des quinquagénaires. Les cours s'étalaient sur un week-end, un mois, huit semaines, un semestre ou une année entière ; les frais d'inscription étaient si élevés qu'ils attiraient un certain type de personnes, des rentiers, des paumés, qui ne savaient pas trop quoi faire de leur vie.

À 34 ans, Claudia était une boulimique de films. Elle errait dans les muliplexes, déambulant de salle en salle, là où ses pas et ses envies la portaient. Cette boulimie était la suite logique de la curiosité qu'avait éveillée en elle, toute petite, le téléfilm de seize heures trente. S'il lui arrivait de rater le début d'un film, elle savait qu'elle pouvait combler son retard sans problème. Les scénarios étaient tous identiques, tous simplistes, malgré la poudre qu'ils jetaient aux yeux des spectateurs. Les films plongeaient les gens dans une obscurité liquide et les obligeaient ainsi à polariser leur regard sur l'écran ; le processus se répétait pour chaque film, chaque spectateur.

À l'époque où les clubs vidéo poussaient comme des champignons aux quatre coins des États-Unis, Claudia avait pris plusieurs cartes de membre. Son étourderie lui valait systématiquement des pénalités de retard, mais elle s'en moquait. Ces amendes représentaient une réprimande dérisoire : son unique souci, c'était d'obtenir sa dose quotidienne.

Claudia disposait d'une somme rondelette que ses parents avaient confiée à la banque des années plus tôt et elle avait décidé d'en consacrer une partie à sa nouvelle formation. Ils étaient encore mariés lorsqu'ils avaient fait don à chacun de leurs rejetons d'un capital identique et ils les avaient tous réunis dans l'antre pour leur en parler. Des années plus tard, ils auraient recours à la même solennité pour annoncer leur divorce.

– Il faut que vous sachiez, avait déclaré leur père, qu'on a signé une petite épargne pour chacun de vous.

C'était du chinois pour Claudia qui ignorait le sens du mot « épargne ». Holly, elle, avait hoché la tête et demandé avec une décontraction insolente :

– Quand est-ce que je pourrai retirer l'argent du compte ?

Des années plus tard, Holly s'était insurgée contre l'« argent gagné grâce au sexe », l'« argent sale », ce qui ne l'avait pas empêchée, sur le moment, de l'accepter sans sourciller ; les autres non plus n'avaient pas fait la fine bouche. Les droits d'auteur générés par un livre qui avait poussé la famille à se déchirer et à changer de visage tombaient désormais dans l'escarcelle de la branche new-yorkaise de la Metro Film Academy où Claudia s'était inscrite. Treize semaines de cours censés lui apprendre à tenir une caméra 16 mm qui allégeaient son compte de milliers de dollars, sans compter la location de l'Arriflex.

Au fil des années, Claudia avait exercé des emplois à l'intérêt limité : dactylo la nuit dans un cabinet d'avocats, promeneuse de chiens et, plus récemment, assistante de Marnie Lembad, publiciste au sein de la société de relations publiques Kline Lembad, un poste qu'elle avait quitté le jour où sa patronne, en pleine crise d'hystérie, l'avait traitée de « grosse truie stupide » devant ses collègues. Claudia avait oublié de lui transmettre le message d'un agent très influent.

– Non, s'était-elle indignée, avec un mélange de bravoure et d'imprudence. La grosse truie, c'est vous.

Des murmures étouffés s'étaient élevés du couloir où les curieux s'étaient rassemblés pour épier la scène.

– Casse-toi, avait rétorqué Marnie Lembad en agitant sa longue main blanche. Tire-toi d'ici.

Claudia n'avait pas protesté. Lorsqu'elle était passée devant les employés de Kline Lembad – trop effrayés, ou trop impressionnés, pour lui offrir plus qu'un regard furtif exprimant leur solidarité –, elle s'était pris en plein visage l'horreur de la scène et avait accéléré le pas. Une fois rentrée chez elle, elle s'était blottie sous sa couette et avait regardé en enfilade *Le Parrain* et *Le Parrain II*, versant quelques larmes sur la perte de son emploi, sur sa mise au ban, sur les monstruosités qu'elle avait entendues. Car elle n'était ni stupide, ni obèse. C'est le « grosse truie », fondé sur une réalité que l'on ne pouvait nier, qui l'avait touchée au cœur.

Du haut de son mètre cinquante-cinq, Claudia Mellow n'était pas grosse. Elle avait tout simplement l'air massif, comme un sac-poubelle garni de feuilles mortes, selon sa propre description. Petite, les membres mal définis, les jambes courtaudes, elle ressemblait à ces chiens microscopiques pour lesquels la reine d'Angleterre s'était prise d'affection. Sa poitrine, également, était trop imposante par rapport à son tronc trapu. Elle s'avançait en saillie, un peu comme des dents de lapin. Des nichons de lapin, disait-elle depuis toujours, et elle se demandait parfois si elle ne souffrait pas d'une tare héréditaire que personne n'avait encore diagnostiquée, d'une obscure anomalie génétique, peut-être un chromosome en trop, celui de l'assemblage défectueux.

Le corps de Claudia violait toutes les lois de l'esthétique. Une naine à la taille épaisse et aux seins encombrants, voilà ce qu'elle était. La rédemption venait de son visage, de ses beaux yeux bleus, de sa peau laiteuse, de ses boucles brunes. Si cette tête avait couronné un corps différent, nul doute que la face de son monde en aurait été changée. Le sexe fort considérant, hélas, la femme comme une créature composite, une alliance entre intelligence et beauté physique, la plupart de ses représentants lui avaient tourné le dos. Il y avait souvent quelque chose qui clochait chez les hommes qu'elle avait fréquentés. Clifford Zelman, beaucoup plus âgé qu'elle, était une victime des ravages de la thalidomide : l'un de ses bras était réduit à l'état de moignon. Sa méchanceté ne connaissait pas de limites : un jour, il avait demandé à Claudia si elle comptait se faire réduire les seins. Un autre de ses compagnons, Andy Meyers, venait d'achever un séjour en hôpital psychiatrique, même s'il semblait parfaitement normal, quoiqu'un poil mélancolique. La dépression coulait dans sa famille comme une rivière, avait-il expliqué. Suivant l'exemple de son père et de sa sœur, il avait été traité par électrochocs avant même de souffler ses vingt et une bougies. À l'université, Claudia avait couché avec plusieurs hommes ; deux d'entre eux lui avaient avoué, plus tard, leur homosexualité. Ces deux-là, elle l'avait compris avec le recul, s'étaient servis d'elle pour vérifier leurs préférences sexuelles. Et ça avait marché. Pour eux.

Au lieu d'inspirer l'amour, Claudia tenait le rôle d'amie, de confidente, de camarade. De très nombreuses personnes se reposaient sur elle et lui ouvraient leur cœur, si bien qu'elles finissaient par admettre : « Je ne sais pas pourquoi je te raconte tout ça. Je ne l'ai jamais dit à personne. » Elle cachait ses propres secrets, bien entendu, et une profonde pudeur l'empêchait de tirer la couverture à elle. C'étaient cette douceur, cette banalité intrinsèque, qui la distinguaient de la foule. Et ces qualités tiraient leur source dans son enfance, dans les pages d'un livre qui braquait les projecteurs sur l'intimité de ses parents.

Les gens étaient intrigués par cette histoire, par cette expérience étrange, et elle répondait à leurs questions sans se faire prier. Avec le temps, elle décida de réciter une formule prête à l'emploi qu'elle resservit des dizaines de fois : « Eh bien, c'était très intense. J'étais plutôt gênée, je l'avoue. Mes frères et ma sœur aussi, d'ailleurs. Mais on a réussi à s'en sortir. » Elle cherchait ensuite à changer de sujet, à faire basculer la conversation, ce qui arrangeait souvent son interlocuteur. Le soulagement venait lorsqu'elle était de nouveau à l'écoute.

Petite, Claudia avait fait l'unanimité auprès de ses instituteurs. À la maternelle, elle rendait service à sa maîtresse bien-aimée, Mlle Pernak, en frappant de toutes ses forces des tampons blanchis par la craie, à une époque où tableaux noirs et tampons effaceurs étaient encore d'actualité. C'était une Mellow, c'était une fillette connue, et les enseignants l'avaient, pour la plupart, prise en pitié. Ce pauvre petit poussin si comique, condamnée à vivre son enfance sous l'aile immense de la sexualité de ses parents.

Ce fut l'école qui sauva Claudia du tumulte déclenché par la publication du livre. Le soir où leur père découvrit que sa femme mettait un terme à leur mariage, il avait embarqué tous ses enfants dans une balade en voiture mémorable. Claudia sentait qu'il se passait quelque chose d'inhabituel, sans pouvoir expliquer quoi précisément. Elle s'était recroquevillée tout au fond du break et, les yeux fermés, avait répété à part elle : *Pense à l'école, pense à l'école*. Comme s'il s'agissait d'un temple, d'un lieu sacré. Sa famille se fracturait mais l'école, elle, était toujours là, insubmersible, et les instituteurs prenaient soin d'elle avec une tendresse inépuisable.

Voilà comment, des années plus tard, Claudia avait choisi le thème de son film de fin d'études : elle se proposait de donner la parole aux instituteurs qui l'avaient prise sous leur aile à l'école primaire de Wontauket. Elle comptait découvrir ce qu'il était advenu de ces hommes et de ces femmes, recueillir l'opinion qu'ils s'étaient forgée sur les élèves en particulier et le système éducatif en général, les interroger sur la vie qu'ils avaient menée depuis son départ. Son documentaire, elle l'intitulerait *L'Enfance de l'art*. Elle avait trouvé leurs coordonnées via Internet et contacté ceux qu'elle était parvenue à localiser. Tous avaient accepté le principe de l'interview filmée et aucun n'avait paru surpris par son projet. Parmi eux, deux enseignaient toujours, trois avaient pris leur retraite et deux autres, apprit-elle, étaient décédés. Aujourd'hui elle rencontrait la première de la liste, Mlle Pernak, et cette perspective déclencha un accès de trac, d'abord parce que, en tant que cinéaste novice, elle se lançait complètement à l'aveugle, mais aussi parce qu'elle ignorait encore quels squelettes elle allait déterrer.

Claudia s'engagea dans la bretelle de sortie qui menait à Wontauket et mit le cap sur le centre-ville. Elle décrivit de larges cercles et étudia la grand-rue sans la moindre émotion, les nouveaux salons de manucure, les papeteries et l'épicerie Brunckhorst, dont la salade de macaronis macérait dans des bacs en métal. La voiture longea la décharge que Dashiell avait explorée, enfant, en quête de trésors inespérés. Claudia et lui avaient frénétiquement joué à cache-cache à la périphérie de ce terrain, échappant à la surveillance des adultes des journées entières, à un âge où les parents pouvaient prendre le risque de ne pas chaperonner leur progéniture vingt-quatre heures sur vingt-quatre.

– C'est hallucinant, que tu tournes un film à Wontauket, lui avait écrit Dashiell dans un e-mail la semaine précédente.

Même si son frère travaillait comme un forçat dans les bureaux de la campagne électorale à Rhode Island, ils gardaient toujours le contact. D'ordinaire, par pure gentillesse, Dashiell ne tarissait pas d'éloges sur les risques dérisoires que prenait Claudia, mais lorsqu'elle lui expliqua son projet, il lui répondit aussitôt :

– Je ne comprends pas ce qui te motive. Moi, jamais je n'y retournerai.

– Vraiment ? Même pas pour voir si ça a changé ?

– Surtout pas. Ça se fera sans moi. J'en ai fini avec cet endroit.

Claudia avait cru, elle aussi, en avoir fini avec Wontauket mais elle était revenue sur sa décision, contre toute attente. Elle n'avait rendez-vous à l'école qu'à seize heures ; en attendant, elle avait quartier libre et la meilleure façon de tuer le temps serait d'aller saluer la maison de son enfance. Claudia n'avait pas anticipé l'angoisse que soulèverait en elle cette idée. Elle appuya sur la fonction « balayage » de l'autoradio et localisa très vite l'une de ces stations spécialisées en smooth jazz, avec ses DJettes à la voix suave et ses riffs de guitare ringards. Elle tenta de se laisser bercer par la musique insipide et, tout en conduisant, elle observa les environs. Le Poulet déplumé, la rôtisserie du quartier, avait survécu à sa très longue absence – le fumet de la volaille rôtie à la broche était toujours répandu dans la rue par le conduit d'aération incrusté de tartre –, tout comme Chic et Choc, où Claudia avait acheté, sur les conseils de sa mère, une infâme robe orange pour le concert de fin d'année, au collège. Elle avait été troisième flûte, rien d'exceptionnel.

Claudia bifurqua à droite et s'enfonça dans son ancien quartier sillonné de rues dédiées aux plus prestigieuses universités du pays. Il y avait là Amherst Drive, Bryn Mawr Avenue et Wellesley Lane ; elle enfila ensuite Princeton Court et Grinnell Way, une impasse dont le nom interloquait depuis toujours les habitants de Wontauket qui n'avaient jamais entendu parler de cette université, perdue au milieu de nulle part dans l'Iowa. La cime des arbres atteignait des hauteurs impressionnantes : les pousses qui avaient paru si jeunes et si fragiles des années plus tôt s'étaient bien étoffées, comme si un enfant avait gribouillé une feuille à l'aide d'un crayon vert.

Claudia s'engagea dans Swarthmore Circle et se gara en créneau le long du trottoir, au prix d'immenses efforts, éteignit l'autoradio et coupa le moteur. Elle se dressait là, presque méconnaissable, éveillant toujours un trouble, un sentiment de vulnérabilité. Les bardeaux en cèdre et la brique rugueuse avaient été blanchis à la chaux et la porte d'entrée, repeinte d'un turquoise criard, était ornée d'un heurtoir en cuivre et de figures géométriques gravées à même le bois. La boîte aux lettres plantée dans le virage indiquait « Gupta », ce qui la désarçonna, car dans son souvenir la maison avait été vendue à un couple chinois, les Feng. Claudia jugea étrange que les premiers acheteurs s'en débarrassent si vite. La raison pour laquelle Roz Mellow avait décidé de se séparer de la maison, c'était un mariage mort et enterré et le départ de la petite dernière à l'université. Le couple n'était pas du genre à divorcer ou à se déraciner au bout de quelques mois ; hauts comme trois pommes, déférents, ils avaient scellé la vente en servant à Claudia et à Roz un thermos de thé vert et des bonbons.

L'année 1986 avait vu à Wontauket l'accélération de l'invasion indo-pakistanaise. Les têtes blondes pédalant sur leur tricycle avaient été remplacées par des tignasses brunes qui, les années passant, se déplaçaient sur des véhicules de plus en plus sophistiqués : VTT, planches de skate, scooters électriques et, en bout de chaîne, longskates, ces kayaks portés sur le bitume de la banlieue. Claudia resta assise quelques secondes dans la voiture pour étudier la maison et la rue paisible qui, des années plus tôt, avaient digéré la célébrité et le scandale, puis la débandade du mariage Mellow, une débandade publique, commise au vu et au su de tous, comme pour distraire la galerie. L'ordinaire avait cédé la place à l'insolite et les chagrins collectifs et individuels de la famille Mellow, anciennement domiciliée au numéro 8 de Swarthmore Circle, avaient été aspirés par l'atmosphère où ils s'étaient aussitôt dispersés.

Claudia aurait voulu envoyer un e-mail à Dashiell histoire de le rassurer : il n'avait rien à craindre, il pouvait revenir à Wontauket, ce n'était pas aussi terrible qu'il le redoutait. Non, ce qu'il fallait, c'était leur écrire à tous, inventer un prétexte quelconque pour les faire venir, même si aucun ne consentirait à cet effort. Holly était égale à elle-même – déconnectée de la réalité, complètement déphasée, inutile, hors service, pour des raisons que Claudia n'avait pas réussi à définir sans employer ce charabia psychologisant qui se gargarisait d'expressions fourre-tout : « préjudice moral », « inadaptation socio-affective » et « colère », de préférence de l'espèce « non résolue ». Michael avait de nombreuses préoccupations. Elle pensait à lui, si loin d'elle, en Floride, avec leur père, avec Élise. Elle s'imagina Paul Mellow en short et tongs, sa barbe bouclée saupoudrée de blanc et de gris, son regard débordant de gentillesse et de bienveillance malgré cette blessure jamais refermée. C'était en revanche un vrai défi de visualiser Michael en train de se détendre en compagnie de leur paternel, car Michael n'avait pas l'habitude de lâcher la bride ; cela allait à l'encontre de son tempérament de grand nerveux. Qu'est-ce qu'il pouvait bien trafiquer là-bas ? Il avait déjà prolongé son séjour en Floride d'une semaine.

– Je vais bien, avait dit Michael à sa sœur au téléphone quelques jours plus tôt.

Elle avait éprouvé le besoin de l'appeler afin d'entendre sa voix et d'évaluer son humeur. Au téléphone, il lui parut très bizarre.

– Tu es sûr ?

– Bien sûr que je suis sûr. Pourquoi ça n'irait pas bien ? Quelqu'un a dit quelque chose à mon sujet ?

– Tu deviens parano. Je me posais la question, c'est tout. Je croyais que tu ne comptais rester qu'une semaine.

– Oui, c'était l'idée de départ. Mais la semaine a filé, papa n'avait pas encore changé d'avis et je me suis dit, et puis merde, je vais rester ici. Qu'est-ce qui m'en empêche ? C'est très agréable. Je m'offre une petite pause. Rien de méchant.

Cela ne ressemblait pas à Michael d'abandonner son travail, même une minute. Mais Claudia n'était pas au bout de ses surprises.

– Thea est d'accord, avait-il ajouté. Et je trouve que ma présence ici est très fructueuse. Papa et moi, on est en train d'arranger les choses. Maman va être ravie.

Et il avait raccroché.

Claudia remarqua une silhouette à côté de la boîte aux lettres bleue au bout de la rue ; elle était en train de poster son courrier. Une femme vêtue d'une doudoune, coiffée d'un épais bandeau en laine. Elle se figea un instant, porta son regard dans la direction de Claudia et s'approcha de la voiture. C'était Elaine Gamble, Elaine Gamble la cinglée, cette beauté fanée dont le fils avait disparu au Vietnam, devenue entre-temps une petite vieille aux cheveux argentés. Seule, sans enfants, divorcée, elle qui avait vu la maison des Mellow passer de mains en mains n'avait pas quitté la sienne, située de l'autre côté de la rue. Oui, c'était bien elle, maigre et blême, moins hagarde qu'à une époque, comme si le temps avait pu panser la plaie qu'avait ouverte la mort de son fils fauché par une guerre illégitime.

Claudia ouvrit la portière et alla à sa rencontre.

– Claudia Mellow ? C'est toi ? s'étonna Mme Gamble.

– C'est bien moi, répondit-elle en ébauchant un sourire.

D'un seul mouvement fluide, la femme l'étouffa dans une étreinte quasi maternelle, alors qu'une pareille manifestation de tendresse était inenvisageable à l'époque où les Mellow vivaient sur Swarthmore. En ce temps-là, Elaine Gamble avait été trop perturbée, trop abattue. Désormais elle paraissait émoussée, lissée, comme si elle écoutait du jazz du matin au soir.

– Mais qu'est-ce que tu viens faire ici, Claudia ? Et à cette période de l'année ?

– Je vais tourner un petit film, répondit la jeune femme, avec une fierté qui se métamorphosa en embarras.

Le matériel qui encombrait la banquette arrière de la Maxima semblait la dénoncer : le trépied grêle, l'Arriflex et le Nagra, qu'elle allait devoir manipuler aujourd'hui sans l'aide de quiconque, faisant abstraction de sa maladresse. Elle était seule, livrée à elle-même, et c'était un choix qu'elle avait fait en toute intelligence, même si elle était incapable de le justifier. Quelque chose avait dû la pousser jusqu'ici – mais quoi ? Un vent violent, peut-être ?

– Quelle bonne nouvelle. Je crois qu'aucun film n'a jamais été tourné dans le quartier. La dernière fois qu'il y a eu des caméras ici, c'était pour tes parents.

– Oh. Je vois.

Un silence. Claudia sentit sa gorge se nouer. Stu est-il toujours porté disparu en Asie, ont-ils enfin retrouvé sa dépouille ? Le fait était qu'elle n'avait pas la conversation facile.

Mme Gamble vola à son secours.

– Je travaille à mi-temps à la bibliothèque. Nous

sommes tout un groupe de dames d'un certain âge qui vivons ici depuis toujours. Je suis prioritaire pour emprunter les nouveautés. C'est un sacré avantage : je me retrouve à lire tous les romans croustillants en avant-première. Et toi – tu travailles dans le cinéma.

– Non, pas réellement. C'est ma première tentative.

Claudia remarqua alors qu'Elaine Gamble ne portait plus son légendaire bracelet. Elle avait dû s'en débarrasser en coupant la chaîne ou en forçant l'attache. La jeune femme cligna des paupières, désorientée. Elle tenta de camoufler son malaise sous un sourire.

– Bonne chance à toi, dans ce cas. Salue ta maman de ma part. Et ton papa. Et ton frère, Michael, dis-lui bonjour aussi. Je l'ai toujours beaucoup aimé. Il était si gentil.

Elaine Gamble s'apprêtait à tourner les talons quand Claudia la retint.

– Madame Gamble ? Vous connaissez les Gupta ?

– Pardon ?

– Les Gupta. Ceux qui habitent dans notre ancienne maison ?

– Je ne les connais pas bien, mais c'est un couple avec des enfants adultes. Ils sont indiens. Indiens d'Inde. Comme leur nom l'indique. Ils sont propriétaires du Bombay Café, le restaurant du centre-ville.

– Et les Feng, que leur est-il arrivé ?

– Ah oui, les Chinois. Ils sont partis il y a un bon moment. Ils sont retournés en Chine, je crois, ou juste dans le Queens, je n'en sais trop rien. J'ai un peu honte, mais je ne m'en souviens pas.

Sur ce, elle lui adressa un petit salut timide et s'empressa de rentrer chez elle. Claudia parcourut du regard la maison des Gupta. Aucune fenêtre n'était éclairée. Pas de voiture dans l'allée. À quoi ressemblaient les chambres ? Elle avait envie d'entrer et de fouiner un peu, d'explorer l'agencement actuel, de voir ce qui avait été démantelé, ce qui n'existait plus. Peut-être, d'ici quelques semaines, le tournage terminé, trouverait-elle un moyen de s'introduire chez les Gupta. Pour l'instant, l'heure était venue de retrouver Mlle Pernak.

L'école avait été pour elle une époque dorée car ses instituteurs, et notamment Mlle Pernak, avaient cherché à la protéger de ses parents, ces exhibitionnistes, ces pornographes, même si quelques-uns d'entre eux avaient très certainement dans leur bibliothèque un exemplaire du *Plaisir*.

– Pourquoi avez-vous choisi de vous installer en banlieue ? avait un jour demandé un journaliste.

Roz et Paul avaient alors répondu qu'ils voulaient donner à leurs enfants le goût des « grands espaces ».

Il leur importait peu que leurs voisins ne soient pas aussi raffinés que les citadins. Et pourtant, à une petite vingtaine de minutes en voiture de Wontauket, dans une ville moins cossue et moins tolérante, des marches aux flambeaux avaient été organisées en 1975 devant la bibliothèque municipale ; les manifestants avaient réclamé que *Le Plaisir* soit banni des rayonnages, sans se douter que la bibliothèque avait déjà pris les devants et exclu le livre de son catalogue. Mais la tentation que représentait un défilé de protestation, avec torches brandies à bout de bras et invasion en pleine nuit des rues du quartier, était trop grande pour ces parents en colère qui rêvaient de chasse aux sorcières et de discours exaltants, comme si leur violence suffirait à couvrir les râles d'un homme et d'une femme qui faisaient l'amour.

Les institutrices de Claudia se pensaient imperméables au scandale, aux commérages et même à la chose sexuelle. Certaines, parmi les plus jeunes, avaient décidé de s'habiller de façon moins féminine et calqué leurs tenues sur celles des petits écoliers. Sur les photos de classe datant de cette période, on voit des femmes de 26 ans vêtues de jupes à carreaux, chaussées de ballerines et même, parfois, auréolées de couettes.

Claudia gara la voiture sur le parking presque désert de l'école primaire Felice P. Bolander. Personne ne se souvenait de cette femme dont le nom était pourtant gravé sur une plaque en marbre vissée sur un mur en brique brune. Elle avait poussé son dernier soupir en 1965, à l'avènement des voyages dans l'espace et des desserts en gélatine moulée. Felice P. Bolander, d'après ce qu'avait retenu Claudia, avait occupé le poste de bibliothécaire à cette époque-là et recommandé ses auteurs favoris à quiconque lui présentait une oreille attentive, avant d'être emportée par un cancer à l'âge de 37 ans. En ce temps-là, il n'y avait pas encore de dépistage obligatoire, pas de mammographies capables de détecter le nodule enkysté dans un sein, comme un morceau de fruit emprisonné dans la gélatine d'un dessert.

Un membre resté anonyme du conseil d'administration s'était pris d'affection pour cette femme pâlotte qui exposait *Laissez passer les canards* et *Jody et le faon* sur la table de la bibliothèque et astiquait, littéralement, leur couverture plastifiée au moyen d'une peau de chamois. Ainsi donc, quelques années plus tard, lorsque fut posée la première pierre, la bibliothécaire donna son nom à la nouvelle école primaire. Les personnes qui avaient connu Felice P. Bolander prirent leur retraite, déménagèrent, cassèrent leur pipe, et des générations successives d'enfants réduisirent sa personne à un mot vidé de sa substance. C'est quoi, ton école ? Bolander.

Claudia extirpa l'Arriflex, le Nagra et le reste de ses appareils, pièce par pièce, de la banquette arrière et du coffre. Elle posa les caméras d'une main mal assurée sur la planche en bois protégée par une étendue de moquette et enroula les serpentins en caoutchouc afin d'éviter qu'ils ne se prennent dans les roues.

À l'intérieur du bâtiment elle distingua le bruit de chaises que l'on traîne sur le sol, des feuilles de papier que l'on ramasse par terre, le fracas lointain du matériel de gym ou des plateaux à la cantine. Claudia resta immobile dans le hall, chargée comme un mulet, étonnée que l'école n'ait pas tiré des leçons de la tuerie de Columbine, avant de reprendre sa marche, géante s'aventurant sur un territoire étranger et miniature.

Un homme surgit de la salle audiovisuelle et l'observa quelques instants. Petite taille, visage osseux, tête en forme d'ampoule, oui, pas de doute, c'était M. Corcoran, qui gérait le centre multimédia depuis la nuit des temps.

– Je peux vous aider ? demanda-t-il.

– Monsieur Corcoran ? Je suis une ancienne élève ? Claudia Mellow ? lança-t-elle dans une rafale de questions, avec l'espoir que l'ampoule s'allume, et cet espoir se réalisa : l'ampoule clignota.

– Oui, Claudia, bien sûr. On se demandait ce que vous étiez tous devenus.

– Moi aussi, je me demandais ce que vous étiez devenus.

– Moi ?

– Non, pas vous en particulier. Toutes mes anciennes institutrices. De la première à la dernière année.

– Tu vas tourner un film ? s'enquit M. Corcoran. C'est un équipement de professionnel que tu as là. Viens donc voir ce qu'on a, là-dedans.

D'un signe de tête, il invita Claudia à rentrer dans la salle audiovisuelle et, par politesse, elle se laissa guider à l'intérieur. Il lui montra toutes les innovations, tout l'argent déboursé par le contribuable et dépensé en gadgets haute technologie. La pièce était envahie de caméras, de rétroprojecteurs, de lecteurs DVD et de moniteurs, du matériel dernier cri, perchés sur des supports métalliques.

– Très impressionnant, reconnut-elle.

M. Corcoran manifesta son approbation.

– On devrait s'en servir pour tourner un film sur vous. Sur tous les enfants qui sont sortis de cette école, sur ce qu'ils ont fait de leur vie. Au fait, je ne t'ai pas demandé. Qu'est-ce que tu es devenue, toi ?

Claudia sentit un poids l'oppresser, la prendre à la gorge ; elle n'avait pas envie de parler de sa vie d'adulte, de cette existence informe, jalonnée de déceptions. L'école primaire représentait une parenthèse enchantée qu'elle ne souhaitait refermer pour rien au monde.

– Oh, j'ai fait un peu de prison, s'entendit-elle répondre.

L'éducateur la dévisagea un long moment et elle abrégea son supplice.

– Je plaisante.

– Fort bien, fort bien, je me suis fait avoir, répondit M. Corcoran.

Claudia fit appel à sa boussole intérieure pour retrouver son ancienne classe et Mlle Pernak était bien là, comme elle l'avait indiqué au téléphone, lors d'une conversation aussi brève qu'amicale, à ce détail près qu'elle lui parut un peu différente, qu'elle ressemblait plus à la tante de Mlle Pernak qu'à la Mlle Pernak de ses souvenirs. Toujours grande, toujours large d'épaules, les cheveux courts, recouverts de givre.

Elle portait un blazer orné d'une broche scintillante. Dans la classe, le bureau avait été supprimé des années plus tôt, au moment de la mise au rebut de la méthode socratique, vestige d'une autorité despotique qui avait fait son temps. La maîtresse n'avait pas le temps de s'asseoir, de toute façon ; elle passait ses journées à patrouiller entre les tables, à s'accroupir, à s'agenouiller, à faire des nœuds, à réparer, à sécher, à essuyer, à guérir, à rhabiller, à implorer.

Mlle Pernak avait changé tout en restant la même, en quelque sorte. L'instituteur fait du surplace quand l'élève avance dans la vie en enchaînant les succès, en tissant un nouveau réseau d'amis et de collègues, en s'assurant un statut social dont il peut s'enorgueillir. Si, d'aventure, il lui prend l'envie de s'offrir une bonne dose de flatterie, il lui reste la possibilité de rendre visite à ses anciens instituteurs qui s'extasieraient sur sa réussite : « Regarde-toi. Tu as fait un sacré chemin. »

L'exception qui confirmait la règle, c'était Claudia Mellow, 34 ans et pas grand-chose à faire valoir. Elle n'avait pas beaucoup évolué depuis la maternelle : toujours petite, toujours boulotte, toujours imparfaite, elle s'arrangeait pour attendrir la plupart de ceux qui croisaient sa route. Elle évoquait un gâteau à moitié cuit, au cœur encore liquide, là où l'on pique la pointe du couteau. Sur le seuil de la classe, elle s'attarda, indécise, comme prise entre deux feux. Quel que soit son parcours, quelles que soient l'évolution et la métamorphose que lui imposeraient les années, elle était toujours Claudia, fruit de l'amour de deux adultes qui considéraient les enfants comme une lourde responsabilité et le sexe comme le bonheur suprême. Son ancienne institutrice l'invita à entrer.

Un peu plus tard, assise derrière un amas compact de bureaux mis bout à bout, Claudia tenait la caméra d'une main récalcitrante, parcourue de tremblements. Au début elle oublia même d'ôter le cache de l'objectif, une étourderie qu'elle répara avec un oups ! en faisant mine de braquer une arme à feu sur sa tempe.

– Prends ton temps, prends tout ton temps, l'encourageait Mlle Pernak.

– D'accord. Merci. Désolée.

Elle fit tomber un posemètre qui rebondit sur le pied de la chaise et glissa loin d'elle. Elle se leva et partit à sa recherche avant de regagner sa place, écarlate et bredouillante, mais résolue. Elle appuya sur un bouton, un moteur vrombit, la bobine se mit à tourner.

– La première question que je voulais vous poser porte sur ce que vous avez appris, après avoir enseigné ici toutes ces années.

– Ce que j'ai appris ?

– Oui.

Doreen Pernak tâcha de formuler la réponse la plus satisfaisante possible et tandis qu'elle se lançait dans un monologue, Claudia jouait à la femme-orchestre : la caméra appuyée sur son épaule, elle gardait un doigt sur le micro, s'autorisait des pauses pour ajuster les lumières et vérifier les câbles. Elle était plus angoissée et plus résolue que jamais. Contrairement aux idées reçues, les instituteurs n'ont pas le pouvoir de façonner des esprits malléables. Une fillette maladroite ne s'affranchit pas, à l'âge adulte, de sa maladresse.

– Quel souvenir marquant avez-vous gardé de ces années-là ?

– Voyons voir... eh bien, j'en garde de très nombreux souvenirs. C'était une époque insouciante, je trouve. Les années 1970. Tu vois où je veux en venir.

Les gens avaient plus d'espoir qu'aujourd'hui. C'est assez irrationnel, quand on y pense, parce qu'on était embourbés au Vietnam et que l'économie était en plein marasme, mais les enfants m'avaient l'air plus innocents. Et quand j'arrivais ici chaque matin, j'avais la sensation de retrouver cette innocence.

Sa tirade fut interrompue par deux jeunes femmes qui ouvrirent la porte à la volée et déboulèrent dans la salle, leur manteau d'hiver sur le dos, hilares.

– Hé, Doreen ! s'exclama l'une d'elles. Mets ton manteau, ma grosse. C'est *happy hour*, on va se bourrer la gueule !

Elles se rendirent compte, trop tard, que Doreen n'était pas seule et celle qui l'avait apostrophée plaqua une main sur sa bouche.

– Oh, pardon. On ne savait pas...

– Pas de souci. Je suis en train de me préparer pour les oscars, expliqua Doreen Pernak.

Les présentations furent faites et les institutrices, le visage juvénile, toutes deux pleines d'entrain et plus jeunes que Claudia, sortirent en se confondant en excuses. Elles appartenaient à une nouvelle génération d'enseignants, moderne, enjouée, armée d'une méthodologie qui n'avait même pas effleuré les pédagogues quand Claudia était enfant.

– Si vous finissez plus tôt, proposa la première, n'hésitez pas à vous joindre à nous, d'accord ? L'une comme l'autre.

Une fois seule avec Mlle Pernak, Claudia Mellow abaissa la caméra disgracieuse, la plaça avec un choc sourd sur les bureaux et posa sur sa maîtresse un regard à l'intensité caricaturale.

– Je voulais aussi vous demander, risqua-t-elle, quel souvenir vous gardez de moi. Pour satisfaire ma curiosité personnelle. Ça restera entre nous.

Voilà ce qu'elle aurait pu ajouter : Mademoiselle Pernak, l'école primaire représente mon Xanadu. Rien ne m'a encore procuré un sentiment de sécurité, de soulagement, de plaisir aussi fort, ni l'université, ni les hommes, ni la vie professionnelle, non, rien. Et vous me voyez là, dans ce corps que je n'aime pas, à essayer de comprendre où ma vie m'entraîne, avec mon Arriflex et mon Nagra loués à prix d'or que j'essaie de faire fonctionner tout comme j'essaie de faire fonctionner ce corps que je me coltine, de l'aider à bouger, à s'épanouir, à trouver sa place dans le monde, mais je n'y arrive pas, il refuse de fonctionner normalement.

Doreen Pernak s'éclaircit la voix et arrangea la broche qui égayait son blazer.

– Je me rappelle que ce n'était pas tout rose pour toi à la maison, à cause de ce qui se passait avec tes parents. Et je me rappelle que tu adorais l'école. Que tu cherchais à me faire plaisir, par tous les moyens. Et tu y arrivais à chaque fois.

Les deux femmes restèrent assises dans la salle de classe plongée dans le silence et se remirent en mémoire un après-midi particulier qui les avait vues, vingt-huit ans plus tôt, dans cette même pièce, frapper en rythme les tampons qui servaient à essuyer le tableau noir, dispersant dans les airs une poussière jaune, rose et blanche qui n'avait rien à voir avec les nuages du mystère, même si elle s'en rapprochait.

Lorsque le ciel se teinta de cette couleur qui, durant son enfance, avait annoncé l'heure du dîner, des devoirs et de la lente marche vers le lit, Claudia Mellow quitta Bolander et traversa Wontauket en suivant le trajet inverse. Mlle Pernak s'était montrée aussi prévenante, aussi patiente, que dans son souvenir et, pourtant, elle dégageait un je-ne-sais-quoi de soporifique qu'elle n'avait pas remarqué petite. Peut-être les enfants réclament-ils des adultes qui avaient charge d'âmes d'être ennuyeux, même à petites doses, songea-t-elle ; ses parents, par exemple, ne l'étaient que rarement. Ils captivaient leur public du matin au soir, du moins en dehors du cadre familial. Mais Doreen Pernak, elle, portait une broche en forme de chat dont les yeux verts tranchaient avec la finition mate d'un disque plaqué or, sûrement un cadeau de fin d'année. Des élèves avaient dû se cotiser, une classe entière. Et ce cadeau dicterait ses choix esthétiques. Elle s'en était tirée à bon compte : elle aurait pu recevoir des boucles d'oreilles en coquillettes.

Claudia avait prévu de rentrer aussitôt chez elle, dans son petit meublé au cinquième étage d'un immeuble situé sur la 7e Rue, dans l'East Village, où le chauffage ne fonctionnait que sporadiquement, comme s'il respectait un rythme interne. Elle vivait seule et cette solitude ne lui déplaisait pas même si, certains jours, elle avait du mal à regagner cette chambre, ses odeurs, ses textures et le capharnaüm qui y régnait. Aujourd'hui, c'était un jour sans, et elle sillonna Wontauket dans sa voiture blanche, tourna en rond une nouvelle fois, passa devant le glacier où son père avait entraîné toute sa progéniture lors de cette fameuse promenade en break et longea la banque où elle avait ouvert son premier compte à 7 ans (le guichetier lui avait même donné du « madame »). Enfin, elle mit le cap sur Swarthmore Circle, car elle avait attendu la tombée de la nuit pour revoir la maison.

Ce coup-ci, elle se gara au pied du pavillon, une manœuvre audacieuse dans une rue si calme. Le jour déclinant, les fenêtres étaient éclairées. À la vue du rayon de lumière dorée qui filtrait par la baie vitrée

– une lumière qui ne provenait pas du salon mais des profondeurs de la maison –, Claudia fut gagnée par la fébrilité. Sans quitter son siège, elle observa les alentours bercée par ce jazz narcotique puis, comme portée par une crise de somnambulisme, elle défit sa ceinture de sécurité et ouvrit la portière. Silencieuse, aussi silencieuse qu'une souris, et modeste aussi. Toutes ces années d'effacement volontaire l'avaient persuadée qu'elle était invisible, au sens littéral, et c'est cette certitude qui l'aida à s'extirper de la Maxima et à traverser, d'un pas de Sioux, la pelouse obscure. Elle s'approcha de la fenêtre, se fit une visière de sa main et plongea son regard à l'intérieur. Un voilage beige tamisait la vitre. Elle distingua, assez près, une masse brune – un canapé, peut-être – et une silhouette, puis une autre, qui fusionnèrent pour ne former qu'un même bloc avant de se détacher, comme des amibes, en ombres chinoises. Elle observa leurs allées et venues ; l'une des silhouettes s'immobilisa et disparut de son champ de vision. Un bruit se fit entendre à quelques mètres d'elle et elle se retourna vivement, tâchant de percer l'obscurité du regard. C'est à cet instant qu'elle se trouva nez à nez avec un Indien d'une soixantaine d'années. *M. Gupta.*

– Qu'est-ce que vous foutez là ? lâcha l'homme, visiblement peu rassuré.

Petit, trapu, le crâne dégarni, vêtu d'une chemise de soirée déboutonnée, l'étranger cherchait à se protéger des assauts du froid en serrant ses bras contre son torse.

– Je regardais, répondit-elle, comprenant pour la première fois qu'elle n'avait rien à faire là et que la colère de l'homme, tout comme sa peur, était pleinement justifiée. Excusez-moi, ajouta-t-elle.

– Je me demande si je ne vais pas appeler la police, déclara Gupta d'une voix qui manquait de conviction.

– J'habitais ici avant, dit Claudia dans un sursaut d'espoir.

Les traits de l'homme se détendirent ; il se frotta le crâne.

– Vraiment ?

– Oui. Jusqu'en 1986. J'ai grandi dans cette maison.

Comme il ne la quittait pas du regard, Claudia précisa :

– La porte des toilettes du rez-de-chaussée était coincée. Quelqu'un l'a réparée, si ça se trouve, depuis le temps.

Ce détail provoqua un déclic. Oui, manifestement, la porte se bloquait toujours ; personne ne l'avait réparée.

– Et vous voulez voir la maison, c'est ça ? En pleine nuit, sans demander ? Sans téléphoner avant ?

– Eh bien, non, je me doutais bien que je ne pourrais pas rentrer. Je voulais juste jeter un coup d'œil, très rapide, par la fenêtre.

M. Gupta lui tourna brusquement le dos et se mit en marche vers la porte.

– Ne restez pas plantée là, fit-il par-dessus son épaule. Il fait un froid de loup.

Elle lui emboîta le pas. Au moment d'escalader le perron, ses jambes retrouvèrent ses vieux réflexes. Les trois marches en béton étaient plus basses que des marches ordinaires ; seule une personne qui les avait pratiquées des années durant était en mesure de les négocier sans trébucher. Ce perron, Claudia l'avait descendu et remonté des centaines, des milliers de fois, sans s'interroger un seul moment : et si cette fois, c'était la dernière ? Elle avait fini par arriver, pourtant, cette dernière fois tant redoutée. Une myriade d'événements s'étaient produits, la maison s'était vidée de ses occupants et Claudia, arrivée à saturation, était toute disposée à passer à autre chose.

Elle franchit le seuil à la suite de M. Gupta et s'engagea dans le vestibule. À une époque, tout n'était que bois, peinture immaculée, photographies ; à présent le blanc des murs était jauni et donnait l'impression de visiter une maison de retraite. Ils pénétrèrent dans le salon moquetté de beige, où les différents modules du canapé étaient dispersés à plusieurs endroits de la pièce. Claudia découvrit que l'ombre aux contours flous entrevue quelques minutes plus tôt appartenait à un jeune homme, à peu près du même âge qu'elle, vêtu d'un jean et d'un sweat orné de l'emblème de la Penn University, le portrait craché de M. Gupta, à l'exception de son épaisse chevelure brune. Le père et le fils partageaient de nombreux points communs : petits, sérieux, l'air un peu bizarre, le nez bulbeux, les yeux écarquillés.

– Voici David, annonça M. Gupta avant de désigner Claudia du menton. Cette jeune femme habitait ici autrefois. Tu veux bien lui faire visiter ?

David interrogea son père du regard. Y avait-il dans sa question un message caché, un code, quelque chose à décrypter ? Non, pas de message caché, pas de code, et M. Gupta se contenta de quitter la pièce. La sonnerie du téléphone retentit quelques secondes plus tard et Claudia entendit le vieil homme gravir l'escalier, une porte s'ouvrir. Gupta Junior dévisagea Claudia sans cacher son exaspération ; non, il ne voulait pas lui faire visiter, il avait mieux à faire.

– Excusez-moi si je vous dérange, gémit-elle, vous n'êtes pas obligé.

– Si c'est mon père qui le demande, rétorqua-t-il sur un ton monocorde, ça ne me dérange pas. Vous avez vécu ici quand, exactement ?

Elle précisa les dates, il hocha la tête. Le père et le fils semblaient prendre tout ce qu'elle disait pour argent comptant ; dans leur logique, une inconnue qui réclamait de visiter leur maison avait forcément une raison valable. Elle ne correspondait pas à l'image classique du cambrioleur, même si elle pouvait très bien jouer le rôle d'éclaireuse, envoyée en reconnaissance. Le peu qu'elle avait vu lui avait suffi pour conclure que la maison des Gupta n'était pas une caverne d'Ali Baba. Le mobilier était réduit à son strict minimum ; ils n'avaient porté qu'une attention superficielle à leur cadre de vie. L'endroit lui faisait l'effet d'une grande boîte vide.

Ils traversèrent la cuisine, aussi impeccable que le salon. La table en chêne autrefois postée sous le plafonnier avait cédé la place à une table et des chaises pliantes en métal. David Gupta perçut la surprise – ou la réprobation – que Claudia avait tenté de dissimuler, et il crut bon de lui expliquer :

– Mes parents ne sont pas pressés pour la décoration. Je leur ai proposé de les conduire chez Ikea mais ma mère n'a pas envie que sa maison ait l'air suédoise, d'après ce que j'ai compris, même si ça ne veut rien dire. Et le sujet est passé à la trappe quand elle est partie à Karachi s'occuper de sa sœur, qui souffre d'un cancer. Je ne sais pas s'ils achèteront des meubles de sitôt.

– Ne dites pas ça, protesta Claudia, j'aime beaucoup. Écoutez, je ne reste qu'une minute et je m'en vais. C'est vraiment très gênant.

– Non. Vous êtes là, autant en profiter.

Ils explorèrent le rez-de-chaussée, risquant un coup d'œil dans l'antre. Les étagères encastrées dans le mur, autrefois pleines à craquer, étaient tristement dégarnies. Les livres alternaient avec des bibelots en terre cuite et Claudia repéra des endroits inutilisés, complètement vides. On aurait dit que la famille était encore dans les cartons.

– Mes parents n'ont presque pas le temps de lire, commenta David, et son ton soudain contrit se colora d'un soupçon d'affolement. Sinon, ils passeraient leurs journées à ça.

À cet instant, Claudia comprit que David n'habitait pas ici en permanence : il rendait simplement visite à son père. La maison appartenait aux parents, pas à lui. Elle se demanda s'il s'était établi, lui aussi, à Wontaucket et laissa ses pensées dériver, hésitante, vers son logement, vers sa vie, mais les détails se dérobèrent à elle et, de toute façon, elle n'avait aucune raison de s'intéresser à ce qui ne la regardait pas. David Gupta lui proposa de l'accompagner à l'étage ; comment refuser une offre pareille ? Ils montèrent donc au premier, le jeune homme ouvrant la marche, et longèrent des murs vert pistache, la croissance dûment archivée des enfants Mellow ensevelie sous la peinture. Arrivés sur le palier, ils se glissèrent dans la chambre des parents et battirent aussitôt en retraite : assis au bord de son lit, le téléphone à l'oreille, M. Gupta était en grande conversation. Claudia eut juste le temps de constater que les Gupta dormaient dans un lit surélevé et austère ; en surplomb, exposée sur le mur propre et net, elle remarqua une sélection de bibelots, parmi lesquels plusieurs éléphants en jade et en bronze. La stupéfaction qui s'abattit sur elle à cet instant n'avait aucun fondement logique ; que croyait-elle, qu'après toutes ces années la maison serait convertie en musée à la gloire de Paul et Roz Mellow ?

– Il reste un étage, déclara David.

– Bien sûr, répondit Claudia en accédant au second. Ah. Le royaume des enfants, se surprit-elle à chuchoter.

– Quoi ?

– C'est ici qu'on avait nos chambres. Mes frères, ma sœur et moi.

– C'est aussi là qu'on dort, mes sœurs et moi, quand on vient voir nos parents.

L'ordre régnait dans chaque pièce ; personne n'élevait d'astéries ni de geckos. L'ancienne chambre de Michael avait été convertie en chambre d'amis et équipée d'un canapé convertible ; une armée de cartons ornés du logo d'une marque de chutney avait trouvé bon accueil dans celle de Dashiell ; quant à la chambre de Holly, elle abritait désormais un StairMaster et un vélo d'appartement, ainsi que plusieurs paires de skis appuyés au mur. *Des Indiens à ski*, plaisanta Claudia à part elle, et elle s'imagina la famille Gupta dévalant tout schuss les pentes enneigées en habit traditionnel.

David conclut la visite par la chambre qu'avait occupée Claudia et qui s'avéra être sa propre chambre. Le lit avait été fait à la hâte, quelques livres étaient empilés sur la table de chevet, coiffés d'un journal ouvert à la page des mots croisés (une des grilles était à moitié remplie). Une marine décorait l'un des murs.

– Là, c'était ma chambre, dit Claudia, et les inflexions plaintives de sa voix la frappèrent.

Elle se sentit submergée, étourdie, écœurée. Elle avait l'impression de déterrer un souvenir profondément enfoui, comme certaines femmes qui se commettaient dans les talk shows, où elles revivaient leur passé sous hypnose ou, plus simplement, entre les mains d'un thérapeute charlatan dont la bienveillance singeait l'affection maternelle. Comme si une étincelle avait jailli dans cette pièce, au lieu que l'expérience débouche sur le néant. En réalité, Claudia avait instantanément mis le doigt sur ce qui s'était produit dans son ancienne chambre et, en parallèle, sur ce qui ne s'y était pas produit. Elle n'était pas celle qui avait eu des rapports sexuels sous ce toit ; tout le monde s'en était donné à cœur joie, sauf elle. De l'autre côté du couloir, Holly et Adam Selig s'étaient envoyés en l'air comme des animaux en rut. Si l'on se postait derrière la porte, si l'on collait son oreille dessus, ainsi que l'avait fait Claudia, on distinguait les bruits répétés que faisaient deux bouches humides plaquées l'une contre l'autre, la bande-son de l'intériorité, les échos du désir attisés par un agent provocateur embusqué dans le corps humain.

Mais dans cette chambre exiguë, dans ce couvent, Claudia n'avait partagé son intimité avec personne, sinon avec ses trolls. Elle restait étendue sur le lit qui avait eu sa place ici autrefois, avec son cadre en rotin. Les murs disparaissaient sous les posters et elle avait choisi elle-même la moquette. Grège, mouchetée de fibres mauves. C'était sa chambre à elle, son refuge, et il ne lui avait jamais, ou presque, effleuré l'esprit qu'elle allait devoir un jour quitter ce lieu, que la moquette serait arrachée et dévoilerait un parquet maculé de taches. Oui, un beau jour, il lui faudrait descendre de sa tour d'ivoire et se colleter avec le vaste monde, un monde auquel elle n'était pas préparée, contrairement à ses frères et à sa sœur.

Entre les quatre murs de cette chambre, Claudia sentit l'air lui manquer. D'où venait le problème ? D'elle ? L'atmosphère avait-elle subitement changé ?

– Je crois que je vais m'évanouir.

– Oh. Oh non. Attendez, venez vous asseoir, dit David Gupta en la guidant vers le lit. Mettez la tête entre les genoux.

C'était le conseil que tout le monde donnait dans ce genre de situation, et Claudia courba la tête. Un afflux de sang vint irriguer la paroi de son crâne. David Gupta s'agenouilla à ses pieds sur le tapis bleu. Elle en profita pour le dévisager. Il l'étudiait avec attention, les yeux écarquillés par l'inquiétude, ou par l'agacement peut-être. Il pouvait très bien se passer de cette comédie, après tout. Qui était-elle, cette intruse, cette nana pitoyable qui se sentait étrangère ici comme ailleurs ?

– Je ferais mieux d'y aller, déclara Claudia.

Elle voulut se mettre debout mais David l'en empêcha en posant une main sur son épaule.

– Non, non. C'est trop tôt.

– Je me sens bien.

– Vous savez, quand j'ai commencé la médecine à Heidelberg, la première chose qu'on nous a apprise, c'est de ne jamais laisser le patient se mettre debout trop vite.

– Vraiment ?

– Oui. Tout à fait. Et la deuxième, d'attendre une heure minimum à la fin de chaque repas avant d'aller piquer une tête. Vous avez été submergée par l'émotion. Ça arrive.

Son visage n'était qu'à quelques millimètres du sien et ce plongeon dans une familiarité imposée déconcerta Claudia.

– C'est ce que je vois. Tout allait bien et soudain... bam !

– Vous vous sentez mieux maintenant ?

Lentement, elle leva la tête et se rendit compte que oui, elle se sentait mieux. La lumière projetée par la lampe lui apparut plus intense, le sol n'ondulait plus. La pièce était redevenue une chambre à coucher ordinaire. Oui, elle avait vécu ici autrefois, mais toutes les traces de cette vie avaient été effacées. Elle regarda l'endroit avec un regard neuf.

– Je collectionnais les trolls. Il y en avait plein la chambre. Des poupées trolls. J'en avais des centaines. C'était une véritable invasion.

– Elles ont des cheveux bizarres. Oui, j'en ai déjà vu. Moi, c'était les voitures miniatures. Je m'amusais à les aligner et à les changer de place pendant des heures. J'aurais dû devenir gérant de parking. C'était ma véritable vocation, il faut croire.

Un court instant Claudia s'imagina qu'ils étaient des créatures similaires, tous deux lents à se frotter au monde extérieur, tous deux cloîtrés dans la maison parentale. Rien ne l'avait encouragée à croire qu'ils partageaient certaines similitudes ; elle aurait voulu que ce soit le cas, tout simplement. Cet état d'esprit, aussi brusque que son étourdissement, la plongea dans une stupeur complète.

– Que faites-vous dans la vie, alors ? Vous êtes vraiment médecin ?

David Gupta était avocat spécialisé dans la propriété intellectuelle. Il travaillait à Philadelphie, où il avait élu domicile et où il avait fait ses études – ce qui expliquait le sweat aux armoiries de la Penn University. Il était venu apporter de l'aide à son père dans une affaire rattachée au restaurant familial et prévoyait de rester cinq ou six jours à Wontauket. Il envisageait des allers-retours fréquents au cours des semaines qui s'annonçaient.

– Oui, le restaurant indien du centre-ville. Je suis passée devant, dit Claudia.

– On fait un peu de cuisine pakistanaise aussi. On est pakistanais du côté de ma mère mais on dit aux gens qu'on vient d'Inde, c'est plus simple.

– J'adore manger indien. Dans mon quartier, il y a des restos indiens à tous les coins de rue.

– Vous habitez l'East Village ? J'ai toujours rêvé d'y vivre. Vous avez de la chance.

– Pas vraiment. Vous devriez voir mon appartement.

Ce qui signifiait, en sous-main : vous devriez voir ma vie, ses paramètres, ses limites, la façon dont elle m'emprisonne. David Gupta lui posa quelques questions d'ordre personnel, elle lui parla de sa formation, de son projet et du documentaire qu'elle préparait.

– Donnez-moi votre e-mail, suggéra David de but en blanc. Peut-être qu'on sera à Wontauket en même temps – moi pour le resto, vous pour le film. Vous pourriez venir au Bombay Café. Il va bien falloir que vous vous nourrissiez, pas vrai ?

Claudia, à la fois surprise et ravie, analysa la syntaxe de sa tirade et tâcha de découvrir si elle traduisait son indifférence, sa pitié ou, plus simplement, et avec un peu de chance, une sincérité authentique. Ils échangèrent leurs adresses e-mail sur des bouts de papier. Tout le monde, semblait-il, avait les poches, les sacs et les portefeuilles pleins de ces paperoles qui se décoloraient en quelques semaines. Les coordonnées notées dessus s'effaçaient elles aussi et se transformaient, si l'on n'y prenait garde, en hiéroglyphes illisibles. L'échange d'adresses e-mail était devenu chose courante, même entre deux individus qui ne comptaient pas approfondir leur relation. Pourtant Claudia griffonna la sienne, David Gupta fit de même, ils procédèrent au troc dans un silence gêné et Claudia se mit lentement debout. David surveilla ses gestes afin de s'assurer qu'elle ne tournerait pas de l'œil au beau milieu de la chambre.

Ils regagnèrent le couloir et la voix assourdie de M. Gupta parvint à leurs oreilles. Claudia se représenta le vieil homme un étage plus bas, juché au bord de son lit, dans cette chambre réaménagée de fond en comble, en pleine discussion avec une femme exilée sur un continent lointain. Même au deuxième étage, on l'entendait distinctement. Les parents émettent des bruits qui traversent les murs, remontent les escaliers, s'insinuent partout. Il était impossible d'y échapper, où que l'on tente de fuir.

4

– Prends le poulet, ils le cuisinent avec des pignons de pin.

Paul et Michael Mellow étaient tous deux assis à la table d'un restaurant, près de la vitrine. Le père identifia dans les mots qu'il venait de prononcer le courant, souterrain mais importun, d'un petit rire magnanime qui s'était ancré en profondeur dans ses cordes vocales à l'instant où sa première femme avait donné naissance à l'homme assis en face de lui, leur fils aîné. Ce petit rire ne l'avait jamais quitté. Paul Mellow tâchait d'être un bon père et, comme un bon père est forcément facile à vivre, il avait suggéré : « Prends le poulet, ils le cuisinent avec des pignons de pin », puis « Garde de la place pour le gâteau à la confiture de lait », même s'il n'avait pas vraiment faim. Il n'était encore que midi et ils avaient englouti un petit déjeuner solide – une omelette luisante de beurre – moins de quatre heures plus tôt. Debout à sept heures, les deux hommes avaient fait un footing sur le sentier humide de rosée qui ceinturait le complexe résidentiel des Bois Rieurs, qui devait son nom à ses façades en pin platiné. Michael, tendu, svelte, désarticulé, pressé de se mettre en mouvement ; son père, plus massif, le poil grisonnant, séduisant mais émoussé, toujours à la traîne.

Leur footing achevé, ils avaient pris une douche au club de gym à la propreté étincelante, où coulait à flots un gel douche parfumé de couleur bleue, puis ils avaient loué un petit bateau à moteur et étaient partis pêcher quelques rares poissons, du menu fretin qu'ils avaient aussitôt rejeté à l'eau, pour rentrer à l'appartement un peu avant midi. Ils n'avaient pas été étonnés de trouver Élise endormie, la tête calée dans un oreiller aux vertus prétendument miraculeuses acquis par le canal d'une émission de téléachat. L'oreiller en question, garni de riz rouge japonais, favorisait, aux dires de la présentatrice, un sommeil plus profond, plus récupérateur. Il devait y avoir du vrai dans ce boniment puisque la femme de Paul dormait comme un loir.

Élise n'observait pas les mêmes horaires que son mari. Elle était accaparée trois jours par semaine par son travail d'assistante sociale tandis que lui restait à la maison et bûchait sur des articles commandés par *Maturité moderne* et par d'autres magazines « destinés aux seniors actifs », quand il n'était pas interrogé par les représentants du Conseil du grand âge, qui l'avaient mandaté à Miami pour y donner une conférence traitant de « La sexualité après 70 ans ». Comme ils vivaient en décalé, lui et Élise ne se croisaient que rarement, à peine quelques heures par jour. Ce qui était moins pénible qu'on pouvait le craindre, en fin de compte, surtout depuis l'arrivée de Michael, dont le séjour semblait se prolonger. En compagnie de Michael, et contre toute attente, Paul se sentait heureux, nostalgique, revenu à la vie. Comme si Michael l'avait soulevé par les passants de son pantalon et contraint à se retrousser les manches, lui qui avait jeté l'éponge des années plus tôt.

S'installer en Floride, c'était la garantie de vivre sereinement. Que ce soit au nord ou au sud de l'État.

Au tout début, l'exilé volontaire s'entichait de ces gigantesques fleurs dont les pétales aux couleurs vibrantes semblaient dessiner un visage, de cette atmosphère de sauna, du poisson grillé, des agrumes à profusion, des vêtements pastel, de la gentillesse des passants qui, comme lui, s'étaient retirés du tumulte de la vie urbaine, arrivés à saturation. Au bout d'un certain temps, il commença à tourner en rond, ses rêves se peuplaient de métros, de cafés ouverts jusqu'au petit matin et de personnes à la peau sombre, denrée si rare dans cette région. Il sentait qu'il avait atteint une limite qu'il était inutile de franchir : il n'y avait rien derrière.

Pour autant, l'expatrié ne manquait pas de nourritures spirituelles : les Bois Rieurs, qui proposaient un large éventail de cours pour adultes, évoquaient une école d'Athènes en miniature. « L'école de Naples », avait dit Paul sur le ton de la plaisanterie à Bart Dombler, son voisin de palier, un anesthésiste à la retraite, qui avait rétorqué « Pardon ? » l'air perplexe.

Une fois par semaine, Paul et Élise assistaient au cours de poésie américaine programmé dans la salle communautaire située dans le bâtiment C. En ce moment ils étudiaient Emily Dickinson, qu'Élise portait aux nues et qu'elle récitait parfois tout bas, pour son propre plaisir, quand elle se croyait seule. À une époque lointaine, Roz avait elle aussi aimé Emily Dickinson, mais Paul ne l'avait écoutée que d'une oreille lorsqu'elle déclamait ses poèmes : il avait été distrait par le spectacle qu'elle offrait, ému de la voir lire de la poésie, incapable de se concentrer sur le contenu de l'œuvre.

Les résidents des Bois Rieurs pouvaient se perfectionner en yoga, en gastronomie sichuanaise ainsi qu'en théorie politique – un cours assuré par un professeur du prestigieux Haverford College qui vivait seul dans le bâtiment B et meublait ses journées comme il le pouvait. Paul, poussé par la pitié, avait assisté à l'une de ses conférences ; le professeur avait distribué à la maigre assistance des photocopies tirées d'une épaisse liasse. Des textes de Marx et d'Engels. Le professeur était un indécrottable optimiste.

Aux Bois Rieurs, tous, Paul en aurait mis sa main à feu, souffraient de cette clairvoyance à double tranchant, oscillant entre sentiment de perte et désillusion. Certains l'enduraient sans une seconde de répit. Paul aurait donné cher pour pouvoir s'adresser à un voisin, au hasard, et lui demander : « Vous aussi, ça vous fait la même chose ? » Mais il gardait ses soucis pour lui, car Élise était le moteur de leur départ en Floride. Quand elle n'était pas occupée à rendre des services inestimables à des familles hispanophones ou à s'abandonner à Morphée, elle taquinait la palette. Ses œuvres, quoique dépourvues de prétention, exprimaient la joie et la sincérité, et elle en tirait un grand plaisir. À New York elle aurait été noyée dans la masse des peintres amateurs mais ici, à Naples, elle avait participé à une exposition collective organisée dans une galerie lumineuse et spacieuse. Le journal local ne s'était pas contenté de publier un compte rendu de l'événement ; il avait aussi fait paraître des photos et des interviews des artistes mis à l'honneur. Élise avait réussi à vendre quelques tableaux et, sur les murs de certains appartements du complexe immobilier, on pouvait croiser une pièce de sa série *Désorientées* au-dessus d'un canapé, reconnaissable au premier regard à ses verts et ses ors trop ternes, et à ses yeux invariablement asymétriques.

Élise elle-même était symétrique des pieds à la tête, bien qu'affligée d'un de ces visages que Paul, dans les mois qui avaient suivi leur mariage, avait commencé à croiser à chaque coin de rue. Au terme d'une réflexion poussée, il avait compris que cette uniformité n'était que l'empreinte du bistouri du chirurgien plastique auquel elle avait confié son nez pendant ses études, que ce nez, elle l'avait en commun avec de très nombreuses femmes. L'appendice étroit à la pointe retroussée, assorti à un entrelacs de boucles lâches et permanentées qui lui tombaient dans les yeux, donnait à Élise l'allure d'un caniche. Lorsqu'elle se mettait sur son trente-et-un pour dîner en ville et appliquait sur sa bouche son rouge à lèvres de prédilection, brun chocolat, elle lui rappelait immanquablement un caniche exhibé dans un cirque. Rabaisser ainsi la femme que l'on a épousée, quelle abomination ! Mais l'amour de Paul n'avait pas tiédi, pas plus que son désir. Le hic, c'est qu'Élise était de plus en plus assommante, qu'elle était insipide depuis le début de leur relation ; il avait ouvert les yeux sur cette réalité-là tout en restant lucide sur son propre caractère, lui qui s'accrochait à ses chimères, qui souhaitait, malgré ses 68 ans bien sonnés, que l'amour se perpétue sous la forme d'une colonne de lumière pure.

L'amour donnait aussi du fil à retordre à Michael. Le deuxième soir de son séjour, après le dîner, les deux hommes installés au salon tandis qu'Élise vaquait à ses affaires dans une autre pièce, Michael avait confié à son père qu'il avait quelques petits soucis d'ordre sentimental. Il refusa d'entrer dans le détail tout en avouant à demi-mot que lui et sa compagne Thea avaient besoin de prendre un peu de recul. Il avait bien fait de venir en Floride.

Paul avait remarqué que son fils était parcouru de tremblements, qu'il suait par tous les pores et qu'il était affligé d'un nouveau tic : lorsqu'il parlait, sa jambe était parcourue de secousses. Qu'est-ce qui n'allait pas chez lui ? Même si l'hypothèse était absurde, Paul n'était pas loin de soupçonner son fils d'être devenu toxicomane. Bien entendu Michael avait la drogue en horreur, et ce depuis son adolescence ; sa constitution délicate ne lui permettait pas d'y toucher et les rares fois où il avait surpris ses parents en train de fumer un joint, il avait agité la main sous son nez et toussoté avec des moues de Mère-la-pudeur pour leur faire comprendre que la fumée offensait ses narines.

Un problème de drogue ? Impossible. C'était juste le cœur, une peine de cœur. La veille, pendant un neuf trous au golf de Hilldale, Michael avait un peu plus levé le voile en expliquant que Thea, sa petite amie, ne semblait pas se soucier de son bien-être.

– Qu'est-ce que tu veux dire par là ? avait demandé Paul. Sois plus clair.

– Je ne peux pas.

Ni le père, ni le fils n'étaient des golfeurs émérites mais c'était une belle journée et une légère brise caressait les poils de leurs avant-bras tandis qu'ils calculaient leur position, balançaient leur club d'avant en arrière et ajustaient un tir qui ferait chou blanc, réduisant à néant tous les efforts accomplis.

– Navré que tu traverses une mauvaise passe, déclara Paul sans quitter la balle des yeux.

Il n'attacha pas son regard sur le visage chagrin de Michael ; il avait lu quelque part que deux hommes communiquaient avec plus de franchise pendant qu'ils pratiquaient une activité – leurs regards ne se croisaient pas, ils ne se sentaient pas menacés et n'avaient pas besoin de se retrancher dans leur tanière respective.

Soudain, le silence fut traversé par un son stridulent. Du regard, Paul interrogea son fils, qui lança :

– Une seconde, papa.

Michael piocha son smartphone dans la poche de son pantalon. Paul l'observa tandis qu'il appuyait sur certaines touches et tâchait de décrypter l'écran, l'air concentré.

– Et merde. Ça n'arrête jamais.

– Thea ?

– Non. Le boulot. C'est l'autre, Rufus. Sans moi, il est complètement paumé. Il n'arrive pas à se débrouiller et il flippe. Les jumeaux arrivent, les jumeaux débarquent. Il me bassine avec ça.

– Les jumeaux, hein ? Ils viennent vous rendre une petite visite ?

– Oui. Demain. Je lui ai promis de rentrer avant, mais ça peut attendre. Une petite seconde, papa, tu veux bien ?

Michael pianota sa réponse avant de remettre le téléphone dans sa poche. La sonnerie – un gazouillis d'oiseau – se déclenchait aux moments les plus incongrus, tout au long de son séjour, pendant les parties de golf, les repas, les conversations, et Michael répondait, systématiquement. Jamais son fils ne se libérerait du joug du travail, ni de son angoisse, jamais il ne serait capable de se détendre.

– Excuse-moi d'être aussi cru, mais je reviens sur ce que tu m'as dit avant, sur ta petite amie. Le problème est d'ordre sexuel ou je me trompe ?

– Non. Oui. C'est ça. Oui, c'est ça, avoua Michael, et il lança son club de golf.

Le tir, mal ajusté, manquait de conviction et la balle se retrouva à quelques dizaines de mètres de son point de départ.

– Si on m'avait dit qu'un jour je parlerais de ça avec mon père, ajouta-t-il.

– Où est le problème ? J'ai un peu d'expérience, quand même !

– C'est vrai, tu es le dieu du sexe, papa. J'ai trop tendance à l'oublier.

– Je ne suis pas le dieu du sexe. Je ne suis même pas une bête de sexe. Bien au contraire. Ta mère y a mis bon ordre.

– Je plaisantais.

Paul se sentit rougir, comme si un homme de 68 ans, bien bâti, avec sa barbe grise et ses lunettes à double foyer, était encore capable de brûler d'une flamme sexuelle, de montrer aux femmes l'étendue de sa virilité, comme à la grande époque. À vrai dire, un sexagénaire ne manquait pas d'atouts. C'était encore dans ses cordes, estimait Paul, à condition que tous les facteurs soient réunis. Sa partenaire devait quand même fournir un effort de son côté. Difficile d'en exiger autant d'Élise. Que lui demander ? Peux-tu, s'il te plaît, poser tes yeux de caniche sur moi et me regarder avec admiration – ou, mieux, dévotion ? S'il te plaît ? Approcher ta main timide et tremblante de mon bas-ventre, me toucher, me caresser, me rappeler pour quelles raisons on s'est mariés ?

Michael se voyait mal demander à Thea, que son père avait rencontrée deux fois en tout et pour tout : peux-tu oublier de te regarder le nombril quelques instants et te concentrer sur moi ?

À travers les problèmes que leur posait le beau sexe, le père et le fils étaient liés, unis – sur le même bateau. Ils bouclèrent leur parcours et regagnèrent le club-house à bord de la voiturette. *Reste ici indéfiniment*, songea Paul. *Reste aussi longtemps que tu le voudras et affranchis-toi de Thea, du stress du boulot et de la ville, dans notre chambre d'amis, pêche du sol au plafond, à Naples, en Floride, oublie cette actrice qui ne te rendra jamais heureux. Reste ici avec moi, parce que je suis ton père, et, au cas où cela t'aurait échappé, je suis moi aussi malheureux.*

La semaine précédente, comme s'il avait lu dans les pensées de son père, Michael lui avait demandé la permission de prolonger son séjour. Jusqu'à quand, il ne le précisa pas, et Paul n'insista pas non plus. En apprenant la nouvelle, Élise eut bien du mal à camoufler sa déception, même si elle se garda bien d'en faire étalage devant Michael. À la faveur d'un aparté lapidaire tout en chuchotements, elle demanda à Paul :

– Juste une petite question. Je n'ai pas envie de le bousculer, mais tu sais quand il compte partir ?

Paul lui avait fait signe de baisser la voix.

– C'est à lui de le décider. C'est mon fils, et je dois m'estimer heureux s'il reste plus longtemps que prévu.

Bien entendu, Paul n'avait pas l'esprit tranquille. Michael qui retardait le moment de regagner New York, cela cachait forcément quelque chose. Et les jumeaux qui atterrissaient le lendemain : n'était-ce pas un événement capital ? Michael ne lui avait-il pas dit, par le passé, que les collaborateurs devaient se rassembler autour des jumeaux à chacune de leurs visites et faire assaut, tous ensemble, d'énergie, d'intelligence, d'esprit d'équipe et de flair ? Michael ne semblait pas s'en émouvoir outre mesure et Paul ne le pressa pas de questions. Trop heureux de profiter de sa compagnie, il ne voulait pas courir le risque de le faire changer d'avis.

Paul avait passé deux semaines formidables, entre conversations au long cours tissées d'associations libres, parties de golf, footings partagés, repas pantagruéliques, pendant qu'Élise dormait du sommeil du juste sur son oreiller garni de riz. Et maintenant, à l'heure du déjeuner, dans le restaurant qu'ils avaient choisi, cette conversation ininterrompue se poursuivrait, ainsi que l'espérait Paul. La vulnérabilité manifeste de son fils ne lui procurait aucun plaisir – cela lui causait de l'inquiétude, plutôt, de voir son fils complètement perdu, malgré son habileté et ses compétences – mais il savait qu'un fils vulnérable avait tendance à se rapprocher de son père.

– Alors, toi et Thea... reprit Paul à l'instant où leurs entrées arrivèrent, produites sur des assiettes démesurées.

Michael avait suivi le conseil de Paul et commandé le poulet. Aussi épaisse qu'une pantoufle, l'escalope était saupoudrée de pignons, comme promis par le menu, et soulignée d'une volute graphique de coulis au poivron rouge. En Floride, les chefs donnaient libre cours à leurs pulsions artistiques. Tandis que le serveur s'enfonçait dans le silence quasi religieux du restaurant, Paul aborda à nouveau sur la pointe des pieds le sujet de Thea, qui lui permettrait de rebondir sur le problème que lui posait Élise.

Le sujet, c'étaient les femmes, leurs femmes, et le paradoxe suivant : l'un se traînait une femme qui ne l'aimait pas assez, l'autre une femme qui l'aimait quand elle ne dormait pas, autrement dit par intermittences, et que lui-même avait bien du mal à porter dans son cœur. Le débat tournerait donc autour de l'incommunicabilité entre les êtres. *Bon Dieu*, songea Paul en étudiant le contenu de son assiette, malheureux comme les pierres, *quand je m'écoute parler j'ai l'impression de me taper un de ces cours à la con pour retraités oisifs : « L'échange entre les deux sexes : une science inexacte »*, *avec le docteur Nancy*

Gould dans la salle de réunion du bâtiment C, tous les mercredis de 19 à 21 heures. Buffet et échanges stimulants à volonté.

– Papa, je n'ai pas envie de parler de Thea. Plus envie de remettre le sujet sur le tapis. Tu as été de très bon conseil. Je vais régler ça à mon retour. On va tout arranger ensemble.

– Tu crois ?

– J'en suis sûr. Pour l'instant, j'aimerais qu'on reparle du livre.

Paul ferma les yeux. Jamais on ne le laisserait tranquille, avec ce foutu bouquin ?

– Encore ? lança-t-il d'une voix lasse, presque éteinte.

– Je te l'ai déjà dit, cette réimpression, ce n'est pas une mauvaise idée. Ça va te rapporter un peu d'argent. On ne va pas cracher dessus. Et de publicité.

– Je n'ai pas besoin de publicité.

– Peut-être que maman en a besoin, elle.

– Et en quoi ça me concerne, Michael, les problèmes de ta mère ? Si elle veut encore quelque chose, à 67 ans, c'est avec son mari qu'elle doit en parler, pas moi.

Paul remarqua que sa réponse avait eu sur son fils, un enfant du divorce, l'effet d'une claque retentissante ; elle lui avait rappelé à quel point des parents désunis sont laids et grotesques dans leur empressement à étouffer des vies entières sous plusieurs couches de terre, comme si ces vies ne valaient rien, comme si les enfants nés de leur union n'avaient aucune pertinence. Il fallait un talent hors du commun pour ensevelir une ancienne compagne au plus profond de sa mémoire. Paul y était parvenu avec Élisa (ce prénom, encore : hasard ?), la femme qui avait succédé à Roz et précédé Élise dans sa trajectoire conjugale. Leur mariage, célébré en 1980, avait duré moins d'un an et Élisa était ensuite tombée dans l'oubli. Elle aurait tout aussi bien pu ne pas exister.

Élisa avait représenté une erreur dès le départ, même si Paul avait été aimanté par son rire, son justaucorps, ses cheveux d'un noir lustré qu'elle portait tirés vers l'arrière, dans le style des muses de George Balanchine. C'était en réalité une sociologue débutante qui souhaitait s'imposer sur le terrain de la sexologie, malgré le conformisme de sa pensée. Elle avait signé une étude titrée *Liens de sang : perte de la virginité et identité féminine*, pour laquelle elle avait conduit des dizaines d'entretiens avec des jeunes filles encore vierges, et d'autres qui avaient déjà vu le loup ; cette étude avait été refusée par tous les éditeurs qui l'avaient eue entre les mains. Élisa avait suscité une antipathie immédiate, chez les enfants, chez ses amis, chez tout le monde, et pourtant Paul s'était obstiné, c'était elle, c'était celle qu'il lui fallait, celle qui l'aiderait à cicatriser la plaie béante qu'incarnait Roz.

Roz, la première.

Roz, qu'il considérerait à jamais comme sa femme, la seule et unique. Celles qui lui avaient succédé avaient décroché le titre de deuxième et de troisième épouse, jamais celui d'épouse tout court. Élisa, puis Élise après elle, n'étaient que des femmes parmi d'autres, de simples remplaçantes.

– Je ne veux pas que le livre soit réimprimé, annonça-t-il, les dents serrées.

– Tu n'as pas envie de donner cette satisfaction à maman, commenta Michael en repoussant son assiette. Je n'ai pas faim. Ce poulet est dégueulasse.

– Ne fais pas l'enfant.

Ce commentaire frappa Paul par son absurdité. Si Michael ne pouvait pas faire l'enfant ici, devant son propre père, jamais l'occasion ne se présenterait. Aux yeux d'un étranger, ils apparaissaient comme deux hommes à deux stades différents de l'existence, l'un dans la force de l'âge, l'autre aux portes de la décrépitude. Son fils savait la vérité à son sujet, à la manière d'un médium – ou d'un psychanalyste.

Paul refusait de concéder quoi que ce soit à Roz. Le moindre souvenir – toutes les fois où il l'avait tenue dans ses bras, par exemple – provoquait en lui un raz-de-marée d'une indicible souffrance. La deuxième Mme Mellow, Élisa, avait été balayée de sa mémoire, aucune sensation n'était gravée sur sa peau, mais Roz, elle, le hantait comme un fantôme ; il devait se protéger d'elle, l'empêcher de le poursuivre éternellement. Il refusait de parader à ses côtés dans les librairies. Michael avait vu juste : il refusait de lui donner cette satisfaction.

Une ombre se découpa sur la table et Paul leva les yeux. Élise, sa Belle au Bois dormant, était plantée devant lui.

– Ah, vous voilà. Je vous ai cherchés sur le terrain de golf, vous n'étiez nulle part. Vous auriez pu me dire que vous veniez ici. J'adore cet endroit. Michael, je vois que tu as commandé le poulet. Délicieux, pas vrai ?

Elle avait choisi une tenue en lin jaune. Difficile de croire, vu son allure, qu'à peine quelques minutes plus tôt elle dormait à poings fermés. Elle sentait le propre et le citron, comme si elle avait assorti son parfum à ses vêtements. Son visage n'était pas froissé par l'oreiller ; elle avait un maintien parfaitement décomplexé et jamais Paul, pas plus que Michael, n'avait fait preuve d'un pareil aplomb.

Paul se rendit compte qu'il était navré de la voir ici. La présence de sa propre femme le déprimait.

– Tiens, prends donc une chaise, lança-t-il en se mettant debout.

Deux serveurs, qui semblaient se tourner les pouces, le prirent de vitesse et présentèrent à Élise une chaise à haut dossier, un set de table et un menu.

– Alors, vous discutiez de quoi ? s'enquit-elle.

Son regard passa de Paul à Michael, puis fit le chemin inverse.

– Oh, rien de très original, répondit Paul. La vie, l'amour, la naissance, la mort.

Et parce qu'il se sentait coupable de ne pas lui avoir fait bon accueil, il prit sa main dans la sienne.

Au tout début de son premier mariage, Paul Mellow avait expliqué à des amis, lors d'un dîner, par fanfaronnade, que l'homme qui souhaite connaître la femme à qui il espère passer la bague au doigt, celui-là était bien avisé de démarrer leur relation sous l'angle psychanalyste/patient. C'est dans le cadre thérapeutique que Roz et Paul Mellow avaient fait connaissance, quarante-cinq ans plus tôt, en janvier 1958, à l'Institut psychanalytique Ava Schussler, situé sur la 36e Rue Est à New York. L'Institut avait installé ses locaux dans un immeuble qui menaçait de tomber en ruines au beau milieu du pâté de maisons. Le visiteur entrait et débarquait dans une antichambre défraîchie meublée de chaises d'une laideur spectaculaire. C'était là que prenaient place les patients, alignés contre le mur comme les usagers du métro, résolus à ignorer les regards de leurs compagnons de misère. Au tout début, Paul, 23 ans, piaffant d'enthousiasme et rasé de près, était de ce côté-là de la barrière avant de devenir un thérapeute dûment appointé. L'Institut acceptait les étudiants qui n'avaient aucune formation médicale ; Paul préparait une thèse en psychologie à l'université de New York et le comité de sélection allait se contenter de ce diplôme, même si, à l'instar de ses collègues, l'aspirant thérapeute allait devoir suivre une analyse tout en assistant à ses cours magistraux.

La directrice de l'Institut, qui lui avait donné son nom, était une octogénaire dont le parcours psychanalytique était placé sous le parrainage d'une triade hors du commun : son inconscient avait été disséqué, prétendait la légende, par Carl Rogers, par Melanie Klein et, très brièvement, par Freud *himself*. Ava Schussler avait beau glacer d'effroi pas mal de gens avec ses cheveux d'une blancheur de givre et sa canne taillée dans un bois de cerisier noueux, elle n'en était pas moins une thérapeute douée et ses anciens patients, confondus de reconnaissance, la noyaient sous les cadeaux : plantes vertes, chocolats, places pour la comédie musicale *Oklahoma!...*

– Pour moi, Melanie Klein a toujours incarné la mère bienveillante, se plaisait à répéter Mme Schussler lors des cocktails qui suivaient telle ou telle conférence, cernée par un troupeau de jeunes recrues qui opinaient tous à l'unisson, assis sur le tapis râpé ou sur quelques ottomanes éparpillées.

Elle parlait d'une voix traînante et ponctuait ses phrases de soupirs ou de longues pauses, comme si elle improvisait ses tirades.

– Quant à Freud, il était... eh bien, oh... je lui ai donné la fonction de père au tempérament atrabilaire. Il m'arrivait d'arriver en retard à une séance et sa colère était presque palpable lorsque j'entrais dans son cabinet au *neunzehn* de la Berggasse, même s'il la mettait en sourdine, naturellement, car cela aurait constitué une interférence. Et je suppose que moi, ajoutait-elle avec un petit rire, je représente la fille éternelle.

Dans les faits, elle rappelait plus une grand-mère acariâtre que tout le monde fuyait comme la peste, aux antipodes de la « fille éternelle ».

Une nuit, Paul fit un rêve des plus étranges. Dans son rêve, il avait provoqué Ava Schussler en duel ; les duellistes avaient engagé le combat, l'une armée de sa canne en bois de cerisier, l'autre de son phallus. Les deux armes se heurtaient dans un fracas métallique, comme faites d'acier, non de bois noueux et de chair fibreuse. Paul restait constamment sur ses gardes en sa présence, à la fois méfiant et surexcité. Ayant consacré trop de temps à appliquer des électrodes sur des souris et à assister dans ses œuvres un professeur qui injectait du sodium thiopental, à titre expérimental, à des volontaires sélectionnés parmi les détenus de Riker's Island, Paul était impatient de donner enfin une tournure à sa vie. La psychanalyse surfait sur l'emballement qu'elle suscitait parmi la population – elle avait rejoint la longue liste des lubies américaines, à la suite du corset à baleines, du transcendantalisme professé par Emerson, du boogie-woogie, de l'anticommunisme, etc. – et, dans l'esprit de Paul, s'investir dans sa propre analyse avant de passer aux choses sérieuses, c'était loin du train-train quotidien.

Paul puisait ses racines dans un pavillon propret du Queens, né de parents – père plombier, mère femme au foyer – sérieux, bons comme le pain et terre à terre, qui récitaient les grâces à table, n'ouvraient que rarement un livre, ne se penchaient jamais sur leur conscience et débordaient de bonnes intentions, même s'ils avaient souvent répété à leur fils qui, enfant, les harcelait de questions :

– Tu réfléchis trop.

En plein dans le mille. Voilà d'où venait le problème de Paul : il réfléchissait trop ! C'était logique, quoique ahurissant, comme s'ils mettaient le cerveau humain au même niveau qu'une tranche de foie rissolant dans une poêle. Au fil des années, il avait ruminé la remarque de ses parents, il l'avait retournée dans son esprit afin de ne jamais oublier la nature de son problème et la source de la solitude qui s'abattait sur lui.

Intelligent, il attirait les filles qui lui ressemblaient ; il s'installait avec son amie à une table de la bibliothèque et, ensemble, ils peaufinaient des heures durant des canevas élaborés pour les exposés qu'ils présentaient en commun. Ces filles-là n'étaient pas des pin-up : Adele Flick avait de la moustache et les avant-bras velus et Susan Masterson avait les traits enfouis dans la chair épaisse de son visage. D'autres lui étaient totalement inaccessibles : Margaret Payner, par exemple, cette beauté brune qui résolvait mentalement des problèmes de physique, composait depuis quatre ans « un poème épique à la gloire des marins » et se réservait, de toute évidence, pour le génie qui deviendrait un jour son mari.

Quand Paul croisait un essaim de filles avides, faciles, la cuisse légère, embusquées au coin d'une rue, il comprenait qu'elles n'étaient plus vierges et cela le mettait en rage. Les cheveux empilés au sommet du crâne, les seins pigeonnants, le corps pâle, chaud et souple... jamais elles ne voudraient de lui. Trop prudent, trop intelligent, trop doux, trop tout : il restait seul et attendait le jour où ses vœux seraient exaucés. C'était avant tout une question de patience, il en était persuadé ; il ne fallait jamais cesser d'y croire, autrement cela ne servait à rien. Étendu dans son lit la nuit, il donnait vie à des filles et à des femmes de toutes sortes, des grosses à forte poitrine, des petites timides, des créatures plus mûres au CV impressionnant. La seule qualité que ces femelles fantasmées avaient en commun, c'était leur empressement, leur appétit, leur envie désespérée de coucher avec lui, et la chambre de Paul devenait, la nuit, une orgie masturbatoire.

Plus tard, à l'université et même au lycée, il réussit à fréquenter des jeunes personnes tout à la fois séduisantes et cérébrales et, même si désir et soulagement étaient au rendez-vous, aucune de ses conquêtes n'était disposée à explorer plus avant la chose sexuelle, à tenter des expériences que Paul n'avait vécues qu'en imagination et qu'il rêvait de mettre en pratique. Non, ces femmes réclamaient quelque chose de direct, d'immédiat, parce qu'elles ne voyaient pas plus loin. Elles donnaient leur feu vert à certains préliminaires – embrasser d'abord, puis leur toucher les seins –, mais cela s'arrêtait là. Elles se lançaient dans l'action tête baissée, comme s'il s'agissait de suivre un mode d'emploi. La déception était amère pour Paul, lui qui souhaitait s'attarder, expérimenter, utiliser sa bouche, se déplacer, prendre des chemins de traverse, s'adonner au farniente et à l'exploration. Une fois, parce qu'il avait voulu laisser la lumière allumée, Cynthia Brancato, étudiante en médecine dentaire, avait posé sur lui un regard outré et révélé, dans le même élan, ses petites dents, pointues et parfaites. Comment, il osait la mater en pleine action ! Elle qui ne jurait que par le clair-obscur et les teintes sourdes, par la pénombre dans laquelle se profilait, à l'occasion, le contour de certains membres.

Un jour que Paul, étudiant en licence, travaillait à temps partiel au laboratoire du campus et fixait des électrodes sur des souris tremblotantes, il eut une révélation : il pouvait trouver un moyen de « trop réfléchir » tout en barbotant, de l'eau jusqu'à la taille, dans une rivière de sexe et de stupre, un endroit où il n'avait encore jamais mis les pieds. Pour cela, il suivrait une formation de psychanalyste et passerait ses journées assis dans un fauteuil à appliquer les principes freudiens à la logorrhée produite par les patients qui se succéderaient sur le divan. Il avait toujours aimé lire Freud lorsqu'il étalait sur la place publique le supplice enduré par ses patients. L'Homme aux loups, par exemple, ou la pauvre Dora avec sa toux, ses frissons et son angoisse stérile. Avec un peu de chance, son chemin croiserait celui d'une charmante thérapeute toute disposée à tâter du sexe sous toutes ses formes, dans toutes les positions possibles et imaginables, peut-être la lumière allumée, et sans pudeur aucune. Ensemble ils s'exprimeraient avec énergie, audacieux et égaux dans leur mission commune.

Paul s'imagina annoncer à ses parents : « Maman et papa, vous avez raison, je réfléchis trop, mais voilà la solution que j'ai trouvée pour régler le problème. » Dans son film mental il était beaucoup plus âgé, portait costume trois pièces et montre de gousset ; raffiné, il pouvait enfin justifier son choix, le choix de l'intellect. Il le reconnaissait sans se l'avouer tout à fait, un peu honteux, il n'avait jamais véritablement « trop » réfléchi : en réalité, il s'était juste trop intéressé à sa petite personne. La psychanalyse l'aiderait à se délivrer de ce regard autocentré et à le tourner vers l'autre, vers son univers intime, vers ses désirs et ses échecs.

Au tout début de sa formation, ses parents lui offrirent les *Œuvres complètes* de Sigmund Freud dans une édition à la reliure bleu layette et aux pages propres qui craquaient sous les doigts. Sur la page de garde du premier volume, son père avait écrit : « Pour notre fils, dont nous sommes si fiers. Avec toute notre affection, maman et papa. » Paul fut ému aux larmes lorsqu'ils lui présentèrent les livres, un peu gauches, un soir, dans le salon. Comment avaient-ils su quoi lui offrir, où l'avaient-ils acheté ?

Au cours des premiers mois de sa formation, Paul Mellow assista à des cours hebdomadaires, pondit des dissertations et entama une psychothérapie sous la tutelle du docteur Sherman Long, l'une des sommités de l'Institut Schussler, dont le paternalisme discret avait le don de requinquer tous ses patients de sexe masculin qui s'étaient sentis délaissés par leur père, cet homme distrait et rigide, statisticien, avocat ou plombier. Paul confiait sa tête au cuir ocre du divan que Long avait placé dans son cabinet et parlait de son père avec, dans la voix, une amertume telle que, au bout d'un an ou deux, il avait épuisé tout son stock, jusqu'à la dernière goutte ; ne lui restait que du regret, une minuscule pastille, translucide à force d'être suçotée.

C'est à ce regret qu'aboutissaient la plupart des psychothérapies, Paul le comprit en comparant ses notes avec celles des autres stagiaires – tous des hommes, à son grand désarroi. Ils se donnaient rendez-vous une fois par semaine au Murray Hill Coffee Shop, au coin de Lexington et de la 39e, pour prendre le petit déjeuner ensemble, discutaient de leur thérapeute et de leur père, se confiaient leurs rêves et leurs ambitions. Les parcours personnels et la situation géographique avaient beau varier d'un individu à l'autre, ils avaient tous vécu de façon semblable leur statut de fils : ils s'étaient sentis lésés. Dans cette logique le statut de fils se rapprochait, Paul le savait d'expérience, du statut d'amant. Pourquoi les femmes refusaient-elles de tenir la distance, de goûter à tout et de multiplier les expériences ? Pourquoi tergiversaient-elles lorsque les choses devenaient sérieuses ? Quatre fois par semaine, Paul épanchait consciencieusement son âme sur le divan du docteur Long.

– Marie, oui, Marie... souffla un jour Long, l'air songeur, en lissant les pointes de sa moustache, alors que Paul venait de mentionner l'une de ses anciennes conquêtes. Pardonne ma question, Paul. C'est celle qui a eu des haut-le-cœur incontrôlables quand elle a voulu te satisfaire oralement ou celle dont la mère avait le lupus ?

Paul jugeait que ces séances se cantonnaient à la surface des choses – un peu comme la conversation sexuelle. Un peu plus tard, lâché dans la nature par le docteur Long, qui le présentait dans son rapport comme un « jeune homme intéressant, toujours en conflit, susceptible de faire un excellent thérapeute », il prit conscience que lui seul ne semblait pas se satisfaire de ce qui se trouvait à sa portée. Ses collègues, pour la plupart, acceptaient les limites du dialogue, les limites de deux corps en mouvement à l'unisson, de la mortalité. Son découragement croissant ne l'empêcha pas de continuer à traquer l'âme sœur chez des femmes qui ne répondaient pas à ses critères et à prêter une oreille attentive aux deux patients dont il avait la charge.

Le premier, Ricky Lukins, était un homosexuel au physique avantageux, à peine sorti de l'adolescence, à qui l'on aurait pu donner 35 ans. Quant à Mlle Fowler, c'était une bibliothécaire de 35 ans qui en paraissait 60 ; la majeure partie des séances tournait autour de la hantise qui la poursuivait : voir réviser son système de classement.

– Et tout mon travail tombe à l'eau, concluait-elle sur un ton lugubre, comme si sa plus grande crainte s'était réalisée.

Paul se posait des questions sur ses interprétations (étaient-elles assez pertinentes, assez originales ou, plus simplement, erronées ?) et cherchait souvent l'avis de son responsable, le docteur Marty Stengel. Le travail était tantôt captivant, tantôt d'un ennui mortel, comme partout, supposait-il. La vie privée des autres pouvait s'avérer fascinante mais, de temps à autre, pendant une séance, Paul devait se faire violence pour ne pas sauter sur ses pieds et hurler :

– Tu lui as dit quoi ? Mais tu as tout foutu en l'air !

Il tâchait malgré tout de rester à l'écoute, perspicace et cohérent ; jamais il ne se serait cru capable de commettre une transgression majeure. C'était pourtant le cas – et plutôt deux fois qu'une.

Un beau jour, Paul Mellow arriva à l'Institut en pleine tempête de neige et ôta son cache-nez incrusté de givre, dévoilant un visage rougi par le froid. Il devait accueillir un nouveau patient ce matin-là et, dans la salle d'attente, il se retrouva face à un visage intelligent, radieux, jeune et ardent. Ce visage appartenait à Rosalyn Woodman (« Roz, je préfère », avait-elle déclaré lorsqu'ils avaient échangé une poignée de main). Mis K-O par sa beauté, c'est presque en bramant que Paul l'invita à entrer dans le cabinet.

Paul Mellow fut le psychanalyste de Roz Mellow sept mois, pas plus. Au cours de ces sept mois, le thérapeute fit des efforts surhumains pour rester neutre et écouter sa patiente « dans un état d'attention uniformément flottante » ainsi que le suggérait Freud. Tout en buvant ses paroles, il regardait la poitrine et la cage thoracique de Roz Woodman se soulever au gré de sa respiration et s'imprégnait du terrible pouvoir de son teint d'opale, de sa gentillesse, de son intelligence aiguë et de l'angoisse qui la rongeait à la perspective de laisser sa vie en friche. Il était muselé par la nécessité toute psychanalytique d'établir une distance.

– Je ne suis jamais détendue à cent pour cent. Je n'essaie jamais de vivre une expérience pour le plaisir de la vivre. Je me soucie plus de la façon dont les autres perçoivent les choses, pas de la façon dont je les perçois moi. Je ne sais pas pourquoi je réagis comme ça, mais c'est ainsi.

Paul griffonnait des notes dans un calepin et s'évertuait à saisir ses mots au vol, à les préserver pour son propre plaisir, comme une petite friandise qu'il dégusterait plus tard, seul dans le bureau. Ses maux semblaient couler dans le lit d'une souffrance symétrique à la sienne.

– Je n'ai pas envie d'avoir peur. Je n'ai pas envie de me censurer sans arrêt, mais je me censure malgré tout et quand je m'en rends compte, c'est trop tard. C'est lié au fait que je suis une fille, à mon avis. Je suis à peu près sûre que vous, vous n'avez jamais eu à vivre ce genre d'expérience.

Paul dut se mordre la langue. Son travail consistait à rester muet, à intervenir le moins possible, à ne pas s'imposer, à ne pas s'immiscer dans les silences de ses patients. *Apprends à tirer profit du silence*, se dit-il. *Laisse-la parler, ou se taire. Reste en dehors.*

Il se força à rester immobile, et serein, et se concentra de toutes ses forces sur le monologue de Roz Woodman – de crainte, sans doute, de la dévorer toute crue s'il ne résistait pas. Le contre-transfert était un phénomène courant, il ne l'ignorait pas, et au tout début il discuta à mots couverts de ce phénomène avec le docteur Stengel, en maquillant certains détails, afin de camoufler ses sentiments sous une attitude protectrice, d'un irréprochable professionnalisme.

– C'est mon côté saint-bernard ; elle a l'air si fragile. Elle a eu une enfance difficile, très inhabituelle. Je suppose que, avec ses antécédents, elle fait ressortir tous ces sentiments paternels de contre-transfert.

Cette argumentation tortueuse devait masquer le fait qu'il était en train de tomber amoureux de sa protégée. Ce n'était pas uniquement sa beauté qui le touchait au cœur, même s'il était difficile d'y rester insensible. Il y avait aussi son histoire personnelle – la négligence dont elle avait souffert petite, une enfance passée à quelques pas de l'hôpital psychiatrique que gérait son père et l'agression sexuelle qu'elle avait subie à 9 ans. Paul était également ému et troublé par ce que Roz était devenue à l'âge adulte : l'insatisfaction qu'elle tirait de l'amour et l'exigence qu'elle nourrissait vis-à-vis de ses frères humains, du monde, du sexe.

Elle venait de se séparer d'un certain Carl Mendelson, étudiant en droit, un buveur invétéré qui tirait son coup sur la banquette arrière de sa voiture. Il était pesant, impassible, colérique et, même s'il lui avait procuré très peu de plaisir, elle s'était accrochée à lui près d'un an. Elle le laissait jouir de son corps, les yeux fermés, puis versait quelques larmes lorsqu'il quittait son appartement sans même la gratifier d'un baiser, encore moins d'un mot tendre. *Incroyable, elle et moi, on est pareils*, songea Paul. *On est pareils.* C'était pour lui une véritable souffrance d'envisager qu'il avait rencontré une femme qui lui ressemblait en tous points – et cette femme était hors d'atteinte. Jamais il ne pourrait lui avouer ce qu'il éprouvait à son égard : elle lui coupait le souffle, elle le captivait, elle était une pure merveille. Il voulait la savourer. Enfouir sa tête entre ses seins lourds, descendre vers son entrejambe, la goûter, l'embrasser et y rester aussi longtemps qu'elle le souhaiterait, dans cette fournaise, pendant que l'univers tout autour d'eux s'illuminait et s'embrasait, ravagé par les flammes.

La vie avait pris un malin plaisir à déraciner Roz Woodman, comme une tornade arracherait une maison ou une voiture, et à la reposer n'importe où, au gré de ses caprices. L'injustice était terrible : c'était une beauté rousse, très intelligente, qui étudiait le stylisme, contrariée par une dépression latente, aussi persistante qu'une veilleuse. Paul admirait ses cheveux ondulés, sa jupe étalée comme un soleil alors qu'elle était étendue sur le divan du cabinet exigu, sous une reproduction de *Christina's World* qu'un psychanalyste à l'imagination limitée avait fixée en surplomb du meuble. Elle portait une large ceinture en cuir noir qui enserrait sa taille, la sanglait de façon telle qu'elle semblait mettre le sexe mâle au défi de la prendre à deux mains. Il s'enthousiasmait pour ses associations courageuses, sa voix qui tremblait lorsqu'elle se mettait à pleurer. Oh, c'était un cocktail détonant qui le réduisait à l'impuissance.

Il était désarmé. Paralysé. Condamné.

Le week-end, Paul tentait de se changer les idées : il allait voir des films de gangsters et des comédies musicales ratées et potassait ses notes afin de comprendre pourquoi Ricky, son jeune patient, s'entêtait à enjoler de vieux barbons malsains, des négociants en pierres précieuses et autres bookmakers. Les deux méthodes se révélèrent inefficaces. Roz Woodman resterait sa patiente, lui son thérapeute, contraint de dissimuler l'étendue de ses sentiments. Et pourtant, le bonheur que lui procurait sa présence dans la petite pièce surchauffée parvenait à atténuer son immense tristesse.

Il se passa quelque chose d'inattendu à la fin du mois de juillet, juste avant que Paul ne prenne ses vacances obligatoires en août. Roz s'était lancée dans un long monologue. D'ordinaire elle s'exprimait avec aisance, sans nécessiter d'encouragements. Elle racontait que sa colocataire, Vivian, souhaitait elle aussi entreprendre des études de stylisme alors que les vêtements qu'elle dessinait semblaient faits pour « des secrétaires anorexiques », avait expliqué Roz, ce qui avait provoqué l'amusement de Paul.

– Les secrétaires anorexiques ont le droit de s'habiller elles aussi, non ? avait-il rétorqué de but en blanc.

Elle avait éclaté de rire, il l'imita et leur hilarité partagée laissa la place à un long silence gêné.

– Dites-moi. Que se passe-t-il en ce moment ? demanda Paul.

– Rien.

– Rien ? Vraiment ?

– Eh bien, peut-être que ce n'est pas rien. Mais ça m'embarrasse énormément. Je ne sais pas par quel bout le prendre.

– Prenez votre temps.

– Le problème, c'est que je dois avouer une chose dont j'ai pris conscience il y a un petit moment. Une chose qui m'inquiète. Non, inquiéter, ce n'est pas le mot, parce qu'il y a aussi de l'excitation. Cela me préoccupe, plutôt. Ma coloc Vivian m'a conseillé de vous en parler, alors voilà. J'ai des sentiments pour vous. Des sentiments forts. Je n'avais pas prévu ça, pas du tout.

Paul se tint coi, par prudence, avant d'expliquer d'un air magnanime :

– Tout le monde conçoit des sentiments envers son thérapeute. Vous savez que la clef d'une cure réussie, c'est le transfert. Vous transférez sur moi tous les sentiments et toutes les pensées éveillés par d'autres dans le passé. C'est tout à fait naturel.

– Tout cela, je le sais. Mais là, c'est autre chose. C'est complètement différent. Il n'y a pas que le transfert, je crois. Ce sont des sentiments réels. Qui vous concernent vous, en tant que personne. En tant qu'homme. J'imagine quel genre d'homme vous êtes en réalité, vous comprenez, si on sortait ensemble. Si on couchait ensemble. Si vous étiez mon amant.

C'est alors que Roz fondit en larmes. L'aveu, les pleurs, le coup de pouce de la providence : c'en était trop pour Paul, qui hésita entre exploser par trop-plein de plaisir et éclater en sanglots. Il observa *Christina's World* au-dessus du divan ; même la femme infirme, sans visage, perdue dans un champ au milieu de nulle part, lui fit monter les larmes aux yeux.

Tout ce que Paul trouva à lui dire, lorsqu'il recouvra l'usage de ses cordes vocales, ce fut :

– Et qu'est-ce que vous en pensez, vous ?

– Je vous l'ai déjà dit. Ça m'embarrasse terriblement.

– Oui. Oui. C'est vrai. Vous me l'avez dit.

L'horloge indiquait qu'il était plus que temps de mettre un terme à la séance. De l'autre côté de la porte, dans la salle d'attente, Mlle Fowler patientait, avec son système de classement interne. Paul se mit debout et adressa un signe de tête formel à Roz avant de la faire sortir, le visage impassible, le corps tendu à l'extrême. Il gigota sur son siège tout au long de la séance. Mlle Fowler faisait allusion à sa grand-mère Lou et à la coupe garnie de noix de Brésil qu'elle avait l'habitude de placer sur sa table avant sa mort. Les noix en forme de sabot lui évoquaient la Hollande, un pays où elle n'avait jamais mis les pieds, qu'elle ne visiterait sûrement jamais.

– Même si j'allais aux Pays-Bas, je ne changerais pas d'un poil, conclut-elle amèrement. Je serais toujours moi, la bonne femme à laquelle on oublie tous les ans d'envoyer une carte de vœux.

Peut-être, se dit Paul, était-il destiné à devenir l'amant de Roz Woodman. Les étoiles étaient alignées. Leurs sentiments se répondaient. S'il lui avouait son amour, quel serait le résultat ? Peut-être se lèverait-elle pour se laisser tomber dans ses bras, peut-être se sentirait-il submergé par un soulagement qu'il avait attendu toute sa vie. Ils ressentaient la même chose ! Adieu le père psychiatre, aussi chaleureux qu'un iceberg, adieu la mère bonne à rien, adieu le pédophile Warren Keyes qui l'avait tripotée quand elle était petite. Adieu les antécédents de Paul, adieu les parents incultes, mais pleins de bonnes intentions, adieu le chagrin. Adieu, les barrières qu'ils s'étaient imposées tout au long de leur vie. Zoum ! Ils repartiraient de zéro, ensemble.

– Surtout, abstiens-toi, lui avait conseillé son ami Bob Darling au Murray Hill Coffee Shop – ils étaient arrivés tous les deux en avance pour le petit déjeuner hebdomadaire. Ava Schussler et ses larbins vont te démolir. Ils vont t'écraser, te bousiller, te laminer.

– Je sais, je sais, répondit Paul, la tête entre les mains.

– N'empêche, poursuivit Darling, soudain songeur, c'est un beau brin de fille. Je l'ai vue dans la salle d'attente. Une rouquine. Je parie qu'elle a la chatte assortie aux cheveux.

– Ferme-la, aboya Paul, et il comprit que s'il n'agissait pas très vite, Bob Darling le doublerait par la droite.

Il s'imagina son collègue se mettre à l'affût au coin de l'immeuble, se jeter sur Roz à la fin de sa séance pour la baratiner puis l'inviter à dîner, toute honte bue.

Non. Non. Paul ne pouvait laisser passer sa chance. C'était lui qui l'inviterait à dîner; lui qui ferait le premier pas. Ainsi, au beau milieu de la séance suivante, tandis que Roz explorait d'une voix hésitante les « sentiments » profonds qu'elle cultivait à son égard, il l'interrompit brutalement, profitant d'une des pauses qui émaillaient son monologue, et lui proposa de la rejoindre ce soir-là au Nouilles à Gogo de M. Lo à Chinatown.

Il y eut un court silence.

– Pour dîner? demanda-t-elle, désorientée. Est-ce que c'est autorisé?

– Non. Pas du tout.

– Oh. Franchement, je ne sais pas. Je ne sais pas quoi répondre.

– Je comprends. Ce n'est pas très opportun. Un instant, je suis sorti de mon rôle. Je vous présente toutes mes excuses.

– Ne vous excusez pas. Écoutez, il faut que je réfléchisse. Tout cela est si bizarre. Déroutant.

– Pour moi aussi. Un aveugle guide un autre aveugle.

Ils lâchèrent tous deux un petit rire afin de détendre l'atmosphère; il était inconcevable qu'ils retournent jouer la comédie du divan. Il avait suffi d'un rien pour faire s'écrouler l'illusion du psychanalyste/patient; jamais ils ne retrouveraient cet équilibre, elle en avait conscience, et ils allaient devoir en faire le deuil chacun de leur côté. Elle s'assit au bord du sofa et planta ses yeux dans les siens.

– Bon, je ferais mieux de partir.

– D'accord.

– Pour ce qui est du dîner... je ne suis pas encore sûre. Il se peut que je vienne, mais je ne peux rien promettre.

Elle quitta la pièce sans ajouter un mot et Paul Mellow resta assis quelques minutes, les joues en feu, conscient qu'il venait de commettre un acte grave, irréparable. Elle pouvait le dénoncer ; elle en avait le droit. Il avait abusé de sa position, dépassé les bornes, dévié le cours de leur existence.

Ce soir-là, dans une alcôve obscure de Nouilles à Gogo, assis seul à sa table, Paul regretta ce geste qui avait laissé deux victimes dans son sillage. Il vérifia l'heure à sa montre. Roz n'allait pas venir ; il l'avait perdue, définitivement. Il avait compromis sa carrière, il avait tout réduit à néant. Il ne lui restait plus qu'à se livrer à sa hiérarchie. C'était la seule solution.

À la seconde où il crut résoudre son dilemme, la petite clochette qui surmontait la porte du restaurant tinta et elle fit son apparition, se fraya un chemin parmi les clients et se dirigea droit vers lui. Les théories psychanalytiques étaient intarissables au sujet de la souffrance ; la joie, étrangement, était un territoire relativement inexploré. Et lorsque Roz Woodman s'assit face à lui dans la salle saturée de parfums, il se dit qu'il connaissait enfin la joie, la joie absolue. Une serveuse lui présenta un menu plastifié, mais elle ne lui accorda pas un seul regard. Paul et Roz s'observèrent quelques instants, un sourire stupide plaqué sur le visage, risquèrent quelques plaisanteries pour dédramatiser la situation et finirent par parler d'eux-mêmes. Il avait un sacré retard à combler, car elle ne savait rien de lui.

Plus tard, après la soupe, après le canard laqué et le riz cantonais aux crevettes, divin, assaisonné d'une pointe de sel, après le sorbet à l'orange et d'innombrables tasses de thé noir et corsé, il la raccompagna chez elle. Elle habitait un appartement de l'Upper West Side. Sa colocataire, avait-elle assuré, était sortie.

Dans sa chambre exiguë, ils se postèrent l'un face à l'autre et ils s'enlacèrent pour la première fois. Leurs visages se frôlèrent ; son haleine sentait un peu le lait caillé, comme si elle était en proie à une vive angoisse, ce qu'il trouva parfaitement naturel, propre à inspirer de la tendresse plutôt que du dégoût. Ils restèrent soudés l'un à l'autre quelques secondes ; dans cette position, on aurait dit les héros d'un film qui viennent tout juste de surmonter une terrible épreuve.

– Ça va ? demanda-t-il.

– Oui, répondit Roz, la voix étouffée par sa chemise. Je crois que j'ai pris ma décision.

– Tu crois ?

– Oui. Enfin, j'en suis sûre.

– Parce qu'il faut qu'on fasse ça à deux, affirma-t-il, tentant par ce biais de justifier la transgression.

– Je sais.

– Et il va falloir te trouver un autre psy, déclara-t-il, comme à regret, et Roz Woodman pouffa.

– Pas grave. Sans vouloir te vexer, tu n'étais pas très bon.

Cette remarque lui fit de la peine, même si elle reflétait la réalité – Roz ne mâchait pas ses mots. Il n'était pas un psychanalyste de haute volée ; il avait travaillé dur, mais ses efforts étaient tombés à l'eau. Roz Woodman n'était pour rien dans son échec. Mais face à son incompétence, il se sentit soudain détaché du naufrage de sa situation professionnelle, fataliste. Il se reconvertirait ; il retournerait travailler dans un laboratoire, il retrouverait ses chères souris. Il y eut des caresses, puis des baisers, une sensation vive, électrisante. Paul se laissa tomber sur le lit, Roz resta debout, il déboutonna son chemisier et plaqua ses lèvres sur son sein, comblant une envie qui le taraudait depuis des années. Sa langue agaça le téton, le sentit durcir, se contracter et, très vite, il comprit qu'il perdrait la raison s'il ne mettait pas en branle sa bouche, ses mains, son sexe, son corps dans toute sa masse.

– Laisse-moi coucher avec toi, s'il te plaît, souffla-t-il.

Cette supplique horrible se déversa de sa bouche et elle répondit :

– Oui, oui, vas-y, tout ce que tu veux. Pas de barrière entre nous, cela ne sert à rien. Je sais ce que tu attends de moi, et vice versa ; l'heure est venue de découvrir s'il est possible d'arriver à nos fins.

Ils avaient signé un pacte, ces deux comploteurs, échafaudé un plan tordu. Roz s'allongea sur le lit et la bouche de Paul s'aventura d'abord entre ses jambes, cet endroit boisé qui rendait les hommes ivres de désir, comme s'ils voulaient regagner une forêt afin d'y accomplir un rituel immémorial, et elle chuchotait, et lui murmurait ; ils grésillaient de concert, tels des grillons. Enfin, il se jeta sur elle de tout son poids, comme dans un spasme, comme s'il se jetait sur un cercueil mis en terre.

Sa carrière, qui n'en était qu'à ses balbutiements, prit fin quelques jours plus tard. C'est ce faux frère de Bob Darling qui le trahit, Bob Darling qui devina, à l'euphorie qu'affichait Paul Mellow, le fin mot de l'histoire. Ce bonheur insolent avait rongé Bob Darling avant de le pousser dans le bureau de Mme Schussler, coupant l'herbe sous le pied de son collègue. Mme Schussler avait convoqué dans la précipitation un tribunal extraordinaire composé des sommités de l'Institut : elle-même, Sherman Long, Marty Stengel et une psychanalyste aux traits pointus appelée Wanda Grink. Tout au long du procès, conduit un lundi matin dans le bureau de la patronne, Paul garda la tête basse et les yeux vrillés sur ses mains, même si le déshonneur potentiel avait été désamorcé par une fierté un peu niaise. La morale interdisait de s'amouracher d'une patiente, Paul ne pouvait que tomber d'accord, mais il mettait quiconque au défi de ne pas succomber au magnétisme de Roz Woodman, aussi délicieuse qu'un gâteau d'anniversaire. Cet argument, malheureusement, aucun de ses juges ne pouvait l'entendre.

Tout en étudiant le profil d'aigle de la vieille Ava Schussler, il se rendit compte qu'aucun d'eux n'était capable de comprendre l'amour, ni le sexe, ni le plaisir sans entraves. Même Sherman Long, qui s'efforçait d'être un bon thérapeute doublé d'un père jovial, lui avait toujours paru trop mou, trop sympathique, pour appréhender la pulsion sexuelle, la disette sentimentale. Marty Stengel était un imbécile, point barre ; tous s'accordaient à le dire. Quant à Wanda Grink, Paul n'avait pas d'opinion particulière à son sujet – même s'il aurait pu en forger une, pas très flatteuse, en l'espace de quelques secondes. Le radiateur émettait des bruits stridents, toute une cacophonie. Un prisonnier était pris au piège à l'intérieur et tentait de s'évader, un psychanalyste débutant qui avait été condamné dans cette même pièce, bien avant Paul.

– Je l'aime, expliqua Paul à l'assistance d'une voix étranglée. Je l'aime, tout simplement. Je sais que c'est une violation du règlement. Je sais que ça va à l'encontre de tout ce que j'ai appris ici. Mais c'est l'amour. Le vrai, le grand amour.

– Cet amour, comme vous l'appelez, il est immatériel, trancha Mme Schussler.

Paul leva la tête, plongea son regard dans celui de Mme Schussler puis, tout à trac, lui demanda :

– Vous l'avez vraiment connu, au final ?

– Pardon ?

– Freud, continua-t-il sur sa lancée. À Vienne. C'était vraiment votre psy ou vous l'avez croisé une fois par hasard, chez le boucher mettons, en train d'acheter des côtelettes d'agneau, et vous avez inventé tout le reste ?

L'expression qui se peignit sur le visage de la vieille femme à ce moment-là l'alarma au point que, un instant, il crut que son cœur allait lâcher. Mieux valait s'éclipser sans perdre une seconde afin d'éviter le chaos qui allait se déchaîner, la chute, les hurlements, les récriminations. Il ramassa ses affaires pêle-mêle et quitta la pièce. Il ne trouva pas le courage de revenir le lendemain pour récupérer les livres que ses parents lui avaient offerts. Il y repensait souvent, la mort dans l'âme, ignorant quel sort on leur avait réservé.

Longtemps, Paul et Roz réussirent à donner tort à ce peloton d'exécution psychanalytique. Leur relation s'était inscrite dans la durée et conclue par un mariage. Ils avaient survécu à tous ces thérapeutes renommés, autrefois si puissants, si imbus de leurs théories doctrinaires. Leurs corps avaient honoré les pages d'un livre célèbre, enchevêtrés, radieux, ouverts à toutes formes d'expériences, étalés sur des pages entières en vue de défricher le terrain de la sexualité.

Un soir de novembre 1975, juste après la parution et le succès triomphal de leur livre, Paul et Roz Mellow rentraient chez eux ; ils venaient de donner une conférence à la New School. Paul, qui conduisait, repensa au panel d'analystes revêches et regretta qu'ils ne soient plus de ce monde afin d'assister à leur triomphe. Afin de se rincer l'œil sur les dessins qui le montraient en pleine action avec sa somptueuse épouse. Ils lui auraient tous jalousé la liberté qu'il avait réussi à conquérir, tous sans exception, il en était persuadé.

Ses enfants avaient, peut-être, déjà feuilleté le livre. Il l'espérait, en tout cas, car, au-delà de la jalousie, de la peur ou de l'excitation, pourquoi pas, qu'ils pouvaient éprouver, il fallait qu'ils sachent. Savoir valait mieux que croupir dans l'ignorance, tel était le credo de la psychanalyse. Bien que mis au ban de la profession, il en avait fait sa devise personnelle.

Le siège passager de la Volvo, qui filait tout droit vers la maison, était occupé par Roz. Tous deux muets, ils parcoururent les rues de New York, le tunnel et sa diagonale de lumières en pointillé, puis la voie rapide qui se déroulait vers l'est ; exténué, bâillant à s'en décrocher la mâchoire, Paul rentra la tête dans les épaules pour mieux se protéger de la nuit. Dans l'habitacle confiné du break, il décela l'odeur âpre du vin qui imprégnait l'haleine de sa femme, ainsi qu'un soupçon d'ail. Ce n'était qu'une observation neutre, dégagée de tout jugement ; ils partageaient leur intimité depuis trop longtemps pour s'offusquer de ce genre de détail. Roz était une source d'émerveillement intarissable, un être surnaturel, une créature fabuleuse qui l'aimait, qui l'autorisait à célébrer sans relâche sa beauté et la féminité dont elle incarnait l'essence. Très vite, dans l'obscurité de la voiture, Roz se laissa gagner par le sommeil ; son parfum chatouilla les narines de Paul, ses cheveux voletèrent de part et d'autre de son visage, comme s'ils étaient le jouet d'un courant électrique qui vrombissait autour d'elle.

Aux alentours de minuit, Paul quitta la voie express et ils s'engagèrent dans Swarthmore Circle, avec sa voûte d'arbres, sa chaussée goudronnée de frais, son ensemble de maisons dont la majestueuse vétusté ne gommait pas le caractère foncièrement banlieusard ; il se tourna vers elle.

– On est arrivés. Notre bonne vieille bicoque.

Ensemble, ils s'introduisirent à l'intérieur. La clef tourna dans la serrure et l'instant sembla s'étirer indéfiniment. La poignée finit par céder et ils se retrouvèrent dans l'entrée, incapables de dire un mot, comme des randonneurs perdus consultant leur boussole. La maison était plongée dans le silence, quelqu'un avait laissé à leur intention une lampe allumée dans le salon. Paul et Roz gagnèrent leur chambre au décor virginal, se débarrassèrent de leur manteau, de leurs sacs et de leurs dossiers, puis se rendirent au deuxième étage.

Tous les enfants dormaient à poings fermés. La petite Claudia était étendue dans son lit, à côté d'un troll hideux coiffé d'une vilaine touffe bleue. Dans un recoin de la chambre voisine, Dashiell dormait sur un pouf en forme de poire. Son lit improvisé était constellé de poils de hamster, ce qui ne semblait pas le troubler.

– On le laisse comme ça ? demanda Roz en couvant du regard le garçonnet roulé en boule.

– Bien sûr. Inutile de le réveiller. Il a l'air lessivé, le pauvre.

Ils explorèrent ensuite les chambres des adolescents : Holly avait déployé ses cheveux sur son oreiller, à la façon d'une auréole, comme si elle flottait à la surface d'un lac – ce qui était le cas, en quelque sorte. Michael, de l'autre côté du mur, dormait la bouche entrouverte, comme abasourdi par un spectacle stupéfiant. Il respirait par la bouche depuis sa naissance – la faute à ses végétations ; cette habitude lui passerait à l'âge adulte.

Les quatre enfants semblaient identiques à ceux que les parents avaient laissés au début de l'après-midi. Ce que Roz et Paul ne pouvaient pas savoir, c'est qu'entre-temps les enfants avaient subi, par la faute du livre, une métamorphose aussi fulgurante que frénétique. À l'heure de leur retour, leurs quatre rejetons étaient méconnaissables, même si la transformation se manifesterait beaucoup plus tard et, là encore, de façon très subtile. C'est le livre qui devait être tenu responsable de ce jaillissement de substances chimiques, de l'élasticité yogique de la double hélice. Collectivement, avant la tombée de la nuit, les enfants Mellow s'étaient dépouillés de milliers de cellules obsolètes qu'ils avaient éparpillées à leur insu pour les remplacer par des cellules neuves, dans certains cas plus communes : des cellules dont les mitochondries recelaient des directives qui allaient bien au-delà de « fais tes devoirs » ou de « sois gentil avec ton camarade un peu plus lent » et s'aventuraient sur d'autres territoires : « laisse-toi dominer », « touche-moi », ou encore « ne le dis à personne ».

Le Plaisir : voyage d'un couple au bout de la volupté avait, en cette journée de novembre 1975, stimulé tout à la fois la croissance et la dégénérescence cellulaire, entre abattoir et salle d'accouchement. En très peu de temps les quatre enfants Mellow, « les gamins » comme les appelaient leurs parents à l'époque, désignant un amas de têtes et d'épaules indifférenciées, tyranniques, grognons mais bien à eux – ce qui leur briserait le cœur à maintes reprises –, avaient été assiégés par des images lancinantes – positions sexuelles, corps dénudés. Tandis que Paul et Roz Mellow filaient sur la Long Island Expressway, pressés de rentrer chez eux, sans avoir bouclé leur ceinture, sans airbag, sans envisager le risque d'un accident ni même la perspective de faire l'amour ce soir-là, leurs enfants, tels qu'ils les connaissaient, disparaissaient peu à peu.

Paul et Roz, bien entendu, ne se doutaient encore de rien. Pour l'instant, ils absorbaient la douceur et la personnalité, pareille à une page blanche, de leurs petits trésors livrés au sommeil et, tous les deux, ils s'offrirent un moment de contemplation silencieuse, irrésistiblement attirés par ces êtres qu'ils avaient conçus grâce à quatre actes d'amour distincts. Les années passent et les parents trouvent toujours matière à s'émerveiller, comme s'ils voyaient leurs enfants pour la première fois.

Paul et Roz étaient calmes, sereins, émus par leur progéniture, ravis de la tournure qu'avait prise la journée, du public venu assister en nombre à la conférence, du livre qui s'était vendu comme des petits pains à l'accueil et de l'espoir d'un succès en librairie, aux États-Unis et dans le reste du monde – car un nombre non négligeable de lecteurs semblait en demande des leçons dispensées par *Le Plaisir*. Ils se félicitaient que le dîner organisé en leur honneur se soit déroulé dans la bonne humeur, qu'ils aient rallié sans encombre la maison, le foyer, les enfants. Tout était bien, pensaient-ils, dans le meilleur des mondes, ce que nul ne pouvait contester.

– Allons nous coucher, dit Paul Mellow à sa femme, et ils regagnèrent leur étage.

5

Dashiell détecta la grosseur suspecte dans son cou alors qu'il se rasait et fut frappé de stupeur. Comment avait-elle pu échapper si longtemps à son attention ? Lorsque ses doigts atterrirent dessus par hasard, le menton tendu vers le miroir, le rasoir glissant vers le haut, elle lui évoqua un monstre gigantesque qui aurait pris ses aises à l'intérieur de son organisme. La protubérance débusquée, ses doigts s'en écartèrent aussitôt, comme brûlés, puis, soumis à une attirance magnétique, retournèrent à la surface de sa gorge, l'effleurèrent délicatement, la palpèrent avec la tendresse d'un amant, même si elle ne méritait pas tant d'égards. Dashiell la tâta d'un côté, puis de l'autre, vérifiant ses dimensions, sa rondeur audacieuse, sa dureté de marbre, comme s'il s'agissait d'une fève dissimulée dans une galette.

La fève, d'ordinaire, est synonyme de chance. Le malchanceux domicilié à Providence tomba sur sa fève à lui et se dit : « Oh, putain », parce qu'il comprit, instantanément, que, en affrontant cette petite boule dure, c'était sa mort qu'il affronterait, une surprise inopportune, incrustée au plus profond de son corps, au cœur d'une galette, attendant son heure.

À quoi avait-il pensé toutes ces fois où il s'était rasé devant le miroir pendant qu'un abcès mûrissait en lui ?

Que son cou s'ornait d'une grosseur intéressante ? Qui pouvait expliquer un aveuglement pareil ? Les enfants en bas âge ne s'y prenaient pas autrement lorsqu'ils faisaient tomber quelque chose par terre : ils n'arrivaient pas à le voir alors que l'objet en question avait échoué sous leur nez. Tout ce temps, Dashiell s'était comporté en enfant, aveugle et heureux de l'être, et avait retrouvé cet état d'innocence en se rasant, cette époque où son visage était propre et lisse, où sa peau ne laissait transparaître aucun poil, aucune tiqueture semblable à une erreur typographique. Le rasage le plongeait, depuis toujours, dans un état rapsodique ; les pensées qu'il nourrissait alors se télescopaient comme des bateaux heurtant un quai, et elles s'avéraient rarement pragmatiques, encore moins connectées à la réalité. Elles étaient distantes, décousues, sans rapport aucun avec le concept de mortalité. Dashiell aimait se raser ; c'était le seul moment de la journée où il sentait qu'il était possible de repartir à zéro, d'atteindre cette perfection qui lui avait manqué la veille, et l'avant-veille.

Aujourd'hui, la perfection n'était pas d'actualité, la protubérance était là pour s'en assurer, compacte, non négociable. Il eut l'intuition que cela n'annonçait rien de bon, sa main se crispa sur le rasoir qui lui entailla, sur quelques millimètres, la gorge, le sang perla et il poussa un cri aigu. Le temps qu'il se saisisse du crayon hémostatique rangé dans l'armoire à pharmacie, le sang avait rougi la totalité du lavabo.

Tom, qui mitraillait d'e-mails collectifs l'équipe de campagne, entendit le cri et le tumulte qui s'ensuivit, quitta le lit et se précipita dans la salle de bains. « Et merde ! Merde, Dashiell, qu'est-ce que tu as fait ? » Il y avait du sang partout ; on aurait pu croire que Dashiell avait tenté de s'ouvrir les veines. Tom Amlin était d'un tempérament égal, plus calme que Dashiell, et il s'assura en un seul coup d'œil qu'il était témoin d'un accident de rasage aux proportions épiques.

Le lendemain, ils étaient assis l'un à côté de l'autre dans la salle d'attente de leur médecin généraliste, le jeune docteur Adam Forest – mâchoire robuste, clientèle composée pour moitié d'homosexuels, lunettes à la monture rectangulaire et coupe de cheveux frisant la perfection. Dashiell sentit son angoisse revenir en force et seule la présence de Tom empêcha cette crainte larvée de surnager, sous forme d'écume, avant d'échapper à son contrôle. C'est de cette manière-là qu'à 14 ans Dashiell avait pris conscience de son homosexualité : en présence d'hommes et de garçons, il parvenait à tenir en bride certaines sources d'anxiété. Quel que soit le problème, il pouvait être solutionné par une compagnie masculine : école, sexe, argent, mal-être, vie professionnelle, avenir, politique, parents... avec un homme à ses côtés, même le bord rougeoyant de l'abîme ne lui faisait plus peur.

Dashiell considéra ce mince rayon d'espérance. Lorsqu'il dut brièvement se séparer de Tom afin de subir l'examen médical, la perte fut brutale. Vêtu en tout et pour tout d'un boxer, perché sur le lit d'examen recouvert d'un drap en papier, la surface de son corps explorée centimètre après centimètre par le docteur Forest (expérience qui, en des circonstances différentes, attiserait une excitation imperceptible dont il aurait joui en secret), Dashiell ne put s'empêcher de penser que la mort était ici, avec eux, dans la même pièce, perchée sur le tabouret à la façon d'une assistante médicale. Le docteur Forest sonda Dashiell des pieds à la tête, résolu à débusquer d'autres ganglions enflés, et lorsqu'il en localisa quelques-uns – disséminés çà et là, épars et profonds, dans l'aine de Dashiell, dans son aisselle, enchâssé dans la chair sous son épaisse tignasse –, il caressa son menton puissant, aussi pensif que Clark Kent pris dans un dilemme journalistique, et déclara :

– Dashiell, je souhaiterais faire une biopsie.

– Il y a quelque chose qui vous inquiète ? demanda son patient, diminué, tassé par le poids de la peur.

Dashiell n'était pas séropositif, de cela il était certain. Il avait échappé au fléau du sida par miracle, étant donné qu'au cours des années 1980 il avait multiplié les rapports à risques avec des partenaires peut-être porteurs du virus, avant que le sida ne fasse une entrée fracassante dans la vie quotidienne. Lorsqu'il s'était fait dépister au centre médico-social réservé à la communauté gay, le test s'était révélé négatif. À l'époque, Dashiell était tellement convaincu d'avoir contracté le virus qu'avant de récupérer les résultats il s'était muni d'un paquet de kleenex qu'il avait glissé avec soin dans sa poche. L'idée qu'un étranger, à plus forte raison un conseiller bénévole, lui tende une boîte de mouchoirs après avoir signé son arrêt de mort lui était insupportable. Les mouchoirs de cet étranger, il n'en voulait pas. Ce qu'il voulait, c'était une bonne nouvelle, et rien d'autre. Toute autre faveur – un mouchoir, une épaule, un bonbon à la menthe, le nom d'un médecin qui se consacrait au suivi des séropositifs – aurait sombré dans le grotesque.

Aujourd'hui, des années plus tard, le docteur Forest ne disait rien de cela ; il préparait l'aiguille qu'il utiliserait durant la biopsie. Le doigt sur le bouton de l'interphone, il demanda à son infirmière d'annuler la consultation suivante.

– Est-ce que Tom peut venir ? s'enquit Dashiell d'une toute petite voix.

– Bien sûr.

Les trois hommes, tous robustes et musclés, encombrèrent la petite salle d'examen, et, malgré son uniforme en polyester blanc, le docteur Forest était l'un des leurs, envers et contre tout. Tom prit Dashiell par la main tandis que l'aiguille s'enfonçait dans son cou, un endroit où les aiguilles n'avaient d'habitude rien à faire. Dashiell se rappela la fois où, dans une rue de New York, deux jeunes Blacks l'avaient traité de « pédale » qui « fourrait sa bite là où c'est pas sa place ».

C'était un homme de petite taille – un peu moins d'un mètre soixante-dix – et de belle carrure, aussi gracieux qu'un faon. Il avait « fourré sa bite » dans des endroits contre-nature, il l'avouait volontiers, emporté par la fièvre du moment. *Tu ferais ça pour moi ?* pensait-il systématiquement quand il guidait une nouvelle conquête jusqu'à son lit, quand les deux hommes effectuaient les manœuvres muettes qui les lieraient l'un à l'autre – cela pouvait paraître stupéfiant, mais une confiance tacite semblait s'établir entre ces deux personnes qui avaient échangé quelques mots dans un bar. Parfois, à l'instant où Dashiell sentait le désir consumer son partenaire, où il regardait ce désir mettre l'autre à nu, il songeait : *Oui, je ferais ça pour toi.*

Bien entendu, l'altruisme absolu était une denrée rare : ce n'était pas un comportement digne d'un saint, c'était une baise joyeuse, goulue, un préambule qui allait à l'encontre de l'intuition et anticipait, bandée au maximum, puis une éclosion, un paroxysme qui se propageait à la façon des ondes d'un sonar qui irradiaient, quittaient le corps et se dispersaient dans l'atmosphère.

L'aiguille fichée dans sa chair ne lui procurerait jamais le moindre plaisir ; elle le faisait souffrir autant qu'une crucifixion, malgré l'anesthésiant local administré avant la procédure. Une douleur lui déchira le cou à l'instant où le produit fut injecté, une douleur qui se fit plus aiguë, fulgurante, quand l'aiguille tenta d'aspirer quelque chose. Le liquide qu'elle réussit à extraire de la grosseur était trouble, ensanglanté. Le docteur Forest se détourna de Dashiell et ensacha le prélèvement. Sa bouche dessinait une ligne droite et sèche.

La nouvelle qui tomba quelques jours plus tard était mauvaise mais pas, Tom le lui rappela, catastrophique. Un cancer, oui, la maladie de Hodgkin plus précisément ; rien qui ne saurait résister à la chimiothérapie et aux rayons, ce qui condamnait Dashiell à être malade quelque temps.

– Vous allez vous sentir assez patraque, lui avait expliqué le docteur Forest au téléphone. Et trouver le temps long, mais, croyez-moi, ça ne durera pas toujours. Pensez à un nuage noir qui va laisser la place à un grand soleil. Hodgkin se laisse très bien traiter.

Un cancérologue avait récupéré son dossier ; le docteur Forest lui passait la main.

Dans le lit, le soir du diagnostic, Dashiell fit le point sur sa situation.

– Se laisse très bien traiter, murmura-t-il.

– Oui, et c'est un point très positif, affirma Tom. Si ton esprit malade arrive à l'interpréter autrement, c'est que tu es bon pour l'asile.

– J'avais pensé à une autre explication, reconnut Dashiell, mais je ferais mieux de la garder pour moi.

– Merci.

Ils étaient étendus côte à côte, vêtus du même pyjama bleu ciel, les bras le long du corps. On aurait cru des soldats de plomb alignés à l'intérieur d'une boîte.

– Et la campagne ? demanda Dashiell. J'ai vraiment très mal choisi mon moment pour tomber malade.

– Le moment est toujours très mal choisi. Mais il y a plein de gens qui bossent dessus, on arrivera à se débrouiller.

– En parlant de ça, d'où sort-il, ce Hodgkin ? Pourquoi a-t-il donné son nom à cette maladie ? C'était un scientifique, OK, mais un Américain ? Un Anglais ?

– Non, non, Dash, tu es complètement à côté de la plaque. Les Hodgkins, ce sont ces petites créatures mythologiques. Petites, poilues et têtues, un peu comme des ganglions enflés. Ils ont été virés du *Seigneur des anneaux*. Tolkien s'est dit : « Non, ils vont embrouiller encore plus l'intrigue. Mieux vaut les dégager. »

Dashiell constata, à son grand soulagement, qu'il y avait encore de la place pour l'humour, que le vent de la mauvaise nouvelle n'avait pas balayé leur bonne humeur. Il eut beau changer de position, tâchant de se mettre à l'aise, rien ne semblait lui convenir. Il se sentait bien, étrangement, ce qui était en totale contradiction avec le fléau qui rongeait son corps de l'intérieur.

– Si Wyman n'est pas élu, ajouta-t-il, ce sera par ma faute.

– Tu es bouffi d'orgueil, Dash. Écoute, si Wyman n'est pas élu, c'est qu'il n'aura pas réussi à convaincre les électeurs, pas parce que le public n'a pas entendu tes discours sublimes couler de sa bouche.

– Trish fait des discours merdiques.

– C'est vrai.

Ils éclatèrent d'un rire mauvais qui tournait en dérision Trish Leggett, la seconde plume de Robert Wyman, une fille de 25 ans au visage chevalin qui avait conquis sa place dans le staff de campagne en pondant un pseudo-discours que Wyman avait adoré au point de le répéter aux quatre coins de l'État de Rhode Island, pour la simple raison qu'une phrase lui avait tapé dans l'œil : « une âme hors du commun parée des oripeaux des plus humbles » – un hommage pompeux aux citoyens ordinaires qui s'étaient soulevés comme un seul homme contre le terrorisme. À court d'exemples tirés de la vraie vie et postdatés de la destruction du World Trade Center, Trish Leggett avait dû se rabattre sur des amalgames et des métaphores universelles, technique apprise dans le cadre d'un atelier de création poétique à l'université de l'Iowa. Malgré son manque d'expérience, elle présentait une véritable menace pour Dashiell, ce vieux routier du discours politique à la réputation sans tache, qui avait mis ses compétences au service de candidats divers et variés : un conseiller municipal, deux maires et désormais, l'apogée de sa carrière, un sénateur en puissance.

C'est pendant l'une de ces campagnes électorales qu'il avait fait la connaissance, six ans plus tôt, de Tom Amlin. Tous deux assistaient à un séminaire organisé à New York par l'association gay Log Cabin Republicans. En ce temps-là, Dashiell avait élu domicile à Boston et Tom venait de quitter Los Angeles pour s'installer à Providence ; il travaillait dans le cabinet de Robert Wyman, à l'époque simple conseiller municipal, surnommé le Kennedy républicain par la faute de ses dents surdimensionnées.

La convention se tenait au Helmsley Plaza. Le lobby était aussi vaste qu'un hangar, l'ascenseur vitré convoyait des troupeaux de républicains homosexuels d'un étage à l'autre. Certains des militants firent mine de n'avoir jamais emprunté d'ascenseur en verre : ils poussèrent des hourras et applaudirent à tout rompre lorsque la cabine entama son ascension, décollant à la vitesse d'une fusée. *On les croirait sortis d'une fraternité de francs-maçons*, songea Dashiell.

Le premier soir, lors du cocktail de bienvenue, les portes de l'ascenseur s'ouvrirent et des flots de républicains se déversèrent dans la salle de réception. L'assistance était bigarrée : des hommes d'affaires, des polos pastel, des lesbiennes perdues au milieu de la foule, des marginaux qui peuplaient le parti. Ils avaient le baryton monotone que l'on entend résonner dans les voitures-bars des trains de banlieue, des syllabes grasses et caverneuses ponctuées de rires de gorge qu'ils distribuaient sans compter. Il était fort probable que ces hommes soient, pour la plupart, des raseurs de première catégorie, mais Dashiell réussit à puiser dans leur lourdeur d'esprit une certaine excitation.

À l'entrée de la salle de réception, une table disparaissait sous les étiquettes nominatives. Dashiell trouva son badge et le fixa à sa veste. À côté de lui, un homme grand et élancé, cheveux gris, costume luxueux, semblait lutter avec son étiquette, qui refusait de se détacher de son verso.

– Et merde, marmonna l'homme entre ses dents, et Dashiell lui offrit son aide.

– Tenez, dit-il en décollant l'étiquette d'un geste vif.

Il plaqua l'insigne sur la veste de l'homme, prenant note de la sensation produite à l'instant où sa main entra en contact avec son revers, à quelques millimètres du torse de l'inconnu, de son cœur. Lorsqu'il retira sa paume, il lut : « Tom Amlin, Los Angeles – ou Providence, en fait. »

Les deux hommes échangèrent une poignée de main ; il ne se passa rien, aucune étincelle ne jaillit, mais ils s'en accommoderaient. Dashiell, qui venait de passer le cap de la trentaine, était un peu vexé de ne pas compter parmi les benjamins du congrès. Il y avait là des gamins d'à peine 20 ans, et même tout un contingent originaire de Harvard, des étudiants en première et deuxième année farouchement conservateurs, à la sexualité décomplexée. Les morveux de Harvard – c'était le surnom que Tom allait leur donner – s'étaient agglutinés près du bol à punch, efféminés, adeptes du persiflage, comme les personnages de *Retour à Brideshead*.

À l'autre bout de la salle se tenait le groupe le plus improbable du séminaire : les républicains travestis, une poignée d'hommes vêtus de robes ou de jupes classiques, maquillés, tellement exubérants, tellement plus féminins que les lesbiennes dans leur smoking d'arrivistes. Les travestis, avec leurs perruques colorées et leur parfum, traitaient la convention comme un happening, comme une performance artistique. L'un d'eux, culminant à plus d'un mètre quatre-vingt-dix, portait une robe jaune parsemée de bleuets et une large écharpe sur laquelle était épinglée tout une collection de badges retraçant l'histoire du parti : «Réélisez Nixon», «Votez Goldwater», «Allez Dole». Il avait l'allure d'une cheftaine démente et Dashiell eut l'impression, un court moment, d'avoir atterri sur une autre planète, d'avoir besoin de se rafraîchir à l'eau claire d'un ruisseau martien.

Tom Amlin avait 40 ans, une éternité à l'échelle de Dashiell. C'est entre 30 et 40 ans que l'homme fait ses preuves et Amlin avait déjà franchi ce cap fatidique. Debout, au bar, un verre à la main, Dashiell lui demanda :

– Il y a un problème avec votre étiquette? «Los Angeles – ou Providence, en fait»?

– Je viens de m'installer dans l'Est. Quand j'habitais à Los Angeles, c'était génial. Los Angeles, ça fait toujours son petit effet. Maintenant, avec Providence, j'ai un complexe d'infériorité. Le paradoxe, c'est que mon déménagement ne m'a apporté que du positif. Et c'est une ville très agréable ; je m'y plais beaucoup. Vous aussi, ça vous plairait.

Il chanta les louanges de Robert Wyman, le conseiller municipal, un bonhomme formidable, si intelligent, si franc, dénué de cette obséquiosité perfide, de cette flagornerie si fréquente chez les représentants du parti républicain, lequel rebutait nombre d'électeurs indécis, en particulier les femmes au foyer habitant en banlieue. Dashiell lui parla de ses missions, du fait qu'il était souvent appelé en urgence afin de rafistoler un discours charcuté par un autre, qu'il passait d'un camp à l'autre sans aucun cas de conscience, pourvu que la paie soit bonne.

Tom Amlin le scruta un instant. Le mécontentement se peignit sur ses traits.

– Vous êtes un mercenaire, conclut-il et Dashiell eut beau protester, il ne put échapper à un laïus qui visait à lui rappeler ce qui séparait le parti républicain des démocrates.

Le B.A.-BA du manifeste, en quelque sorte.

– Un gouvernement limité, répéta Tom Amlin à plusieurs reprises. À son strict minimum. L'indépendance fiscale. La croissance. La prospérité. C'est cela, la solidarité, c'est cela, prendre soin de nos compatriotes. Pas les ruines d'un plan cartérien raté.

– Cartérien ? Vous êtes sûr ? Cartésien, plutôt ? demanda Dashiell.

– Non. Cartérien, rapport à Jimmy Carter.

– C'est un mot qui existe dans le dictionnaire ? s'étonna Dashiell, pas très convaincu.

– Non. Je viens de l'inventer.

Ce soir-là, au dîner, avec Tom pour voisin de table, Dashiell commanda des côtes premières. Les sommités du parti républicain tanguaient épaule contre épaule sur l'estrade et les convives assenaient de grands coups de poing sur les tables (les morveux de Harvard frappaient plus fort que tous les autres et aboyaient en brandissant le poing. Il ne manquait plus que les chemises brunes et les bottes, déplora Dashiell). Après l'intervention d'un des travestis qui implora la LCR de « s'ouvrir à la différence » et quelques discours à la tonalité plus personnelle, très émouvants, l'assistance se dispersa et un groupe assez nombreux finit la soirée dans un club de la 18e Rue Ouest, le Speed, qui leur avait été chaudement recommandé pendant le cocktail de bienvenue.

Au Speed, la musique était exécrable et assourdissante ; Tom et Dashiell tombèrent la veste et la cravate pour discuter en hurlant à pleins poumons, collés l'un contre l'autre. En fin de compte, lorsqu'ils jugèrent inutile de poursuivre ce non-dialogue, Tom Amlin, cet être supérieur, l'homme qui rejoignait, sur plusieurs points, son frère Michael – aristocrate, plus âgé, ténébreux, cultivé, intelligent –, se percha sur un tabouret de bar, les jambes légèrement écartées, et attira Dashiell vers lui. Ils n'agissaient pas sous l'influence de l'alcool ; il peut être déstabilisant, le premier baiser, pour ceux qui affrontent à jeun la pureté de leur désir.

Ce geste excita tellement Dashiell qu'il lui souleva le cœur, en quelque sorte. Tom Amlin plaqua une main puissante sur son dos et le jeune homme étudia les chemises de soirée qu'ils portaient tous deux, symboles du conservatisme masculin, de la netteté et de l'ordre estampillés Brooks Brothers qu'ils avaient en commun, comme s'ils étaient les Brooks Brothers en personne – un couple symétrique et incestueux. Dans le rêve républicain, cependant, l'ordre naissait tout naturellement, en se passant d'un gouvernement intrusif et en mettant les droits sur le devant de la scène, loin devant le traitement préférentiel, à la fois gênant et geignard.

Ici, aux États-Unis, l'homme était livré à son sort, mais ce n'était plus un territoire vierge, c'était un grand pays, et il était l'acteur de sa propre vie : il pouvait devenir riche, se hisser sur le plus haut barreau de l'échelle. Il avait la liberté, dans un bar quelconque, de s'appuyer contre un homme qu'il venait tout juste de rencontrer et de l'embrasser à pleine bouche. Quand on y réfléchissait bien, c'était cela, être républicain.

Endormis dans le lit conjugal, six ans après le congrès des Log Cabin Republicans et l'éveil d'un amour partagé et absolu, Tom Amlin et Dashiell Mellow évoquaient des frères jumeaux. Dashiell avait perdu sa jeunesse éternelle et son allure de faon, Tom n'avait plus rien du précepteur en charge de l'éducation d'un étudiant précoce. Leurs traits s'étaient affaissés. Dashiell avait été abîmé par l'érosion des années et, plus récemment, par sa maladie. Deux ou trois semaines de traitement avaient eu raison de ses dernières forces. Il avait l'impression d'avoir été projeté contre un mur. Des aphtes avaient colonisé sa bouche ; son corps manquait tellement d'eau que ses yeux s'étaient enfoncés dans leurs orbites ; comme il perdait ses cheveux par poignées entières, il avait pris rendez-vous chez le barbier et s'était fait raser la tête. Cette coupe très connotée n'avait jamais eu ses faveurs parce qu'elle lui rappelait les voyous qui passaient à tabac les homosexuels.

Tom, ses cheveux argent saupoudrés de blanc, avait l'air en bonne santé, mais très las. Jadis, il sortait courir chaque matin : il longeait à petites foulées la grille de la Brown University et dévalait College Hill avant de rebrousser chemin. Pris en étau entre la campagne électorale et la maladie de Dashiell, son propre corps commençait à montrer des signes de relâchement.

Ils dormaient face à face. Lorsque Dashiell ouvrit les yeux, il n'était que sept heures du matin. Le traitement avait réveillé sa nausée : il allait devoir vomir. Il tenta de réprimer ses haut-le-cœur en appuyant sur la pulpe de son pouce – c'était une technique que lui avait enseignée une infirmière du Rhode Island Hospital, versée en médecine holistique. Il enfonça profondément son doigt et trouva le point de pression censé apaiser son malaise. Cela lui fit du bien, comme par magie. La nausée se dissipa. Dashiell se félicitait d'avoir réussi à la dompter quand la sonnerie du téléphone retentit. Sa mère, indiquait l'écran.

Ne réponds pas. C'est le conseil que Tom lui aurait donné, s'il s'était réveillé à temps. Depuis que Dashiell avait annoncé sa maladie, quelques semaines plus tôt, sa famille le harcelait jour et nuit. Son père et Michael l'appelaient à toute heure, depuis des postes reliés, tenant le crachoir à tour de rôle et s'interrompant sans cesse. Tranchant avec son sérieux et sa pondération habituels, Michael était devenu un moulin à paroles survolté.

– Hé, je peux venir, Dash, je peux laisser papa et te rejoindre, tu n'as qu'à demander. Ou attends, non, papa peut venir avec moi. Comme ça t'arrange.

– Je me débrouille très bien tout seul, merci. Je vais bien. J'ai Tom. Et sinon, Michael, ça va chez toi ? demandait Dashiell après une courte pause.

– Pourquoi tu me poses cette question ?

– Je ne sais pas. Tu n'as pas quitté la Floride. Et quand je t'entends, je te trouve... bien agité, si je puis dire.

– Je vais très bien, répondait Michael abruptement.

Ainsi, tout le monde se portait à merveille.

Leur père n'avait pas changé d'un iota : chaleureux, réfléchi, un peu mélancolique.

– Je suis là pour toi, tu le sais, avait déclaré Paul Mellow, et Dashiell se sentit ému jusqu'aux larmes car ces quelques mots résumaient son père à la perfection : « Je suis là pour toi, tu le sais. »

Et, même si, à l'heure actuelle, elle se traduisait rarement dans les faits, cette phrase semblait représenter le rêve d'une intimité partagée entre le père et le fils.

Claudia l'avait elle aussi appelé à plusieurs reprises depuis le diagnostic ; elle était parfois au bord des larmes et Dashiell éprouvait le besoin irrésistible de lui remonter le moral. Elle était, après tout, la plus jeune de la fratrie, très fragile psychologiquement. À 30 ans passés, elle seule n'avait pas de carrière à proprement parler, ni de vie de couple. Elle avait échangé une rafale d'e-mails avec un homme, un inconnu rencontré il y a peu, ironie du sort, dans la maison de leur enfance à Wontauket, et Dashiell l'assura de son appui alors qu'en réalité il ne savait que penser de cette relation. Son incursion dans les études de cinéma éveillait chez lui une incrédulité identique : il avait du mal à prendre ses anecdotes pour argent comptant. Il réclamait du tangible, pas qu'elle s'invente une vie, ou l'histoire d'une vie, de toutes pièces. Dashiell prenait soin de protéger Claudia sans jamais s'apitoyer sur son sort : elle méritait mieux que sa pitié.

Au cours de ces conversations téléphoniques, il y avait des crises d'hystérie morveuse qui mettaient Dashiell hors de lui.

– Claudia, ressaisis-toi. *Claudia.* Écoute-moi, Claudia. Tout va bien se passer. Je te jure. Très bien.

Lorsqu'elle essuyait ses larmes, elle lui proposait son aide en des termes très précis :

– Alors, si tu veux que je vienne et que je reste à côté de toi pendant que tu vomis, par exemple, j'en serais ravie. Je suis juste en train de tourner ce film d'étudiant débile sur mes anciens instits et, crois-moi, il n'y a aucune urgence.

Holly, sûrement prévenue par Claudia, avait contacté Dashiell, une fois, depuis son avant-poste à Los Angeles, pour lui dire que sa maladie la chagrinait, et avait-il entendu parler du rapport entre cancer et gluten ?

– Parce que, tu sais, il y a peut-être un lien de cause à effet.

Sur la défensive, Dashiell la détrompa. Non, d'après ses informations, son cancer n'était pas lié au régime alimentaire. Holly lui promit de lui envoyer un livre qui traitait du sujet, livre qu'il attendait toujours et auquel il n'aurait pas consacré, de toute façon, une seule minute de son temps. Depuis, elle ne lui avait donné aucun signe de vie et son silence risquait de durer des mois, voire des années. Avec Holly, il fallait s'attendre à tout. Autrefois, elle avait imposé une présence troublante dont l'autorité s'était émoussée au fil des ans, comme si elle l'avait consumée au cours de sa jeunesse avant d'abandonner les cendres sans un regard en arrière, sa curiosité éteinte.

À présent, c'était la mère de Dashiell qui était devenue ingérable. Ses coups de fil continuels le bouleversaient. Elle exigeait de le voir, elle exigeait de l'accompagner lorsqu'il se rendait à l'hôpital, elle voulait sans doute se jeter devant la pointe du générateur de rayonnement et hurler : « Prenez-moi à la place ! » En sa présence, Dashiell éprouvait toujours une gêne ; il n'avait pas envie qu'elle connaisse jusqu'à ses moindres secrets, il l'avait compris des années plus tôt.

Il décrocha, parce qu'il était un bon fils.

– Bonjour maman.

– Dash, est-ce que je te réveille ?

– Pas du tout.

– Comment vas-tu ?

– Pas terrible.

– Tu veux bien que je vienne te voir ? Je me ferai toute petite. D'ailleurs, je ne m'incrusterai pas chez vous. J'irais poser mes valises au Biltmore. Ils font des bons tarifs.

– C'est inutile, maman, je t'assure. J'aurais l'impression d'être obligé de te sortir.

– Mais non ! Tu sais bien que non.

– Je sais, mais c'est plus fort que moi. Je suis comme ça, point. Écoute, maman, j'ai tout ce qu'il me faut ici avec Tom.

Il y eut un silence, puis une profonde inspiration, et Dashiell comprit que sa dernière remarque l'avait blessée. Le fils homo était une force à ne pas négliger. Parfois, il pouvait très bien se passer de sa propre mère. Dashiell n'avait jamais accaparé sa mère. La surveillance active qu'elle exerçait sur lui le mettait mal à l'aise. Il se souvenait que, petit garçon, il saignait très souvent du nez et devait consulter le docteur Enzelman une fois par semaine. Il n'avait pas oublié l'angoisse de ces trajets en voiture, ni les sermons de sa mère qui souhaitait le décourager de se curer le nez, de s'obstiner dans cette mauvaise habitude. L'essentiel de son argumentation reposait sur la menace de ne jamais connaître l'amour. Lui, voyait sa manie sous un autre angle : et si, en réalité, se fourrer les doigts dans le nez était une manière comme une autre de se toucher, de se donner du plaisir? Que pouvait-elle trouver à y redire? Rien. Elle serait forcée de l'admettre : se donner du plaisir, c'est merveilleux, c'est essentiel, ce devrait être universel.

À l'époque, Dashiell n'avait pas pu mettre sa mère face à ses contradictions : c'était une figure inattaquable, maternelle, généreuse et charmante, et il savait que son père volerait à son secours s'il s'avisait d'émettre la moindre critique.

– Ta mère fait beaucoup d'efforts. Regarde-la.

Ensemble ils auraient regardé Roz, Dashiell contraint et forcé, ils auraient considéré cette noblesse vulnérable, ces yeux déjà embués de larmes, et le fils aurait fait volte-face. Roz pleurait beaucoup et Claudia avait suivi l'exemple de sa mère. Les femmes et leur don des larmes : c'était pour lui un mystère à jamais irrésolu. Dashiell regrettait qu'elles ne lui ressemblent pas davantage. Qu'elles ne fonctionnent pas comme des sociétés fermées, autarciques, basées sur la confidentialité.

Le secret était le principe primordial qui régissait, depuis le début, la vie de Dashiell. Après ce jour de novembre où il avait feuilleté *Le Plaisir* avec ses sœurs et son frère, Dashiell était retourné au livre à de très nombreuses reprises. Il était certain que les autres en faisaient autant, même s'il n'en avait pris aucun la main dans le sac – ou sur l'étagère. Il lui arrivait parfois de se glisser dans l'antre lorsque personne n'était dans les parages. Il tirait le livre de la bibliothèque, ainsi que deux ou trois autres ouvrages de grand format – l'album sur les golden retrievers, par exemple – qui lui serviraient à dissimuler *Le Plaisir* derrière leur couverture au cas où un intrus s'introduirait dans l'antre pendant sa lecture. « Dis donc, qu'est-ce que c'est que tu es train de lire, Dash ? »

Il s'instruisit énormément en tournant les pages du *Plaisir* et, arrivé à un certain âge, il fut épouvanté par ce qu'il avait découvert. Ses parents mentionnaient l'amour homosexuel au détour d'une brève rubrique traitant de la sodomie que Dashiell avait lue et relue des centaines de fois. Ils avaient ordonné les orifices du corps humain selon une hiérarchie précise et relégué l'anus tout en bas, au sens propre comme au figuré, tel un second rôle mal-aimé que l'on sollicite de temps à autre, histoire de contrer la routine :

Quand bien même nos amis invertis ne jurent que par cette façon pour le moins tortueuse d'exprimer leur désir, faute de mieux, nous levons un sourcil perplexe lorsque nous entendons des représentants de notre propre camp en faire l'apologie. Bien évidemment, c'est la possibilité d'une expérience sexuelle intense, nous ne l'ignorons pas, mais il nous semble qu'il y a là-dedans une part de sadomasochisme. Quel intérêt de chercher midi à quatorze heures quand l'original n'est qu'à quelques centimètres de distance ? Si vous vous sentez, vous et votre partenaire, des âmes d'aventuriers et souhaitez tenter une expédition à la Lewis et Clark (ou plutôt à la Louisa et Clark) en vous procurant du plaisir par ce moyen si difficile et potentiellement douloureux, assurez-vous d'avoir le lubrifiant approprié sous la main. Nous vous recommandons...

(*Le Plaisir*, p. 183)

« Nos amis invertis » ! « Un sourcil perplexe » ! « De notre propre camp » ! Les auteurs ne cachaient pas leur hostilité et leur mépris, ce qui contrastait étrangement avec la tonalité générale du livre.

– Le corps humain ne nous fait pas peur, avait affirmé sa mère en 1975 lors d'une interview diffusée pendant l'émission *Nuit blanche*, et Ken London, le jeune présentateur obséquieux affublé d'un col pelle à tarte et d'une coupe dont même un Playmobil n'aurait pas voulu, avait hoché la tête et répondu :

– Évidemment.

Mais mon corps humain à moi, mon corps d'homo, avait déploré Dashiell la première fois qu'il avait lu ce passage afin de trouver la clef du message qu'il véhiculait, *c'est quelque chose qu'ils ne peuvent pas accepter*. Malgré tout, le courage lui manqua lorsqu'il fallut mettre le sujet sur le tapis et les critiquer ouvertement. Il avait 14 ans à l'époque et vibrait d'une énergie qui oscillait entre colère et nervosité adolescente. Hans Kleeman, le frère aîné de Nick, un de ses camarades de classe, l'avait croisé quelques jours plus tôt à la cantine et lui avait demandé :

– Tu es pote avec Nick, pas vrai ?

Stupéfaction du côté de Dashiell, tant il était inconcevable qu'un élève adresse la parole à un morveux de trois ans son cadet, encore moins qu'il arrive à mettre un visage sur les fréquentations de son petit frère. Oui, il était allé chez les Kleeman, et alors ? Quel genre de grand frère remarquait ces choses ? Il n'y avait que les frères cadets qui prêtaient attention à la vie de leurs aînés, qui observaient leurs moindres faits et gestes comme pour les graver dans leur mémoire, comme pour les singer le plus fidèlement possible. Espionner Michael avait été d'un ennui mortel car lui et ses amis étaient champions toutes catégories de la ringardise et du conformisme : une clique d'imposteurs qui passait pour la fine fleur du lycée. Ces garçons, demi-finalistes de concours scientifiques ou joueurs de hautbois enrôlés de force dans des productions amateurs de *Pierre et le loup*, ingénieux, cyniques et pas très sexy avec leur sous-pull en acrylique, leur rire d'hommes des cavernes et leur faible pour tout ce qui était frit – d'où leurs fréquentes poussées d'acné –, formaient un groupe soudé. Michael sortait du lot car il exerçait une séduction que son petit frère était incapable, à l'époque, de percevoir, protégé du désir incestueux par une cuirasse instinctive.

Ham, le grand frère extraverti de Nick, était d'une tout autre étoffe. C'était une star au lycée ; d'une année sur l'autre, il avait brûlé les planches dans chaque pièce de théâtre montée à l'école primaire Felice P. Bolander, puis au collège d'East Street, avant d'achever sa trajectoire au lycée de Wontauket. Ham avait joué Hamlet (ce qui expliquait son surnom) dans le cadre d'un stage d'été ouvert aux acteurs amateurs à Stockbridge, dans le Massachusetts, mais la plupart des rôles qu'on lui confiait se rapportaient à des comédies musicales. Il montrait toute l'étendue de son talent dans *The Music Man ;* ainsi, son interprétation de Harold Hill, à en croire *La Gazette de Wontauket*, était « magistrale », tout autant que son Nathan Detroit (le héros de *Blanches colombes et vilains messieurs*) ou son roi de Siam.

Le jour où Ham Kleeman aborda Dashiell Mellow à la cantine, l'image qu'il projetait changea du tout au tout : à cet instant, il apparut prédateur, conquérant, captivant. Cette semaine-là, Dashiell ne lâcha pas Nick d'une semelle, même si son ami traversait une phase Donjons & Dragons qui traînait en longueur. Le vendredi après-midi, les trois garçons se retrouvèrent dans la maison des Kleeman, seuls. Dashiell s'assura que Nick s'était irrémédiablement égaré dans le labyrinthe de ses délires – entre chasseurs sombres, gnomes tueurs de géants, mages et ombrageurs – et gagna d'un pas furtif les combles où Ham avait établi son quartier général. Des rideaux indiens habillaient les fenêtres, des posters à la gloire de sportifs étaient punaisés au mur et, sur une banquette-lit installée dans un recoin, se prélassait Ham, jouant de l'harmonica d'un air distrait. L'irruption de l'ami de son frère ne sembla pas le surprendre.

– Viens plus près, dit-il, et Dashiell s'approcha du lit.

Ham jeta l'harmonica sur la banquette ; il avait les lèvres enflées, creusées de rides. Coiffé de boucles blondes et soyeuses, il dévisagea Dashiell avant de lui ordonner :

– Enlève ton futal.

Et Dashiell lui obéit, tout naturellement. À le voir obtempérer de si bonne grâce, Ham n'en crut pas ses yeux ; il défit la boucle de sa ceinture, baissa son jean, puis son slip, avant de dévoiler un sexe puissant, comme monté sur ressort, un prodige pour un garçon de 14 ans.

– J'hallucine ! Tu nous l'as bien caché, celui-là, lança Ham Kleeman, ravi de son trait d'esprit.

Il se pencha, saisit avec douceur Dashiell par son érection et le guida en direction du lit. Cela ne faisait pas mal, pas mal du tout. On aurait cru que Dashiell attendait depuis toujours qu'un garçon plus âgé l'attire ainsi vers lui et empoigne fermement son sexe, comme s'il déracinait une carotte enfouie sous terre. La mère de Dashiell lui avait lu quand il était petit *La Graine de carotte*, un livre pour enfants. « Elle ne pousse pas, elle ne veut pas pousser », se lamentait le petit garçon à longueur de pages, impatient que sa carotte surgisse du sol, perce la terre noire et uniforme.

Enfin, un jour, la carotte se décida à pousser.

Ainsi, lorsque Dashiell comprit que ses parents, séparés depuis des années, avaient, dans leur livre présenté comme un manuel destiné à M. et à Mme Tout-le-Monde, écrasé de leur mépris, sans s'en cacher, la communauté homosexuelle, il se détourna d'eux encore un peu plus. L'irritation que lui causait sa mère se mua en bien pire : en une aversion secrète. Son père fut relativement épargné. Paul était trop honnête, trop gentil, pour mériter sa rancœur. De plus, Dashiell réclamait l'attention de son père sans pouvoir se l'expliquer. Pourtant, il refusa de céder un pouce de terrain ; il campa sur ses positions, fit bande à part, garda ses secrets et il s'éloigna de ses parents.

En se détachant d'eux, Dashiell creusa un fossé entre lui et son entourage. Il se sentit obligé de tout abandonner, de s'affranchir de son identité périmée de garçonnet docile, lui le quasi-benjamin, le presque-bébé, celui dont le crâne résonnait de ritournelles absurdes. Il devint plus difficile à déchiffrer, il se retira en lui-même. Et, en 1993, commettant une transgression aussi profonde et aussi intime que la séduction exercée autrefois par un garçon plus âgé, qui l'avait attiré sur son lit, Dashiell Mellow s'encarta au parti républicain.

En ce dimanche matin, il faisait un froid aigu sur College Hill et les rares personnes à s'être aventurées dehors étaient les étudiants de l'université locale, partis de bon matin chercher des cigarettes ou du café, remède idéal à une nuit de débauche sur le campus. Ils cheminaient par groupes de deux ou de trois, écharpes enroulées autour du cou, mains enfouies dans les poches. Des rires s'élevèrent ; ils étaient encore trop jeunes pour savoir qu'une calamité à laquelle ils seraient incapables de faire face pouvait s'abattre sur eux à tout moment. Dashiell, vêtu d'une épaisse doudoune, sa tête tondue engoncée dans son col roulé, s'engouffra dans l'épicerie de Thayer Street afin de faire quelques emplettes. Il ne voulait pas se décharger de cette corvée sur Tom, lequel dormait encore, épuisé par ses nouvelles responsabilités. Dashiell avait été malade trois fois au cours de la nuit et Tom avait veillé sur lui, sans trêve.

Dashiell venait de raccrocher. Il avait enfin réussi à convaincre sa mère qu'il pouvait très bien se passer de son aide.

– Michael est toujours en Floride, chez son père, avait déclaré Roz à la fin de la conversation, manifestement persuadée qu'il brûlait d'avoir des nouvelles des autres membres de la famille.

– Je suis au courant. Ils m'appellent souvent. Qu'est-ce qu'il fabrique là-bas ? Il était censé rester une semaine. Ça fait combien maintenant, trois ? Rien que ça ?

– Il devait faire entendre raison à ton père, puis rentrer chez lui. Il ferait mieux d'accélérer le rythme. L'éditeur ne va pas attendre cent sept ans.

Roz marqua un temps d'arrêt avant de suggérer :

– Peut-être que tu pourrais lui parler, toi.

– Maman, lâcha Dashiell d'une voix soudain tranchante. Je suis malade. Tu as oublié ?

Elle n'avait pas oublié, bien entendu, mais la réimpression du livre absorbait toute son énergie.

– Il faut que j'aille faire des courses, maman.

– D'accord, répondit sa mère, battant en retraite, meurtrie, et son attitude rappela une fois encore à Dashiell ce qui l'exaspérait autant chez elle : ce cocktail de sensibilité à fleur de peau et d'arrogance. Difficile à combattre.

Au rayon surgelés, tandis que le givre s'élevait en volutes des vitrines réfrigérées, Dashiell sélectionnait quelques paquets de soupe Tabatchnick, dont le nom l'apaisait, quand il se retrouva nez à nez avec Trish Leggett.

– Oh ! mon Dieu, Dashiell, dit Trish, et elle serra ses achats sur son cœur. Dans quel état tu es.

Elle ne l'avait pas revu depuis que sa maladie s'était déclarée, ni depuis qu'il avait le crâne rasé. Cette jolie blonde, qui portait un serre-tête en velours et une doudoune sans manches, scruta cet homme chauve au teint livide avec un regard distillant une pitié mêlée de répulsion, proprement odieuse. Dashiell ne pouvait que rester planté là, l'air mal en point, souffrant, attendant son verdict. Dirait-elle qu'il était une « âme hors du commun vêtue des oripeaux de l'humilité » ? Parlerait-elle des « pilastres de la bonté » ? Mais Trish se contenta de répéter, une nouvelle fois :

– Dans quel état tu es.

– Oui, regarde dans quel état je suis. J'ai une mine horrible, merci de me le rappeler, Trish.

– C'est juste que tu avais de si beaux cheveux, ajouta-t-elle, déterminée à toucher le fond. Je ne sais pas ce que je ferais si je perdais mes cheveux...

Et sa voix se brisa, comme si la jeune femme s'était rendu compte qu'elle avait dépassé les bornes. Elle essaya de se rattraper, tant bien que mal :

– Excuse-moi, ce n'est pas ce que je voulais dire.

– Ne t'en fais pas.

– Tu ne trouves pas que de nos jours ils ont mis au point des médicaments vraiment miraculeux ? Les inhibiteurs de la protéase ? Mon cousin Mitchell les prend non-stop. Tu peux retrouver une vie normale, sans problème.

Dashiell fixa Trish et laissa la porte du congélateur se refermer avec un bruit de succion.

– De quoi tu parles ?

– Avec le sida.

– Trish, qui a dit que j'avais le sida ?

Elle se mit à s'agiter et transféra ses achats d'un bras à l'autre.

– On a appris que tu étais malade. Au bureau. Bien sûr. Tom est arrivé, c'est lui qui nous a mis au courant, il a dit qu'on pouvait t'envoyer des cartes, etc. J'espère que tu les as reçues. Et j'ai cru que tu faisais partie de ces cas qui se sont déclenchés sur le tard. Oh, je ne sais plus où me mettre. Tu n'as pas le sida, alors ?

Il s'écoula plusieurs secondes avant que Dashiell puisse lui répondre, d'une voix plus forte et plus agressive qu'il ne l'aurait souhaité.

– Non, juste un bon vieux cancer des familles. Rien à voir avec mon homosexualité.

Ainsi donc, tous ses collègues du bureau de campagne situé au centre-ville, une ruche en effervescence vingt-quatre heures sur vingt-quatre, croyaient que lui, Dashiell Mellow, souffrait du sida au motif qu'il était homosexuel. Robert Wyman, lui-même, devait croire à la version officielle. Tom ne les avait pas détrompés, sans doute parce qu'il ignorait ce qu'ils pensaient. Ces jours-ci, tout le monde s'exprimait à grand renfort d'abréviations et d'allusions discrètes : Dashiell était « malade ». Il « suivait des soins ». Il « reviendrait dès que possible ». Dans le monde politique vu par le prisme républicain, un homosexuel malade était forcément un homosexuel atteint du sida, Dashiell l'avait appris à ses dépens.

– Je n'avais pas l'intention de te vexer, gémit Trish Leggett, affolée.

Non, Dashiell ne rêvait pas : elle pleurait. Allons bon, une chialeuse, encore une ! Intolérables, ces yeux brillants, ces trémolos soudains ; elle lui rappelait sa mère, tiens, mais ce rapprochement lui parut injuste, avec des relents de misogynie. Loin de lui, l'intention de mettre toutes les femmes dans le même sac.

– Bon, il faut que j'y aille.

Trish n'aurait rien de plus de lui. Dashiell tourna les talons, se dirigea vers la caisse et jeta ses achats avec rage sur le tapis roulant. *Putain. Putain de merde*. Les gens pensaient ce qu'ils voulaient ; impossible de leur dessiller les yeux, impossible de les contraindre à porter sur vous un regard objectif. *Je n'ai aucun contrôle dessus*, fulmina-t-il, et il tendit sa monnaie d'une main tremblante avant de quitter la supérette aussi vite que ses jambes le lui permettaient, laissant derrière lui une femme en larmes qui signerait une palanquée de discours et poursuivrait sa carrière à la Maison Blanche tandis que Dashiell dépérirait chez lui avec sa boule à zéro, ses soupes surgelées et un organisme criblé de ténèbres et d'incertitude.

6

À chaque rentrée, lorsque le professeur Rosalyn Mellow inaugurait son séminaire d'introduction à la sexualité devant un amphithéâtre bondé, lui revenaient en mémoire, presque automatiquement, les auditoriums que Paul et elle remplissaient sans effort à la grande époque. Un certain frisson parcourait l'assistance, un vertige, comme si les deux cent cinquante personnes rassemblées dans la salle de conférence regrettaient de ne pouvoir trouver un petit coin sombre et organiser au débotté une partouze géante. Des couples étaient assis, tendrement enlacés, attentifs, joignant leur voix à la leur, cherchant à faire sienne leur expérience.

Mais le monde d'aujourd'hui était différent ; la vie avait radicalement changé. À 67 ans, Roz Mellow dégageait un sex-appeal indéniable, quoique fané. Pourtant grand-mère, elle n'était pas ridicule lorsqu'elle enseignait les choses de la chair. Son corps était plus rond, plus opulent, plus fatigué bien sûr, et sa chevelure, qui avait perdu une partie de son lustre au fil du temps, se parait d'une nuance plus sombre, plus luxueuse, rappelant le bois des meubles coloniaux, poli comme un miroir. Roz n'avait rien cédé de sa coquetterie, même si les hivers rigoureux de

Saratoga Springs rendaient caduc tout effort vestimentaire. Le téméraire qui voulait mettre un pied dehors devait s'emmitoufler dans un épais cocon en plumes de canard. Le manteau créait un champ électrique : les vêtements se plaquaient contre la peau et la tiraillaient en tous sens et les cheveux, aplatis sous une capuche ou un bonnet que n'aurait pas reniés un Eskimo, se dressaient de toute leur longueur, comme des filaments. Mais Roz ne s'avouait pas vaincue face à l'adversité climatique et elle était indéniablement l'une des professeurs les plus séduisantes de Skidmore College – une femme mûre à la peau délicate, à la somptueuse crinière auburn et au corps généreux, brûlant.

Plusieurs de ses collègues du département de psychologie lui faisaient les yeux doux et son passif – autrement dit le best-seller international qu'elle avait cosigné vingt-huit ans plus tôt avec son mari, publiant des dessins érotiques qui ne laissaient rien à l'imagination – ajoutait fatalement à ce charme qui résistait à l'épreuve du temps. Pourtant, au fil des années, alors qu'elle avait planté sa tente à Skidmore et refait sa vie dans cette ville universitaire, entre son festival de danse et ses turfistes, ses réunions entre professeurs, ses pots de départ avec hoummous et pain pita, et même, une fois, sa folle descente en luge sur le versant verglacé d'une colline en compagnie de ses étudiants, ses confrères avaient fini par l'accepter, à contrecœur, sinon comme une femme normale, du moins comme l'une d'entre eux. Sa personne serait la cible d'une animosité perpétuelle, car Roz Mellow ne pouvait se prévaloir ni d'un doctorat, ni même d'une maîtrise, tout au plus d'une licence archaïque obtenue au sein du Fashion Institute of Technology, alors que les autres avaient préparé leur thèse en suant sang et eau, puis s'étaient battus pour obtenir le premier poste d'enseignant qui leur passait sous le nez. Oui, ils le reconnaissaient : c'étaient ses « recherches sur le terrain » qui lui avaient permis de rafler ce boulot facile, de s'envoler à tire-d'aile vers la titularisation ; ses exploits de pionnière sexuelle qui l'avaient arrachée au fracas de son époque pour la placer là, dans cette université progressiste à trente minutes en voiture au nord d'Albany, le long du fleuve Hudson. Elle avait roulé sa bosse, contrairement à ses collègues, mais leurs parcours avaient fini par confluer. Ils avaient tous échoué ici, après tout : ils faisaient tous leurs courses au supermarché planté au bord de l'autoroute, ils salaient leur allée l'hiver et ils se retrouvaient autour d'une longue table rectangulaire à l'occasion de la réunion du vendredi après-midi, bâillant discrètement pendant la lecture du compte rendu – comme c'était le cas en ce moment même.

Les expériences de Roz valaient plus à ses yeux qu'aux yeux de ses collègues. Elle ne pouvait tirer un trait sur sa vie antérieure, même si c'était un champ de ruines, et par sa faute. Elle se faisait du mauvais sang à ce sujet, en particulier dans ces instants-là, quand elle se sentait en proie à une fébrilité anxiogène et qu'elle craignait de s'effondrer sur la table avec un choc sourd et une plainte étouffée. Les soucis qui la tourmentaient étaient considérables et l'envie de sortir dans l'air glacial, de fumer une cigarette, était plus forte que tout. Elle avait besoin de s'offrir une pause. De respirer.

Aujourd'hui la présidente par intérim du département, le docteur Deanna Stegman, leur présentait le centre de formation informatique installé au premier étage de la bibliothèque remise à neuf. Elle invitait tous les professeurs à s'inscrire à un cours du soir afin d'aider, à leur tour, leurs étudiants à se familiariser avec les logiciels d'analyse statistique et graphique.

– Et quand je dis tout le monde, c'est tout le monde, ajouta-t-elle en balayant la pièce d'un regard éloquent, sans s'attarder sur l'un de ses collègues en particulier, même si personne n'était dupe : sa dernière remarque visait, en priorité, Roz Mellow.

Le message était clair : *Même si ton job consiste à te poster chaque automne sur une estrade pour dire «fellation» et «cunnilingus» sans ciller et enfiler un préservatif Trojan-Enz badigeonné de spermicide sur une banane Chiquita, ne crois pas que tu es dispensée. Parce que ça te concerne toi aussi. Tu es l'une d'entre nous maintenant. Tu n'es plus à part.*

Simon Post leva la main.

– J'aimerais te dire, Deanna, que c'est à mon avis une excellente idée. Certains d'entre nous se prennent pour des cracks en informatique alors que n'importe quel gamin de 7 ans pourrait nous donner des leçons sur l'encodage et sur Linux.

– Parle pour toi, Post, répliqua Donald Mosher.

Et tous les psychologues et statisticiens universitaires lâchèrent un petit rire, même si l'intervention de Mosher n'avait rien de comique ; en réalité, ils avaient vidé la boîte de donuts que Celeste, la secrétaire, avait posée au milieu de la table et ils planaient, leur sang saturé de sucre. Il ne restait au fond du carton que deux boudins difformes. La table était pailletée de miettes, tout comme la moustache touffue de Donald Mosher. Roz s'était risquée, elle aussi, à manger un donut garni de confiture ; le goût prévisible du beignet, associé à la giclée de sucre et de pectines, la délivra quelques secondes de la terreur que lui inspirait l'état de Dashiell et de la colère dictée par l'obstination de Paul.

Enfin, l'horloge indiqua seize heures et sonna la fin de la réunion qui aurait pu, légitimement, s'achever trente minutes plus tôt. Les membres de la faculté s'égaillèrent dans le couloir et Roz vida les lieux en compagnie de la seule femme qui méritait le titre d'amie : Constance Coffey, 58 ans, spécialiste de psychologie médico-légale. Des étudiants à la mine hagarde et au look gothique prenaient souvent d'assaut son bureau pour lui vendre leurs exposés (« La fusillade de Columbine : révélateur du nihilisme et du malaise des jeunes d'aujourd'hui »). Les jeunes d'aujourd'hui, avait expliqué Constance, passablement éméchée, lors du pot de Noël, s'étaient approprié le concept de « nihilisme ». À l'inverse de la génération des années 1960, les rangs de la jeunesse actuelle étaient constitués d'usurpateurs, purement et simplement. Ils ne connaissaient rien à l'histoire, avait fulminé Constance ; ils étaient d'une ignorance crasse.

– Roz, comment va Dashiell ? demanda-t-elle lorsqu'elles débouchèrent dans le froid. Je m'inquiète beaucoup pour lui.

– Je n'en sais rien, vraiment. Pas trop mal, j'ai l'impression, mais il refuse obstinément que j'aille l'aider. Il a toujours été comme ça. Il me parle, c'est déjà ça, pas comme ma fille aînée, alors je devrais m'en réjouir, soupira Roz avant de rentrer la tête dans les épaules pour se protéger des morsures du vent.

Elle sentit les larmes lui monter aux yeux, bouleversée d'avoir fait cet aveu à voix haute.

– Il a toujours besoin de toi. Quoi qu'il dise, s'indigna Constance.

– Permets-moi d'en douter. Merci de vouloir me remonter le moral.

Elle commençait à l'agacer, Constance, parce qu'elle ne connaissait pas Dash, parce qu'elle ignorait tout de l'ambiance qui régnait au sein de la famille Mellow.

– Est-ce que ton ex-mari se sent concerné par ce qui arrive à Dashiell ?

Elles descendaient le sentier qui serpentait vers le parking ; les lampadaires venaient de s'allumer, leurs rayons violet pâle trouaient l'après-midi déclinant.

– Oui. Là-dessus, on ne peut rien lui reprocher.

– Tu lui en veux toujours à cause du bouquin ?

Roz acquiesça.

– Il s'oppose à la réimpression. Il n'a qu'un but, Constance, me faire du mal, parce que c'est moi qui l'ai largué. Si c'était l'inverse, je parie qu'il aurait gardé son amour-propre intact. Tu y crois, toi ? On parle d'un truc qui s'est passé il y a plus de vingt ans ! Ça ne s'arrêtera donc jamais ? Est-ce que ça va me poursuivre jusqu'à la mort ? Et il s'est remarié, en plus. Pourquoi me garder rancune si longtemps, alors qu'on pourrait en tirer bénéfice tous les deux ? Pourquoi ces enfantillages ?

Constance secoua la tête, par solidarité.

– C'était un jalon, votre livre. Mon ex-mari et moi, on a failli attraper des hernies en essayant certaines de vos positions. Et celle que vous aviez inventée, la position que les couples devaient essayer après une dispute ?

– Le Pardon électrique.

– Oui, c'est celle-là !

– Chaque fois que j'entends ce nom complètement surréaliste, j'ai envie de me planquer six pieds sous terre.

– C'était les années 1970 ! s'exclama Constance. En tout cas, je crois qu'on se plantait quelque part, parce qu'il n'arrivait pas – excuse-moi d'être aussi crue –, il n'arrêtait pas de sortir. Comme un bouchon dans une bouteille.

Les deux femmes éclatèrent de rire.

– Ce que vous avez fait est capital, poursuivit Constance. Injecter un peu de fraîcheur et de tendresse dans ce monde de brutes. De nos jours, la tendresse, ça n'existe plus. Non, attends, je raconte n'importe quoi. Quand je regarde ce qui se passe sur le campus, quand je vois toutes ces filles et tous ces garçons s'appuyer les uns contre les autres comme des jeunes arbres, je sais qu'ils sont pleins de désir. Ils se reniflent. Et ça, c'est de la tendresse. C'est de l'innocence. J'ai envie de leur dire : « Mes pauvres chatons, faites l'amour maintenant, tant qu'il est encore temps. Parce que vous n'allez pas tarder à vous prendre en pleine tronche la lubricité... et la grotesquerie du monde. » Je sais que ce n'est pas un mot qui existe, mais tu vois où je veux en venir. Tu te rends compte, Roz, on est cernés par la laideur ! Tout est transitoire. Tout s'offre en spectacle. La culture est devenue un tas de boue, putain.

Constance reprit haleine, épuisée par sa tirade.

– Je me suis emportée, excuse-moi. J'ai fait cours pendant une heure et demie cet après-midi. Je suis exténuée. Simplement, je veux que tu saches combien ton livre a compté. Tu devrais convaincre ton ex-mari de revenir sur sa décision.

Les deux amies avaient atteint le parking, où leurs voitures, entourées d'une gangue de glace, étaient stationnées côte à côte aux places les plus convoitées.

– C'est impossible. Jamais il ne fera machine arrière. J'ai envoyé mon fils aîné, Michael, en médiateur. Et puis Dashiell est tombé malade et le bouquin est passé au second plan, bien entendu.

– Bon, au moins tu as Jack.

– Oui, j'ai Jack. Justement, il est à la maison en train de préparer une de ces soupes dont il a le secret.

– Il fait des soupes succulentes. Je me souviens de sa recette au curry et au poulet. Une recette sénégalaise. Tu as beaucoup de chance. Je me suis souvent dit ça. Que tu es bénie des dieux. Et je le pense encore.

– Moi, bénie des dieux ? Mon fils souffre d'un cancer, Constance, il est très malade.

Constance rougit jusqu'aux oreilles.

– Excuse-moi, Roz, je ne voulais pas faire de remarque déplacée. Si je me suis permis de dire ça, c'est parce que tu as Jack. C'est quelqu'un d'adorable.

Elle enfouit ses mains dans les poches de son manteau, la mine contrite.

– Oh, je n'avais pas l'intention d'être désagréable. Je sais que ça partait d'un bon sentiment. Je sens que je suis à deux doigts de craquer. Si ça continue, mes nerfs vont lâcher.

D'un mouvement impulsif, elle prit son amie dans ses bras.

Constance Coffey, divorcée, avait été malmenée par l'existence. Son ancien mari, une grande gueule du département Sciences politiques, la couvrait de honte pendant les cocktails et elle jubilait en secret que la titularisation lui ait filé sous le nez. Une femme seule dans une ville universitaire perdue au nord de New York n'avait, hélas, que peu de chances de rencontrer l'âme sœur. L'hiver était long et glacial, elle dormait dans son lit, solitaire, et effleurait son corps le matin avant de se lever et d'assurer un cours magistral sur les personnalités homicides face à une horde d'étudiants indomptables et sexués. Il y avait chez Constance une facette tragique, songea Roz, consciente que cette hypothèse n'était, peut-être, qu'extrapolation. L'imagination de Roz était incapable de concevoir une vie privée de contact humain. Pas forcément un contact de nature sexuelle. Tout rapport physique faisait l'affaire.

– Au revoir, chantonnèrent les femmes.

Au revoir, passe un bon week-end, déguste ta soupe, essaie de te reposer, allons prendre un verre la semaine prochaine au pub du coin ; fêtons le semestre qui s'annonce et la défaite de ce président bravache lors des prochaines élections. Elles montèrent dans leurs voitures respectives, refermèrent les portières avec un écho synchrone puis quittèrent le parking par des sorties différentes. La maison de Constance était plongée dans l'obscurité, celle de Roz éclairée de vives lumières.

Sur un coup de tête, Roz décida de prendre la clef des champs. Elle traversa le centre-ville, laissa Saratoga Springs derrière elle et s'enfonça dans la campagne où la route devenait plus étroite avant d'escalader la montagne. Elle connaissait cette route comme sa poche, l'ayant empruntée plus d'une fois depuis que Jack et elle s'étaient installés dans la région. C'est cette même route qu'elle avait parcourue, enfant, avec ses parents, à l'époque un simple chemin de terre où n'existaient pas ces panneaux multicolores qui mettaient les automobilistes en garde contre des cerfs kamikazes ni ces innombrables virages en épingle qui se déroulaient sous ses pneus. Le temps d'atteindre l'entrée du « Centre de bien-être et de yoga de Mount Arcadia », le crépuscule avait noyé le paysage. Roz Mellow se gara, tira de sa poche un paquet de cigarettes, en alluma une.

À l'horizon se dressait l'imposant manoir qui abritait le centre. Roz baissa la vitre afin de permettre à la fumée de s'échapper et, dans le prolongement de son geste, des odeurs de cuisine lui chatouillèrent les narines. L'heure du dîner approchait et, à l'intérieur, un cuisinier était sûrement en train de concocter un menu à base de millet, de quinoa ou d'une autre céréale exotique qui semblait faire les délices des hôtes, qui payaient à prix d'or une semaine de cure.

Souvent, petite fille, Roz avait exploré le parc à la tombée du jour. Elle était venue au monde ici même, en 1936, sur la propriété de l'asile d'aliénés de Mount Arcadia. Son père, Phillip Woodman, dirigeait l'établissement, et Roz s'accoutuma, petite, à la musique de la détresse avant l'heure du coucher. Elle restait étendue dans son lit, au premier étage de la maison située à une centaine de mètres du bâtiment principal et, après l'extinction des feux, lui parvenait une symphonie de cris et de pleurs, comme si l'asile était une gigantesque salle de torture. «Non, non, détrompe-toi, la rassurait son père. Ces gens-là sont dans une profonde détresse psychique et personne ne leur fait de mal.»

Pourtant, tous les jours, à la tombée de la nuit, le portail était cadenassé par un garde décati et les collines environnantes résonnaient de ces hurlements nocturnes qui effrayaient les habitants et réveillaient les animaux de la forêt.

– Il y a quelqu'un qui reçoit une fessée? demandait-elle à son père avant de monter dans sa chambre.

– Non, personne ne reçoit de fessée.

– Des coups de fouet?

– Pas de coups de fouet non plus.

– Des baffes, alors?

– Pas de baffes, Roz.

– Il se fait étouffer avec un coussin?

– Où as-tu pêché une idée pareille? s'étonnait son père.

Ainsi se déroulait le rituel du coucher et malgré les plaintes et les vociférations qui se faisaient parfois entendre jusqu'au petit matin, incessantes, elle dormait à poings fermés, comme tout enfant de son âge. Les patients considéraient cet hôpital comme une prison ; elle, sa maison.

Pendant la Grande Dépression et tout au long de la Seconde Guerre mondiale, un petit groupe de gens triés sur le volet avaient trouvé refuge à Mount Arcadia et ces patients-là étaient le gagne-pain du docteur Phillip Woodman. C'était un aréopage improbable d'individus dont les familles semblaient jouir d'une réserve d'argent inépuisable qui leur permettait d'échapper aux ténèbres de l'époque. Elle était là, la pierre de voûte d'une Amérique à la richesse insolente : d'habiles banquiers pouvaient se permettre d'exiler une épouse névrosée à la montagne et de la garder sous clef aussi longtemps qu'ils le souhaitaient, dans certains cas indéfiniment.

Au fil des années, à force d'apercevoir les mêmes visages aux fenêtres, les mêmes silhouettes drapées dans des peignoirs pelucheux qui déambulaient d'un pas pesant sur l'allée couverte de gravillons, Roz puisa une consolation dans le fait que rien ne changeait vraiment. Ces visages lui étaient devenus aussi familiers que ceux de ses cousins, ses oncles et ses tantes, qu'elle voyait aux repas de fête. Il y avait Harry Beeman, un financier qui s'était jeté depuis la fenêtre de son bureau situé au quatorzième étage du Bankers'Equity Building et, dans sa chute, avait rebondi deux fois sur la toile rayée de l'auvent de l'immeuble. Résultat : plusieurs côtes cassées, les jambes brisées. Depuis ce suicide raté, il boitillait dans les couloirs de Mount Arcadia, un exemplaire du *Financial Times* en paravent, maugréant contre les titres de Bourse et les taux d'intérêt comme s'il y attachait encore de l'importance. Il y avait Mildred Vell, une mondaine cacochyme affligée d'une double cataracte et d'un délire très particulier (elle prétendait être Eleanor Roosevelt, ce qui arrangeait bien les infirmières puisque Mildred, pénétrée de son rôle, n'hésitait pas à leur apporter son aide). Leur état restait stable et le noyau dur des malades n'était pas pressé de retourner à la vie civile. Ces gens vivaient obstinément en reclus ; aucune brèche ne laissait entrer la lumière dans leur cellule.

Cette réclusion, la famille Woodman l'endurait elle aussi. Ils semblaient tous trois coupés du monde, de ce monde que présentait la radio en bois de rose qui trônait dans le salon. La guerre, lorsqu'elle avait éclaté, avait arraché Phillip Woodman à Mount Arcadia mais il était très vite revenu au foyer, au bout de quelques mois, car une aile entière de son hôpital devait accueillir des GI souffrant de graves traumatismes. Sourde et aveugle aux convulsions qui avaient secoué le monde, Roz Woodman n'avait pas quitté sa bulle.

Les Woodman habitaient une vaste demeure plantée en face de l'asile, séparée du bâtiment principal par une étendue de pelouse ; les parents de Roz avaient installé leur chambre à coucher dans une pièce qui surplombait la route longeant la propriété. Parfois, surtout la journée, il lui arrivait d'oublier qu'elle vivait à proximité d'un hôpital psychiatrique, de se convaincre qu'elle habitait dans une maison normale, dans une rue sans histoires. Mais les hurlements qui déchiraient l'air le soir venu se chargeaient de la rappeler à l'ordre.

Le docteur Phillip Woodman remportait tous les suffrages auprès des infirmières et des aides-soignantes. Il arpentait les couloirs rutilants comme s'il tenait le gouvernail de l'hôpital depuis que le monde était monde. Le personnel féminin portait aux nues jusqu'à ses mémos (« Objet : tenue de nos pensionnaires. Il m'a été signalé que les tenues couleur bouse dont nous affublons nos patients leur sapaient le moral. Et si l'on injectait un peu de couleur? Des habits pêche, ou bleu ciel?»).

La mère de Roz assumait son rôle d'épouse avec moins de grâce. Avant la Grande Dépression, sa tâche principale consistait à se poster au milieu de sa cuisine et à élaborer avec la cuisinière, noire et muette, le menu des dîners qu'elle comptait donner pour les amis de la famille. Elle esquissait de vagues gestes de ses mains pâles, ouvrait des tiroirs et désignait mollement des couverts en déclarant :

– Là, ce sont les cuillères. Oh, et voici les couteaux.

Les parents de Roz dérivaient tous les deux sans but, errant çà et là à travers leur immense maison, impatients de peupler d'enfants ces vastes pièces vides. À la naissance de leur fille, ils étaient las de ne côtoyer que des déséquilibrés et pensaient trouver leur salut dans les pleurs simples et intelligibles d'un nouveau-né. Lorsque le médecin accoucheur avait annoncé à Mme Woodman qu'elle ne pourrait plus porter d'enfants, l'époux avait accueilli sa fille unique avec une générosité dont personne, pas même sa femme, n'avait bénéficié jusqu'alors.

Trois ou quatre fois par an, Phillip Woodman entraînait Roz dans une visite express de l'hôpital : le réfectoire qui empestait le poisson frit; la salle de thérapie par le travail, où des patients au regard vitreux imprimaient des chiens ou des présidents sur des plaques de cuivre; le solarium; le salon des visiteurs. Ils passaient en coup de vent devant des portes sur lesquelles étaient inscrits des noms de médecins au stylo-bille, devant d'autres portes équipées d'écriteaux «Danger : installation électrique». Ces portes-là étaient toujours fermées et Roz aurait voulu voir à quoi ressemblait l'électricité une fois « installée ». Elle aurait également voulu découvrir le quotidien des patients, l'endroit où ils faisaient leur toilette, où ils s'habillaient, où ils prenaient leur bain. Ces salles-là, séparées du monde extérieur par de lourdes portes dotées de vitres sécurisées, lui étaient interdites.

Roz était autorisée à assister, de loin, à la vie de l'hôpital. Elle observait les patients qui arpentaient d'un pas lourd les couloirs de l'établissement, en liquette bouse de vache et robe de chambre en flanelle. Une fois, elle soutint longuement le regard d'un ancien officier de marine au menton bleui par une barbe de trois jours et les infirmières l'entraînèrent au pas de course dans leur salle de repos ; une radio y diffusait des airs joués par une fanfare et trois femmes aux petits soins lui donnèrent des bonbons.

Mais si Roz avait accès à l'hôpital sur l'invitation de son père uniquement, elle avait toute licence pour explorer la propriété à sa guise. Lorsque le soleil disparaissait à l'horizon, l'air embaumait le pin, l'humus et le steak façon Salisbury, une ambiance de colonie de vacances. Un beau jour, devant l'une des portes de service, la petite fille assista à une livraison de désinfectant. Tandis que les livreurs faisaient rouler leur chargement sur une rampe et le passaient par la porte, elle déchiffra sur les bidons les mots « Fraîcheur des pins », et même s'ils désignaient un liquide rance qui finirait étalé à la serpillière sur le sol et les murs au petit matin, elle vit en eux le portrait idéal, la description parfaite. Pour baptiser un camp de vacances paradisiaque, Roz n'aurait pu rêver mieux.

Fraîcheur des pins, chuchota-t-elle à part soi en s'aventurant dans le fourré qui s'étendait jusqu'aux limites de la propriété, contenue par une grille en fer. Du lierre fleurissait sur cette grille, s'entortillait autour des barreaux comme un chat s'enroule autour de la jambe de son maître ; la végétation, à l'instar des patients, voulait parfois reprendre sa liberté. L'exubérance s'était approprié les confins de la propriété. Les signes des temps les plus tangibles pouvaient être trouvés ici, à la lisière du parc, où personne ne s'était donné la peine d'élaguer, de tailler ou de couper. Il arrivait qu'un petit groupe de patients dispose des chaises longues sur la pelouse pour lézarder au soleil malgré la fraîcheur de l'air, ou qu'une infirmière accompagne un malade en promenade, en limitant leur balade à l'allée circulaire qui jouxtait l'hôpital. Les bois appartenaient à Roz, du moins pour le moment.

Lorsqu'elle fêta ses 9 ans, son père mit sur pied un programme qu'il intitula « Un thé à la maison ». Ce programme avait pour but d'inviter un patient en voie de guérison à prendre le thé chez eux, dans leur salon. L'heureux élu devait être quelqu'un de présentable et de posé, il avait pu se remettre en selle et il lui fallait désormais un soutien afin de rejoindre les rangs des bien-portants.

La première patiente à être distinguée par cet honneur fut Grace Allenby, une jeune mère terrassée par une dépression nerveuse qui la rendait incapable de faire quoi que ce soit, même s'habiller le matin, sans être secouée de hoquets hystériques. À l'hôpital, elle se rétablissait petit à petit, lentement mais sûrement. Elle était venue prendre le thé le vendredi qui avait précédé son départ définitif et Roz s'était assise au sommet de l'escalier pour assister à la scène. Mme Allenby et Mme Woodman, toutes deux jolies, toutes deux indécises, lui évoquèrent les biches qui, de temps à autre, s'égaraient dans les bois et atterrissaient, désorientées par la terreur, sur la pelouse de l'hôpital. Les femmes échangèrent des recettes sous le regard bienveillant de Phillip Woodman qui avait pris place entre l'hôtesse et leur invitée.

– Alors, ce qu'il faut faire, répétait Mme Allenby en papillonnant des paupières comme pour en chasser une poussière, c'est prendre un œuf et le battre très fort dans un saladier à l'aide d'un fouet. Ensuite, il faut...

Dans le salon flottait le parfum puissant du thé Oolong, la drogue de prédilection du docteur Woodman : dès la première gorgée, il avait l'impression d'avaler du tabac à pipe sous forme liquide.

Roz espionna ces « thés à la maison » à de nombreuses reprises au cours de l'année et, à partir de certaines de ses observations, elle conclut que les malades mentaux pouvaient se classer en deux catégories : d'un côté ceux qui portaient leur détresse en bandoulière, à la façon d'un slogan politique, de l'autre ceux qui consacraient leur énergie et leurs efforts à la dissimuler.

Warren Keyes appartenait à la seconde espèce. Ce GI de 22 ans avait obtenu une licence à Harvard et accroché à son revers de multiples médailles saluant ses exploits de pilote militaire. Le jour même de son retour du front, il avait tenté de se taillader les veines au moyen d'une lame de rasoir. Il n'allait pas tarder à quitter Mount Arcadia et comptait reprendre ses études. Au cours du dîner, ses parents avaient discuté du cas de ce garçon.

– Il est jeune, avait affirmé son père, et beau garçon, avec cette classe si propre à Harvard.

Warren Keyes s'enracina dans l'esprit de Roz à cet instant-là, avant même que leurs chemins ne se croisent. Il sortait de Harvard, ce qui lui garantissait la bienveillance de son père, lequel idéalisait l'éducation privilégiée dont lui-même n'avait pas bénéficié.

Le lendemain, à quatre heures de l'après-midi, assis au milieu du salon des Woodman, Warren s'agrippait à l'anse fragile d'une tasse à thé. Il avait traversé la pelouse escorté d'une infirmière trapue qui avait annexé le vestibule pour y jouer avec lassitude de l'aiguille à tricoter, telle Mme Defarge. Roz savait que l'invitation faisait office de récompense avant son départ mais, en l'observant depuis sa vigie, elle se rendit compte, du haut de ses 9 ans, que le jeune homme était tout sauf remis d'aplomb.

– Warren a l'intention de retourner à Harvard au prochain semestre, déclara son père. Leverett House, c'est bien cela ?

Sa femme gazouilla une réponse.

– Non, Adams, corrigea Warren.

Sa voix, mesurée, venait contredire la tasse qui dansait la gigue sur sa soucoupe.

La conversation roula autour de Harvard, de la saison de football et du climat de la Nouvelle-Angleterre, avec quelques tentatives timides pour le lancer sur la guerre et sur le nombre exact de missions accomplies pendant son service. Au bout d'une petite heure de mondanités, Warren Keyes semblait exténué. Sitôt franchi le seuil de la maison des Woodman, il retournerait à son lit d'hôpital et dormirait trente-six heures d'affilée, Roz en était certaine.

Dérogeant à la tradition qu'il avait lui-même instaurée, le docteur Woodman invita Warren Keyes une deuxième fois, puis une troisième. La quatrième fois, il arriva seul ; *exit* l'infirmière austère qui lui servait de garde-chiourme. Il franchit la pelouse, les basques de son habit flottant dans son sillage. Cet après-midi-là, Roz s'était placée à un endroit stratégique, le porche, pour y faire ses devoirs avant son escapade rituelle dans les bois. Elle avait négligemment relevé ses cheveux à l'aide d'un élastique et ses doigts étaient tachés d'encre – elle n'avait pas encore apprivoisé le stylo-plume. Warren Keyes gravit les marches du porche et posa sur elle un regard aussi long qu'implacable. Ce n'était pas la première fois qu'elle voyait Warren Keyes mais Warren Keyes la voyait, lui, pour la première fois.

– Je suis leur fille, l'informa Roz.

L'homme lui adressa un hochement de tête.

– Ils sont à l'intérieur, ajouta-t-elle en désignant la moustiquaire du menton.

Dans les profondeurs de la maison, la bouilloire émit un bruit strident.

– Tu aimes ça, le thé ? demanda Warren.

C'était le genre d'inepties que disaient les collègues de son père lorsqu'ils venaient dîner : des questions pleines de bonnes intentions mais creuses, formulées par des gens qui n'avaient aucune affinité avec les enfants.

– Ouais, ça va.

– Ta mère fait du bon thé. C'est du thé chinois, tu sais.

Roz se laissa glisser sur la rampe de l'escalier.

– Faut que j'y aille.

Il écarquilla légèrement les yeux.

– Où ça ?

Et elle lui dit tout. Elle expliqua en détail où elle se rendait chaque après-midi ; une carte marquée d'une croix n'aurait pu être plus précise. Plus tard, installée dans le petit bois, elle lisait *Comment naît le courage* quand, soudain, des branches s'écartèrent. Warren Keyes surgit à ses côtés, le dos voûté, en trébuchant. Il tenait à la main une serviette de table encore pliée, ornée de festons, qu'elle reconnut aussitôt. Il s'accroupit près d'elle, ce GI, cet ancien de Harvard réduit à une épave, et déplia la serviette qui contenait trois sphères dorées : les cookies au beurre préparés par sa mère. Elle les mangea sans mot dire tandis que Warren l'observait.

– Alors, ça fait quoi, de vivre ici ? demanda-t-il.

Elle haussa les épaules, brûlant d'envie de lui renvoyer sa question : ça fait quoi, de vivre dans un asile ? Ça fait quoi, d'être fou ? Est-ce qu'on s'en rend compte ? Est-ce qu'on rêve de ramper hors de son corps ? Voit-on réellement des choses danser autour de soi – des silhouettes, des animaux, des flammes, tanguer sur les murs de sa chambre la nuit ? Elle préféra garder sa curiosité pour elle et ses questions restèrent à l'état d'idées abstraites. La lumière se retirait graduellement du petit bois et, tout à trac, Warren brisa le silence :

– Je peux te demander quelque chose ?

– Oui.

– Ça t'embête si je te touche ?

Elle secoua la tête, solennelle, convaincue qu'il faisait allusion à sa main, ou à son bras. La toucher, c'était un moyen de s'assurer qu'elle était bien réelle. Roz n'avait-elle pas, des années plus tôt, frôlé, furtive, le visage inerte de la poupée en porcelaine de sa cousine, princesse La Vanille ? C'était pour vivre l'expérience d'un contact avec une personne saine – une personne qui menait une vie normale, qui habitait avec ses parents une vraie maison, sans barreaux aux fenêtres – que Warren Keyes souhaitait poser ses mains sur elle.

Il s'approcha d'elle et se laissa tomber sur le sol boueux.

– Je ne te ferai pas de mal.

– Je sais.

Lorsque sa main s'abattit sur son T-shirt, sur l'un de ses seins naissants, ces mamelons bourgeonnants, le choc fut total. Existait-il un moyen d'arrêter son geste, de retrouver son innocence originelle ?

– Attends, dit-elle, mais ses mains exploraient déjà ses vêtements.

Il ne l'avait pas entendue. Assis face à elle, il lui palpa les seins, le cou, les épaules et il ne lui faisait pas mal, il fallait l'avouer. Comment expliquer son trouble, dans ce cas ? Elle ne savait pas comment définir ces attouchements, cette auscultation désinvolte. Le visage de l'homme l'effrayait : sur ses traits s'affichait une adoration extrême, on aurait dit qu'il allumait un cierge. La détermination de son regard faisait contraste avec sa lippe pendante.

– Je ne te fais pas mal, scandait-il. Je ne te fais pas mal.

Et elle ne trouva rien à répondre, hormis :

– Non. Tu ne me fais pas mal.

Roz ferma les yeux pour ne plus voir son visage. Comme pour se protéger d'un soleil aveuglant. Un vertige la saisit et elle se dit qu'elle devait rester consciente afin d'éviter que le pire ne se produise. Elle se força à rester consciente et à endurer chacune de ses caresses, les contorsions en étoile de mer de ses doigts qui se faufilèrent sous son corsage et s'aventurèrent plus loin, plus bas.

Warren se frotta contre Roz, presque en transe, et la fillette eut l'impression d'être un mur, un objet qui servait de grattoir ; un poteau sur lequel un chat ferait ses griffes, un bloc compact. Elle sentit sa main puissante à l'intérieur de ses sous-vêtements, envahir un espace privé. Ses articulations tiraient sur l'élastique de sa culotte tendu à l'extrême. Cette petite culotte, elle l'avait choisie le matin même dans le tiroir dédié à ses sous-vêtements, repassée, virginale, semée de petites fleurs, manipulée uniquement par sa propriétaire et par Lena, la femme chargée du linge de la famille Woodman. Une petite culotte taboue qui emprisonnait à présent Warren, pareil à une bête sauvage prise au piège.

L'un de ses doigts se désolidarisait des autres, se frayait un chemin et s'insinuait à l'intérieur de son corps. Elle fut parcourue par un frisson de douleur qui céda très vite à une autre sensation : la surprise. Elle se redressa et fondit en larmes. Le majeur de Warren, qui s'était cramponné à la tasse de sa mère, qui portait sûrement une chevalière gravée aux armoiries de Harvard, qui se terminait par un ongle plat qu'il coupait dans sa cellule – l'autorisaient-ils seulement à utiliser une paire de ciseaux ? –, était enfoncé en elle, au plus profond, semblable à un foret fiché dans la terre afin d'y détecter la présence d'eau ou de pétrole. Semblable à une machine, à un appareil censé mesurer les vibrations ou l'humidité. Le doigt sentait tout cela, quand elle restait insensible.

Au bout d'un moment interminable, Warren Keyes lâcha un petit cri, entre le bêlement d'un agneau et la plainte d'un gond qui grince, et elle sut qu'il en avait fini avec elle. Elle s'affaissa sur le tapis de feuilles et son corps se remit à fonctionner, fluet et souple, le corps d'une patineuse, tandis que Warren, le dos tourné, s'épongeait le visage et le pantalon à l'aide de la serviette de table.

D'une voix chevrotante, il donna quelques consignes à Roz : il valait mieux qu'ils quittent le petit bois chacun de son côté et, cela allait sans dire, qu'elle ne parle à personne de ce qui venait de se passer.

– Il ne s'est rien passé, de toute façon, ajouta-t-il sur un ton détaché. Je ne t'ai pas fait mal.

Et Warren disait vrai : il ne lui avait pas fait mal, pas de manière apparente.

Elle partit la première et progressa d'un pas lent, son livre à la main, telle une jeune fille rêveuse qui venait de consacrer un après-midi entier à sa lecture. Lorsqu'elle atteignit l'orée du petit bois, là où commençait le parc, elle accéléra le rythme et distingua les lumières de la maison. Une fois rentrée, elle se précipita vers l'escalier : elle était malade, elle n'avait pas faim. Sa mère posa une main fraîche sur son front, Roz la repoussa. Elle en avait eu assez pour aujourd'hui ; même le contact d'une main familière, animée par un souci tout maternel, lui était insupportable.

Des semaines s'écouleraient avant qu'elle ne prenne la pleine mesure de sa mutation intime, comme si elle suivait la progression chromatique d'un hématome qui virait du noir au jaune et laissait, au bout de son parcours, une trace infime. Roz n'arrivait pas à déterminer si Warren Keyes avait agi délibérément, en toute connaissance de cause, ou si, au contraire, sa folie avait guidé sa main – ce qui pouvait expliquer son bref séjour à Mount Arcadia. Roz aurait-elle dû, à ce moment-là, écouter sa colère, ou suivre l'exemple de son père et choisir la voie de la compassion ? C'était un dilemme qui resterait sans solution et reviendrait la hanter à l'âge adulte.

Le temps finirait par gommer ce souvenir. Roz grandirait, rencontrerait des hommes qui la toucheraient au gré de son désir, mais ne sauraient lui offrir que des caresses grossières, laides, maladroites. Elle aurait voulu aller plus loin, elle aurait souhaité les amadouer, convaincre leur ego taciturne d'exprimer leur amour et leur appétit, mais elle s'en avéra totalement incapable, tant ces hommes-là étaient impassibles, inflexibles.

Roz finirait par rencontrer Paul Mellow, par s'épancher sur son divan, par lui parler de son enfance et ensuite, comme surgi de nulle part, de Warren Keyes, qui se matérialiserait devant ses yeux, à la façon d'un spectre, grâce à l'étrange prodige connu sous le nom d'association libre. Warren Keyes qui avait provoqué, en forçant son doigt en elle, un néant indicible et, en même temps, une curiosité insatiable. Elle ferait l'amour avec Paul et accepterait de poser avec lui pour des dessins qui représenteraient leur union, comme si ces moments-là devaient être captés quand ils restaient immobiles. Mais ce qui comptait avant tout, c'était le mouvement, elle le savait ; la façon dont le corps se tordait, s'agrippait, se recroquevillait, dès qu'il y avait caresse ou pénétration. Un dessin n'arriverait jamais à dépeindre cela, pas plus qu'un livre.

Cela, Roz l'ignorait encore ; elle ne pouvait imaginer qu'elle serait un jour adulte ou mère – de quatre enfants, pas moins. C'était une fillette de 9 ans qui avait subi les assauts d'un homme dans le bois d'un hôpital psychiatrique perdu dans les montagnes. Roz oublierait très vite cette journée, ou penserait l'avoir oubliée, jusqu'à sa psychanalyse, qui l'aiderait à retrouver la mémoire. En temps et en heure.

Ce soir-là, délivrée des griffes de Warren Keyes, Roz Woodman ouvrit la fenêtre de sa chambre et passa sa petite tête dehors. Elle entendit s'élever dans le crépuscule les pleurs et les aboiements habituels et, poussée par l'instinct, elle ouvrit la bouche et joignit sa petite voix au chœur. Son cri monta tout naturellement dans sa gorge et elle resta penchée à la fenêtre en hurlant tout bas, sans bruit, sans effort. Elle avait rallié les siens.

Le portable de Roz, rangé dans le sac posé sur le siège de la voiture, fit entendre sa sonnerie. Jack cherchait à savoir ce qui la retenait, pourquoi elle n'était pas encore de retour.

– Je fais un petit tour en voiture.

Il y avait de la friture sur la ligne, l'appareil captait mal dans les montagnes.

– C'est ce que j'entends. Je sais très bien où tu es. Comme d'habitude.

– Oui. Comme d'habitude.

– Bon, ne déprime pas trop, d'accord ? Rentre vite. J'ai fait de la soupe.

– D'accord. J'arrive.

Roz écrasa sa cigarette dans le cendrier, parcourut à nouveau du regard le lieu où elle avait vécu jadis, enclencha la marche arrière, quitta le parking et mit le cap sur la maison. Avoir un homme qui s'impatiente, qui vous dit « Rentre vite », comme si vous aviez fait une fugue, comme si vous vous preniez pour Lassie, comme si votre retour pouvait seul rétablir l'équilibre cosmique – c'était le rêve de chaque femme. Roz craignait qu'un jour Jack n'ait plus l'envie, ni la persévérance, de lui courir après – que son désir s'étiole sans qu'il n'ose l'avouer. Avec Paul, elle n'avait jamais cédé à pareille crainte. Elle était beaucoup plus jeune à l'époque, beaucoup plus belle, elle tenait Paul sous une emprise hypnotique.

L'ascendant irrésistible qu'elle exerçait sur Paul, au tout début de leur relation, était une source de puissance et de plaisir. « Bébé », c'était le petit nom qu'il lui avait attribué. « Bébé », chuchotait-il sous les draps, et parfois au téléphone. C'était un snobisme qui datait de 1958, un terme subversif qui déclenchait en lui un sursaut d'indépendance chaque fois qu'il le prononçait, un bras d'honneur à la clique constituée par

Ava Schussler et ses frères en psychanalyse. Paul avait détourné ce mot de sa sémantique initiale, l'avait repris à son compte et lui avait insufflé un sous-entendu polisson.

– Bébé, disait-il à Roz allongé dans son lit, au tout début, quand il passait la plupart de ses soirées chez elle.

À cette époque, elle suivait un stage chez un créateur de mode quinquagénaire qui se faisait appeler Pierrot, en toute simplicité, alors qu'il était canadien, pas français, ce qu'il se gardait bien de crier sur tous les toits. En l'intervalle d'un an, Roz allait se rendre compte qu'elle n'était pas faite pour le stylisme, que ce domaine ne la passionnait guère ; elle prendrait la décision de démissionner et laisserait Paul subvenir aux besoins du ménage. Et assez vite, bien entendu, elle commencerait à mettre des enfants au monde et ne reviendrait jamais en arrière.

Mis à la porte par Schussler, Paul avait dû chercher un moyen de mettre du beurre dans les épinards. Il trouva une place dans un laboratoire qui menait des expériences sur des pigeons, lesquels, et ce ne fut pas une mince surprise, se révélèrent pires encore que les rongeurs. Les souris, avait-il expliqué à Roz, étaient répugnantes, même si leurs yeux d'allergiques, leur pelage chaud et palpitant tendu sur un squelette fragile, avaient le mérite de cultiver une aura de *petite bestiole mignonne*. Les pigeons, à l'inverse, n'évoquaient que la crasse de la ville. Rien en eux n'incitait à la bonté ; leurs yeux en bouton de bottine, d'un noir impénétrable, n'exprimaient nulle émotion. Ils occupaient des cages entières, impassibles, stupides et indésirables. Lorsque Paul prenait un volatile entre ses mains, la bête battait des ailes avec l'espoir d'échapper à son tortionnaire, lui donnait des coups de bec, se démenait comme un beau diable. Parfois, Paul l'avouait sans gêne, il lui prenait l'envie de tordre le cou au pigeon qu'il tenait, par pur caprice. Il réprimait aussitôt ses pulsions meurtrières et se contentait de transférer les oiseaux d'une cage à l'autre, ajustant le planning de la distribution de nourriture et notant ses observations sur leurs habitudes alimentaires et leur comportement amoureux. Le temps de regagner l'appartement de Roz, au quatrième étage, ses vêtements étaient imprégnés d'une odeur particulière, une petite plume s'égarait parfois dans ses cheveux et il faisait tellement pitié à Roz qu'elle le serrait dans ses bras.

La colocataire de Roz, Vivian, qui étudiait elle aussi le stylisme, confectionnait souvent ses prototypes dans la chambre voisine; ils écoutaient le chuintement des ciseaux qui glissaient sur l'étoffe et imprimaient un rythme apaisant qui n'était pas sans rappeler l'acte sexuel, et lorsque les amants étaient étendus côte à côte dans le petit lit, Roz avait l'impression d'avoir été lissée de la tête aux pieds, comme une grande pièce de tissu.

Au tout début, Roz n'était pas vraiment attirée par Paul. Il était bel homme, indéniablement, mais il avait trop de cheveux sur la tête, trop de barbe au menton, trop de poils qui jaillissaient de ses manches. Il était gentil, bienveillant; ces qualités, idéales pour un psychanalyste, douchaient un peu le désir chez sa partenaire, au début tout du moins. Les précédentes conquêtes de Roz avaient été brutales et bourrues, le meilleur exemple était Carl Mendelson. Paul Mellow n'avait rien à voir avec ces hommes-là et cela la plongeait dans la perplexité. Elle ne savait comment réagir, comment recréer avec lui le schéma de ses échecs sentimentaux – la litanie habituelle : excitation, déception, chagrin, découragement. En 1958

Paul Mellow était un homme robuste à la pilosité impressionnante, doté d'une tête, de mains, de pieds, d'un sexe massifs. Comme si tout ce qui s'était greffé sur son tronc avait grandi jusqu'à prendre des proportions extravagantes. Carl Mendelson l'avait un peu rudoyée, l'avait bousculée en travers du lit et, ce faisant, l'avait désensibilisée, comme s'il avait retiré la bonde d'une baignoire. C'est en couchant avec Paul, qui l'encourageait à lâcher prise, qu'elle avait appris à se détendre et à prendre du plaisir, à goûter chaque sensation plus intensément.

Elle trouvait palpitant d'être si proche d'un homme. Après une enfance passée dans l'ombre d'un hôpital psychiatrique, tout était devenu affaire de proximité. C'est dans cette optique que leur était venue l'idée du *Plaisir*. Pareille complicité mérite qu'on la mette en pleine lumière. On tente d'abord de l'exprimer par la parole, en employant toutes sortes de vocables, « aimer », « adorer », « personne d'autre avant toi ». Et également par le corps, en s'autorisant à succomber, ou à subjuguer l'autre, comme pour mieux le garder près de soi.

Un soir, alors qu'ils faisaient l'amour, Roz s'entendit ordonner à Paul : « Baise-moi » ; elle ne s'était pas rendu compte qu'il n'avait pas attendu son ordre, qu'elle s'était perdue dans l'acte. La stimulation était telle qu'elle ne lui suffisait plus, il en fallait encore, elle exigeait une strate supplémentaire. *Passe à autre chose, allez, un peu plus vite, et que ça saute.* Le corps de Paul était brun et puissant, ses poils semblaient dessiner un éventail sur son torse, se déployer avec délicatesse et se resserrer peu à peu, à la façon d'un entonnoir, tandis qu'ils atteignaient l'entrejambe.

Paul, passionné, respectueux et patient, lui avait démontré que leurs corps pouvaient s'imbriquer avec méthode, qu'il pouvait la pénétrer selon des angles différents, une géométrie *a priori* impraticable qui livrait tous ses secrets le jour où on la mettait en pratique. Un jour, il était rentré avec un exemplaire abîmé du *Kâmasûtra* : à l'en croire, il avait entre les mains l'avenir de la sexualité occidentale.

– Les Orientaux l'ont compris depuis toujours. Ils ont mille longueurs d'avance sur nous, banlieusards américains, avec notre sacro-sainte position du missionnaire.

– On n'est pas banlieusards, avait rétorqué Roz.

Pas encore, aurait-elle pu dire, car ce n'était qu'une question de temps avant qu'ils ne succombent, eux aussi, aux sirènes de la banlieue. En 1960, Roz donnerait naissance à Holly au Mount Sinai Hospital, sur la 5e Avenue ; Michael suivrait deux ans plus tard et, nécessité faisant force de loi, ils chercheraient une maison – en banlieue, fatalement. Entre-temps, Paul avait pris la direction d'un laboratoire étudiant le comportement animal ; entre son salaire et la petite somme que leur avaient donnée les parents de Roz, ils avaient pu contracter un crédit et acheter un immense pavillon situé à Swarthmore Circle, dans la ville-dortoir de Wontauket.

Mais en cette soirée de décembre 1958, Roz et Paul, tout jeune couple sans enfants, lisaient le *Kâmasûtra* sous la couette.

– Il y a quatre étreintes fondamentales, lut Paul à voix haute.

– Quatre ? Je croyais qu'il y en avait des dizaines.

– Non, seulement quatre, mais il y a des dizaines de positions. Attention à ne pas confondre. Ouvre grandes les oreilles. Lorsqu'un homme se positionne devant une femme, ou à côté d'elle, et que son corps touche le sien, on appelle ça « une étreinte frôlée ».

Par contre, quand une femme se penche vers son homme et le «perce», en quelque sorte, avec ses seins, on appelle ça une «étreinte perçante».

– Perçante ? Comment est-ce qu'elle peut percer quelqu'un avec ses nichons ? demanda-t-elle. Elle les aiguise ?

– À mon avis, ça fait référence, tout simplement, au fait qu'une partie de son corps entre en contact avec le partenaire. Ce n'est pas qu'une question de peau contre peau. Ensuite il y a l'étreinte frottée, dans laquelle deux corps se frottent l'un contre l'autre. Et en dernier lieu, il y a l'étreinte serrée, lorsque l'un des partenaires plaque l'autre contre un mur ou contre un poteau.

– Ce que tu as fait l'autre soir. Après le restaurant de fruits de mer.

– Vraiment ? J'ai oublié. Oh, attends, une seconde, oui, ça me revient. Je vois un mur. Un grand mur blanc.

Ils se turent quelques secondes, aux anges, et se remirent en mémoire la soirée passée dans un restaurant espagnol qui proposait à sa clientèle des menus bon marché à base de homard. Roz avait eu toutes les peines du monde pour en extirper la chair et Paul était venu à la rescousse : il avait brisé sans aucune difficulté la carapace épaisse à l'aide d'une pince, enfoncé à l'intérieur une fourchette minuscule et sorti un long ruban de chair rose enrobé d'un vernis d'écume blanche. Ce ruban, il l'avait plongé dans la petite coupelle de beurre fondu et il lui avait donné la becquée. Plus tard, lorsqu'ils avaient regagné l'appartement, il s'était tourné vers elle, une expression énigmatique sur le visage, l'avait poussée contre le mur en se pressant sur elle de tout son poids – l'interrupteur avait laissé une marque dans son dos – et avait soulevé l'ourlet de sa jupe grise. Roz en conclut que le homard – ou le beurre fondu ? – était un puissant aphrodisiaque.

– Mais des étreintes, il y en a des tas d'autres, poursuivit Paul. Celle-ci, par exemple. « Quand un homme et une femme sont très amoureux, que leur esprit chasse toute pensée négative ou douloureuse, ils s'étreignent comme s'ils cherchaient à s'interpénétrer. Soit ce sera l'homme qui maintiendra la femme sur ses genoux, soit la femme qui sera assise devant lui ou sur un lit. Cette étreinte a été baptisée "le lait et l'eau". »

Le *Kâmasûtra* contenait également des sous-catégories : y figuraient l'étreinte des cuisses, l'étreinte du jaghana (la zone située entre le nombril et la naissance des cuisses), l'étreinte des seins, l'étreinte du front. Laver les cheveux de son partenaire pouvait être aussi considéré comme une étreinte, car l'acte impliquait un contact délibéré et affectueux. L'ouvrage énumérait également les huit variétés de cris :

le hi nasal ;
le roulement de tonnerre ;
le bruissement ;
le roucoulement ;
le pleurant (Phut) ;
le soupirant (Phat) ;
le cri de douleur (Sut) ;
la violente expiration (Plat).

C'était incompréhensible. Mystérieuse, ineffablement orientale, fascinante, cette classification rappelait à Roz la fois où elle s'était mise à pleurer pendant l'amour. Cela lui était arrivé la troisième nuit qu'ils avaient passée ensemble. Paul l'avait pénétrée et imprimait à ses coups de reins le rythme lent et posé de l'entrée en matière et c'est à cet instant précis qu'elle avait pris conscience, avec une clarté aveuglante, de la portée de ses actes : elle avait séduit son psychanalyste et cette séduction était irrévocable. Il avait tout abandonné pour elle et ce geste l'avait tellement marquée qu'elle ne s'était pas demandé s'ils commettaient ou non une erreur. Elle le dévisagea, il s'était abandonné corps et âme au plaisir, elle le vit plisser les yeux à la manière d'un nouveau-né et perçut l'ivresse, la fierté, l'amour qui émanaient de lui. S'il était tellement heureux, rien ne l'empêchait de l'être, elle aussi.

Le sexe sauverait Paul Mellow, mais elle comprit à cet instant-là que jamais il ne pourrait la sauver elle, jamais il n'occuperait dans sa vie la place qu'il occupait dans celle de Paul. Et il fallait écarter cette idée au plus vite car ils étaient là, liés pour le meilleur et pour le pire. Le souci, c'est qu'elle ne savait pas comment s'y prendre.

Avant qu'elle ait le temps de se ressaisir, Paul s'était figé en pleine action et s'adressait à elle d'une voix inquiète :

– Roz ? Pourquoi tu pleures ?

Dans les semaines qui suivirent, ils devinrent de véritables virtuoses dans l'art du baiser : vibrant, frotté, appuyé, renversé, il n'eut plus aucun secret pour eux. Paul avait les lèvres douces – aussi douces que celles d'une femme, supposait Roz –, surplombées par l'ombre d'une moustache récalcitrante qui résistait au passage du rasoir. Dès 1967, il mettrait fin à ses efforts une bonne fois pour toutes et rejoindrait le clan des barbus, suivant l'exemple de Jerry Garcia ou de Paul Bunyan.

Le *Kâmasûtra* était truffé de détails minutieux dont l'insignifiance, couplée à leur codification corsetée, stupéfiait le lecteur. Le contraste était brutal avec les fondamentaux de l'amour physique tel qu'il était vécu par ses adeptes – la liberté de composer une chorégraphie au gré de ses envies.

– « Une fois la roue de l'amour mise en mouvement, lut Paul, l'ordre n'existe plus. »

L'ordre n'existait plus entre eux ; c'était devenu une certitude dès le moment où elle l'avait rejoint au restaurant chinois, lorsqu'il avait levé des yeux pleins d'espoir en entendant retentir la clochette, puis une seconde fois, plus tard, au moment où il l'avait embrassée dans la chambre surchauffée. Et par le biais du *Kâmasûtra*, ils interprétaient une version historique de l'amour, étendus sur son lit dans la position de la boîte, Roz tête baissée et reins arqués, Paul appliquant le lubrifiant d'une main tremblante. Ils adoptèrent ensuite la position de la forte pression, puis celle de l'enveloppement, et enfin celle de la jument, respectant à la lettre les instructions du manuel comme deux enfants s'appliqueraient à apprendre les règles d'un nouveau jeu de société. Parfois, tandis que Paul dormait à ses côtés, elle parcourait le livre pour lui rendre la tâche plus facile, si bien qu'à son réveil il ne lui restait plus qu'à proposer, sur un ton désinvolte :

– Il y a un truc qui s'appelle la position du crabe. Tu veux l'essayer ?

Le sexe devint une activité qu'elle ne considéra jamais comme acquise, ni comme incorporée dans le temps qu'ils passaient ensemble, au même titre que le reste : les repas qu'elle lui préparait, les films qu'ils allaient voir au Waverly, le linge qu'ils pliaient ensemble sur les machines gris et rose de la laverie du quartier.

Le *Kâmasûtra* les emmena en Inde au cours de l'hiver 1966, deux années avant l'arrivée en fanfare des

Beatles. Plus tard, Paul avait prétendu par plaisanterie que Roz et lui avaient une « mentalité de défricheurs ». Installés à Wontauket depuis trois ans, ils avaient confié une semaine entière Holly et Michael, 6 et 4 ans, aux bons soins des parents de Paul, qui vivaient dans le Queens. Cramponnée à la jambe de son père, Holly avait versé toutes les larmes de son corps lorsque ses parents avaient franchi le seuil :

– Mais, papa, j'ai besoin de toi !

Quant à Michael, il s'était contenté de détacher un instant son regard des cubes de construction avant d'asséner, froidement :

– Ramenez-moi un souvenir du Taj Mahal.

Malgré son jeune âge, il connaissait déjà par cœur les grands sites touristiques éparpillés à travers le globe.

La journée, ils visitèrent en compagnie de leurs compagnons de voyage des temples, des jardins d'aromates, des bazars, slalomant entre les petits mendiants, les vaches et les familles qui avaient établi leur campement au milieu de la route. Parfois, le soir, ils parvenaient à échapper au groupe. Ils s'arrangeaient pour semer l'institutrice et son mari retraité, les deux bonnes sœurs originaires d'Akron, la femme d'âge mûr dont la beauté évoquait une héroïne tragique (son patronyme – Mme Delgado – s'était gravé, inexplicablement, dans la mémoire de Roz), et allaient prendre place à une petite table, en tête à tête, dans une gargote où ils dégustaient des chapatis tout juste sortis de l'huile brûlante. Seuls, ils pouvaient se dire à voix basse des mots censés leur fouetter les sangs, les aider à atteindre la sensibilité enseignée par le *Kâmasûtra*.

À ce jour, Roz ignorait chez qui avait germé l'idée du *Plaisir*. Dans l'esprit de Paul, probablement, car c'était lui qui avait exprimé un authentique enthousiasme.

– Si l'on écrit ce livre ensemble, avait déclaré Paul dans les années 1970, alors qu'ils étaient tous les deux assis sur le canapé marron de l'antre, alors il faudra qu'on y inclue aussi notre expérience personnelle. Ce qu'on fait à deux. Ce que je te fais, et vice versa.

– Oui, bien sûr. C'est là tout l'intérêt, pas vrai ? Il ne s'agit pas d'un manuel de sexologie à la troisième personne. C'est de nous qu'il s'agit.

– Tu te sens de taille ?

– Bien sûr.

– Et tu te moqueras des racontars ? Des critiques ?

– Oui. Enfin non. Bien sûr que ça me touchera. Mais je m'en remettrai.

– On devrait poser pour les illustrations.

– Voilà une idée de génie.

– Je suis sérieux, Roz. On devrait vraiment être représentés dans ce livre. En train de prendre notre pied dans toutes les positions possibles et imaginables. Et pourquoi pas ? Ça te gêne ?

– Bien sûr que ça me gêne, avait-elle répondu avec un éclat de rire.

Paul avait traîné Roz devant le miroir de la salle de bains, fermé la porte et soulevé son chemisier. Elle ne portait pas de soutien-gorge ; ils s'étaient mis au diapason des années 1970, l'époque où les seins se baladaient en toute liberté, oscillant comme des boulets de démolition, aux quatre coins des États-Unis.

– Regarde-moi ça. Regarde. Tu es tellement sexy. Tu as des seins incroyables.

– Je ne vois pas qui ça peut intéresser. Ils commencent déjà à pendouiller.

– N'importe quoi. J'aime tes seins, je les adore. Le gauche autant que le droit, pas de favoritisme.

Comme pour prouver sa bonne foi, il les embrassa, l'un après l'autre.

– Et même s'ils commençaient à pendouiller un peu, ce qui n'est pas le cas, je le répète, où est le problème ? On doit faire un livre sur de vraies personnes, pas un livre qui les idéalise. On doit faire quelque chose d'incroyablement humain, pour que chaque couple puisse s'identifier.

Le lendemain, quand tous les enfants eurent quitté la maison, Paul installa un appareil photo sur un trépied et enclencha le minuteur, qui tictaqua à tue-tête tandis qu'ils composaient des figures sur leur lit. Les clichés étaient d'une laideur effarante, ce qui ne surprit guère Roz. Elle n'était pour sa part que double menton et téton avachi, quand Paul apparaissait comme un amas hirsute et informe, une meule de foin peinte par Monet. Les disgrâces étaient mises en relief, les attraits gommés. Leurs deux corps, accouplés dans la position classique du missionnaire, semblaient grotesques ; la douleur et la bravoure déformaient leur visage, comme si l'acte qu'ils accomplissaient exigeait d'eux une forme d'héroïsme. La série suivante montrait Roz chevauchant Paul, visiblement mortifiée, mise en vitrine contre son gré. En position dominante, elle évoquait une riche touriste confortablement installée à bord d'un pousse-pousse, coupée de la rue – et de ce que vivait son partenaire. Ses seins ballottaient, bovins ; même une vache aurait eu honte d'exhiber pareils appas.

– Il faut qu'on détruise ces horreurs, avait-elle dit à Paul après qu'ils eurent développé eux-mêmes la pellicule dans une chambre noire de fortune installée dans une salle de bains.

– Ça m'ennuie de te donner raison, mais je suis d'accord, avait rétorqué Paul, et ils avaient réduit les photos en cendres dans la cheminée, comme si cet autodafé pouvait détruire par ricochet le grotesque de leurs attitudes, de leurs expressions, durant l'acte sexuel.

Plus tard, il lui vint à l'esprit que Paul et elle n'étaient pas seuls à avoir l'air de monstres de foire dans les moments les plus intimes : tout le monde était concerné par ce problème. Leur disposition au grotesque aurait fait les délices de Diane Arbus si elle s'était glissée dans leur chambre à coucher pour les immortaliser. Roz repensa aux portraits de nudistes vieillissants qu'avait signés Arbus ; comme ils étaient dignes et beaux, ces gens, assis sur leurs chaises pliantes en métal, ces gens que nul n'aimerait, hormis d'autres nudistes, ces gens qui n'avaient pu être eux-mêmes que dans un cadre réglementé.

Pour être représenté avec la tendresse qu'ils méritaient, l'amour physique ne pouvait être pris sur le vif. Ils avaient besoin de faire appel, non à un photographe, mais à un artiste capable de capter l'essence de leurs actes et d'estomper les parties de leur corps qui ne seraient pas assez érotiques, assez belles, assez fascinantes pour être soumises au regard de l'autre. *Nous*, se dit Roz, *sans être tout à fait nous*. Nous en mieux, dans une version qui éveillerait la bienveillance des autres.

Ils rédigèrent un canevas qu'ils transmirent à un agent littéraire, le frère d'un scientifique béhavioriste qui travaillait dans le laboratoire de Paul. « Notre livre contiendra des illustrations qui nous montreront pendant l'acte, écrivaient-ils. Parmi ces illustrations figurera une position inédite que nous avons inventée. » Ils enchaînaient ensuite sur une description détaillée du « Pardon électrique ». C'est ainsi qu'ils avaient baptisé la position adoptée par hasard un soir, à la suite d'une dispute violente dont ils avaient, l'un comme l'autre, oublié la cause.

«La position dite du Pardon électrique s'adresse aux couples qui cherchent à réparer quelque chose. Quelle que soit la raison du désaccord de départ – colère, stress –, deux personnes qui s'aiment se voient parfois amenées à surmonter une crise et à exprimer, en toute sérénité et en guise de piqûre de rappel, leur amour et leur harmonie sexuelle. Le Pardon électrique leur propose d'atteindre cet objectif.»

La position en elle-même était incroyablement acrobatique; elle impliquait pas mal de manœuvres délicates, de frottements et de gêne, avant de déboucher sur un succès éclatant. Ils la décrivaient avec un luxe de détails, tout en insérant de nombreuses positions tirées du *Kâmasûtra* remises au goût du jour – et au goût du lectorat américain.

Le livre, titré *Le Plaisir : voyage d'un couple au bout de la volupté*, fut acheté cinquante mille dollars par un éditeur, une somme phénoménale pour l'époque, et très vite Roz et Paul se retrouvèrent dans un atelier face à un complet étranger à prendre des poses sur un lit.

L'éditeur s'était lancé à la recherche d'un artiste dont la patte correspondait au projet. Trois finalistes furent sélectionnés : un aquarelliste japonais qui résidait en Californie du Nord et comptait dans son CV un beau livre traitant de l'art érotique en Orient, une femme au visage impassible spécialisée dans l'iconographie anatomique et médicale et, dernier candidat, un jeune homme frais émoulu de l'école de Cooper Union qui avait illustré, un an plus tôt, la pochette d'un album des Rolling Stones. Sur son dessin, d'un réalisme confondant, Mick Jagger et les autres membres du groupe affichaient cet air maussade, hautain et hypersexualisé qui n'appartenait qu'à eux, vautrés dans des chaises longues sur une plage des îles Caraïbes. On aurait juré que c'était une photographie.

C'est cet artiste-là, John Sunstein, qui avait raflé la mise. Roz et Paul l'avaient rencontré de façon informelle dans la salle de réunion de leur maison d'édition en mai de l'année 1973. Le Watergate était sur toutes les lèvres, Haldeman et Ehrlichman avaient démissionné des semaines plus tôt mais, entre les murs de l'atelier, l'ambiance était paisible, détachée des scandales qui défrayaient la chronique. John Sunstein était un jeune homme timide, maigre comme l'étaient la plupart des garçons de son âge, l'estomac presque concave dans son jean et sa chemise Arrow aux rayures pâles et fanées qui constituaient son uniforme. Ses cheveux, d'une blondeur qui tirait sur le châtain, étaient longs, séparés de part et d'autre de son crâne par une raie. Il portait d'énormes bottes de chantier et, à chaque poignet, un bracelet en cuir tressé; le visage large, pas vraiment harmonieux, irradiant l'intelligence. Lorsqu'il leur montra son portfolio, ses dessins et ses tableaux, Roz comprit ce qui avait tapé dans l'œil de l'éditeur : ses œuvres étaient subtiles, délicates et minutieuses. C'était cette minutie, d'ailleurs, qui l'inquiéta : irait-il jusqu'à restituer ses défauts, ses imperfections, ses rides et ses malfaçons ?

– Ne vous tracassez pas, affirma Sunstein de sa voix douce, comme s'il avait lu dans ses pensées, je me débrouillerai pour vous rendre magnifiques. Il n'y aura pas grand-chose à faire : vous êtes déjà magnifiques, tous les deux.

Ces paroles n'apaisèrent pas les craintes de Roz. Le jour où le couple Mellow pénétra dans l'atelier situé sur la 22e Rue Ouest pour sa première séance de pose, elle crut qu'elle allait manquer d'air et elle alla s'asseoir sur les toilettes, la tête entre les genoux. Paul l'accompagna.

– Tu en fais toute une histoire. Ce n'est pas la première fois que tu te mets toute nue devant un type.

– Mais ces types-là étaient nus eux aussi. Forcément.

– Quand il te verra, il baisera le sol que tu foules.

– Ridicule. Tu t'es déjà chargé de ça.

– De quoi ?

– De baiser le sol que je foule.

Paul ébaucha un léger sourire.

– Oh. Peut-être bien. Écoute, tu veux que je demande à Sunstein de se mettre à poil ? Je suis sûr qu'il est appétissant, un petit maigrichon dans son genre.

– Très drôle. Il mourrait de honte. Et moi aussi. Bon sang, on doit avoir l'air si vieux !

– Tu as 37 ans. Tu es dans la fleur de l'âge. Tu es magnifique, Roz. Et moi je porte encore beau, j'espère.

– Bien sûr que tu portes beau.

– Allons à côté, dans ce cas. On verra bien ce qui se passe.

Paul présenta à sa femme un peignoir qu'elle enfila avant de se mettre debout, lentement, et il l'escorta jusqu'à l'atelier, cette grande pièce blanche où les attendait un lit. Là, au milieu du studio baigné de soleil, la jeune femme quitta son armure tandis que John Sunstein feignait le désintérêt le plus total. Il ne semblait pas pressé. De la chaîne hi-fi s'élevaient une mélodie délicate, des instruments médiévaux et la voix d'une femme qui chantait son amour pour une licorne. John leur proposa du thé, qu'ils déclinèrent tous les deux, et lorsqu'il les vit nus, l'artiste se permit une petite plaisanterie :

– Mon assurance ne couvre pas les brûlures causées par le thé et le café.

Sa réflexion les fit rire. Remarquant que sa poitrine était parcourue de légers soubresauts, Roz retrouva très vite son sérieux.

L'atelier était situé à l'extrémité ouest de la ville, à un jet de pierre du fleuve Hudson, et il n'était pas rare qu'une péniche passe devant les fenêtres lors des séances de pose. Au fur et à mesure, Roz se réconcilia avec cette nudité qu'elle exposait devant une péniche, ou devant John Sunstein. Jamais elle n'avait rencontré homme plus discret que lui. Dès les premières minutes, il se mit en retrait et se fit aussi petit que possible, penché en silence sur ses croquis, fuyant une conversation qui ne le concernait pas vraiment.

– Vous étiez pareil avec les Rolling Stones ? demanda Paul le premier jour tout en prenant place à côté de Roz et en alignant son corps sur l'axe du sien. (Leurs corps s'emboîtèrent parfaitement, tels deux rouages, deux éléments d'un ouvrage d'ébénisterie taillés au millimètre près.) Recule un peu, tu veux bien ?

Roz changea de position, puis ils s'armèrent de patience.

– Pareil dans quel sens ?

– Silencieux. Comme un chat.

– Eh bien, en quelque sorte. Ils n'arrêtaient pas de jacasser et ils passaient leur temps à réclamer des trucs.

– Des trucs ? Quel genre de trucs ? l'interrogea Roz.

– Du jus d'orange. Des vitamines. Du pollen, énuméra Sunstein. Au bout d'un certain temps, ils ont fait comme si je n'existais pas. Keith Richards m'a parlé, une fois, pour me demander une clope. Sauf que je ne fume pas. Du coup, il ne m'a plus adressé la parole.

– Vous voyez, c'est ce que je disais, déclara Paul. Vous vous fondez dans le décor. C'est un talent précieux.

– Je ne l'avais jamais vu sous cet angle-là, avait répondu John Sunstein et, avec un soulagement manifeste, il battit en retraite derrière son chevalet.

Ce fut sans doute l'échange le plus long qu'ils eurent avec lui au cours des mois que dura leur collaboration. Tout fonctionnait mieux s'ils s'interdisaient de le traiter comme une personne à part entière et l'artiste comprit très bien leur attitude. Il ne semblait leur porter aucune attention, ni à l'un, ni à l'autre. Un jour, alors que les Mellow quittaient l'immeuble, Roz remarqua une jeune femme qui rôdait dans la rue. Vêtue d'un poncho, les cheveux longs, elle pilotait une petite moto verte. Lorsque John sortit quelques instants plus tard, il s'assit derrière, passa son bras autour de sa taille et ils s'envolèrent. Il était jeune, mais plus tout à fait, et sa patience le faisait paraître infiniment plus âgé qu'eux.

La vie en couple vous donne un coup de vieux ; c'est un effet secondaire inévitable. On formait un couple afin d'être amoureux, de s'affranchir de la solitude, de se bâtir une vie au lieu de se soumettre à un chapelet de jours qui s'enchaînent, ponctués de repas, de séances au cinéma ou d'excursions au supermarché. Ce que l'on se garde bien de préciser, c'est que la vie de couple blanchit les cheveux en un claquement de doigts ; on feuillette son album de mariage des années plus tard, ému et stupéfié par le temps qui passe. C'était une émotion mêlée de stupeur que Roz éprouvait lorsqu'elle pensait au gouffre entre Roz Woodman et Roz Mellow : le plongeon d'une très jeune fille dans un étang profond dont elle avait émergé métamorphosée. Personne ne l'avait avertie, personne ne lui avait dit que sa fraîcheur céderait la place à la force compacte du mariage et de la maternité. La perfection n'existe pas en ce monde. Choisir la vie de couple, c'est souvent se condamner à souhaiter la solitude ; choisir le célibat, c'est souvent endurer le besoin dévorant d'avoir un autre corps près de soi – pour vous masser les pieds, pour s'asseoir en face de vous à la table de la cuisine, pour semer ses affaires à travers la chambre, comme autant de rappels exaspérants de sa présence.

Paul Mellow, jadis doux, sensuel, attentionné, fou d'elle (au sens propre), avait changé du tout au tout. Sa barbe noire grisonnait, aussi sèche qu'un buisson ; les muscles de son corps s'étaient avachis et son amour insatiable s'était glacé dans ses veines, comme par cryogénie, pour prendre l'aspect du pôle contraire : le mépris. Sa colère, il en faisait étalage en s'opposant à la réimpression de leur livre. Ce n'était pas qu'une question d'argent, pour Roz ; il y avait aussi l'opportunité de revenir à la vie, de se retrouver sous les projecteurs, d'occuper les pensées des autres, de donner des conférences – pas seulement devant des gamins de 19 ans engoncés dans des doudounes North Face, des petits bourgeois qui cuvaient leur gueule de bois, la bave aux lèvres. Roz avait failli oublier combien elle avait joui de cette attention, le plaisir immense qu'elle en avait tiré – plus qu'en faisant l'amour.

Elle s'était rendu compte qu'elle regrettait cet âge d'or, un jour d'automne où une jeune éditrice appelée Jennifer Wing lui avait téléphoné pour se présenter, et lui proposer le projet de réimpression.

– J'aimerais aussi vous dire que *Le Plaisir* a beaucoup compté pour mes parents, et même – vous n'allez pas le croire – mes grands-parents. Je viens d'une famille assez progressiste, pour des Sino-Américains.

Ils ont quitté leur province en Chine et ils ne l'ont jamais regretté. Je n'étais même pas née quand votre livre est sorti, mais maintenant je suis fan.

– Bon, très bien. J'en suis ravie, avait dit Roz, perplexe.

– On compte organiser une campagne d'envergure en incluant des chapitres inédits qui collent à l'actualité. Et des illustrations toutes neuves, avait ajouté Jennifer. On a déjà en vue un artiste formidable. Quelqu'un de jeune, comme la première fois. Cela va donner une saveur moderne au livre et initier un nouveau lectorat.

– On ne peut pas se servir des dessins d'origine ?

– Navrée.

Tout aurait pu se dérouler comme en rêve : la parution du livre, l'attention médiatique, la joie, le bien-être, le plaisir. Elle aurait pu être heureuse, mais Paul était entré dans une colère noire. Non, jamais de la vie, pas question. Il n'avait pas envie de revivre cette expérience. Leur couple était mort et enterré, c'était Roz qui avait enfoncé le dernier clou dans son cercueil et il ne voulait pas repartir à zéro. Elle savait que la meilleure solution aurait été, à ce stade, de jeter l'éponge, de reconnaître que cela n'avait plus la moindre importance, que c'était le cadet de ses soucis à côté de la santé de Dashiell. Car c'était de la santé de Dashiell dont elle se souciait en premier lieu, même si ces deux préoccupations avaient fusionné pour n'en faire qu'une. Était-elle une femme mauvaise, une mère indigne ? Elle voulait insuffler la vie à Dashiell et à elle-même, parce qu'elle avait le sentiment que c'était devenu une nécessité : si on lui retirait le livre, il ne lui resterait plus rien.

Roz gara la voiture dans l'allée. La nuit était tombée et il faisait noir comme dans un four. La porte de la maison n'était pas fermée à clef; verrouiller les portes, ce n'était pas dans les mœurs des habitants de la région. À peine eut-elle mis le pied à l'intérieur que ses narines furent chatouillées par un fumet irrésistible; elle avait bien fait de quitter le Centre de bien-être et de yoga de Mount Arcadia. Un tel parfum vous pousse à revenir plus vite, à rentrer chez soi plus déterminé, plus résolu que jamais, remontant la piste olfactive de la même manière que l'on est aimanté, lors de l'acte sexuel, vers la source de son émoi, avec ses impératifs inexplicables et filandreux.

Roz franchit le seuil de la cuisine d'un pas énergique. Jack était aux fourneaux, occupé à remuer, à scruter, à rectifier la dose d'épices, penché au-dessus de ses casseroles; elle remarqua combien était fin l'écheveau de ses cheveux. Alors que Paul avait vu sa chevelure s'épaissir, devenir plus abondante avec le temps, celle de Jack s'était clairsemée. La calvitie menaçait. Encore quelques années de répit.

– J'ai besoin de ta soupe, annonça-t-elle.

– Ça tombe bien, répondit son mari, et il lui donna un baiser.

– En intraveineuse, ça serait l'idéal. C'est tellement difficile.

– Je sais. Des nouvelles de Dashiell ?

– Non.

– De Paul, alors ? De Michael ?

– Non.

– Ça me rend triste. Tu aurais bien besoin de bonnes nouvelles.

Roz ôta son manteau et s'attabla. Ginger, leur vieux chien, était étendu de tout son long sous la table; épuisé, il gisait inerte et s'offrait comme repose-pied aux adultes qui finissaient la journée tout aussi éreintés que lui. Roz enfouit son pied dans son pelage blond et attendit que Jack lui apporte un bol et une cuillère. D'une certaine façon, elle avait de nombreux points communs avec Constance Coffey, son amie et collègue, qui retrouvait chaque soir une maison plongée dans l'obscurité et le froid, grâce à un thermostat réglé sur zéro. Le chauffage s'enclencherait avec un cliquetis afin de subvenir aux besoins d'un être humain en manque de chaleur.

Roz Mellow avait besoin d'un remède plus puissant que la soupe, que l'amour lui-même. Elle sentit les larmes monter et, subitement, elle laissa libre court à son chagrin, ce qui surprit le chien – il leva la truffe et l'observa, à l'abri de la table. Jack replaça le couvercle d'une casserole et s'approcha d'elle. Roz sut, lorsqu'il la prit dans ses bras, qu'elle égrènerait les huit formes de cris avant de retrouver son calme.

7

Le metteur en scène d'*Hystérique* était Arnie Nelson, un homme osseux à l'allure de loup qui, de son propre aveu, était obsédé par la thérapeutique de Freud depuis son entrée dans la vie adulte. L'opportunité de diriger une pièce inspirée de l'une de ses patientes, Dora, faisait ressortir une grande fébrilité névrotique qui se trahissait lorsqu'il était assis sur l'estrade vide, entouré de ses acteurs : l'une de ses jambes était parcourue de soubresauts et les doigts de sa main gauche pianotaient sur un clavier invisible placé sur le parquet noir et poussiéreux. Thea Herlihy devait incarner Dora, qui avait entamé en 1900 une psychanalyse sous la houlette de Freud, à Vienne, et somatisait comme elle respirait : ses symptômes lui étaient aussi nécessaires que l'oxygène. Cela faisait des semaines que Nelson la préparait à son rôle ; il lui avait donné des articles à lire, il lui avait appris à se tenir droite, comme gainée par un corset, et à simuler une de ces toux incessantes qui auraient pu lui valoir les regards courroucés des voyageurs dans un tramway viennois au tournant du siècle.

La nuit, seule dans ce lit que Michael avait déserté, Thea peaufinait sa toux, ainsi qu'un gémissement piteux qu'elle avait mis au point en parallèle. Cela faisait plus d'un mois que Michael avait posé ses valises en Floride et, pendant son absence, son frère cadet était tombé malade, ce qui avait encouragé Michael à forger un lien énigmatique avec son père. Délaissée, Thea s'était rendu compte qu'elle avait recouvré sa liberté, un état auquel elle s'était accoutumée dans une vie antérieure et dont elle avait la nostalgie, elle en prenait conscience avec le recul. Ils avaient dégringolé des sommets de leur amour dans une chute lente qui taisait son nom. Cette déchéance, elle n'aurait su en expliquer la cause. Après son départ, elle avait souvent pensé à lui puis, les jours passant, sa fidélité l'avait lassée. Il lui arrivait encore, par moments, de ressentir péniblement son absence, elle aurait pu profiter de sa compagnie et voir quelle réaction produisaient sur lui ses répliques et son interprétation. Esprit érudit, Michael avait étudié la doctrine freudienne à l'université. Thea, pour sa part, n'avait à son actif qu'une année à l'Académie d'arts dramatiques. Elle était peu instruite, elle en avait pleinement conscience. La plupart du temps, en compagnie de ses camarades de scène, elle assumait ces lacunes ; depuis quelques semaines, pourtant, elle en tirait un certain complexe.

Hystérique ne s'imposait pas par sa virtuosité narrative, mais Dora composait un personnage captivant. C'était une adolescente apeurée, bardée de tics et de névroses, dont la toux et les nausées incessantes avaient poussé son père à la confier aux mains de Freud. Ce dont le père était loin de se douter, c'est que sa fille, au cours de sa psychanalyse tronquée, aurait tout le loisir de raconter, avec une débauche de détails, la liaison que son paternel entretenait avec une charmante jeune femme passée à la postérité grâce à une simple initiale. Mme K., infirmière, servait de garde-malade au père syphilitique de Dora ; Dora lui vouait un véritable culte. Lorsqu'elle avait révélé que M. K., le mari de son idole, avait tenté de l'embrasser et de lui imposer des attouchements, presque comme s'il voyait en elle un prix de consolation, Freud eut l'idée de mettre ce triangle amoureux complexe en rapport avec les symptômes de Dora. Ébranlée par cette interprétation, Dora mit un terme à son analyse et rompit tout contact avec Freud. Quarante années s'écoulèrent ; la jeune fille malheureuse était devenue une vieille femme aigrie qui, au déclenchement de la Seconde Guerre mondiale, alla grossir les rangs des juifs persécutés, tout comme son ancien thérapeute, sa propre détresse étouffée par la détresse de ses congénères.

L'idée, conclut Thea Herlihy en écoutant Nelson en parler, c'était que l'histoire de sa Dora bien-aimée contenait tous les éléments d'une tragédie. Il y était question de la frustration d'une femme, et les acteurs, hochant sentencieusement la tête, traçaient de Dora un portrait qui entretenait l'illusion de leur supériorité, comme s'ils n'avaient rien à voir avec elle, comme s'ils tenaient en bride leurs désirs et leurs peurs les plus vivaces.

– Ce que je trouve intéressant, expliqua Nelson à son auditoire, c'est que les symptômes dont souffrait Dora sont un phénomène qu'on assimile au XIXe siècle. La neurasthénie, ça n'existe plus maintenant. Ça appartient au passé. Il paraît que chaque époque présente des maux qui la reflètent. À l'heure où je vous parle, au tout début du XXIe siècle... de quoi souffre-t-on le plus souvent ?

– De désespoir, risqua un acteur.

– De terreur, suggéra un autre.

– D'un amour-propre démesuré, dit une femme, et tous éclatèrent de rire.

– De fatigue chronique ? fit Anne Freling, l'actrice qui interprétait Mme K.

– Oui, Anne, en plein dans le mille, répondit Nelson. De fatigue chronique. Est-ce que ça existe ailleurs que dans notre tête ? Fatigue chronique, fibromyalgie : ces maladies assez vagues sont peut-être les syndromes d'un emploi du temps surchargé, d'une activité et d'une ambition trop dévorantes. Mener plusieurs tâches de front, ce n'est pas ce que les magazines féminins nous rabâchent à longueur de pages ?

Avant la fin des répétitions, Nelson enjoignit à ses acteurs de glaner un maximum de renseignements sur ce qu'avait vécu Dora et sur les personnes mêlées à son histoire.

– Dora a eu une vie de famille très mouvementée. Il y a tout un tas de documents sur le sujet, alors ne prenez pas ce travail à la légère, merci. Je veux que ces personnages aient l'air de débarquer d'un autre siècle tout en restant accessibles à un public contemporain. Il s'agit d'une pièce qui traite de sexe et du refoulé, deux thématiques intemporelles, ne l'oubliez pas.

Les acteurs se dispersèrent par petits groupes et Thea se retrouva à côté d'Anne Freling, autrement dit en position délicate. Tout le monde se tenait à distance d'Anne, et cette distance, ils l'avaient établie tout naturellement au début des répétitions. L'actrice était la seule à jouir d'une certaine célébrité : elle avait joué dix années durant dans une série télévisée décrivant les tribulations d'une bande d'amis âgés d'une vingtaine d'années qui héritaient d'un appartement situé sur Park Avenue. Lorsque le dernier épisode d'*Une bande de potes* avait été diffusé trois ans plus tôt, à grand tapage publicitaire, certains des six acteurs avaient tenté de poursuivre leur carrière sur petit écran. Bien mal leur en avait pris : ils avaient enchaîné les échecs. Leur image était liée à ce mirifique appartement recréé en studio qu'ils arpentaient chaque semaine et qui était devenu une prison dorée. Ils ne tardèrent pas à être éjectés, l'un après l'autre, de la bulle d'une gloire aussi éphémère qu'incestueuse.

Anne Freling trouva, pour sa part, un moyen de rester dans la course. Au lieu de vendre son visage pour vanter telle pizza ou tel chewing-gum enrichi au calcium, elle décida de se reconvertir et de tenter sa chance au théâtre. Elle décrocha des rôles dans des pièces modestes qui éveillèrent l'intérêt des critiques et gagna une réputation de sérieux. La glaciale Anne Freling était blonde, pâle et trop mince ; elle allait sur ses 40 ans ; son plus fidèle compagnon, c'était sa bouteille d'eau minérale. Les symboles du succès, soupiraient les autres acteurs, qui battaient perpétuellement la dèche.

Au moment de quitter le théâtre, Anne se tourna vers Thea et lui proposa :

– Café ?

Thea crut que l'actrice réclamait d'elle qu'elle aille lui chercher un café, avant de comprendre qu'elle lançait une invitation.

– Avec plaisir, répondit-elle au bout d'un moment, tâchant de dissimuler sa surprise.

Les deux femmes s'installèrent dans un *diner* appelé Chelsea Delight. Sur un coup de tête dû à la nervosité, Thea décida d'accompagner son café d'un riz au lait, ce qui amusa beaucoup sa collègue.

– C'est la première fois que je vois quelqu'un commander un riz au lait, expliqua-t-elle. La toute première. Et je ne suis plus toute jeune.

– Il me prend des lubies, parfois.

– Et c'est la première fois que j'entends le mot « lubie » dans la bouche de quelqu'un.

– Je suis une femme pleine de surprises, répliqua Thea.

Elle regretta sur-le-champ cette remarque, digne de figurer dans une mauvaise comédie de boulevard.

– Je me disais qu'on pourrait peut-être répéter ensemble, proposa Anne. La scène où Dora et Mme K. font connaissance, pendant le pique-nique ? Je trouve qu'elle manque de naturel.

Sur le moment, Thea dut se faire violence pour ne pas paraître surexcitée, mais, la semaine suivante, lorsqu'elle se présenta sur le seuil de l'appartement d'Anne, elle se remémora la première soirée qu'elle et Michael avaient passée ensemble. Ils s'étaient rendus dans un restaurant vietnamien du centre-ville où ils avaient bu de la bière et mangé dans des bols profonds des nouilles aromatisées à l'ail et ils s'étaient confiés l'un à l'autre avec toute la franchise dont ils étaient capables. Lui avait parlé de ses parents, ces parents extravagants et tellement portés sur la chose sexuelle, mais adorables l'un et l'autre, tant qu'ils n'étaient pas ensemble. Difficile de les imaginer en précurseurs sexuels – ils n'étaient plus des perdreaux de l'année –, encore plus difficile d'admettre que Michael était le fruit de ce mariage-là : quoique séduisant, robuste et excellent amant – du moins au début –, il manquait de spontanéité et d'audace. Thea lui avait confié ses propres souvenirs, beaucoup plus triviaux, sur la vie qu'elle avait menée à Marblehead, dans le Massachusetts, et sur son père vétérinaire. Ils avaient fini la soirée chez Michael, qui habitait un immeuble chic sur Amsterdam Avenue ; Thea s'était rendu compte que son niveau de vie n'avait rien de commun avec ce qu'elle avait connu jusqu'à présent. Les logements miteux qu'elle avait occupés, ces colocations au cœur de l'enclave dominicaine de Washington Heights et des entrailles charbonneuses de Brooklyn, à Fort Greene ou à Red Hook, c'était aux antipodes de cette garçonnière immaculée, dotée d'une immense baie vitrée avec vue imprenable sur la ville et le fleuve, d'une cuisine aux surfaces en onyx et d'une salle de bains rutilante.

Il était bel homme, intelligent, tourmenté, solitaire, et elle sut, dès ce premier soir, qu'il exigerait de l'enchâsser dans sa vie car les femmes de sa trempe, ça ne courait pas les rues – ni les couloirs de DDN. C'est d'ailleurs ce qu'elle souhaitait elle aussi, elle le savait. Après le sexe inaugural, qui n'avait pas manqué de piquant – sans s'élever aux sommets du *Plaisir* –, elle avait passé la nuit la plus reposante de sa vie. Peut-être grâce aux draps en coton, qui devaient approcher le million de fils au centimètre carré, peut-être grâce à la présence de Michael Mellow à ses côtés, comme un talisman géant. Tout cela s'était passé des siècles avant la dépression, avant l'Endeva, avant les problèmes sexuels.

Anne Freling occupait elle aussi un appartement exceptionnel, dans un tout autre genre, non loin de Gramercy Park, dans un immeuble ancien gardé par un concierge, avec moulures tarabiscotées et cheminée en marbre rose sillonné de veines délicates. En peu de temps, Thea en apprit beaucoup sur son compte – elle était attirée par l'argent, par les signes extérieurs de richesse –, même si ce n'était pas une découverte dont elle pouvait tirer une fierté. Elle traversa le vestibule et gagna la mezzanine (ce seul mot, « mezzanine », suintait l'opulence), avançant telle une somnambule vers une issue inéluctable. Anne avait bâti sa fortune grâce à *Une bande de potes*, et des cadres à photo éparpillés à travers le salon rendaient hommage à ses anciens complices, tous retombés dans l'anonymat.

Les deux femmes s'installèrent sur le sofa blanc à l'assise profonde et travaillèrent la scène du pique-nique. Anne avait vu juste : cette réunion à deux, en dehors du théâtre nu et glacial, loin des autres acteurs et des techniciens qui s'affairaient, conférait à la scène une intimité qui lui faisait jusque-là défaut. Chaque réplique restait comme suspendue en l'air, à l'intérieur d'une bulle, et rien – aucun raté, aucune platitude, aucun accent faussé – n'échappait à leur vigilance.

Dora et Mme K. avaient été d'excellentes amies ; Freud s'était penché sur la problématique de la bisexualité après avoir compté la jeune fille parmi ses patients. Thea s'était renseignée sur la condition féminine à Vienne au virage du siècle : engoncées dans des armures de mousseline et de coton amidonné, leurs aïeules étaient contraintes de se tenir raides comme la justice, de se natter les cheveux ou de les plaquer sur le crâne en les enduisant d'huile de poisson. Il y avait des bottines lacées jusqu'au genou, des corsets qui se desserraient au moyen d'un crochet spécial. En ce temps-là, les femmes étaient toutes dans le même bateau, quels que soient leur classe sociale et leur parcours ; de nos jours, les disparités sont si profondes que l'on ne sait jamais à qui l'on a affaire.

Il y avait un univers entre Thea Herlihy et Anne Freling. L'ancienne gloire du petit écran semblait déborder d'assurance, malgré un agacement qui perçait toujours sous la surface. Elle souffrait du cou, consultait assidûment un chiropracteur, était divorcée, riche et oisive. Thea, plus jeune, plus enjouée, n'avait jamais connu le succès, était fauchée comme les blés et, avec le départ de Michael pour la Floride, se retrouvait seule pour la première fois en deux ans.

Délivrée de Michael, Thea pouvait presque s'imaginer que sa vie n'était pas très différente de celle d'Anne. Elle était disponible pour répéter en journée, et peut-être même le soir, et elle n'avait plus à se justifier, à motiver ses allées et venues. Au tout début, Thea avait déploré cette absence qui s'éternisait puis, au fil du temps, elle avait commencé à comprendre que son mécontentement était factice, produit d'un réflexe atavique hérité des générations de femmes qui, depuis la nuit des temps, taxent l'homme d'égoïsme. Elle revoyait vaguement sa mère postée sur le perron de la maison de Marblehead, attendant le retour d'un mari en retard d'une bonne heure, drapée dans sa vertueuse patience. Même si le vétérinaire ne manquait jamais de bonnes excuses pour se disculper – une jument avait mis bas, un caniche avait été écrasé par une voiture –, sa mère se consumait presque de l'intérieur. Blessée, sûre d'être dans son bon droit, elle brandissait une cocotte en Pyrex remplie de haricots froids, comme pour dire : « Tu vois ? Tu vois ? »

Michael n'avait pas d'exigences particulières à son égard, mais Thea n'était pas stupide : elle savait qu'elle puisait du soulagement dans son absence. Le sexe était devenu une question épineuse parce qu'un mur s'était élevé entre eux, parce qu'un problème réclamait une solution. Chaque fois qu'ils faisaient l'amour le problème se présentait, pesant, démesuré. À 28 ans, Thea était trop jeune pour prendre à bras-le-corps les blocages sexuels d'un autre. Elle avait tenté, maintes et maintes fois, d'amener Michael à l'orgasme, en proie à une angoisse sourde, à l'espoir d'arriver au plus vite au dénouement naturel des choses. Consciente que son homme n'atteignait le plaisir qu'au prix d'immenses difficultés, Thea se faisait l'impression de le forcer à jouir, tirant sur son sexe comme si elle débouchait un lavabo.

La détresse de Michael la décourageait, par contrecoup, car elle ne voulait pas le voir malheureux. Si elle avait eu son mot à dire, ils auraient privilégié l'abstinence tant que la question n'était pas réglée. À quoi bon s'obstiner si faire l'amour posait problème ? L'intérêt, n'était-ce pas, justement, la liberté, l'abandon, le lâcher-prise ? Le fait que deux corps puissent se rapprocher sans se préoccuper des anfractuosités névrotiques de la psyché ? Non, de toute évidence. Les problèmes contaminaient aussi la sphère sexuelle, et celui qui aime son partenaire, autant que Thea aimait Michael, se doit de l'aider à s'en sortir, quel que soit le prix à payer. Sans relâcher l'effort une seule seconde, il doit donner de sa personne jusqu'à ce que le membre bandé se débloque, jusqu'à ce que l'homme auquel ce phallus est rattaché soit capable de se dissoudre dans le plaisir ; alors les deux amants peuvent enfin pousser un soupir de soulagement et s'autoriser une bonne nuit de sommeil.

Michael était plus généreux qu'elle : à sa place, jamais il n'aurait perdu patience. Elle aurait voulu qu'il rentre de Floride la peau dorée par le soleil, embaumant l'huile de noix de coco. Elle les voyait tomber dans les bras l'un de l'autre, bousculés par le désir, il éjaculerait au bout de deux secondes et ils pourraient manger un cookie aux pépites de chocolat et papoter jusqu'au petit matin avant de tomber de sommeil. Ses problèmes sexuels se seraient résolus comme par magie pendant son voyage, comme si un séjour chez papa était en mesure de réparer les bobos intimes, sans parler des soucis d'ordre plus général.

En réalité, Thea n'aimait plus Michael autant qu'au début.

Elle lui avait écrit une lettre dans le but d'aborder cette question en termes apaisés. Elle y faisait allusion au « problème », ainsi qu'à son propre « mécanisme de distanciation ». Sa missive ressemblait au mode d'emploi d'un appareil ménager : austère, sans envolée lyrique. Elle lui adressait un message à mots couverts : « Si tu crois que ça se passe bien entre nous, tu te trompes lourdement. »

Il avait répondu à sa lettre par un coup de fil, à peine troublé.

– Je vois ce que tu veux dire. On va trouver une solution.

Comme si l'appareil était cassé, comme s'il nécessitait une pièce de rechange, même si l'urgence était ailleurs.

Quelque chose s'était cassé entre eux, s'était effiloché au fil du temps, avait commencé à battre de l'aile avant même le départ de Michael. Peut-être fallait-il chercher l'origine de sa dépression dans sa dépendance à l'Endeva. Rien n'interdisait non plus de penser qu'il avait sombré dans l'apathie et se gavait d'antidépresseurs précisément parce qu'il avait noté une variation infime dans son amour. Il l'avait pressentie, cette variation, mais n'avait pas trouvé le courage de mettre le sujet sur le tapis.

– Revoyons la scène, proposait Anne Freling.

Et Thea se transporta de bonne grâce en Autriche à la fin du XIXe siècle, dans la doctrine freudienne et, par-dessus tout, dans l'attention exclusive que lui portait Anne Freling.

– Dora était obsédée par Mme K., poursuivit-elle. Elle lui vouait un véritable culte, et son père aussi. Et Mme K., visiblement, prenait son pied à se voir ainsi mise sur un piédestal par deux personnes. Rien d'étonnant. C'est comme passer à la télé, quand on y réfléchit. Les gens vous adorent alors qu'ils ne vous connaissent ni d'Ève ni d'Adam. Ils se font une certaine idée de toi, tu comprends ? Et une fois qu'ils t'ont rangée dans une case, ils te laissent moisir dedans.

Tout en se confiant à Thea, Anne affichait un sourire pincé, comme pour souligner le courage dont elle avait dû faire preuve jadis face au tourbillon de la célébrité, puis en renonçant, contrainte et forcée, aux feux de la rampe.

La répétition achevée, Anne proposa à Thea de rester déjeuner et, à cet effet, sortit d'un tiroir un éventail de menus. Elles jetèrent toutes deux leur dévolu sur des salades niçoises qu'Anne paya de sa poche en tendant un billet au livreur qui, une fois l'argent reçu, battit hâtivement en retraite dans le couloir, affolé. Anne inspirait de la terreur à tous ceux qui la côtoyaient ; Thea profitait un peu des retombées, et ce n'était pas déplaisant.

Elles prirent place à une grande table en chêne et mangèrent à même les coupelles en aluminium, recrachant les noyaux des olives. Anne proposa des bouteilles d'eau qu'elle vida en quelques goulées, comme si elle errait dans le désert depuis des mois. De retour sur le canapé pour la suite de leur séance de travail, Thea se sentit enhardie par le repas, presque sur un nuage. Elle se surprit à échanger des plaisanteries avec Anne et se permit de moquer cette « pauvre Dora un peu bébête », qu'elle compara à Mme K., « la femme fatale ».

– Attention, ne t'emballe pas. Dora était une manipulatrice, figure-toi. C'était là tout l'avantage de ce type de maladie. Elle donne au malade les outils dont il a besoin pour obtenir ce qu'il veut.

– Moi, je ne saurais pas manipuler les gens, affirma Thea, pince-sans-rire, et Anne lâcha un rire qui ressemblait à un aboiement.

– À d'autres ! Ce n'est pas ce que j'ai entendu.

– Comment ça ? Qu'est-ce qu'on t'a raconté à mon sujet ?

– J'ai lu un article sur toi dans un magazine. *L'Hebdo de l'avant-garde foireuse*. Tu étais en couverture.

Thea poussa un petit cri de triomphe, tout à sa joie de découvrir que sa collègue avait de l'humour en réserve.

– Oui, je me souviens. C'était une photo de moi dans *La Cantatrice chauve*.

– Tu es beaucoup mieux avec des cheveux.

Alors, sans laisser à Thea le temps de reprendre ses esprits, de comprendre ce qui se passait, elle tendit la main, la posa sur la tête de Thea et laissa ses doigts courir dans ses cheveux, comme si elle voulait en vérifier la texture, ou l'épaisseur.

Lorsque Anne se pencha et l'embrassa, Thea considéra la scène sous un autre angle, un angle objectif, comme si elles s'étaient glissées dans la peau de leurs personnages sous les yeux d'une assistance qui commenterait leur interprétation plus tard.

– J'ai trouvé les deux femmes hyper sexy, dirait l'un.

– J'avais bien envie qu'elles s'activent un peu, ajouterait l'autre. Qu'elles passent aux choses sérieuses. Qu'elles balancent leurs fringues sur le canapé.

Oui, les « fringues » seraient « balancées sur le canapé », disposées en deux petites piles identiques, mais aucun public ne profiterait du spectacle. Anne se positionna au-dessus d'elle à quatre pattes, à la façon d'un chat, et Thea se retrouva captive, les yeux levés vers son assaillante. Les cheveux d'Anne lui caressaient le visage et elle détecta sur son corps les différentes composantes de la propreté féminine : le savon, la crème, le parfum déposé au creux des poignets et du cou dont les molécules étaient libérées à pleine puissance en cas de stress ou de montée du désir.

Dommage qu'il n'y ait pas de public, se dit Thea, *parce que, sur le plan esthétique, c'est carrément sublime*. C'était donc cela, deux belles femmes en train de faire l'amour : au début, il y avait de quoi tourner de l'œil face à tant de délicatesse, face à ces poignets déliés, ces corps entretenus par le yoga, ces éclats subtils – fine chaîne en or, boucle d'oreille, pédicure aux reflets de nacre. Deux femmes qui faisaient l'amour, cela s'apparentait à ses yeux à un club très fermé qu'on ne pouvait intégrer qu'à trois conditions : avoir un physique conforme, s'admirer soi-même tout en admirant sa partenaire et n'admettre aucun intrus à cette fête des sens.

Thea ne put s'empêcher de songer : *Excuse-moi, Michael, ce spectacle ne t'est pas destiné*.

Ou plutôt : *Excuse-moi, Michael, je ne te suis pas destinée*.

Le regret et l'acceptation de sa propre infidélité n'arrivaient qu'en seconde position, éclipsés, fatalement, par le poids de la féline Anne Freling et par la perspective de la couvrir de caresses. Prise au piège, Thea arriva à se convaincre, Dieu seul sait comment, que Michael comprendrait. Elle le forcerait à comprendre, en réalité, car elle serait incapable de se retenir, elle aurait envie de coucher avec Anne chaque fois que l'occasion se présenterait. Faire l'amour à une autre femme, c'était une drogue, un parfum dont on s'enivre avant de pénétrer la surface et d'atteindre le cœur en fusion de son désir – incorrigible, vibrant. Stupéfiant.

Ce qui frappait dès le départ, c'était l'absence de sexe masculin – cette verge en érection, cette queue qui surgissait toujours à un moment donné, qui imposait sa présence. Cette queue détraquée, dans le cas du pauvre Michael, et il fallait s'interrompre, l'encourager, faire preuve de patience, de gentillesse. Mais la gentillesse était inutile désormais ; inutile, ce léger décalage vers le maternel grâce auquel une belle jeune femme réconfortait l'homme viril, musclé et frustré. Tout se passait comme si Anne lui refusait la possibilité de suspendre son geste et de se laisser aller aux regrets, ou de modifier la vibration qu'elles avaient émise ensemble. Nues, la peau veloutée, leurs carnations assorties rappelant un papier luxueux, Anne glissa sa main entre les jambes de Thea, et Thea, folle de désir, souple, s'ouvrit pour Anne et Anne seule ; de sa gorge sortirent des soupirs qui sonnaient comme des exhortations, et elle trouva stupéfiant de pouvoir finir sa vie ici – même si tout indiquait qu'il était encore trop tôt. Un doigt la pénétra ; une femme avait des doigts, après tout, et ceux-là venaient d'entrer en action. Une fraction de seconde, elle repensa au livre hallucinant des parents de Michael, qu'ils avaient feuilleté ensemble au tout début de leur relation. Elle avait été frappée par un dessin particulier, qui montrait la main de l'homme en gros plan sur la femme ; peut-être était-ce là l'illustration la plus choquante car ce doigt, arraché au royaume du fonctionnel – les mains que l'on lave, les légumes que l'on épluche, le stylo que l'on manie, le piano que l'on martèle, etc. –, avait été projeté dans celui du contact, de l'exploration, du plaisir.

Thea sentit sa mâchoire se serrer, ses orteils se recroqueviller, et ces mouvements familiers lui vinrent spontanément, inscrits dans son logiciel interne. Anne eut une réaction similaire un peu plus tard et Thea eut ainsi l'opportunité saisissante de s'étudier pendant l'orgasme, de voir ce que voyait Michael, ce qu'avaient vu les hommes qui l'avaient précédé. Tandis qu'elle ne perdait pas une miette du spectacle, son embarras augmenta face au corps féminin, cette banshee qui poussait des cris gutturaux, sa fente humide, sa mâchoire verrouillée et ses orteils racornis. C'était le spectacle qu'elle offrait, elle aussi. Phénoménal.

Mais l'orgasme provoqué par Anne Freling ressemblait en tout point aux orgasmes que lui avait procurés Michael, ou les séduisants acteurs que Thea avait attirés dans son lit ; il existait donc une grande similitude entre les orgasmes, qu'ils soient déclenchés par un homme ou par une femme. Ce qui variait, c'était le volume sonore, les décibels puis le retour au réel. L'orgasme était une expérience fondamentale, universelle, et le sien ne se distinguait en rien de ceux que d'autres vivaient en cet instant précis. Une similitude avec la mort, en quelque sorte, car l'issue était elle aussi la même pour tous. Faire l'amour à une femme, cela ouvre une fenêtre sur un frisson partagé, sur une admiration et une ardeur qui ne nécessitent aucun compromis – à l'image de la vie. Vous pouvez être *identiques* sans avoir à vous *compléter*. Pas d'opposition *velu-glabre*, pas de contraste flagrant à admirer sous toutes les coutures. Nul besoin de prendre soin de l'autre, nul besoin de s'employer à résoudre ses problèmes, quand bien même la solution est à portée de main.

Elle se doutait qu'Anne Freling n'avait pas les mêmes préoccupations que Michael. Anne avait le front lisse ; la plupart de ses besoins étaient satisfaits ailleurs, dans le cabinet de son chiropracteur, durant son cours de yoga, au petit atelier dirigé par Senya Orloff, une légende du théâtre qui continuait à enseigner au mépris de ses 90 ans et ne se séparait jamais de son turban.

Thea se demanda si Anne voudrait un jour aller plus loin ou si leur relation se limiterait au savoir-faire, aux plaisirs de la chair et à l'admiration mutuelle. Au-delà, cela laissait la porte ouverte à une intimité débilitante, au style de relation que l'on entretient avec ses amies et qui échappe à l'intelligence masculine. Les hommes agissent quand les femmes parlent, parlent sans trêve, jusqu'à perdre haleine. La perspective de parler tout le temps avec Anne Freling – entre plaintes amères, petits secrets et, pourquoi pas, larmes de crocodile – lui évoqua un mauvais mélo. C'est alors qu'elle se rendit compte que, aujourd'hui, elles n'avaient pas beaucoup parlé.

– Il faut que j'y aille, finit-elle par dire.

Aucune des deux n'avait envie de s'attarder sur le canapé blanc. Une transition s'imposait avant qu'elle n'arrive à se mettre debout, à s'habiller, à accepter l'acte sexuel et à identifier sa source alors qu'il était encore abstrait, flottant.

– Fort bien, répondit Anne Freling avec un petit sourire, puis elle demanda à Thea si elle avait besoin de quelque chose.

– Comme quoi ?

– À toi de me le dire. Une serviette. Un verre d'eau. N'importe quoi.

– Non. Ça va.

Elles s'habillèrent en se tournant le dos et se firent la bise, comme en Europe, pas comme des amantes de hasard. Sans ajouter un mot, Thea quitta l'appartement, déboula sur Irving Place et longea Gramercy Park, avec ses grilles galbées et ses amas de feuilles minuscules pointant leur tête sous la couche de givre. Des armées de nounous surveillaient des bambins, engoncés dans des combinaisons de ski, qui ignoraient tout de l'amour, du sexe, du choix amoureux, de tout ce que le destin leur réservait.

De retour à l'appartement, elle trouva un message de Michael sur le répondeur :

– Salut, Thea. Je ne suis pas mort, je te le jure. Avec papa, et avec tout ce qui se passe chez Dash, je crois qu'il vaudrait mieux que je reste encore...

Thea éteignit l'appareil, déjà à bout de patience, et lui coupa la parole. Elle avait compris, elle savait où il voulait en venir. Ce n'était pas la première fois qu'il lui resservait ces arguments. Il était en Floride, il avait l'intention d'y rester, il n'allait pas rentrer de sitôt. Elle décrocha le combiné et composa le numéro d'Anne, qu'elle avait appris par cœur en consultant la feuille qui listait les coordonnées de tous les acteurs d'*Hystérique*.

– C'est moi, dit Thea.

Elle occupait en cet instant précis la place centrale dans la conscience d'Anne Freling. À la fois charnière et pivot, une position qu'elle savourait sans complexe – comme elle savourait leur nouvelle familiarité – malgré un public restreint.

– Je voulais juste te dire, embraya-t-elle, de ne pas stresser par rapport à ce qui s'est passé entre nous. Parce que moi, ça ne me pose aucun problème.

– Vraiment ?

– Non.

– Ravie de l'apprendre.

– J'ai très envie de te revoir. Je peux passer ce soir ? Ça te dérange ?

– Tu es la bienvenue. Tu as oublié ce que Nelson a dit ? Il faut qu'on récupère des infos sur la maladie de

Dora, sur son père, sur Mme K., sur la vie en Autriche au tournant du siècle... Alors, on a tout intérêt à se mettre au boulot.

Et les deux femmes éclatèrent de rire à l'unisson.

8

Claudia Mellow retourna à plusieurs reprises à Wontauket en l'espace de quelques semaines pour y filmer ses anciens instituteurs. La quatrième fois, David Gupta se proposa de l'accompagner. Ils avaient communiqué par intermittences, via e-mail, depuis leur rencontre et elle avait commencé à croire, sans s'en convaincre totalement, que David Gupta la draguait. Si tel était le cas, il avait sans nul doute oublié de quoi elle avait l'air en chair et en os ; son imagination avait dû censurer sa silhouette de pot à tabac, mamelue, courtaude et imparfaite. Peu lui importait que David ne soit ni un parangon de calme, ni un canon de beauté. Elle, elle ne l'avait pas oublié ; elle gardait à l'esprit son visage à la peau sombre, empreint de curiosité, à quelques centimètres du sien lorsqu'il s'était mis à genoux devant elle sur le tapis de son ancienne chambre.

Il lui avait envoyé un e-mail le lendemain de leur rencontre afin de lui demander si elle s'était remise de ce qu'il avait nommé un « vertige après une remontée de souvenirs digne d'un rituel satanique », et elle l'avait aussitôt rassuré – oui, elle était parfaitement rétablie. Une fois sa réponse envoyée, elle s'était dit qu'il ne donnerait plus signe de vie. Pourtant, trois jours plus tard, un nouveau message l'attendait dans sa boîte virtuelle. « Autre chose, avait-il écrit, avez-vous remarqué que le plancher de la chambre est un peu incliné ? Comme si Van Gogh avait peint *Chambre à Wontauket.* » Les e-mails se succédèrent ; elle trouva le temps de lui écrire malgré ses cours magistraux et les heures fastidieuses passées dans la salle de montage ; la voilà qui retournait à Wontauket tourner ses dernières interviews et, cette fois-ci, il allait se joindre à elle.

Il ne lui serait jamais venu à l'idée de faire appel aux services de David, mais lorsqu'il s'était porté volontaire pour transporter son matériel, elle avait accepté. Aujourd'hui, l'entretien ne se déroulerait pas dans les locaux de l'école ; Claudia avait rendez-vous chez son ancien instituteur, M. Ed Stanton, un modèle d'élégance qui, en 1977, s'affichait au volant d'une Corvette en fibre de verre bleu argenté et portait des chemisettes en synthétique coloré qui épousaient les plaines et les vallées de son torse. À l'époque il arborait une splendide moustache en guidon de vélo et ses élèves s'étaient cotisés pour lui acheter, à la fin de l'année, un kit d'entretien barbe-moustache dans un étui en cuir rouge. Le jour de la remise du cadeau, M. Stanton n'avait pas caché son émotion, juché au bord de son bureau, tournant et retournant l'étui.

– Je ne vous oublierai jamais, les enfants, avait-il bafouillé, et quelques-unes des fillettes s'étaient mises à sangloter.

Claudia se souvenait qu'elle avait joint sa voix au chœur des pleureuses et elle comprit alors que le temps galopait à un rythme effréné, même pour quelqu'un d'aussi cool et d'aussi formidable que M. Stanton. Coqueluche de l'école, il avait vécu là son quart d'heure de gloire ; très vite, plus vite en tout cas que l'avaient prévu les plus pessimistes, les chemisettes ajustées seraient remisées au placard, le bolide s'avérerait ridicule, voire dangereux, et le kit d'entretien deviendrait inutile car il amputerait brutalement sa moustache, mettant au jour un philtrum nu et vulnérable.

M. Stanton habitait le quartier le moins cossu de la ville, là où les maisons, plantées au milieu d'un jardinet, s'alignaient, monotones et provocantes. La décharge se situait non loin de là. Cette fosse remplie, prétendait la rumeur, de déchets toxiques devant laquelle les mamans soucieuses organisaient souvent des marches de protestation. Horrifiée, elle repensa à la maladie de Dashiell et se demanda si elle avait pu être causée par une exposition prolongée aux détritus. Des décennies plus tôt, son frère – petit, compact – avait trottiné à la lisière de la décharge, explorant les ordures que d'autres avaient jetées.

La veille, Dashiell lui avait annoncé que son cancer résistait, contre toute attente, à la chimiothérapie. Il allait devoir subir sous peu, d'ici quelques jours tout au plus, une greffe de cellules souches : sa propre moelle lui serait restituée exempte de toutes les cellules malades. La nouvelle fut annoncée d'une haleine, plus glaçante au téléphone que par e-mail. Claudia, sous le choc, débordée par l'émotion et les palpitations, avait dû s'allonger avant de poursuivre.

– Oh, Dash. Laisse-moi t'aider, juste cette fois, d'accord? S'il te plaît. Ne sois pas comme ça. C'est vrai, ce n'est que moi.

Non, il était têtu comme une mule; ni Claudia ni aucun autre membre de la famille n'était autorisé à venir à Rhode Island, c'était hors de question. Pour l'heure, on le préparait en prévision de la greffe, on lui faisait subir des batteries de tests et on le forçait à prendre son mal en patience dans d'innombrables salles d'attente, toutes plus impersonnelles les unes que les autres. Tom ne le quittait pas d'une semelle, rappela-t-il à sa sœur ; il n'était jamais seul, pour ainsi dire.

Claudia n'irait donc pas à Rhode Island, hélas ; elle se rongerait les sangs à distance, tout en cherchant un moyen de concentrer ses efforts sur cette bouillie inintelligible qu'était son film de fin d'études. Malgré des semaines de travail acharné, le documentaire n'avait toujours ni queue ni tête ; il se limitait à présenter, dans une enfilade d'images fixes, des représentants du système éducatif qui monologuaient face à une caméra. Claudia, qui ne savait quelles questions leur poser, leur laissait une entière liberté. Lors d'un tête-à-tête, l'alarme incendie s'était déclenchée de manière intempestive et l'institutrice interviewée, la cacochyme Mme Rook, avait tourné son regard hors du champ de la caméra et murmuré à plusieurs reprises : « Franchement, il faudrait que quelqu'un répare ça. » Mais personne n'avait réparé quoi que ce soit et l'alarme avait sereinement poursuivi son entreprise de sabotage jusqu'au moment où les nerfs de Claudia avaient lâché.

Pour l'instant, dans le voisinage vaporeux de la décharge de Wontauket, se dressait le petit pavillon bleu de M. Stanton. L'ancien instituteur sortit sur le porche pour accueillir Claudia et David lorsqu'ils débarquèrent dans leur voiture de location et les salua d'un petit geste de la main.

– Qu'est-ce qu'il a changé, chuchota Claudia en laissant tourner le moteur, comme si elle s'apprêtait à prendre la poudre d'escampette.

– En mal, j'imagine, répliqua David, et Claudia répondit par l'affirmative : oui, très clairement, en mal.

Au téléphone, M. Stanton lui avait indiqué qu'il avait été foudroyé par une crise cardiaque quelques années plus tôt. Même s'il avait bien récupéré, son visage semblait coupé en deux, comme les masques antiques de la tragédie et de la comédie. Claudia se dit alors que si elle devait exposer au monde son vrai visage, c'est ce masque fragmenté qu'elle présenterait. La face joyeuse correspondrait aux moments où elle était seule, heureuse, libre de toute pression. En règle générale Claudia montrait au monde sa face chagrine, âme errante s'aventurant dans des lieux dont elle ne connaissait pas la langue, forcée de se faufiler à travers la douille étroite et mouvante de la vie adulte, trop rapide, trop véhémente, trop éprouvante. Dès qu'elle vivait un instant d'intimité authentique – quand une amie se confiait à elle, comme cela arrivait souvent, parlait d'un avortement ou d'une histoire d'amour qui avait mal tourné –, Claudia se réservait un moment de silence et de repos.

Elle avait la même attitude lorsqu'elle passait la nuit avec un type qu'elle venait de rencontrer. Une fois l'homme parti, une fois seule, elle succombait au soulagement. Elle retournait parfois se coucher, regardait sous sa couette une comédie avec le duo Tracy-Hepburn et se laissait bercer, presque hypnotisée, par les dialogues menés tambour battant. À 34 ans, Claudia se sentait obligée de lier conversation à tout propos avec autrui, afin de désamorcer d'éventuelles questions : Pourquoi cette femme est-elle toujours seule ? Pourquoi reste-t-elle célibataire ? Pourquoi est-elle tellement conne, tellement grosse, tellement bête ?

En liant connaissance avec David Gupta grâce à la coïncidence étrange de la maison en commun, elle n'avait pas encore rencontré son âme sœur, sa meilleure moitié. David n'avait pas vraiment habité cette maison : ses parents l'avaient achetée alors qu'il avait depuis longtemps quitté le nid. Son enfance, il l'avait passée dans une banlieue de Buffalo, où il s'était composé un méli-mélo d'associations et de souvenirs qui n'avaient rien à voir avec les siens. David affichait une solidité qu'elle ne comprenait qu'à moitié, mais qui la séduisait entièrement : il savait anticiper ses besoins, comme s'il disposait d'une véritable boîte à outils ; il savait quand se taire, quand rire, quand lui proposer son aide – comme maintenant, alors qu'ils prenaient racine devant la maison de M. Stanton. Il ne la connaissait pas et pourtant il était là, avec elle.

Ils avaient échangé un bonjour guindé mais courtois lorsqu'elle était venue le chercher chez lui, un peu plus tôt dans la journée, au volant d'une voiture de location pleine à craquer de caméras et de câbles. Pour ce qu'il en savait, elle était une brillante réalisatrice, une « cinéaste ». En l'accompagnant aujourd'hui, il pouvait se convaincre qu'il aidait François Truffaut à transporter son équipement aux quatre coins de la France dans les années 1960, et il pourrait s'en vanter le restant de ses jours. « Tu te souviens de *Jules et Jim ?* C'est moi qui portais la caméra. » Chose étonnante, David Gupta semblait ne nourrir aucun espoir à son sujet ; il avait fait tout le chemin depuis Philadelphie pour passer le week-end à Wontauket, il était installé à côté d'elle sur le siège passager, joyeux, ravi d'être impliqué, même de façon fugace, dans un projet qui ne le concernait en rien, qu'il ne verrait peut-être jamais achevé.

Les hommes tels que David semblaient servir de réserves ambulantes de gentillesse – c'était en tout cas sous cet aspect qu'ils avaient décidé de se comporter dans la foule. D'ordinaire, songea Claudia, ces hommes n'étaient pas des apollons et, pour compenser, ils se montraient enjoués, inoffensifs. Avec son sweat-shirt, son jean repassé, sa doudoune et ses Adidas, David ressemblait à l'Américain de base ; ce qui le faisait sortir du lot, c'était son physique de Pakistanais. Sa peau sombre avait l'air à la fois soyeuse et abîmée.

Assis dans la voiture, ils observaient à travers le pare-brise l'ancien instituteur de Claudia, cet homme aux traits affaissés qui avait joué les playboys avec sa Corvette, ses cassettes des Who et l'amour qu'il déversait sur des garçons et des filles qui le vénéraient comme autant de disciples – et cette fragilité, encore inconnue, tapie dans son cerveau, qui déciderait un jour, sans crier gare, de barrer la circulation sanguine et de le condamner à vivre avec un bras inerte et un visage incapable d'exprimer les émotions qui le transperçaient à la vue de son ancienne élève, sa petite protégée.

David se tourna vers Claudia :

– Alors, prête ?

Oui, elle était prête, et ils entreprirent de décharger le coffre.

La maison était ordonnée et exiguë, comme les quartiers d'un navire. Trop propre, presque, de toute évidence entretenue par une femme de ménage. D'épouse, point : M. Stanton était divorcé depuis des années et Claudia déduisit, à l'absence de photographies accrochées aux murs, qu'il n'avait pas d'enfants. Elle prit place sur le canapé, accepta les cookies disposés sur une assiette, avala une bouchée et balaya la pièce du regard, en quête d'une prise à laquelle raccorder son matériel.

– Étrange, fit remarquer M. Stanton. Cette maison manque singulièrement de... prises électriques. Ça ne m'avait jamais sauté aux yeux.

Ils se mirent à explorer, tous les trois, le salon, déplaçant qui une chaise, qui un fauteuil, qui un guéridon, sans négliger le moindre recoin.

– Il y en a une ici, marmonna l'instituteur, mais elle est remplie jusqu'à la gueule. Il n'y a plus rien de libre.

Finalement, ils trouvèrent une solution : une rallonge serait branchée dans la petite salle de bains attenante pour aboutir au salon. M. Stanton voulut s'en charger, et Claudia et David, toujours assis sur le sofa, regardèrent le câble se dérouler comme un serpent qui s'extirpe du sommeil et se tend brutalement en travers du tapis. La seconde suivante, ils entendirent un grand fracas suivi d'un « Bordel de merde ! » Ils se mirent debout d'un bond et se précipitèrent vers la salle de bains, où ils trouvèrent M. Stanton étalé de tout son long par terre.

– Excusez-moi. J'ai perdu l'équilibre. Ça m'arrive souvent.

Elle regarda David prendre M. Stanton par les mains et l'aider à se relever ; l'instituteur chancela un peu avant de se mettre debout.

– Ça va aller ? demanda David Gupta.

– Oui, merci.

– OK. Très bien. Vous avez fait une sacrée culbute. David l'escorta hors de la salle de bains et les deux hommes regagnèrent le salon.

– Vous avez quelqu'un pour vous aider ? s'enquit-il. Au quotidien, je veux dire.

– Non. Juste la femme de ménage.

– Vous savez, mes parents vivent dans le coin, sur Swarthmore. Peut-être que ma mère connaît quelqu'un qui pourrait venir de temps en temps. Je lui demanderai.

Claudia observa la façon dont il s'adressait à M. Stanton et fut frappée, presque décontenancée, par son obligeance, par sa force. De son côté, elle avait l'impression d'être retournée trente ans en arrière, d'être redevenue la petite Claudia qui avait versé sa larme, impuissante, à la perspective de perdre son instituteur adoré. Un traumatisme qui se reproduisait tous les ans, au mois de juillet, mais dès septembre le nouvel instituteur en titre se portait au secours de chaque enfant en détresse. Et de Claudia, par conséquent, puisque sa détresse à elle résistait au passage des années. Elle s'était accoutumée à ce rôle et n'avait jamais envisagé de s'en défaire – parce qu'il lui allait comme un gant et parce qu'elle savait qu'il lui collerait à la peau.

Le Bombay Café était bondé mais calme, et les serveuses s'activaient en se faufilant entre les tables. Le père de David, M. Gupta, patrouillait discrètement dans la salle afin de s'assurer que ses clients ne manquaient de rien. Claudia ne repéra aucun visage connu. Une nouvelle population, papotant et dégustant korma à l'agneau et raïta, avait remplacé celle qui habitait encore ses souvenirs.

– Est-ce que tu dois aller aider ton père ? avait-elle demandé au début du repas, alarmée par la mine soucieuse de M. Gupta, mais David la rassura : son père avait la situation en main, il se débrouillait très bien tout seul.

– Ce soir, il a envie que je m'amuse, que je prenne du bon temps. Son angoisse, c'est que je travaille trop et que je pète un câble.

– Que tu pètes un câble ? En voilà une drôle d'idée !

David jouait avec les couverts posés sur la table.

– L'année dernière j'ai dû travailler vingt-quatre heures sur vingt-quatre sur un dossier, et ça m'a mis dans un tel état de stress que j'ai fait une crise d'angoisse qui ressemblait en tout point à une crise cardiaque. J'ai vraiment cru que j'allais mourir. Un de mes amis m'a emmené aux urgences de Philadelphie, ils m'ont fait un électrocardiogramme et ils m'ont dit que mon cœur était en pleine forme, que c'était une question de stress, expliqua-t-il en haussant les épaules. Et ils avaient raison. Ça va mieux maintenant, mais j'ai encore tendance à travailler comme une brute et à me payer des insomnies à répétition. Comme si je n'arrivais pas à dire stop. Je n'ai personne pour me freiner, alors j'oublie, tout simplement.

– Moi, je sais toujours me couper du reste du monde, dit Claudia en s'imaginant devant un écran de cinéma, cernée d'ombres mouvantes.

Tout en faisant honneur aux multiples plats de leur dîner végétarien, David et Claudia se confièrent des menus détails de l'existence, s'attardant sur les choses infimes qu'ils avaient relevées, l'un et l'autre, chez M. Stanton. Ils discutèrent du passage rapide du temps et des séquelles imprimées sur le visage des gens perdus de vue. L'injustice de la chose s'étalait à peu près partout et changeait librement d'aspect, prenant l'apparence, par exemple, d'un instituteur à la retraite qui malaxait en permanence une balle en caoutchouc afin de fortifier son bras et perdait l'équilibre quand il fallait brancher une rallonge dans sa salle de bains.

– J'ai voulu faire ce film parce que l'école primaire, c'est la période où j'ai été la plus heureuse, déclara Claudia. Je ne m'attendais pas à autant d'émotion. Mais ça dégouline de pathos.

– Où est-il, ce pathos ? Chez les instituteurs ? Où est-ce que tu le situes, précisément ?

– Ils sont tous restés coincés là, à Wontauket, alors qu'on est passés à autre chose.

– Ils ne sont pas « tous restés coincés là » dans le sens où tu l'entends. L'école ne représente pas tout pour eux, contrairement à toi. Leur vie ne se limite pas à leur travail. Ils ont leurs secrets. Leurs histoires. Leurs voyages, leur famille. Ne prends pas mal ce que je vais te dire, et je suis sûr que ton film va être génial, mais qu'est-ce qui t'autorise à croire que ta vie est plus passionnante que leur vie à eux ? Je ne sais même pas ce que ça veut dire, « passer à autre chose ». Qui « passe à autre chose », en réalité ? Le pathos est un peu plus universel que tu ne le crois, figure-toi. C'est une constante dans la vie.

Il avait raison, bien évidemment, et elle se détourna, honteuse.

– Je sais. J'aurais dû plus réfléchir avant d'ouvrir la bouche. Et je te présente mes excuses. Mais quand M. Stanton nous a raconté sa dernière journée de travail et l'anévrisme qui l'avait foudroyé lorsqu'il était rentré chez lui, j'ai commencé à regretter d'être venue et de les avoir filmés, lui et tous les autres.

– À quoi tu t'attendais, alors ?

– Je n'en sais trop rien. Des anecdotes rigolotes sur les années 1970. Les gens s'intéressent beaucoup à cette période. Ça paraît déjà tellement lointain. Ces badges ornés de smileys. « Passez une bonne journée. » Les vêtements à la mode. Le look de nos parents. Ou le look des miens, en tout cas.

– Qu'est-ce que tu veux dire par là ?

Il ignorait qui étaient ses parents, peut-être même n'avait-il jamais entendu parler d'eux.

– Ils ont écrit un livre, ajouta-t-elle.

À peine eut-elle mentionné le titre que le visage de David s'éclaira.

– Oui oui, je me souviens de ce livre, répondit-il, et il goba tout rond le reste d'un samosa aux légumes qu'il mâchonna avec animation. Oh, phénoménal, tes parents, c'est ça ? Ça a dû être une drôle d'expérience.

– Oui, je suppose, fit-elle et quelque chose l'incita à poursuivre. Au début, j'étais trop jeune pour comprendre ce qui se passait mais les autres, mes frères et ma sœur, étaient complètement flippés. Plus tard, en grandissant, j'ai ouvert les yeux. Le livre que j'avais regardé, d'autres pouvaient le regarder aussi. Je me suis rendu compte que ce n'était pas le seul exemplaire en circulation, qu'il y en avait d'autres, traduits dans tout un tas de langues. Que des millions de gens, aux quatre coins de la planète, regardaient mes parents en train de s'envoyer en l'air. Et que rien de bon ne pouvait sortir de tout ça.

– Pas pour toi, peut-être. Mais ça a pas mal profité à d'autres. J'ai toujours entendu dire que le livre avait révolutionné la vie sexuelle de nombreuses personnes. Qu'il les a réveillées, en quelque sorte.

– Oui, c'est ce qu'on raconte. Mais je ne connais personne dont la vie a changé grâce au sexe. Pas la mienne, en tout cas.

– Mais ils ont inventé cette position, pas vrai ?

Les choses avaient pris une nouvelle tournure et le badinage étonnamment décontracté s'était mué en conversation artificielle autour d'un sujet quasi tabou. La voix nasillarde d'une chanteuse indienne se déversait des haut-parleurs ; elle distingua le cliquetis rapide des cymbales.

– En effet. D'après ce que j'ai compris, l'idée a surgi de tout un fatras de recherches qu'ils avaient effectuées. Ils se sont inspirés du *Kâmasûtra* – ils ont tout pompé, en gros – et de l'art érotique chinois. C'était une position censée représenter la passion amoureuse et la suppression de la colère, si j'ai bien compris. Je me souviens qu'une fois, à la télé, je crois que c'était pendant l'émission de Ken London, *Nuit blanche*, ils ont expliqué que c'était une position idéale pour se rabibocher après une dispute. L'ironie, c'est que ça, ça n'a pas marché pour eux.

– Pourquoi tu parles d'ironie ?

– Ma mère a quitté mon père. Deux ans après la parution du livre.

– Oh. Ça a dû être un choc.

– Pour moi, oui. Pour mon père aussi. Elle est tombée amoureuse d'un autre homme mais ça, je ne l'ai appris que bien plus tard. Personne ne me l'a dit sur le coup. De toute façon, c'est une longue histoire.

– Qui m'intéresse.

– Mon père a perdu les pédales. Il était amoureux fou de ma mère ; elle était son idéal féminin. Elle était ci, elle était ça, il n'arrivait pas à croire qu'elle puisse le quitter un jour. Le soir où elle a demandé le divorce, il nous a balancés dans la voiture et il a roulé au hasard dans les rues. On est passés des dizaines de fois devant les vitrines des magasins, dans cette rue, là où se trouve le Bombay Café. On a tourné en rond et, quand j'ai regardé dehors, j'ai eu l'impression de jouer dans un vieux feuilleton où les personnages sont dans une voiture et passent devant le même arbre, la même vache, en boucle. Ça a été une soirée très, très étrange.

– Tu as dû avoir peur.

– Oui, j'ai eu peur. J'étais assise sur la banquette arrière du break. On avait inventé une chanson qu'on chantait tous en chœur et, sans raison, comme ça, mon père a entonné le premier couplet. Sûrement par dérision, parce que notre famille avait explosé en plein vol. Et il pleurait tellement que je me suis dit, je m'en souviens encore, qu'on devrait inventer des essuie-glaces spéciaux pour les gens qui pleurent au volant.

Des petits essuie-glaces pour les lunettes fumées de mon père. Tout s'est bien fini, pourtant. On est allés acheter des glaces, même mon père, et on est rentrés. Une semaine plus tard, il a fait ses valises. Ma mère a gardé la maison et c'est aussi elle qui a obtenu la garde des enfants. On voyait mon père toutes les semaines, mais ce n'était plus le même homme. Il était en colère, abattu. Ma sœur et mes frères ont quitté le nid l'un après l'autre et enfin, quand je suis partie à la fac, ma mère a vendu la maison. Elle a obtenu tout ce qu'elle voulait, lui est resté sans rien. Il n'a jamais digéré le fait qu'elle l'ait quitté.

Claudia marqua un temps d'arrêt avant de reprendre :

– Pourquoi est-ce que je te raconte tout ça? D'ordinaire, ce sont les autres qui se confient à moi. Je ne sais pas ce qui m'a pris. Excuse-moi.

David la regardait avec intérêt et elle le crut subjugué par son visage, ses traits si harmonieux, ses cheveux qu'elle arrivait à rendre brillants sans trop de peine. Mais lorsqu'ils quitteraient leur table une fois le repas fini, elle exposerait à nouveau aux regards sa silhouette courtaude et tout contact avec un corps pareil le rebuterait. C'était un risque qui n'empêchait pas Claudia de faire travailler son imagination : elle se voyait poser la main sur l'étoffe pâle et douce de sa chemise, la déboutonner et dévoiler, en écartant les pans, le torse brun. Le torse d'un homme nu qui renfermait en lui la bravoure d'un jeune guerrier.

David cassa en plusieurs portions un morceau de naan.

– Ça ne me dérange absolument pas. Je trouve ça passionnant. Écoute, c'est peut-être indiscret, mais je me demandais si tu l'avais déjà essayée.

– Essayé quoi ?

– La position.

Elle le fixa du regard. Manifestement, il se faisait d'elle une idée complètement fausse. Qu'est-ce qu'il s'imaginait ? Qu'elle avait à son actif des dizaines d'amants avec qui elle avait célébré la liberté de l'amour physique, la féminité, l'humanité, la vie ?

– Bien sûr que non. Quel intérêt ?

– Je ne sais pas, dit David avec un sourire forcé. Pour voir ce que ça donne ?

Plus tard, ils garèrent la voiture sur le parking de l'école, se faufilèrent dans la cour de récréation, s'assirent sur le tourniquet et laissèrent le disque en métal tourner lentement, au ras du sol. Autrefois, le mouvement avait procuré à Claudia des sensations fortes ; désormais, sous le poids combiné de deux adultes, le tourbillon se rapprochait plus du décollage raté d'un vaisseau spatial. Mais ils avaient besoin de rester en mouvement, de déclencher une sorte d'impulsion qui les aiderait à prolonger le dialogue. Au départ ils avaient voulu se promener à travers rues, mais on aurait pu croire qu'un couvre-feu avait été décrété dans la ville déserte : la vie nocturne était inexistante à Wontauket, et ce depuis toujours. La nuit tombée, les gens restaient chez eux.

– Tu as froid ? demanda David tandis que le tourniquet les berçait.

– Non, ça va. C'est supportable.

– Dans la ville où j'ai grandi, il faisait toujours froid. On était au nord de Buffalo et on devait porter ces grosses parkas hideuses tout au long de l'automne et de l'hiver, et parfois même au printemps. Mais on tirait une certaine fierté de ce froid glacial parce que nos parents nous rabâchaient qu'au Pakistan, où vivaient nos cousins, c'était la fournaise. Chaque fois qu'on se plaignait de la météo, mon père nous sortait : « Votre cousin Partha doit suer à grosses gouttes en ce moment même. Vous devriez vous estimer heureux. » Le cousin Partha, on m'a bassiné avec toute ma vie. Il est né un mois avant moi et il réussissait tout ce qu'il entreprenait. En mathématiques, c'était un petit génie ; il a failli résoudre le dernier théorème de Fermat à 16 ans. Bien sûr, rien ne se passe comme on s'y attend, parce que aujourd'hui il travaille comme charpentier sur la frontière pakistanaise et il s'embarque dans des activités politiques assez louches.

– Contrairement à toi ?

– Oh, moi, je suis l'honnêteté même. Je suis l'avocat le plus honnête du monde.

Tandis qu'ils se laissaient bercer par le tourniquet, David lui parla de ses dossiers. Son cabinet avait accepté de défendre l'auteur d'un livre resté confidentiel, publié dans les années 1950, qui traitait de l'ordre des naissances dans une fratrie et des séquelles psychologiques que cet ordre engendre. L'auteur souhaitait traîner devant les tribunaux un plagiaire qui venait de publier un ouvrage à la thématique similaire – et qui s'était propulsé sur la liste des meilleures ventes.

– Notre client est Hubbard Elwell, l'auteur d'origine. C'est un monsieur de 85 ans qui s'indigne de voir ses idées reprises par un autre. Mais le domaine des idées pose problème, car on n'est pas dans le concret. Ni dans le matériel. On ne peut pas se servir d'idées comme de pièces à conviction. Et Don Ardsley, ce conférencier, ce filou qui se donne le titre de docteur – car il est titulaire d'un doctorat bidon, genre coaching de vie – et qui a pondu le nouveau bouquin et s'en met plein les poches, n'a pas vraiment volé l'œuvre de notre client. Les mots sont différents, c'est vrai, mais les concepts, eux, recoupent ceux d'Elwell. Je crois qu'on tient un dossier solide, mais ce sera au juge de trancher.

– Et tu y crois, toi, à tout ce truc, à l'ordre des naissances dans la fratrie ?

– J'avoue que oui. C'est vrai, ça ressemble un peu à l'astrologie, je le reconnais, mais ça a l'air de tenir la route dans de nombreux cas. Ma propre famille, par exemple, mes sœurs et moi, on est un échantillon typique. Je suis le benjamin.

– Moi aussi.

– En voilà une coïncidence. Vous êtes combien ?

– Quatre.

– Parle-moi de chacun dans l'ordre. Et je vais lancer quelques hypothèses. Qui arrive juste devant toi ?

– Dashiell, dit-elle tout simplement et, à l'instant où elle prononça le nom de son frère, leur dernière conversation lui revint en mémoire.

Elle pensa à lui, seul, à l'hôpital ; une ombre avait dû assombrir son visage car David inclina imperceptiblement la tête.

– Il y a un problème ?

– Mon frère est très malade, souffla Claudia. Il a la maladie de Hodgkin et il était censé guérir très vite, mais j'ai appris qu'il allait subir une greffe de moelle osseuse.

– Je suis désolé.

– Je l'aime vraiment beaucoup, avoua-t-elle, et elle se sentit perdre pied. On a seulement deux ans d'écart. Tu devrais le voir, il est vraiment très beau, hyper séduisant, tout en muscles. Il n'est pas très grand mais il a ce physique incroyable, svelte et gracieux. Jamais tu ne croirais qu'on est frère et sœur.

– Mais qu'est-ce que tu racontes ? s'étonna David. Tu es jolie comme tout.

– Ah, mon visage, tu veux dire. Cette bonne vieille tronche, ajouta Claudia, amère.

– Comment ça ? Par opposition à ton corps ?

– Oui, reconnut-elle en se détournant.

– Ne va pas croire que je ne pensais qu'à ton visage. Je pensais à toi en général. Tu n'es pas... une poupée Barbie. Tu es faite de chair. Pas de plastique ni de pétrole. Rien à voir avec...

David eut un rire et esquiva le regard de Claudia.

– Quoi ? Qu'est-ce que tu allais dire ? Dis-moi.

– J'allais faire une comparaison vulgaire sans m'en rendre compte. J'allais dire que tu ne ressembles pas à une poupée gonflable. Bon, il ne me reste plus qu'à aller me pendre.

Il y eut un flottement que vinrent interrompre quelques rires discrets et l'image de Dashiell s'estompa. Claudia adressa des excuses silencieuses à son frère tout en se représentant un lit d'hôpital qui disparaissait à l'horizon. Claudia avait souvent cédé à l'impression que ses trois aînés la considéraient comme un éternel bébé et elle était assez fine pour comprendre que c'était là un atout précieux. Cela lui garantissait de rester sans âge, presque immortelle. Elle aurait beau prendre de l'âge, il y aurait toujours dans son entourage quelqu'un de plus vieux, de plus décrépit, de plus proche de la mort.

Elle se dit alors que Dashiell pouvait mourir avant elle et cette pensée lui fut intolérable. Le lit fonça à nouveau dans sa direction ; entre les draps, son frère, le teint terreux, les traits figés. C'était la première fois qu'elle envisageait sa mort, bâillonnée jusque-là par l'emprise que les parents exerçaient sur elle, sur eux tous, eux qui n'avaient jamais grandi, qui avaient brandi à tout âge l'étendard de l'enfance. Les parents, avec leur sexualité débridée, les avaient empêchés de déployer leurs ailes. Non, c'était plus que ça. Ses parents seraient bouleversés s'ils apprenaient qu'ils l'avaient empêchée de vivre sa sexualité. Ce domaine-là, c'était leur chasse gardée. Les enfants avaient été contraints de se rabattre sur autre chose. Les modèles réduits d'avions ? Les tournois de bridge ? Le tai-chi, peut-être ? Excellente idée, le tai-chi : ces mouvements fluides, cette lenteur de tortue, c'était sûrement préférable à la frénésie orientée vers l'extase qui faisait autrefois partie du répertoire de ses parents.

– Si le sujet t'intéresse toujours, déclara David Gupta, être la cadette, ce n'est pas forcément une partie de plaisir. Parce que celui qui occupait ton statut avant ton arrivée – ton frère malade, c'est bien ça ? –, quand tu débarques dans sa vie, il perçoit ta présence comme une menace très grave. Jusqu'ici, c'était lui le benjamin, et tu viens le détrôner. En même temps, il se rend compte qu'il va avoir un nouveau bouc émissaire. Peut-être qu'il t'a fait comprendre que tu étais trop petite pour jouer avec eux. Que tu ne le méritais pas. Et maintenant je me tais. Tu as autre chose à faire qu'écouter mes délires et je suis sûr que mon portrait tombe complètement à côté. Ne tiens aucun compte de ce que je viens de dire.

Mais Claudia se voyait déjà dans le rôle de la « petite », arrivée bonne dernière, mise à l'écart, en butte au mépris général. Ses poupées trolls l'avaient réconfortée, elle s'asseyait au milieu d'elles après les avoir disposées en cercle et les arrangeait à sa guise. Elles étaient nues, ces poupées, et par moments elle en posait une à califourchon sur une autre, pour les observer, pour jauger sa réaction. L'excitation avait été nulle, proche du néant, et elle séparait très vite ses cobayes en plastique brun afin de les rendre à leurs congénères, à ce cercle infini où primait l'égalité :

aucune n'était plus jeune, plus âgée, plus compétente, plus belle. Il n'y avait ni chouchoute ni mouton noir.

Au moment de regagner la voiture, tandis qu'ils foulaient les dalles en caoutchouc noir et spongieux qui tapissaient la cour de l'école, David Gupta passa son bras sous celui de Claudia Mellow. La jeune femme se tourna vers lui, simulant la stupeur, car cette approche n'était qu'un prélude à ce qui venait après. Personne n'ignorait la suite des événements. L'un prendrait son courage à deux mains, se libérerait de sa timidité et nouerait son bras autour de l'autre, ou effleurerait une joue, peut-être.

Ils s'arrêtèrent à la lisière de la cour de récréation ; les jeux des enfants se découpaient en ombres chinoises et créaient une toile de fond idéale sinon pour l'idylle, du moins pour l'aspect esthétique de la chose, car tout se parait de reflets argentés et maintenait l'enfance à bonne distance, avec les chaînes des balançoires qui miroitaient. *Il n'y a pas d'enfants ici*, songea-t-elle lorsque David Gupta s'approcha d'elle et l'embrassa avec l'assurance d'un homme qui sait qu'il ne sera pas repoussé. Le baiser avait été conquis de haute lutte, grâce aux e-mails qu'ils avaient échangés et à l'après-midi consacré à M. Stanton, moyennant un dîner au Bombay Café. Et il avait été conquis ici, également, à la nuit tombée, dans la cour de l'école Felice P. Bolander.

Ses lèvres étaient humectées de salive, regretta-t-elle en son for intérieur. Elle aurait voulu que ce baiser se détache des autres, qu'il soit différent au point d'assouplir cette frigidité sexuelle qui l'empoisonnait depuis des années, au point aussi de réécrire la légende : « Je n'étais pas à l'aise avec moi-même, avec mon identité sexuelle, jusqu'au jour où j'ai rencontré un homme dont je suis tombée amoureuse. Depuis j'aime le sexe, et je l'aime lui, et tout ce que j'ai vécu avant, ce n'était que de l'amateurisme en attendant que les choses sérieuses commencent. »

Mais cela, elle ne pouvait le dire à personne, et elle resta debout, son visage frôlant celui de David, leurs bouches ouvertes ensemble, et la sienne était un peu trop humide, c'était indéniable, mais elle en tira du plaisir. La main du jeune homme trouva à tâtons ses seins et elle sentit son dos se raidir : il n'allait pas tarder à découvrir qui elle était vraiment, ce qui n'allait pas chez elle, ce qui s'agençait si mal. Elle pleurait déjà la perte de cet homme, elle pleurait la rupture inévitable, les accents mielleux qu'il affecterait pour lui annoncer, plus tard, qu'ils allaient droit dans le mur.

Elle imagina sa main coincée dans le ravin de son décolleté, ou peut-être sous un sein. Adolescente, Claudia avait mis au point avec ses amies le « test du stylo », censé indiquer à la fille qui s'y soumettait si elle avait besoin d'un soutien-gorge. Ce test consistait à glisser un stylo à l'horizontale sous un sein ; si le stylo restait en place, le soutien-gorge devenait un accessoire indispensable qui serait acheté le samedi suivant au centre commercial. Les camarades de Claudia, jamais en retard d'une moquerie, prétendaient qu'elle pouvait ranger sous sa poitrine le contenu d'une trousse entière, plus un taille-crayon, un classeur et, pourquoi pas, un cartable.

Il existait, bien entendu, un nombre considérable d'hommes qui ne dédaignaient pas de se perdre dans un paysage aussi vallonné et qui se sentaient défaillir à la simple idée de côtoyer une telle débauche de chair. David n'avait pas l'air de s'en émouvoir, ni d'être écœuré par ce qu'il touchait. Au contraire, il semblait apprécier ; il recula d'un pas et, tandis que sa main suivait le tracé de ses seins, il lui adressa un sourire. Ce contact encouragea Claudia à oublier sa propre terreur, à effacer de sa mémoire la longue liste de ses imperfections. Son corps, elle en avait pris conscience à la puberté, reproduisait dans ses moindres détails celui de ses poupées trolls. Oui, elle était un troll et elle avait été attirée par ces créatures interchangeables parce qu'elles lui renvoyaient son image. *Vous, moi, on est pareils*.

– Claudia, je te trouve très belle, lança David, comme s'il répondait à une question qu'elle n'aurait jamais osé lui poser.

« Menteur », eut-elle envie de dire. Si elle s'avisait de l'apostropher, malheureusement il protesterait – Non, je t'assure – en haussant le ton, et il aurait le dernier mot. Il se colla contre elle, reprit ses caresses et ses baisers, et Claudia se rendit compte que, en dépit de sa gêne, un petit roucoulement lui montait aux lèvres. Elle en fut perturbée, d'autant plus qu'il régnait autour d'eux un silence absolu que seule venait troubler la rumeur sourde et lointaine des voitures lancées à pleine vitesse sur l'autoroute.

Un peu plus tard, elle s'engagea sur la voie rapide et inséra sa petite voiture dans le flot du trafic. Confondant une fraction de seconde la pédale d'accélérateur avec le frein, elle ralentit, à peine, tenta de rectifier sa méprise en faisant rugir le moteur et se faufila dans la cohue sans la moindre souplesse, certes, mais sans encombres. Le baiser échangé, elle avait reconduit David chez ses parents, elle était partie sans demander son reste et, complètement déboussolée, elle avait succombé à l'angoisse. Elle était restée assise une heure entière dans la voiture, sur son siège, la ceinture bouclée, immobile, pendant que ses jambes, prises d'une bougeotte subite, dansaient la gigue comme si elles existaient indépendamment du reste de son corps. Elle regrettait de ne pas avoir sous la main un sachet de boules de mammouth, ces bonbons géants qu'elle aurait voulu croquer à pleines dents, écraser de toute la force de ses mâchoires, en réduire la croûte solide en mille fragments.

Elle avait l'impression d'avoir embrassé David Gupta des heures durant, et même des jours, au cours d'un marathon qui leur avait permis d'identifier par avance ce qui risquait de déraper dans leur relation future, sans rien négliger, et d'envisager un traitement préventif. Elle n'était pas d'humeur à écouter de la musique, même si le croissant d'un CD lui adressait des clins d'œil depuis la fente du lecteur. Elle baissa la vitre de quelques centimètres, savoura la bande-son nocturne composée de bruits de moteur et songea à une bouche moite, à un essaim de feux écarlates et à la ville située à quatre-vingt-dix kilomètres de là, droit devant, où elle emmènerait David un jour.

9

Claudia l'avait rappelée.

– Salut, c'est moi. Il faut que je te dise quelque chose. Ça va vraiment mal.

Elle avait alors lâché un gargouillis horrible, un sanglot ravalé de travers, et Holly se rappela vaguement que, enfant, sa sœur était une véritable fontaine. Le reste de la tribu Mellow avait appris à ne pas prendre ses crises de larmes trop au sérieux tout en les intégrant dans l'ambiance du moment : repas, vacances, retrouvailles en famille.

En temps ordinaire les sœurs se parlaient une fois l'an, au maximum ; parents et enfants Mellow restaient en contact avec Holly de manière officieuse, presque rituelle, histoire d'avoir la conscience tranquille. Holly Leeming ne se faisait pas d'illusions : elle savait qu'elle était une emmerdeuse finie, une sœur et une fille difficile qui avait rompu les liens de son plein gré avec son arbre généalogique et, malgré les regrets que cet exil éveillait parfois en elle, elle vivait ici, loin d'eux, dans le canyon de Topanga, réconciliée avec le destin, mais toujours pas *l'une des leurs*.

– Que se passe-t-il ? demanda-t-elle à Claudia. Dashiell, encore ?

Holly avait appris des semaines plus tôt que son frère était malade et elle était allée jusqu'à décrocher son téléphone pour l'appeler, en personne. L'angoisse la paralysait tant qu'elle s'était mise à bafouiller et elle avait décidé de laisser à Claudia la responsabilité, à l'avenir, de la tenir au courant. Ici, à Los Angeles, il était dix heures du matin ; dans la chambre d'enfants, Holly et le bébé étaient assis sur un tapis pelucheux dont le traitement anti-taches était si radical que la moindre goutte de jus de fruits, la moindre miette de céréale donnait l'impression de flotter à la surface et de se détacher des fibres couleur lie-de-vin. Holly cala le téléphone sans fil au creux de son épaule et confia à Buddy un gros miroir en plastique. Le bambin s'en empara, survolté, pour y étudier quelques instants son reflet avec cette curiosité vive et cette fraîcheur propres à tous les bébés du monde.

– Son état a empiré. Il a besoin d'une greffe de moelle osseuse.

– De ma moelle à moi ? Merde, Claudia, je ne sais pas, franchement. J'ai beaucoup de mal avec ce genre de choses.

– Calme-toi. Je ne parlais pas de toi. Ils vont prendre ses propres cellules. Ils vont les rendre saines et les remettre en place, un truc dans le genre. C'est une procédure très courante.

– Oh, lâcha Holly, soudain coupable, maussade.

Pour elle qui avait tourné le dos au giron familial, l'heure du châtiment avait sonné. Certes, elle avait évité toutes les chausse-trappes des vacances et des mélodrames mesquins auxquels les enfants, devenus adultes, étaient souvent contraints de se soumettre. D'un autre côté, on lui dissimulait les informations les plus essentielles. Elle était toujours la dernière informée et lorsqu'ils daignaient enfin la prévenir, ils en profitaient pour remuer le couteau dans la plaie.

Elle s'attendait toujours au pire dès que le téléphone sonnait : au fait, maman a perdu les pédales et a tiré dans le tas avec un Uzi dans un centre commercial.

Ou : tiens, j'y pense, papa a eu un accident de voiture et il est dans le coma.

Ou encore, pour reprendre l'annonce de Michael qui ne datait que de quelques mois : ils veulent ressortir le bouquin.

Là, le ciel était tombé sur la tête de Holly. Elle avait refusé d'en entendre davantage, d'être tenue informée de la suite des événements, des chamailleries interminables qui ne manqueraient pas d'éclater entre les parents. « Laisse-moi en dehors de ça, avait-elle répondu. Je ne sais même pas pourquoi tu m'as appelée. »

Mais elle ne pouvait pas envoyer Claudia au diable une nouvelle fois, pas maintenant, pas quand leur frère était malade. Lorsque sa sœur lui avait téléphoné, Holly avait d'abord reçu de plein fouet la douleur cuisante de la commotion qui accompagne toute information susceptible d'être considérée comme une nouvelle et, à plus forte raison, comme une mauvaise nouvelle. Au-delà de ce choc originel, elle n'éprouvait plus rien. Dashiell était plus jeune, beaucoup plus jeune qu'elle, et elle le connaissait très mal. Lorsqu'il avait atteint un âge où sa personnalité était enfin digne d'intérêt, Holly avait les deux pieds dans l'adolescence et un seul objectif en tête, boucler sa valise.

Elle savait qu'il était homosexuel et, plus choquant encore, qu'il était encarté au parti républicain, un paradoxe qu'elle avait bien du mal à digérer. Impossible de le comprendre, quel que soit le bout par lequel elle le prenait. Pourtant, personne n'avait jugé bon de l'appeler plus tôt, de lui dire que son état s'était aggravé. Parce qu'ils ignoraient la gravité de la situation, avait répliqué Claudia. Le taux de guérison était élevé pour le lymphome de Hodgkin, affirmaient les médecins. Dashiell avait très bien réagi aux médicaments et aux radiations, dès les premières séances, et ils avaient pronostiqué un rétablissement rapide, un mieux quasi immédiat, mais son état s'était dégradé, à la stupéfaction générale. C'était un homme au petit gabarit et aux traits délicats, séduisant – *un garçon*, rectifia Holly en son for intérieur, car, dans son esprit, Dashiell était toujours un enfant. Dashiell malade, Dashiell atteint d'une maladie grave, c'était proprement inconcevable. Et pourtant.

– Eh bien, ça me rend très triste, dit-elle à Claudia.

– Ça te rend triste ?

– Oui, figure-toi. C'est mon frère.

– On ne croirait pas.

– Merci pour cette remarque. Arrête tes allusions à la con, Claudia, compris ?

– Je me suis dit que tu voudrais être au courant. Mais j'avoue, c'était aussi une façon de dénoncer ton... absence. Voilà pourquoi j'ai fait cette remarque. Tu ne l'as appelé qu'une seule fois depuis le début de la maladie, je me trompe ? Tu lui as promis de lui envoyer un bouquin et tu n'as pas tenu ta promesse. C'est l'intention qui compte, c'est ça ? C'est ce que tu penses ? Non, les bonnes intentions, dans son cas, ça ne suffit pas.

– D'accord, j'ai compris.

Elles observèrent, à contrecœur, un moratoire. Claudia débita quelques nouvelles à une cadence effrénée : Dashiell avait été admis le matin même à l'hôpital de Rhode Island, il prendrait d'abord son traitement puis il serait mis en quarantaine. Il refusait que son frère et ses sœurs lui rendent visite car Tom se trouvait déjà à son chevet et il serait, de toute façon, trop malade pour les voir, mais Holly pouvait lui envoyer une carte, son geste serait sûrement apprécié.

– Il saura que tu penses à lui, au moins. Même si c'est faux.

Le miroir dans lequel Buddy se contemplait était constellé de bave, remarqua Holly. Le bébé, qui faisait ses dents, avait profité de l'inattention maternelle et mordillé son nouveau joujou. Puis il l'avait délaissé, s'était aventuré jusqu'au filet de sécurité en se dandinant et appliquait à présent tous ses efforts à en arracher les ventouses du mur qui séparait la nursery du couloir, prolongé par un escalier très raide.

– Allez, lança-t-il à sa mère. Allez !

– Claudia, il faut que je raccroche.

– Pour changer.

– Va te faire foutre.

– Non, toi, va te faire foutre. Je t'appelle pour t'annoncer un truc grave, absolument atroce, et comme d'habitude madame n'arrive pas à lever le nez de son nombril deux secondes et se comporter comme quelqu'un de normal.

– C'est vraiment injuste, se lamenta Holly avant d'ajouter : il faut que je m'occupe de Buddy.

Cet argument sembla désarmer sa sœur. Claudia avait beau adopter un ton irrité, montrer un peu les crocs lors de ses coups de fil annuels – sa façon à elle de punir Holly pour avoir été une sœur exécrable et pour avoir fait du mal à leurs parents –, elle n'avait pas mauvais fond.

– Très bien, concéda-t-elle. Occupe-toi de lui, si tu ne peux pas faire autrement.

– Ne raccroche pas.

Holly chercha un moyen de gagner du temps, heurtée

par ces attaques qui lui apparurent excessives, ignobles. La fureur de Claudia était légitime ; Holly, elle, allait devoir encaisser cette colère sans broncher. Elle tenta d'amorcer un dialogue normal, même s'il ne devait durer que quelques secondes.

– Alors, comment vont les autres ? Qu'est-ce que vous me cachez encore ?

– Ils vont bien. Même s'ils m'inquiètent un peu. Michael squatte toujours chez papa, crois-le ou non. On dirait qu'il s'est installé chez lui pour de bon.

– Comment ça ? Pourquoi ?

– Je n'en sais pas plus que toi. L'amitié entre hommes. Quelque chose dans ce style. Maman et Jack vont bien aussi, même si maman n'a qu'une obsession : le livre. Elle fait des pieds et des mains pour qu'il soit réimprimé. Tu devrais la voir.

– C'était son heure de gloire. Pas la mienne.

– La mienne non plus.

Excellent. Un semblant de rapprochement. Une solidarité fraternelle qui mettrait fin aux insultes, à la férocité et aux malédictions. Le coup de fil annuel s'apparentait à un bulletin familial recensant toute l'actualité en lien avec six personnes qui avaient vécu jadis sous le même toit – ce qui ne risquait pas de se reproduire de sitôt. Il y eut une pause et chacune se demanda, de son côté, comment prolonger la conversation.

– Et le bébé, comment il va ?

– Bien. Bien. En pleine forme.

– Je lui ai envoyé un colis pour son anniversaire au printemps. Avec tout un tas de livres qui m'avaient plu quand j'étais petite. *Bonsoir lune*, je crois, et d'autres encore. Tu les as reçus ?

– Oui, bien sûr. J'avais l'intention de t'en parler. Merci.

Claudia, qui n'avait pas d'enfant, ignorait qu'à l'heure actuelle *Bonsoir lune* était devenu un poncif, la pierre angulaire de toute bibliothèque enfantine, à tel point que l'offrir à des jeunes parents revenait à leur offrir l'annuaire téléphonique.

– De rien. Et Marcus, ça va ?

– Très bien. Il bosse comme un fou.

– Dehors, s'énerva le bambin. Maman, Buddy dehors.

– Le devoir m'appelle, lança Holly, et elle dit au revoir à Claudia.

Les deux sœurs renoueraient contact plus tard, à la prochaine catastrophe familiale.

Ce soir-là, Holly n'arriva pas à trouver le sommeil. Elle repensait sans cesse à son frère ; elle s'était connectée à Internet après le retour de son mari. Marcus consacrait toujours quelques minutes de ses soirées à Buddy. Elle souhaitait profiter de ce répit pour mener sa propre enquête sur la maladie de Dashiell et sur ses chances de guérison. Au début elle tâtonna avec l'orthographe – elle pianota « Hodgekin », puis essaya « Hotchkin » avant de remarquer que le moteur de recherche lui soumettait une proposition : « Essayez avec l'orthographe *Hodgkin* », suggérait-il, et Holly prit comme une gifle le ton narquois de l'ordinateur, le fait désormais prouvé noir sur blanc qu'elle n'avait pas fait d'études, qu'elle ne s'était pas élevée au niveau d'éducation de ses deux frères et de sa sœur. « Essayez avec l'orthographe Hodgkin, espèce de larve, de salope, de toxico, de ratée, de pathétique morceau de néant. »

– Qu'est-ce que tu fais ? demanda Marcus en se matérialisant sur le seuil de la pièce, le bébé dans les bras.

Traduction : « Qu'est-ce que tu fous ? Tu sais bien que c'est l'heure de te rendre le marmot. »

– Rien.

Sur ce elle mit l'ordinateur en veille et oublia de retourner vérifier « Hodgkin + taux de guérison » sur Internet. Parce qu'elle en était certaine, Dashiell allait guérir. Il vivrait encore de longues années, car il était jeune et fort. Les greffes étaient un petit miracle de la médecine, elles régénéraient en quelque sorte le corps humain, et Holly n'était pas assez pessimiste pour envisager une autre issue, même si un abîme émotionnel la séparait de son frère.

Mais ce soir-là, entre les draps, elle se retrouva incapable de fermer l'œil. Les insomnies revenaient de façon récurrente et celle-ci marquait le départ d'une série de nuits blanches qui s'étaleraient sur plusieurs semaines. Le sommeil devenait alors un Graal introuvable et Holly redoutait de devoir vouer le restant de ses jours à sa quête.

Holly Leeming éprouvait parfois la sensation de n'avoir pas trouvé le repos une seule fois en trois décennies. Elle errait à travers sa maison de Los Angeles à trois heures du matin, comme si ses seins gorgés de lait avaient sonné le branle-bas et l'avaient arrachée à son lit douillet avec l'insistance d'une alarme incendie. La triste réalité, c'est que Buddy ne réclamait plus d'être nourri en pleine nuit, et ce depuis des mois. Elle l'allaitait encore la journée, une exception parmi le petit cercle de mamans rencontrées dans le cadre d'un cours de gymnastique néonatale, quand Buddy n'était âgé que de quelques semaines. L'un après l'autre, les bébés avaient été sevrés, mais pas le sien. L'une après l'autre, les mères avaient repris leur activité professionnelle – productrices de cinéma, décoratrices d'intérieur – ou retrouvé leur vie oisive de riche femme au foyer. Holly, de son côté, s'était accrochée avec orgueil à son statut de mère et avait fossilisé l'instant présent : elle préférait rester aux côtés de Buddy. Elle n'était pas peu fière de lui avoir donné le sein si longtemps, comme s'il s'agissait d'un test d'endurance, comme si elle avait écrasé ses concurrents et remporté la coupe.

Et elle était là, sans bébé à nourrir, et elle allait devoir trouver un remède à son insomnie de crainte de voir ses pensées se tourner vers Dashiell, vers ses frères et vers sa sœur, vers ses parents, vers la solitude et la mort, vers un univers dont la vastitude – et l'horreur, et la violence – dépassait son entendement. Holly Leeming se faufila à pas feutrés dans la chambre de Buddy et se posta au-dessus de son berceau, tout en fredonnant, sans oser s'avouer quelle force l'avait poussée là.

Elle voulait que son fils lui tienne compagnie.

Sa voix se fit plus forte et elle chantonna une version en mode mineur, trop grave, du générique de *Barney*, resucée d'une vieille comptine anglaise. La chanson arriva jusqu'à la conscience de Buddy et le tira du sommeil comme du fond d'un étang. Il s'agita et cligna des paupières, encore assoupi. Sa grosse tête aux frisettes blondes luisait de sueur et lorsque sa mère le sortit de son berceau d'un geste fluide pour le caler contre sa poitrine dans le rocking-chair blanc, il exécuta une transition gracieuse entre sommeil et sein, comme s'il trouvait tout à fait naturel, à 19 mois, de se retrouver avec un mamelon dans la bouche au beau milieu de la nuit sans l'avoir réclamé.

Holly s'installa sur le fauteuil, le front humide de son fils plaqué contre sa peau, et le laissa vider le premier sein, puis le second, tout en pensant à ce sommeil qui lui échappait, à l'énergie qu'une nuit blanche lui coûtait, au tour de force que cela représentait, quand Marcus, lui, dormait comme un bienheureux, ce qui l'exaspérait au plus haut point. Quel idiot lui avait donné un privilège pareil ? Quel imbécile avait pu le sacrer roi de la nuit réparatrice ?

Parfois, la nuit, Holly donnait un petit coup de coude dans l'estomac de son mari afin de le réveiller et d'entamer avec lui l'une de ces conversations nocturnes qui lui procuraient un apaisement essentiel. C'était elle qui avait besoin du sein ; c'était elle qui, les yeux grands ouverts à trois ou quatre heures du matin, réclamait du réconfort.

De loin en loin, Holly prenait l'initiative de l'acte sexuel, dans le même objectif. Il va sans dire que Marcus était ravi d'être réveillé par la bouche de sa femme qui s'activait sur son membre ; il était loin de se douter qu'elle tirait de lui, dans ces moments-là, plus de soutien que de plaisir. Même le rythme de l'excitation, par définition rythmique, apportait une rémission. Il était possible, Holly ne l'ignorait pas, d'être enfiévré tout en gardant son calme. Elle l'avait appris à l'âge de 15 ans.

Le pauvre Adam Selig, ce garçon de Princeton Court à Wontauket, avait connu une fin prématurée. Un vendredi soir de mai 1977, un an et demi après s'être infiltré dans la chambre de Holly, après avoir dégusté son haleine parfumée au chocolat et glissé une main dans sa culotte Looney Tunes, Adam Selig était parti s'amuser dans une fête foraine implantée pour le week-end sur le parking du magasin JCPenney. Holly s'y était rendue elle aussi, même si, à l'époque, elle n'adressait plus la parole à Adam Selig. Entre eux, pas de rupture officielle. L'éloignement avait été progressif, d'un côté comme de l'autre. Elle accompagnait sa bande de copines, lui deux garçons avec lesquels il faisait du VTT sur un chantier des environs. Ce soir-là, Adam et ses deux amis allèrent faire un tour sur la Trabant, un manège à la provenance indéterminée. Allemand, peut-être, comme le suggérait son nom, ou français, en tout cas énigmatique. Rien à voir avec les montagnes russes mollassonnes ou l'Araignée, attraction dont les huit bras articulés promenaient enfants et adolescents au-dessus du toit de JCPenney et leur permettaient d'ouvrir les yeux, pour la première fois, sur la réalité de leur ville, à peine plus grande qu'une bourgade.

Ce soir-là, la Trabant rompit ses amarres, s'éleva dans le ciel au-dessus du parc d'attractions et projeta ses six passagers par-dessus bord, les envoyant à une mort instantanée. Des mois durant, le journal local publia d'innombrables articles consacrés à la tragédie : le procès, le deuil, la banqueroute de la société de gérance basée à Baltimore et, bien entendu, les six victimes innocentes dont les visages composaient pour l'éternité un trombinoscope macabre. Cette galerie de portraits imprimés côte à côte s'inscrirait dans les mémoires : trois adolescents, un gardien d'école, une fille un peu simplette nommée Candy et la mère de Candy. À l'exception d'Adam Selig et de ses deux acolytes, Tony Spee et Chris Canetti, ces personnes n'avaient aucune attache, aucun point commun, sinon cette mort embarrassante.

Holly Leeming évoquait assez souvent le souvenir d'Adam Selig. Elle jugeait prodigieux que ce garçon, le premier à l'avoir caressée, à lui avoir enflammé les sens grâce à un talent intuitif, presque fortuit, ce garçon-là avait été tué quand la providence l'avait épargnée, elle. Holly avait bourré son organisme de produits illicites des années durant et, par un caprice étonnant du destin, elle y avait survécu. Le temps l'avait endurcie, il avait renforcé sa carapace, il avait fait d'elle un crocodile et elle avait découvert, stupéfaite, qu'elle était d'une robustesse peu commune :

grâce à un cocktail génétique optimal, elle était capable de tenir le coup encore longtemps.

Durant l'été 1977, peu après la tragédie de la fête foraine, Holly entama sa lente descente aux enfers. Au début, elle souffrit d'insomnies ; elle quittait son lit et se promenait dans les couloirs de la maison de Wontauket. Parfois ses parents, ces créatures aux mœurs nocturnes, en faisaient autant. Tantôt c'était son père qui écoutait de la musique dans l'antre, le crâne pris en étau dans un énorme casque audio, frappant de ses pieds nus la mesure sur la table basse. Lorsqu'il la voyait, il ôtait son casque.

– Alors, mon lapin, tu n'es pas au lit ?

Tantôt c'était sa mère qui s'entretenait à voix basse au téléphone dans la cuisine. L'entente parfaite illustrée dans le livre s'était fissurée à la fin de l'été et, l'automne venu, les enfants voyaient rarement les parents ensemble dans la même pièce. Ils semblaient vaquer à leurs occupations dans des zones bien délimitées de la maison.

Il y avait quelque chose dans l'air. L'orage grondait. Une menace sourde mais terrible que Holly assimilait enfin, grâce à ce discernement démultiplié qui vient avec la fin de l'adolescence.

Sa mère n'aimait plus son père. Elle aimait un autre homme.

Une nuit, Holly surprit Roz Mellow voûtée au-dessus de la table de la cuisine à deux heures du matin, le fil du téléphone enroulé autour du bras à la façon d'un bracelet, et elle parlait dans le combiné d'une voix pressante, rauque et étouffée. Holly distingua : « ... mais non... je veux... ce n'est pas la bonne... c'est vrai... je sais... je sais... je sais.... » Roz leva alors la tête, aperçut sa fille et parut accablée, prise la main dans le sac, comme si Holly avait braqué sur elle le faisceau d'une torche puissante. Roz Mellow bafouilla quelques mots puis raccrocha.

– C'était qui ? demanda Holly.

– Personne. Juste un ami.

– Un ami, mon cul. Va raconter ça aux autres !

– Ne me parle pas sur ce ton, jeune fille. Je sais bien que tu ne peux pas comprendre, mais ma vie est compliquée en ce moment. J'essaie d'être une bonne mère, de vous donner un foyer stable, une vie normale. Je fais de mon mieux. Je ne sais pas si je vais tenir encore très longtemps, Holly, je n'en sais vraiment rien.

À cet instant, Holly se rendit compte que son père se tenait sur le seuil de la cuisine. Les époux échangèrent un regard et le mari battit en retraite sans mot dire.

– Je me passerais bien de ce genre de merde, ajouta Roz Mellow.

– Ne me parle pas sur ce ton, jeune fille, répéta Holly d'un ton moqueur.

Elle vit les traits de sa mère se déformer et regretta aussitôt ses paroles. Roz Mellow, dont la beauté se fanait à vue d'œil alors que celle de sa fille venait à peine d'éclore, éclata en sanglots. Elle pleura toutes les larmes de son corps assise à la table de la cuisine, cernée par les surfaces étincelantes, les placards, les appareils électriques, le robot Sunbeam à cinq vitesses, polis par l'étrange lumière nocturne et par la conscience d'une enfant, aux portes de l'âge adulte, témoin de la détresse de sa mère.

– Oh, maman, ne pleure pas, arrête de pleurer, d'accord ? fit Holly.

Sa mère lui offrait un spectacle ignoble. Tordu, inexplicable. Les parents ne se contentaient pas de mettre en scène leur incroyable appétit sexuel et leur complicité, ils se sentaient aussi obligés d'afficher, en pleine nuit, leur rupture. Leur mariage prenait l'eau, elle l'avait compris ; plus rien ne pouvait en assurer l'étanchéité. Lorsque votre père écoute en boucle le mélancolique Mahler ou la fragile Billie Holiday derrière une porte close, lorsque votre mère chuchote avec précipitation dans le combiné du téléphone, le point de non-retour est atteint. Toute la fièvre sexuelle du monde n'y peut rien. L'amour, une fois brisé, reste brisé à jamais. Et si un inconscient se risque à le réparer, la flamme du fer à souder y laissera une trace indélébile de son passage : une fine pellicule argentée. Une fissure. Une zone qu'il ne faut ni heurter, ni toucher, ni secouer, au risque de provoquer une cassure qui suivra le tracé de la ligne de faille. Une cassure nette, irrémédiable, définitive.

Roz Mellow ne contenait plus son chagrin. Elle avait ouvert les vannes, et, le lendemain de ce marathon lacrymal, les parents avaient réuni leurs enfants dans l'antre pour annoncer leur divorce. Michael et Holly, le regard éteint, n'avaient trahi aucune émotion ; la surprise n'en était pas une pour eux, de toute évidence. Les deux benjamins étaient tombés des nues et leur mère avait dû les rassurer, leur expliquer qu'ils ne seraient pas jetés à la rue, qu'ils continueraient à vivre dans leur maison ; leur père s'installerait à proximité, ils pourraient lui rendre visite quand ils le souhaitaient.

Personne n'avait demandé : pourquoi ça nous tombe dessus ?

Holly, du haut de ses 17 ans, s'aventurait de plus en plus souvent hors de la maison en pleine nuit ; pour elle, la nuit était un lieu, pas un repère chronologique. C'était une ville en soi, une version plus exotique de cette banlieue minable dans laquelle elle végétait. Et la nuit, en prime, on pouvait s'aboucher avec toute une faune que l'on ne croisait pas la journée. C'est la nuit qu'elle avait fait connaissance d'un type dont les cheveux roux et l'éternelle veste turquoise lui avaient valu le surnom de Bille-de-Clown. C'était le premier à l'avoir accompagnée jusqu'au petit matin pour regarder le soleil poindre à l'horizon, au-dessus du Stride Rite, de la bibliothèque municipale et du JCPenney de sinistre mémoire. Elle avait croisé son chemin à la gare, parmi un groupe de marginaux, à une heure du matin.

Ces figures asociales se matérialisaient comme des goules au crépuscule. Certains, Holly par exemple, étaient issus du quartier le plus favorisé de la ville ; pour la plupart, ils venaient des zones pavillonnaires et des barres d'immeubles, parfois des communes voisines. Ils étaient de plain-pied dans l'adolescence ou âgés d'une petite vingtaine d'années. Il leur arrivait d'accepter un homme adulte dans leur clan, une sorte de figure paternelle, mais le nouveau venu devenait très vite un simple pigeon : sa fonction se limitait à fournir un moyen de locomotion – sa voiture – et un flot jamais tari de drogues de qualité supérieure.

Holly finit par déménager pour de bon et s'installa, les premiers temps, dans un appartement à Hoboken, puis ailleurs, au gré de ses tribulations. Elle passa l'année suivante à faire la navette entre Wontauket et ses autres points de chute, à multiplier les nuits de débauche avec une variété d'individus peu recommandables, plus malsains les uns que les autres, le genre de compagnons dont on se débarrasse sur un coup de tête pour le remplacer aussi sec par un acolyte plus nocif encore.

Bille-de-Clown avait dû, autrefois, avoir un état civil en bonne et due forme mais Holly n'en sut jamais rien, car il se plaisait à entretenir autour de sa personne une aura de mystère crasseux. Il ne se lassait pas de tenir compagnie à cette gamine nantie qui avait tourné le dos, par amertume, au long fleuve tranquille qu'était sa vie. Bille-de-Clown aurait souhaité pousser l'exploration plus loin, attirer Holly dans une impasse, un caniveau ou un terrain vague, dans ces marécages où s'épanouissent des zonards qui se font appeler Bille-de-Clown, pointent au chômage et vivent des journées informes. Elle avait posé ses valises chez lui deux ou trois mois, le temps de se transformer en spectre, en fille perdue vêtue d'un jean et d'une veste de jogging dont la couleur saumon avait laissé la place à un gris de fumée.

Elle rejoignit petit à petit les rangs de ces paumés dont le nom apparaît sur le bail d'un appartement loué à la semaine, dans ces immeubles où les regards s'évitent, où les portes claquent et vibrent tout au long de la nuit. Elle ne trouva jamais le temps de meubler les logements qu'elle occupait, car elle s'envolait sans prendre le temps de se fixer. Elle s'incrustait chez des amis, sans prévenir.

Un jour, elle se retrouva à New York, la nuit la surprit sur le trottoir, elle n'avait nulle part où aller, elle était droguée jusqu'aux yeux, il pleuvait. Elle échoua dans une cabine téléphonique, appela les renseignements et obtint le numéro de Michael. Diplômé de Princeton avec mention très honorable, son frère vivait en colocation avec deux amis au coin de Riverside Drive et de la 102e Rue. C'était un samedi soir : Holly pensait que Michael était sorti, mais elle se trompait. Peu après son coup de fil, elle se présenta à la porte de son appartement privé de soleil et doté de longs couloirs. Michael l'invita à l'intérieur.

Planant à cent mètres, Holly s'assit dans le salon et se lamenta bruyamment sur son sort : elle était une catastrophe ambulante, elle avait fait foirer toutes ses relations amoureuses, le sexe, au début, lui avait semblé prometteur mais la déception avait été cuisante. Et Michael, qu'en pensait-il ? Son frère n'avait bredouillé que quelques mots incompréhensibles, la mine bouleversée. À l'arrière-plan, jouant les utilités, ses colocataires lambinaient, très occupés à s'enfiler bière sur bière et à planifier leur soirée. Lorsqu'ils allèrent se coucher, Michael céda à sa sœur son matelas dans la chambre exiguë qu'il occupait tandis que lui allait dormir par terre, juste à côté, emmitouflé dans une courtepointe verte que leur mère avait confectionnée au crochet des années plus tôt de ses propres mains – difficile à croire. Le lendemain matin, Holly se réveilla avec une migraine atroce. Elle sentit un poids peser sur sa poitrine et, lorsqu'elle ouvrit les yeux, elle se retrouva face à son frère, qui dormait encore à poings fermés. Collé de tout son long contre le matelas, il avait jeté son bras en travers d'elle. Leurs visages se touchaient presque et elle étudia celui de son frère, remarqua que son front s'était creusé de rides, qu'il était indiscutablement âgé de 22 ans, qu'il avait une très belle bouche, qu'il était bel homme. Elle aurait aimé lui être utile, mais il n'avait pas besoin d'elle, il s'en sortirait brillamment, il avait obtenu les félicitations du jury, ce qui n'était pas un mince exploit. Les portes s'ouvriraient en grand tout au long de sa carrière, les femmes se jetteraient à ses pieds. Il se débrouillerait très bien seul, elle ne lui servirait à rien. Autrefois ils avaient été jumeaux, siamois, unis par la proximité de l'âge, mais c'était elle qui vivait un calvaire depuis l'enfance, il le savait et il s'était résigné ; il avait même semblé impressionné par cette souffrance juvénile, comme si le martyre d'une jeune fille en fleur pouvait susciter un respect mêlé de crainte. Il l'admirait en silence et elle acceptait cette admiration muette, ravie d'avoir un adorateur sous la main. Plus tard, alors qu'elle avait déserté le foyer familial, partagée entre rage et auto-apitoiement, l'esprit embrumé, Michael avait toléré son absence. Au tout début, il lui arrivait de demander : « Pourquoi il a fallu que tu partes ? » C'était une question à laquelle Holly n'avait aucune réponse à apporter, bien évidemment, car il était dans sa nature, en quelque sorte, de tourner le dos à la famille, de fuir sans demander son reste.

Après cette nuit chez Michael, Holly décida de repartir à la dérive, de se laisser porter par le courant, et leurs chemins se croiseraient à nouveau un an plus tard. Elle s'était donnée en spectacle la veille devant son frère et ses colocataires, elle s'était couverte de honte, la morve au nez, les paupières rougies, dans un état second. En partant, elle faisait le bon choix.

Avec mille précautions Holly souleva le long bras de son frère, s'en dégagea et quitta le matelas.

– Pense à moi, Michael, lui chuchota-t-elle dans le creux de l'oreille avant de partir.

Il ne remua pas d'un pouce.

Holly passa les années suivantes à errer d'appartement en appartement, de ville en ville, à s'imposer dans la vie des autres. Elle garda la tête hors de l'eau grâce à l'argent qu'elle gagnait, l'argent que lui rapportaient le trafic d'herbe et des petits boulots occasionnels. Ce qui l'aida à survivre, c'était une qualité exceptionnelle qu'elle devait au seul hasard : son ingénuité. D'où venait-elle, cette candeur ? Mystère. Pourtant, quelque chose l'avait isolée au sein de sa famille ; ce quelque chose l'avait arrachée à eux tout en l'aidant à surnager des années entières. Une énergie. Un instinct. Elle avait traversé de longues phases de crise ; plus jeune, elle avait été mise K-O par la dépression, la cocaïne et la consommation effrénée de marijuana ; elle avait enchaîné les cures de désintoxication et, malgré ces épreuves, elle s'en était plutôt bien tirée. Holly n'avait jamais perdu pied car, au milieu de la tourmente, elle s'était attachée à rester en mouvement, à bouillir intérieurement, à méditer, à survivre, à manger sain, à boire de l'eau, à régler ses factures d'électricité, à se faire détartrer les dents une fois par an, à enfiler un manteau, une petite laine, dès que les températures chutaient.

Holly était dans un état d'agitation perpétuelle. Un jour, après avoir lu un article, elle réussit à se convaincre qu'elle souffrait d'un déficit de l'attention que personne n'avait diagnostiqué.

– Tu vois, ce qu'on fait, c'est de l'automédication. On traite nous-mêmes nos problèmes, avait expliqué l'un de ses amis tandis qu'ils réduisaient des blocs croquants de cocaïne en une fine poudre et transformaient en pailles des billets d'un dollar, avant d'incliner cérémonieusement la tête.

Assise dans un taudis à Waterbury ou à Holyoke, dans un studio équipé d'une moquette à longs poils, voire d'un matelas, s'adonnant à la fumette ou occupée à regarder la neige tomber, la pluie dégouliner, le soleil illuminer les vitres zébrées de crasse, Holly s'assurait toujours d'écouter de la musique pendant ses activités. Pour quiconque a l'intention de végéter dans un appartement vide, la main plongée mollement dans un sachet de chips comme un hameçon, la musique devient indispensable. Sans musique, il est difficile de ne pas se confronter à ce que l'on a fait de sa vie, au gâchis que l'on n'a pas pu éviter, aux ratés qui se multiplient.

Une nuit, alors qu'elle était encore au lycée, Holly et Bille-de-Clown squattaient un banc en bois vert de la gare de Wontauket et Bille-de-Clown avait pleuré sur l'épaule de son amie. Il lui avait raconté son enfance passée entre les murs d'un foyer pour garçons à Ronkonkoma. Les responsables de l'établissement, des religieuses, frappaient leurs pensionnaires à grands coups de balai et les forçaient à boire l'eau qui avait servi à laver les sols. L'anecdote bouleversa Holly qui se serra plus fort contre Bille-de-Clown. Un peu plus tard, dissimulée derrière une rangée de placards publicitaires, elle s'agenouilla devant le jeune homme et défit la boucle de sa ceinture. Elle s'exécutait volontiers : il était aux anges et ses yeux roulèrent dans leurs orbites, ce qui combla Holly de joie et l'engloba dans un tourbillon de sensations. Ce tourbillon fondrait sur elle, de loin en loin, au cours des années suivantes, avec une intensité qui irait en s'amenuisant. Et aucune de ces expériences – que ce soit avec Bille-de-Clown ou avec d'autres – ne se rapprocherait de la douce fébrilité qu'elle avait vécue avec Adam Selig dans sa chambre de petite fille. Cette fièvre des premières fois, presque incontrôlable, s'était volatilisée et elle voulait la récupérer coûte que coûte – mais par quel moyen ? Où était-il, l'épanouissement des sens tant vanté ? Où était-elle, cette « volupté » en l'honneur de laquelle ses parents avaient noirci des pages entières ? Holly Mellow s'était lancée dans une quête sans fin, à la recherche d'une personne qui n'existait plus depuis bien longtemps. Elle comprit, au bout du compte, qu'elle s'était fait berner : elle avait renoncé à la chance de parfaire son éducation, d'intégrer la société, pour choisir la poursuite de plaisirs éphémères. Une fois engagée sur cette voie, elle en avait conscience, il était presque impossible de faire machine arrière : elle était étiquetée à vie.

Le bon côté des choses, c'est qu'elle ne connaissait pas la solitude. Il y avait des amants, des potes, des gens de passage. L'une de ses amies était une fille qui répondait au nom de Joanne Mikulski et revendait toutes les drogues de la création, toute la pharmacopée – poudres, gélules, capsules, cachets – en circulation à l'époque. Une vraie corne d'abondance. Au cours de l'automne qui avait suivi la rupture de ses parents, Holly avait été recueillie un soir par la police dans le théâtre de plein air d'un parc à Huntington, le sang saturé de THC et de métamphétamines. Assise sur la banquette arrière de leur véhicule, elle leur avait demandé de la conduire chez son père. Ils avaient accédé à sa demande et l'avaient confiée à un Paul mélancolique, cheveux longs et barbe hirsute, qui l'avait prise dans ses bras, un peu perdu, lui aussi, comme si une fille têtue était en mesure de rabattre son caquet au plus puissamment sexuel des pères. Holly comprit plus tard que cette mine défaite gardait les séquelles des embûches semées par le destin : la femme qu'il avait aimée en aimait désormais un autre.

Ce soir-là, Paul scruta sa fille à la lumière de la lampe du couloir. Elle avait les pupilles dilatées, aussi grosses que des olives. Une vraie loque ! Il secoua la tête.

– Ma petite fille. Regarde dans quel état tu t'es mise.

Et il posa sur sa fille un regard qu'il n'avait jamais posé sur son épouse, et Holly rougit : elle déshonorait la famille, elle était l'archétype de l'adolescente à problèmes. Le cauchemar des parents. « Regarde dans quel état tu t'es mise. » Il avait parlé sans la moindre trace de dévotion dans la voix, donnant à entendre son fatalisme face à la catastrophe qu'était devenue Holly.

Lui et Roz ne semblaient avoir qu'une emprise minimale sur leur fille aînée, car l'attirance qu'exerçait sur elle le monde était trop aiguë, trop violente pour qu'ils arrivent à la contrer. Roz avait, elle aussi, en son temps, cédé à cette fascination. Soit son mariage ne lui avait pas suffi, soit, au contraire, il avait fini par la submerger.

Autrefois, ils avaient formé une famille heureuse. Longtemps, très longtemps, la vie leur avait souri : ils partaient en vacances ensemble, ils prenaient leurs repas ensemble et non, les parents n'avaient pas été des parents indignes, loin de là : même après la parution du *Plaisir*, ils avaient réussi à réserver du temps aux spectacles de fin d'année et aux réunions de parents d'élèves, entre interviews et colloques. Ils avaient fait de leur mieux. Mais ils étaient source d'embarras pour une fille aînée empêtrée dans une difficile recherche d'identité et le divorce avait porté le coup de grâce. Un jour, Roz Mellow gara sa Volvo dans l'allée et découvrit que Holly s'était fait la belle. Elle avait fui avec Bille-de-Clown puis accroché son wagon à Joanne Mikulski, que la nature avait dotée d'une canine aussi jaune qu'un grain de maïs. Plus tard, elle avait gagné le large en compagnie de Danny Jett et de ces filles qu'elle avait rencontrées en ville pour planter sa tente à Harlem, où un barman l'avait surnommée Rosalita. Holly Mellow, la sublime Holly Mellow, la beauté altière, se dépouilla de ses oripeaux après avoir décrété qu'elle en avait « ras-le-bol ». Elle baissa les bras, elle abandonna sa famille. Ils renoncèrent à faire valoir leurs droits sur elle et consentirent très tôt à la restituer au monde. Sa place, à l'en croire, n'était plus à Wontauket.

À 43 ans, Holly n'était pas plus avancée : elle n'avait sa place nulle part. Elle s'était retranchée trop longtemps dans sa solitude et il était trop tard pour espérer rallier le giron familial tel qu'elle l'avait connu enfant : la métamorphose était accomplie et son revirement aurait été d'une hypocrisie totale. De toute façon, elle avait sa propre famille. La maison de Swarthmore n'existait plus, le mariage de ses parents était tombé à l'eau, les enfants étaient devenus, à l'âge adulte, méconnaissables : Dashiell était passé du côté obscur de la force politique ; Michael était devenu une boule de stress, un esclave mal dans sa peau ; quant à Claudia, elle était vaguement ratée, vaguement artiste.

Holly n'avait de leçon à donner à personne. Jusqu'à récemment, elle n'avait pas eu grand-chose à afficher en sa faveur, excepté cette beauté hors normes qu'elle avait arborée tout au long de son parcours, comme un pèlerin transporte son modeste pécule caché dans sa chaussure. Dans une salve de fertilité tardive, elle avait eu la chance de tomber enceinte, et le bébé avait chamboulé son existence en une sanguinolente fraction de seconde. Elle avait tourné le dos à une vie dissolue, puis à l'obéissance qu'elle devait à Marcus Leeming, pour se soumettre à ce qu'elle n'avait pas cru possible. Désormais, elle avait un but.

Le bébé, baptisé Ross (un prénom insipide qui permettait à Marcus de rendre hommage à son père, qui n'était plus de ce monde) et surnommé universellement Buddy, avait fêté ses 19 mois. Depuis la naissance de son fils, Holly s'absorbait en lui autant que l'on peut s'absorber dans une autre personne et, l'année qui avait précédé sa venue au monde, elle s'était immergée tout entière dans sa grossesse en dévorant des manuels qui prodiguaient des conseils sur la nausée, l'acide folique, les tests génétiques et l'accouchement, ce supplice ignoble, sur la pitocine, sur les vertus des copeaux de glace, sur les suppliques continuelles pour demander grâce à l'anesthésiste.

Marcus était chirurgien orthopédique, ce qui ne lui serait d'aucune utilité pendant sa grossesse. Sa clientèle incluait des joueurs de football professionnels et de vénérables aïeules à la hanche fracturée. Sa salle d'attente ne désemplissait pas. C'était un homme grand, maigre et dégingandé qui ramenait ses longs cheveux en queue-de-cheval, souvenir d'une époque où il avait joué au rebelle, avant l'université, avant les stages, avant l'internat. Jadis, durant une adolescence passée en Oregon, il s'était distingué dans un groupe de rock qui avait écumé la région de Portland. Ils étaient bons, pas géniaux, avait-il dit à Holly, un qualificatif qui décrivait tout aussi bien sa carrière universitaire : rejeté de toutes les écoles de médecine américaines qu'il avait demandées, il avait dû suivre sa formation outre-mer, ce qu'il avait ressenti comme une humiliation. En découvrant, à son retour, qu'il était beaucoup plus calme que ses collègues formés aux États-Unis, beaucoup plus solide sur le plan psychologique, plus apte à affronter les agressions quotidiennes dans le cadre hospitalier, il révisa son jugement. Aux yeux de Holly, ce n'était pas vraiment le calme qu'il respirait ; sa pseudo-sérénité se tempérait d'une certaine méfiance et c'est cette méfiance qui lui avait sauté au visage dès leur première rencontre.

Ils avaient fait connaissance en 1995 à Malibu, lors d'une fête qui s'était prolongée jusqu'au petit matin. Holly, à ce moment-là, dealait de la marijuana dans les collines de Silverlake et louait un studio aménagé dans le garage d'une sorte de ranch hispanisant. Elle s'était mise à la remorque d'un groupe d'amis dont l'un connaissait le maître des lieux. Lorsqu'elle l'avisa pour la première fois, Holly était assise sur le ponton en bois blanchi par le soleil, le regard perdu dans l'océan, et pensait au suicide. Les pensées noires s'imposaient à son esprit sans qu'elle les y invite et l'assaillaient à intervalles réguliers. En règle générale ces méditations morbides la surprenaient dans les périodes de complet désœuvrement, comme ce soir-là, à Malibu, pendant une fête où elle ne connaissait personne. Sur le ponton, elle imagina la maison de leur hôte, bâtie sur pilotis, balayée par une tempête ; elle vit sa tête danser à la surface de l'eau, à peine plus grande qu'une tête d'épingle, et envisagea le soulagement qu'elle éprouverait au moment de boire la tasse et de se laisser engloutir par les flots. Ses cheveux tourbillonneraient autour d'elle ; une minuscule étoile de mer se déposerait dans sa gorge. Personne n'arriverait à identifier son cadavre.

Elle fumait une cigarette quand l'homme à la queue-de-cheval, sec comme un échalas, se matérialisa à côté d'elle. Ils étaient seuls sur la plate-forme, car la nuit était fraîche : les fêtards préféraient se réchauffer devant le feu qui crépitait dans une cheminée aussi vaste qu'une chambre. Une ancienne gloire du rock chantait une version acoustique de son seul et unique tube, « Essaie-moi », et tout le monde reprit le refrain en chœur. « Essaie-moi, entonnèrent les invités, et si je ne te plais pas, rapporte-moi au magasin... »

– Ils chantent comme des casseroles, déclara Queue-de-Cheval en s'appuyant contre la balustrade en bois et, lorsqu'elle acquiesça, il ajouta :

– Un conseil, arrêtez la clope.

– Et vous êtes qui, pour me donner ce conseil ?

– Un médecin.

– Eh bien, merci pour le tuyau, rétorqua Holly en ajoutant *in petto* : Connard.

À l'époque, elle estimait qu'elle était entourée de crétins ; elle tirait une satisfaction profonde à cataloguer les gens d'un seul coup d'œil.

– Écoutez, j'ai fait des études de médecine. J'ai appris à réfléchir en fonction d'un certain paradigme. À force, ça devient un réflexe. Mais ce n'est que pure hypocrisie. Mes associés et moi – on gère un cabinet de chirurgie orthopédique –, on a tous les vices.

Sa curiosité chatouillée, Holly posa les yeux sur son interlocuteur : elle rangea dans un tiroir ses projets suicidaires, temporairement, comme si elle refermait un livre avant d'aller se coucher. Elle se sentait abattue, elle s'était levée à l'aube pour remplir des sachets hermétiques de bourgeons de cannabis en compagnie de Rita, une prostituée paranoïaque qui ressemblait comme deux gouttes d'eau à une star de la blaxploitation décédée quelques jours plus tôt. Rita avait décidé de prendre sa retraite et de se reconvertir dans le commerce des stupéfiants. Elle adorait régaler son auditoire d'anecdotes traitant de son âge d'or sur le proverbial « trottoir » ; elle parlait de macs, de rentrées d'argent, de MST, et avait en stock un récit particulièrement poignant, celui d'une chlamydia qui s'était achevée en une laparoscopie ratée dans un dispensaire de Venice Beach.

À Malibu, entre l'océan flou et orageux qui se déployait au-delà du ponton et cette maison peuplée de parvenus et de courtisans qui braillaient en rythme avec une Fender Stratocaster débranchée, Holly puisa du réconfort dans la présence de ce chirurgien orthopédiste. Elle ne comptait aucun médecin parmi ses connaissances ; sa vie était peuplée d'individus du même calibre qu'elle, des autodidactes.

Un médecin. Elle adressa à Queue-de-cheval un sourire sans éclat mais sincère.

– À qui ai-je l'honneur ? demanda l'homme.

Holly accepta de satisfaire sa curiosité et il embraya sur l'inévitable question :

– Mellow ? C'est peut-être un nom répandu, mais vous ne seriez pas de la famille des Mellow qui ont écrit ce livre sur le sexe ?

Et Holly dut passer aux aveux. C'était un moment qu'elle haïssait par-dessus tout.

– Oui, ce sont mes parents qui ont écrit *Prendre son pied : la découverte du nirvana par deux chauds lapins*.

Il y eut un bref silence et Queue-de-cheval ébaucha une mine rieuse.

– Amusant. Vous êtes très drôle.

Elle l'écouta pontifier sur ce que ce livre avait signifié pour lui, sur le profit qu'il en avait tiré, l'enseignement qu'il dispensait, etc. Tout au long de son monologue elle évita de croiser son regard, tâchant de communiquer tout à la fois son malaise et sa lassitude, mais sa stratégie tomba à l'eau. En règle générale, les gens étaient tellement accaparés par leur petit maelström de souvenirs qu'ils s'absorbaient dans la narration, et Marcus Leeming ne faisait pas exception à la règle.

Plus tard, la fête finie et les invités regagnant leur voiture d'un pas mal assuré, elle tituba vers celle de Queue-de-cheval. Ses amis ne protestèrent pas : ils ne se souvenaient même plus qu'elle était venue avec eux. Ils installeraient quelqu'un d'autre à sa place sur la banquette arrière et, ni une ni deux, ils appuieraient sur le champignon pour filer le long de l'océan Pacifique, impatients de rentrer chez eux, ou de parasiter un autre hôte.

Dans la maison qu'il louait, Marcus voulut lui montrer ce qu'il avait retenu du livre. Son extrême maigreur recelait une force herculéenne, son corps était semé de poils clairs qui tiraient sur le blond. Au début elle ne sentit pas grand-chose, hormis un va-et-vient exaspérant et, en même temps, soporifique, puis Marcus finit par comprendre qu'elle considérait le sexe comme une activité inerte et statique, qu'il allait devoir prendre des mesures draconiennes s'il souhaitait la revoir. En désespoir de cause, il sortit un flacon de cocaïne à usage pharmaceutique qu'ils s'empressèrent de sniffer, et tout rentra dans l'ordre. Le va-et-vient monotone se mua en tempo rapide et Holly entendit sa propre respiration s'accélérer, aller crescendo, comme si une jeune femme, son double, lui soufflait dans la nuque. Quand, des semaines plus tard, elle le vit vêtu de sa blouse tandis qu'il s'apprêtait à pousser la porte du bloc opératoire, elle se dit que l'opacité de cette tenue cadrait avec le personnage. Qui savait ce qu'il cachait en dessous ? Il n'avait levé le voile que sur certains pans de son passé ; elle n'avait pas envie d'en savoir plus.

Il était trop tard pour prendre à son compte le passé d'un autre ; Holly avait le sien, qui lui suffisait amplement. Jamais elle n'aurait cru qu'épouser un quasi-étranger était tout à fait envisageable, et elle n'allait pas s'en priver. Le mariage déclencherait un choc sans précédent dans sa vie et prouverait à la terre entière que Holly Mellow empruntait les mêmes chemins que l'immense majorité. Leur union disloquerait la chronologie, en plus de lui fournir une stabilité. Un seul toit, un seul partenaire. Elle savait que le sexe n'avait rien à voir avec le portrait qu'en avaient tracé ses parents. Ils l'avaient appris eux aussi, d'ailleurs, à leurs dépens. Leur mariage s'accompagnait d'une ironie qui dégageait un parfum vif et âcre dont Holly faisait son régal.

Holly avait l'impression de trouver son compte, malgré son passé de toxicomane, dans une vision passéiste du couple : seule une femme oisive, qui ne possédait aucun bien de valeur, avait le droit d'épouser un médecin. Le patronyme de Marcus deviendrait le sien et elle s'en félicitait, car elle pourrait enfin se délivrer de l'étiquette Mellow, jeter ce nom si encombrant aux orties. Elle pourrait même faire main basse sur son diplôme (décroché à l'université Saint-Martinus, sur l'île de Curaçao). Elle pouvait se mettre en retrait, faire en sorte que les aspérités qui constituaient sa personnalité, plus ou moins heureuses, s'émoussent, s'estompent puis s'évaporent, comme le visage de ses compagnons de turpitudes, oubliés à jamais.

Holly Mellow ne s'était pas racheté une virginité en épousant Marcus Leeming, contrairement aux apparences : elle aspirait à corriger le tir par elle-même car elle savait qu'en laissant un autre s'en charger elle se condamnait à l'échec. Il tolérait de mauvaise grâce sa paresse revendiquée, son manque d'ambition, son je-m'en-foutisme. En guise de préambule à leur relation, Holly avait décidé de jouer cartes sur table et lui avait avoué tous ses écarts de conduite. La liste, interminable, avait mis la patience de son futur mari à rude épreuve, ainsi que sa tolérance supposée. Marcus s'était calé dans le canapé du salon et l'avait écoutée en se composant un sourire faussement amical.

Elle lui raconta l'année 1991, les douze mois où elle avait vivoté dans le Minnesota après s'être échappée d'un centre de désintoxication. Holly Mellow avait loué, avec quelques camarades d'infortune, un appartement à quatre kilomètres à peine de l'établissement où le hasard les avait réunis et tous avaient entrepris de trouver des petits boulots dans la région – vendeur de glaces, libraire. Holly était serveuse aux Yoghourts de Mère-Grand, où elle actionnait des leviers et regardait la substance veloutée qui s'enroulait dans les gobelets en polystyrène, familiarisée avec les vibrations et le ronron de la machine. Ses mains étaient imprégnées de l'odeur du petit-lait, ainsi que ses vêtements, et, à la moindre plainte, ses collègues rétorquaient : « De quoi tu te plains ? T'as du yaourt à l'œil. » Le sarcasme était de rigueur dans la petite boutique. À 30 ans, Holly était la plus âgée de l'équipe. Elle avait beau s'en défendre, le gérant, du haut de ses 23 ans, avait toutes les peines du monde à admettre qu'elle ne comptait pas gravir les échelons de l'organigramme, ni s'élever au poste de directrice adjointe. Le travail était d'un ennui mortel. De plus, il lui restait encore l'argent de son épargne, qui lui avait donné le loisir de mener cette vie dissolue, longue et sinueuse. Elle aurait dû en savoir gré à ses parents, mais ce n'était pas le cas.

Durant toutes ces années, alors qu'elle respectait un silence radio scrupuleux, elle piochait sans vergogne dans sa réserve, elle le retirait de son compte en catimini, en toute discrétion, grâce aux distributeurs automatiques aux quatre coins des États-Unis, signant des chèques, achetant de quoi manger, de quoi se droguer, payant sa vodka, son loyer, son essence, ses vinyles puis, le progrès aidant, ses CD, sans accorder la moindre pensée à ses parents, eux qui lui avaient permis de mener une vie confortable. Ses parents, qui lui avaient donné la vie.

Même à l'heure actuelle, à 43 ans, ses excès loin derrière elle, elle bouillait de rage, comme une adolescente, contre les injustices dont elle avait été victime et, parfois, celles qu'elle avait commises. Elle imaginait sa mère en larmes dans la cuisine, elle revit son père errer de pièce en pièce tout en caressant sa barbe, perplexe et triste. Elle se représenta ses parents en train de baiser comme des lapins, proclamant à la face de l'univers que le sexe procurait un plaisir infini, un frisson à nul autre pareil, et ce point de vue, qu'elle avait partagé à peine plus d'une minute à l'adolescence, elle le trouvait de plus en plus sujet à caution en prenant de l'âge. Les hommes prenaient de l'âge eux aussi, et tous semblaient s'aplatir dans leur lit, exténués, furieux, au comble de la frustration. Elle vit ses frères et sa sœur cadette, les yeux écarquillés, ouverts démesurément, leur innocence se craquelant sous l'impact des scènes qui s'étalaient devant eux.

Holly trouvait légitime de s'affranchir de ses parents le plus tôt possible ; son exil était amplement justifié. Ils l'avaient salie, ignorée, humiliée. Et la vie l'avait attendue, en embuscade, comme une voiture prête à conduire une fugueuse au loin. Ce qui ne l'empêchait pas d'avoir le cœur rongé de colère, assise dans le rocking-chair blanc, le bébé dans les bras. Son mari était entré dans sa vie comme une tornade et il avait gagné sa confiance grâce à une combinaison inédite : queue-de-cheval plus diplôme. *Il va veiller sur moi*, s'était-elle dit. Il avait le pouvoir de lui procurer une stabilité qui lui manquait depuis le jour où, entourée de toute la smala Mellow dans sa chambre à la moquette rose, elle avait lancé le tourniquet du plateau de *Destins – Le jeu de la vie*, et la flèche avait atterri sur « crédit immobilier, mariage, famille ». Chose curieuse, la prophétie s'était réalisée. Le passé était caduc. Le présent, bien que dépourvu de la saveur caractéristique du réel, était palpable, tangible, et elle ne pouvait s'y soustraire.

Elle vivait dans une demeure luxueuse du canyon de Topanga et sa beauté perdurait malgré une plastique un peu cabossée : la peau desséchée qui délimitait ses yeux et sa bouche portait les stigmates de son passé de fumeuse. Sa chevelure était toujours blonde et luxuriante, son corps parsemé de taches de rousseur n'avait rien perdu de son hâle ni de sa souplesse. Holly était devenue mère sur le tard, passé la quarantaine ; l'infirmière qui servait d'assistante à son obstétricien lui avait donné une brochure dont la couverture mettait en vedette des femmes aux cheveux gris cajolant des nouveau-nés. Holly berçait son bébé en ce moment même, chair contre chair, et l'aube commençait à blanchir la fenêtre de la chambre d'enfants. Buddy Leeming se réveillait tout doucement ; il souleva sa tête, qu'il avait appuyée sur le sein gauche de sa mère, et l'interrogea d'un regard confus. On aurait dit qu'il émergeait d'une torpeur causée par des narcotiques : Qui suis-je ? Où sommes-nous ?

– Maman ?

– Bonjour, mon Buddy. Bonjour, mon lapin.

Buddy tendit le bras vers l'accoudoir du rocking-chair et frôla de sa main potelée le galbe de bois blanc.

– Va. Va-t'en. Va, maman. Tout de suite.

Mais maman n'avait qu'une envie, rester avec son fils et profiter de lui avant que le soleil n'inonde la chambre, avant que Marcus ne lui gâche son plaisir avec son humeur revêche, avant qu'elle ne retourne à sa vie de femme au foyer de la banlieue californienne, comme si là était son unique place. Holly repensa à Dashiell et à sa maladie ; elle repensa à ses parents, d'abord inséparables, puis désunis. Elle repensa à Michael, ce frère qui l'avait toujours observée les yeux brillants de désir, un désir qu'elle avait feint d'ignorer car elle était incapable d'y répondre. Comment aurait-elle pu ? Ils avaient été comme l'ombre et le corps, ces deux-là, comme des duettistes. Cet état de grâce n'avait pas duré. De sa vie, elle ne savait presque rien : les études à Princeton, la société qui l'employait, la femme qu'il aimait, l'argent qu'il dépensait. Elle l'avait lâché, lui comme les autres. Holly avait envisagé la famille Mellow d'abord comme une entité solide, ensuite comme un ramassis de pièces cassées, disparates. Que la vie était violente, bon sang, et pitoyable. On avait parfois l'impression d'assister à un show laser tourbillonnant. Même les ratés de tous poils avaient le droit de prendre place dans un fauteuil confortable et de jouir du spectacle, la tête rejetée en arrière, bouche bée, médusés.

– Va-t'en, répéta Buddy, de plus en plus insistant.

Mais Holly Leeming était incapable de relâcher son enfant : elle n'était pas encore prête, elle ne le serait peut-être jamais, et elle lui saisit la tête d'une main ferme, la rapprocha de son sein et la planta là. Les yeux de son fils se tournèrent vers elle, comme pour lui dire : Mais qu'est-ce que tu fous ?

D'un geste résolu, sans montrer le moindre repentir, Holly glissa le téton dans sa bouche et attendit, longtemps, que Buddy s'y agrippe. Sa patience fut récompensée car le petit, d'un tempérament débonnaire, ne voulait pas faire d'histoires. Il lui était tout aussi facile d'être ici, avec sa mère, dans cette petite chambre douillette, que de s'aventurer dans le vaste monde.

10

Derrière les chambres en hémicycle qui accueillaient les malades, des infirmières étaient postées aux commandes d'un immense tableau de bord aux lignes incurvées et Dashiell Mellow, en proie à des hallucinations, s'imagina à l'intérieur d'un vaisseau spatial qui s'apprêtait à quitter la planète Terre.

– Ailleurs, ce sera mieux, remarqua-t-il, la gorge sèche.

– Pardon ? lança l'infirmière de nuit, une tache jaune aux contours flous qui ne faisait que passer (son rôle se limitait à vérifier son traitement et à griffonner quelques notes).

– Ailleurs, ce sera mieux, répéta-t-il, et sa conviction vacilla.

Que voulait-il dire par là ? Il s'efforça de comprendre le pourquoi de ces quatre mots, en vain.

– Oh non, vous êtes entre de bonnes mains. Le suivi est excellent ici, vous pouvez me croire. Mon beau-frère a subi un triple pontage il y a six semaines et il est déjà retourné au travail.

Elle tapota la couverture d'une main gantée de latex et quitta la chambre sur ses chaussures silencieuses.

Le vaisseau spatial décolla au-dessus de Providence, transportant sa cargaison de passagers, tous mis en quarantaine, trop faibles et trop malades pour observer leur ville par les hublots. Dashiell parvint à se redresser dans son lit et à projeter son regard à l'extérieur. Tandis que l'astronef prenait de l'altitude, il repéra le toit de la maison qui les hébergeait, lui et Tom, la grille en fer forgé de la Brown University et, plantée au milieu d'un parc, la statue de Roger Williams, le fondateur de Rhode Island, coiffé d'un tricorne, botté de cuir et vêtu d'une redingote. Roger Williams leva le nez en l'air, avisa le vaisseau et, au prix d'un effort surhumain, salua de son bras en bronze l'engin qui se hissait lourdement dans le ciel nocturne. Dashiell aurait aimé répondre à ce salut mais son propre bras pesait des tonnes. Il rejeta sa lourde tête sur l'oreiller et ferma les paupières, prêt à mettre les voiles, sans trop savoir quand il arriverait à destination.

Au petit matin, il trouva Tom assis à son chevet, sur la seule chaise de la chambre. Il portait un masque et une blouse jaune, à l'instar de l'infirmière qui lui avait rendu visite la veille, par-dessus son seul et unique costume de qualité, un Armani noir, que Dashiell reconnut aux revers du pantalon et au col, qui dépassaient de la blouse. Le costume avait coûté si cher que les deux hommes avaient dû réviser leur budget mensuel avant de sortir la carte bleue. Vu le poste qu'il occupait, Tom se devait d'être habillé avec goût, de camper une figure d'autorité. Depuis l'avènement de Bill Clinton, les démocrates s'étaient attribué le monopole de l'élégance tandis que les républicains faisaient office de parents pauvres de la mode. Les premiers se reconnaissaient à leurs abdominaux en béton et à leur costume italien quand les autres chérissaient les moumoutes miteuses et les vestes à carreaux en polyamide. Cette situation n'était plus tenable. Les gays devaient montrer la voie au parti républicain, avait clamé Tom, et Dashiell s'était rallié à sa cause en achetant le costume Armani. D'ailleurs, ce costume lui donnait une telle allure que Dashiell sentait une improbable bouffée de fierté monter en lui lorsqu'ils marchaient côte à côte dans la rue, comme s'il souhaitait hurler dans un mégaphone : « Lui, c'est mon mec. Regardez-le et tombez à genoux. »

Ce matin-là, dans la pénombre de l'unité de soins qui accueillait tous les patients en attente d'une greffe de moelle osseuse, l'attirance sexuelle était nulle, pour ainsi dire, et le masque chirurgical dissimulait mal la terreur qui se lisait dans le regard de Tom Amlin.

– Dashiell ? Tu dors ?

La bande de tissu jaune fut aspirée par un trou qui dessinait le contour d'une bouche.

– Non. Je viens juste de me réveiller.

– Il paraît que tu es en très bonne voie. J'ai parlé avec les infirmières, et aussi avec le docteur Chang et le docteur Balakian.

– Vraiment ? Et ils savent ça comment ?

Dashiell se rendit compte, non sans un vif soulagement, que ses hallucinations avaient cessé. Il ne voguait pas à travers les espaces intersidéraux ; il ne déambulait pas dans les coursives d'une navette spatiale ; aucune aide-soignante affranchie de la pesanteur ne flottait devant son lit, lestée d'un plateau. Il n'avait pas quitté la Terre, il en était sorti indemne, du moins aussi indemne que peut l'être un homme rongé par le cancer.

Les cellules souches périphériques extraites de sa moelle osseuse, bombardées par une ultime salve de radiations, lui seraient restituées plus propres, plus pures. Son système immunitaire serait alors mis en veille et cette coupure soudaine le rendrait vulnérable à la moindre agression : une infirmière négligente pouvait, en éternuant, projeter dans l'atmosphère une toile de morve à la façon d'une araignée et toucher le bord d'un magazine que Dashiell feuilletterait un peu plus tard ; la trappe de ventilation située sous la fenêtre semblait, quant à elle, s'orner d'un petit bourrelet de moisissure, ce qui le perturbait grandement. Mais il n'avait pas envie de le signaler au personnel, trop fatigué pour se plaindre, trop inquiet de passer pour un patient difficile.

– Ils m'ont dit que tu tolères très bien le nouveau traitement. C'est ça que je voulais dire, l'informa Tom.

– Oh.

Tom croisa les jambes. Ses souliers noirs et lustrés étaient protégés par des chaussons en tissu extensible assortis à la blouse.

– Écoute, Dash. Il faut que je parte en déplacement.

– Je sais.

– Oui, mais il faut que je parte maintenant, en fait, tout à l'heure. Quelques jours par-ci par-là, en coup de vent. Je ferai des allers-retours. Il n'y a pas d'autre solution. Wyman a encore plongé dans les sondages et ils veulent que j'aille sur le terrain. Il se fait éreinter à cause des interviews dans lesquelles il soutient à cent pour cent l'attaque en Irak – comme s'il jouait un rôle quelconque – alors que la situation s'enlise. Tous les jours des soldats meurent. Tu as entendu parler de cette mère ?

– Quelle mère ?

– Mary Ann McCullough. Elle vient de Pawtucket et son gamin s'est fait exploser la semaine dernière à Falloujah. Alors elle s'acharne contre Wyman, comme par hasard, comme s'il était responsable, alors qu'il n'est qu'un candidat parmi d'autres. Elle le suit partout, se pointe aux meetings et aux opérations média, brandit des portraits géants de son gosse et des photos du cercueil recouvert d'un drapeau. Elle a même fait agrandir une de ses photos de primaire sur des panneaux d'affichage, avec une légende. «Mon fils a trouvé la mort dans une guerre bidon», quelque chose de ce genre. Donc elle harcèle Wyman, et le RNC, le comité national, exige que ces événements soient l'objet d'un contrôle plus rigoureux. Je ne peux faire confiance à personne sur ce coup-là ; tout est en train de partir en vrille. Sans moi, ils vont droit dans le mur.

Dashiell ne sut que répondre. Pris de vertiges il se demanda, une fraction de seconde, s'il n'était pas en train de dériver dans le vide intersidéral, si Tom était bien là, près de lui. Les Brooks Brothers ? C'était de l'histoire ancienne. Devenus Neil Armstrong et Buzz Aldrin, ils se préparaient pour une petite balade sur la Lune. Comment Tom pouvait-il annoncer une nouvelle pareille ; comment pouvait-il l'abandonner dans cette chambre, alors que son corps attendait que la moelle bénéfique et les cellules assainies entrent en scène ? À peine capable de bouger la tête, Dashiell fit pivoter ses yeux vers Tom et posa sur lui ce qu'il espérait être un regard féroce. Il ne lui offrit que sa mine de chien battu.

Il découvrit à cet instant que Tom était lui aussi bouleversé.

– Tu me détestes, souffla Tom. Je comprends, ça paraît monstrueux. Mais je suis obligé, Dash. Contraint et forcé. C'est le RNC qui me force la main. Pour résumer, les pontes du parti me proposent le choix suivant, à prendre ou à laisser : soit je prends la route avec Wyman, je sillonne l'État, j'éteins tous les incendies qui se déclenchent et, si mon boulot leur convient, je continue à monter en grade et mon salaire couvre tout ce que ton assurance refuse de couvrir. Soit je démissionne tout de suite et je suis banni du parti républicain de Rhode Island, sans parler de la maison mère, et dans ce cas je ne sais pas comment on va assumer les frais médicaux.

– Ils ne feraient pas ça, pas à toi.

– À ton avis ?

Les deux hommes scrutèrent le cathéter fiché dans le torse de Dashiell ; goutte à goutte, obstinément, s'écoulaient cyclophosphamide, melphalan et etoposide. Les dépenses occasionnées par sa maladie étaient si exorbitantes qu'ils préféraient ne pas y penser. Toutes les responsabilités étaient retombées sur Tom, l'époux qui restait dans l'ombre. Et pourtant, ils n'en continuaient pas moins à mener leur petite barque. Deux hommes qui s'aimaient, dont les yeux se mettaient à briller à la vue de leur compagnon au sortir de la douche le matin. Deux hommes qui savaient se rendre heureux grâce à quelques gamineries et discutaient toute la nuit politique, étalés en travers de leur lit, splendide liberté qui n'appartenait qu'aux bien-portants.

Cette liberté a disparu, songea Dashiell, car les lits n'avaient désormais qu'une utilité limitée : on y restait couché et immobile, on soulevait la tête, on posait le pied. Les lits médicalisés étaient équipés d'un protège-matelas, épais et imperméable, que l'on sentait sous le drap. Rien à voir avec leur lit conjugal, ce lit au ras du sol dans lequel Dashiell s'allongeait parfois de biais, nu, le sexe dressé, à la façon d'un paquet surprise. Et Tom, en entrant dans la chambre, se jetterait sur lui comme un enfant qui plongerait dans l'eau, et ils goûteraient ensemble la symétrie de leur peau, cette friction merveilleuse entre deux parties du corps, deux bouts de bois qu'un boy-scout frotterait ensemble pour faire du feu. Entre les draps, il était possible de redevenir petit garçon, de redevenir boy-scout. Tom Amlin se débarrassait de sa défroque de bureaucrate, de son pouvoir, de son influence et de ses dogmes pour se métamorphoser en amant attentionné. Ils avaient tout ce dont ils avaient besoin sous la main : bougies, musique, pot rempli d'une crème parfumée à la vanille, « Beurre d'amour », que Tom avait acheté pour plaisanter et qu'ils avaient vidé à une vitesse impressionnante – sans oublier leurs corps vigoureux et enthousiastes.

Dashiell avait troqué ce lit contre une paillasse de grabataire munie d'une interminable pompe à poison aux résultats aléatoires. Il arrivait que la greffe vous achève avant d'avoir pu prouver son efficacité.

– D'accord, concéda Dashiell à l'homme au corps camouflé par une burka d'hôpital.

Tom avait un autre clou à ficher dans son cercueil.

– Je dois te faire un aveu : j'ai appelé ta mère.

Si Dashiell avait eu la force d'arracher les cathéters, il s'en serait débarrassé, mais l'information ne fit que l'écraser davantage sur son matelas plastifié.

– Tu déconnes. Pourquoi ?

– Quelqu'un doit veiller sur toi pendant ton séjour ici, assurer ta défense.

– Claudia, alors. Elle s'est portée volontaire.

– Non, c'est une mauvaise idée, à mon avis. D'après ce que tu m'as raconté d'elle et d'après ce que j'ai vu de mes propres yeux, elle n'a pas l'énergie suffisante. Ta mère a vraiment très, très envie de se rendre utile ; ça, tu le sais déjà. Elle arrive après-demain.

Le mercredi soir, à l'heure où l'on servait du cabillaud aux patients du service de transplantation, Tom Amlin sirotait du champagne dans le salon de l'un de ces manoirs bâtis sur le front de mer à Newport. La demeure grouillait de richissimes donateurs, ivres du plaisir que leur procurait la proximité avec le pouvoir ou, à défaut, avec un pouvoir fantasmé. Les locaux de l'hôpital, à l'inverse, étaient plongés dans un silence de cimetière ; on distinguait, de loin en loin, le cliquetis des couverts sur une assiette en mélamine ou des pleurs étouffés. Dashiell releva son dossier et jeta un coup d'œil par la lucarne de sa porte pour comprendre ce qui se passait dans la chambre voisine. Ses efforts ne servirent à rien.

C'est dans cette atmosphère somnolente que sa mère fit son entrée. Dashiell leva les yeux lorsqu'elle s'approcha de lui.

– Maman.

Roz s'en tira avec honneur : elle ne fondit pas en larmes, elle ne poussa aucun cri de surprise. Elle resta plantée près du lit, vêtue du jaune réglementaire, tendit le bras et prit sa main dans la sienne.

– Dashiell, coucou. Je suis contente que tu aies accepté que je vienne.

Il n'objecta pas ; le moment était mal choisi pour ergoter et, de toute façon, ses arguments n'auraient convaincu personne. La présence de sa mère lui était imposée aussi sûrement que les nodules de son cancer et il n'avait voix au chapitre ni dans un cas, ni dans l'autre. Pour autant, il n'avait pas cédé à la colère, ce qui ne manquait pas de le surprendre. Peut-être se complaisait-il dans l'indulgence, le sentimentalisme. En cet instant précis, Dashiell fut impressionné par la détermination de sa mère.

– Tu te sens vraiment mal fichu ? demanda Roz.

– Pas encore.

Les jours suivants, tandis qu'il explorait un à un les cercles de l'enfer, Roz Mellow ne quitta pas son chevet, Béatrice d'un genre nouveau. Elle l'accompagna dans sa chute, protégée par une cloche en verre magique, étanche à la souffrance qui la cernait, pour rester forte et ne pas lui faire défaut. Elle ne savait plus où donner de la tête : il y avait des infirmières à qui il fallait répéter des dizaines, des centaines de fois, avec une insistance et une fureur croissantes, que Dashiell avait la nausée et réclamait un antiémétique séance tenante ; des médecins qu'il fallait convoquer ; des nutritionnistes qui voulaient savoir ce que Dashiell pouvait manger, ce qu'il n'arrivait pas à garder. Dashiell se réjouit de constater que cette obstination, cette ferveur, ce cabotinage dont elle se faisait une spécialité étaient enfin mis à profit. Et il se dit qu'elle aurait aimé partager sa douleur, le soulager et l'assumer à son tour. C'était un rôle que revendiquaient toutes les mères du monde, non ? À Wontauket, il avait eu bien d'autres préoccupations. Il ne pensait qu'à sa petite personne, comme tous les enfants, pas parce qu'il se prenait pour le nombril du monde, au contraire de Michael, pénétré de son importance depuis sa naissance, ou encore de Holly, fillette coquette et arrogante, qui tenait les cadets sous sa coupe. À un très jeune âge, déjà, Dashiell se considérait comme un criminel et, tout au long de son enfance, il s'était vu, en rêve, arrêté par la police et jeté en prison. Dans l'un de ses rêves les plus marquants, ses parents ouvraient la porte de sa chambre pour lui annoncer :

Fils, les policiers sont après toi. Ils seront ici dans une heure.

Mais qu'est-ce que j'ai fait ?

Tu sais très bien ce que tu as fait. On n'a pas le temps de revenir dessus. Tiens, on t'a préparé un petit baluchon avec de la nourriture, des vêtements et un peu d'argent. Prends-le et sauve-toi. Mets le cap sur la voie express et continue tout droit.

Mais je ne suis qu'un enfant.

On le sait bien, répondait sa mère avant d'éclater en sanglots. Et on ne te verra pas grandir parce que tu ne pourras jamais, jamais revenir à la maison, sinon tu tomberas dans leurs filets.

On préfère que tu vives libre, ajoutait son père, plutôt que tu moisisses en prison. Fais attention à toi.

Ses parents le serraient ensuite dans leurs bras, le relâchaient et lui confiaient un petit baluchon qu'il jetait par-dessus son épaule. La nuit n'allait pas tarder à tomber, dans le quartier vivaient d'autres familles, d'autres enfants, et Dashiell se rongeait les sangs. *Pourquoi je dois partir alors qu'eux ont le droit de rester ? Qu'est-ce que j'ai encore fait ? Quel crime horrible j'ai commis ?* À ce stade du rêve, ses questions restaient sans réponse et il s'en allait, le visage baigné de larmes. Ses parents le saluaient une dernière fois derrière la moustiquaire et il s'enfonçait dans l'obscurité.

Comme pour justifier ses rêves, Dashiell commit de menus larcins dès l'âge de 12 ans. Chez le disquaire du centre-ville, il avait chapardé des cassettes du Velvet Underground et un best-of des Doors en les glissant d'un geste vif sous son coupe-vent, avec l'angoisse qu'un antivol ne déclenche l'alarme. Au moment de quitter la boutique, il sentit un frisson d'angoisse lui parcourir l'échine, si violent que ses oreilles résonnèrent, et il résista à la tentation de piquer un sprint. *Non, non, doucement, du calme, il n'y a pas d'alarme, il n'y a que le silence, tu t'en sors très bien.*

Il ne fut jamais cueilli la main dans le sac mais, un jour, Holly passa devant sa chambre alors qu'il écoutait l'une des cassettes subtilisées, et il comprit que son secret était éventé. Le visage hilare, elle resta muette sur le sujet et il n'osa pas lui demander ce qu'elle savait. Et ce silence complice lui pesait, encore aujourd'hui.

L'envie de s'approprier des objets qui ne lui appartenaient pas lui passa tout naturellement. Ses parents étaient assez généreux en matière d'argent de poche et il était très fier de s'acheter ses cassettes, de financer lui-même ses petits plaisirs. Cependant, il était assez lucide pour pronostiquer qu'il serait à jamais hanté par la culpabilité. Il avait 14 ans et il venait de rencontrer Hans Kleeman.

Un soir, Dashiell laissa filer l'heure du dîner, trop occupé à combler Hans. Quand il quitta la maison des Kleeman, il faisait nuit noire. À l'instant où il mit le pied dans la cuisine, il croisa le regard de Roz, à l'époque jeune divorcée, et il vit dans ses yeux qu'elle l'avait démasqué.

– Où étais-tu passé ?

– Dehors, rétorqua-t-il, empruntant à Holly l'une de ses répliques favorites.

– D'accord, avait répondu Roz, indécise. Va te laver les mains.

Et il était parti se laver les mains, il les avait frottées vigoureusement, avec une lenteur calculée. Derrière la porte de la salle de bains du rez-de-chaussée, entre la coupelle de pot-pourri – clous de girofle et pelures de mandarine séchées – et les essuie-mains microscopiques qui moisissaient sur le porte-serviettes, il repassa dans son esprit ce qu'il venait de faire dans la chambre de Ham, sous les combles, le verrou poussé. Ham avait posé sur l'électrophone le disque de la comédie musicale *Pippin* et il s'était mis à fredonner l'une des chansons.

– *Tout passe*, roucoula-t-il – il avait mué prématurément –, et il ôta d'un coup sec le T-shirt de Dashiell. *Et tout lasse*, avait-il enchaîné, ses doigts fébriles s'affairant sur la braguette du jean. *Dis-moi qui tu aimes et je t'offrirai une rime...*

– Si tu ne coupes pas tout de suite ce machin, je te flingue.

Face à cette menace, Ham avait éclaté de rire et il avait mis un autre disque, plus conforme, il le savait, aux goûts de Dashiell : le bourdon d'un rock de mec, avec sa mélancolie et ses nappes de claviers électriques.

– Voilà. C'est mieux ?

– Beaucoup. Merci.

Ils s'étaient ensuite empoignés dans un simulacre de lutte et, ô surprise, le corps-à-corps avait viré au jeu sexuel. Ham Kleeman était très habile de ses mains et du reste. Incapable de faire décoller sa carrière d'acteur après le lycée, il s'était tourné vers des études de médecine et gérait, aux dernières nouvelles, un cabinet d'endocrinologie dans le New Jersey. Ham happa le sexe de Dashiell sans s'embarrasser de préambules ; ces garçons-là étaient parfaitement ignares en matière de baisers, de tendresse, d'étreintes savantes. Ils n'avaient pas de manuel qui les aiderait à peaufiner leur technique. Et Dashiell n'arrivait pas à digérer la chape de silence que *Le Plaisir*, en dépit d'explications extravagantes, entretenait sur les couples homosexuels. Pas un mot ne leur était consacré.

– Pas un mot, bredouilla-t-il.

– Chéri ? Qu'est-ce qu'il y a ?

Sa mère s'inclina au-dessus du lit et il se rendit compte qu'elle ne l'avait pas quitté un seul instant depuis... depuis le matin, peut-être : la lumière avait changé et les bruits qui lui parvenaient, qui se frayaient un chemin jusqu'à ce service où les patients s'étiolaient chaque jour davantage, n'étaient plus les mêmes. Les chariots à repas poursuivaient bruyamment leur tournée mais les malades étaient incapables d'avaler quoi que ce soit. Bientôt, on leur injecterait leur repas en intraveineuse ; bientôt, cabillaud, poulet et crème glacée deviendraient la topographie d'un autre paysage, un paysage qui leur était inconnu.

– Pourquoi, papa et toi, vous n'avez pas parlé des hommes dans votre bouquin ?

– Des hommes ?

– Des homos.

– Tu remets ce sujet sur le tapis. On en a déjà parlé. Et tu sais que j'étais sur la défensive mais, avec le temps, j'ai compris que tu avais sûrement vu juste. C'était une erreur, je l'avoue. On a témoigné de notre propre expérience. On était complètement naïfs, Dash. On ne pensait qu'à nous. Les expériences des autres, elles nous passaient au-dessus de la tête. Je suis vraiment désolée.

Dashiell fut interloqué par cet aveu d'échec qui réussit à traverser son brouillard mental.

– Oh. Bon, d'accord.

– Ça te va ?

– Oui. Ça me va.

Roz fut ensuite bannie de la chambre et renonça à son rôle de garde-malade : l'organisme de Dashiell ne pouvait plus assurer son immunité par lui-même et tout, n'importe quoi, aurait pu le tuer, semblait-il, même des excuses.

Ce n'est que deux jours plus tard, vingt, trente, ou peut-être une vie entière – Dashiell ayant repris le flambeau d'un Rip Van Winckle barbu et futuriste –, que sa mère fut autorisée à revenir à son chevet. Il eut d'autres visiteurs. Tom, d'abord, entre deux déplacements. Il était à nouveau là, dans sa blouse jaune, et il avait pleuré, Dashiell le remarqua aussitôt. *Je dois avoir l'air d'une épave*, déplora-t-il en son for intérieur, et Tom protesta :

– Non, pas du tout.

Dashiell avait parlé à voix haute, sans s'en rendre compte.

Tom lui dit qu'il l'aimait avant de quitter sa chambre, puis il revint accompagné d'un Robert Wyman affublé, comme de juste, d'un costume de poussin. Quelques infirmières se tenaient en cercle autour du lit, bombant le torse, et Dashiell chercha Roz du regard. Sa mère était subitement introuvable, mais il fallait s'y attendre : elle ne pouvait supporter d'être dans la même pièce qu'un républicain – et elle préférait ne pas avoir à lui cracher dessus.

– Comment tu te sens, mon vieux ? demanda Wyman.

Mon vieux. Il avait un peu forcé la dose, non ? Certes, Dashiell avait écrit certains de ses discours. Ses mots avaient coulé de la bouche de Robert Wyman. « Mon vieux », c'est ainsi qu'un homme s'adresse à un autre dans les moments d'émotion, quand les mots lui manquent, quand un excès d'effusions le plongerait dans l'embarras, quand ils ne sont pas seuls, quand toute forme d'éloquence est impensable. Dans ces cas-là, autant réduire l'univers à ses lignes essentielles. Deux hommes dans une même pièce, cela se résumait à : *Comment tu te sens, mon vieux ?*

Et Dashiell parvint à jouer brièvement le jeu, à se redresser dans son lit et à tendre la main afin que Wyman puisse la serrer dans la sienne. Cet homme était un virtuose du « serrage de pognes » et Dashiell ressentit cruellement sa propre faiblesse : sa paume froide et glaciale, la main du malade avalée par la main gantée du vivant, du généreux, de l'homme qui voulait être roi. Il s'imagina que la puissance incarnée par l'aspirant sénateur s'était transmise d'une paume à l'autre, par capillarité, et se diffusait sous sa peau. Il voulut s'ouvrir de ce miracle à quelqu'un quand une nouvelle silhouette se matérialisa près de son lit. En l'absence de Dashiell, Trish Leggett, la seconde plume de Wyman, avait pondu discours sur discours avec une diligence de fourmi, encaissant d'innombrables nuits blanches dans son petit studio de Benefit Street, sur fond de réverbères et de pavés.

– Dashiell ? C'est moi, Trish.

Lorsque sa rivale se pencha sur lui, les narines de Dashiell furent assaillies par le parfum de son savon, du Neutrogena. Elle donnait toujours l'impression de sortir de la douche.

– Salut. Wyman est parti ?

– Quoi ? Mais oui. Il y a des heures. Il est parti prononcer un discours dans un centre pour femmes battues à Kingston.

– Il m'a serré la main. Il y a de la puissance dans sa poignée de main.

Un ange passa.

– Oui, répondit Trish. Il est très puissant. Je vois ce que tu veux dire. C'est très sensible, par moments.

Elle joua un instant avec l'ourlet de sa couverture avant de reprendre la parole :

– Dashiell, je sais que le chemin est pénible.

– Quoi ?

– Le chemin sur lequel tu avances. Mais ne t'arrête pas, parce qu'au bout de ce chemin il y a une ferme, et il y a une bougie qui brûle à la fenêtre, et ils t'attendent à l'intérieur.

Dashiell cligna des yeux. Comme Trish portait un masque, il avait du mal à saisir le sens de ses paroles. Les yeux de la jeune femme s'embuèrent et ses larmes lui remirent en mémoire le jour où il l'avait croisée à l'épicerie, où elle l'avait cru malade du sida. Il comprit alors qu'elle ânonnait des formules creuses censées regonfler sa confiance, son optimisme, son espoir. Le discours des malades ! Voilà, c'était ça ! Elle improvisait son texte à mesure qu'elle le déroulait, elle mettait déjà la touche finale dans sa tête ! La petite maligne. Ce que Dashiell ignorait encore, c'est que ces platitudes seraient recyclées à l'occasion d'un discours que le président Bush prononcerait sur une base navale. Un discours qui porterait sur l'Irak et sur « la flamme de l'espoir qu'il fallait entretenir face à la souffrance ». Pour l'instant, le texte n'était qu'à l'état d'ébauche, chapelet de banalités agencées de manière à déclencher une réaction épidermique.

Dashiell analysa ce que Trish venait de dire. Qui désignait, précisément, ce *ils* impersonnel ? Qui étaient-ils, ces gens qui l'attendaient ?

– Je ne connais aucun paysan.

– Pardon ?

– Dans ta ferme.

– C'est une métaphore, expliqua Trish, patiente.

– Merci de me prendre pour un idiot. Mais une métaphore qui désigne quoi ? Qui ?

Trish recula de quelques pas, lentement, comme si elle souhaitait protéger ce petit secret, et elle quitta la chambre sans clarifier son message. Dashiell ne pouvait rester plus longtemps dans l'ignorance. Le paysan incarnait-il la mort ? Et sa femme ? Avaient-ils pour mission de le sauver, de lui ouvrir leur porte et de lui offrir un bol de bouillon chaud, un lit moelleux ? Dashiell devait savoir, coûte que coûte.

– Trish, reviens, gémit-il, mais sa voix n'était qu'un mince filet.

Il faisait nuit, l'heure des visites était passée, il était seul. Des infirmières remontèrent le couloir d'un pas traînant, un malade sanglotait dans une chambre, il y eut un bruit de toux, un haut-le-cœur ; l'oreille tendue,

Dashiell était capable de distinguer chaque composante, chaque nuance de la douleur humaine.

Avec toute l'énergie dont il était capable, à laquelle s'ajoutait la dose que lui avait injectée Robert Wyman, Dashiell se redressa dans son lit. Le cathéter qui lui infusait son remède était relié à une poche suspendue à un crochet. Médusé par la quantité de tuyaux qui s'échappaient de son torse, il décida de saisir à pleines mains le pied à sérum et de s'en faire une béquille ; il se cramponna au métal branlant tout en risquant quelques pas sur le linoléum sombre et luisant. Une douleur lui transperça la poitrine et il n'avait qu'une blouse vert pâle sur le dos, mais il en fallait plus pour doucher son courage. Au contraire, il accéléra le pas et s'aventura devant la salle de repos, où trois infirmières semblaient en grand conciliabule. Aucune ne leva les yeux : leur attention, elles la réservaient tout entière à une boîte de chocolats Godiva offerte par la famille d'un autre patient.

– Celui-là, il est au praliné, expliquait l'une d'elles. Et celui-là au nougat.

Dashiell s'échappa du service de transplantation, poussa la porte battante, s'engagea dans le vestibule éclairé d'une lumière vive et se dirigea vers les ascenseurs. Lorsqu'il appuya sur le bouton d'appel, la cabine s'ouvrit aussitôt. Il gagna le rez-de-chaussée et se retrouva dans le hall d'entrée, désert en cette heure tardive. La boutique de cadeaux était fermée, mais il vit, appuyés contre la vitrine, la collection d'animaux en peluche et les jeux de société, qui n'avaient pas sauvé la moindre vie humaine. Il foula le tapis en caoutchouc placé à l'entrée du bâtiment. Le capteur électrique perçut sa présence et l'autorisa à sortir.

Dashiell émergea dans l'air froid de la ville de Providence, plongée au cœur de l'hiver, et il reconnut la silhouette de Trish Leggett qui trottinait sur le trottoir bordant le parking. Elle regagnait sa voiture.

– Trish, attends ! s'exclama-t-il, appuyé sur sa canne de fortune.

Ce vent était glacial, bon Dieu ; il soufflait par bourrasques sous sa blouse qui claquait furieusement. Trish n'eut pas l'air de l'entendre et il dut se presser, se projeter vers l'avant, marteler le trottoir de ses chaussons en éponge, passer devant le panneau « Urgences », la flottille d'ambulances à l'arrêt et la petite troupe d'internes qui riaient avec une insouciance d'étudiants tandis que leur stéthoscope bondissait au rythme de leurs pas. S'ils l'aperçurent, ils ne tentèrent pas de le stopper. Il poursuivit sa route, franchit la grille de l'hôpital et s'engagea sur le boulevard. Il devait être dix heures du soir, peut-être plus tard, et les arbres lui apparurent comme des géants ténébreux, le vent était une calamité à laquelle il allait devoir s'accoutumer, à peu près comme à toutes les autres calamités de l'existence – comme au sexe, à vrai dire. Aux prémices de sa vie sexuelle, Dashiell trouvait plus naturel de faire l'amour avec lui-même qu'avec un autre. Il avait dû se détacher de ces jouissances solitaires, du plaisir que sa main procurait à son corps dans l'obscurité, de cette main qui n'avait pas la vigueur d'un Robert Wyman, la main d'un garçon, rien de plus, qui ne lâchait pas sa prise, sa main à lui et à lui seul.

La sexualité était source de joie, prétendaient ses parents dans les pages d'un livre où ils se chevauchaient avec l'assurance des hétérosexuels au sommet de leur art. Le plaisir ne devait être ni entaché de honte, ni cantonné aux chambres insonorisées, plongées dans le noir, favorables aux caresses furtives. Mais ce plaisir-là était réservé aux couples homme-femme ; interdit aux femmes seules, tout autant qu'aux hommes entre eux, et cela, Dashiell l'avait compris à la seconde où il avait ouvert le livre pour la première fois en novembre 1975. Il n'avait pas réussi à se projeter dans les illustrations, il n'avait pu s'identifier avec le protagoniste masculin car jamais, non, jamais il ne ferait ces choses-là à une femme, ce qu'il pressentait déjà à l'époque. Il n'avait aucun moyen de mettre ces images en accord avec ses préférences sexuelles et il replongea dans sa rage adolescente, dans sa duplicité, dans ses cassettes fauchées chez le disquaire, dans la nostalgie, dans le désir de posséder ce qu'il ne pouvait obtenir, dans l'obstination de sa quête.

En cet instant, tandis qu'il marchait le long de la chaussée, le cathéter fiché dans son torse, cramponné à son pied à sérum, Dashiell repensa à la première fois où il avait mis le pied dans une salle envahie de militants républicains qui revendiquaient leurs préférences sexuelles. Ils fulminaient tous contre les pleurnicheries de la gauche, contre ce gouvernement obèse qui outrepassait allègrement toutes les limites, qui pompait le sang des contribuables américains à la manière d'un parasite. Dashiell avait beau être homosexuel, il ne voulait pas que l'État fourre son nez dans sa vie ; il voulait avoir la liberté de gagner et de dépenser son argent à sa guise, de prendre ses propres décisions, de baiser qui il le souhaitait dans la joie et la bonne humeur.

Ce que Tom lui racontait – ce qu'il avait vu chaque soir au journal télévisé avant son admission à l'hôpital – aurait fait frissonner le belliciste le plus acharné. La guerre en Irak était un véritable bourbier ; les autorités n'avaient aucune feuille de route ; la Maison-Blanche était à la fois impuissante et furieuse, un état d'esprit qui rappelait à Dashiell son adolescence.

Agressif, la rage au ventre et l'utopie au cœur. Les GI mouraient dans les hélicoptères et dans les convois, tandis qu'ils montaient la garde devant une banque, une école ou une épicerie, quand ils s'offraient une pause cigarette aux portes du camp militaire. Ils tombaient par dizaines, ces hommes, ces gamins, et parmi eux figurait le fils de Mary Ann McCullough, cette mère que le destin avait transformée en activiste et lancée aux trousses de Robert Wyman à travers l'État de Rhode Island, aussi vaste qu'un timbre-poste.

Les hommes de Washington avaient sorti de leurs tiroirs les planisphères poussiéreux, dont les bleus étaient fanés et les continents figurés par des masses jaunes, d'antiques vieilleries qui mentionnaient encore Constantinople et la Perse. Vite, très vite, ils avaient dû mettre leurs connaissances à jour puis les diffuser au monde entier comme parole d'évangile. Sur le plan géopolitique, Dashiell ne pouvait se fier à eux, c'était là une certitude. Il leur confierait les yeux fermés son compte bancaire, son portefeuille, son argent, mais jamais il ne leur permettrait de l'expédier dans un monde qu'ils ne comprenaient pas, car ils péchaient par arrogance. Le pays tout entier était la cible d'un mépris inexplicable. *Nous avons perdu notre statut spécial*, se dit Dashiell. Perdu cette perfection qui nous autorisait à être immatures d'un côté, intraitables de l'autre, perdu cette virilité éblouissante qui se déployait du nord au sud, de l'est à l'ouest, tout juste tolérée parfois, souvent mise sur un piédestal. Nous l'avons perdue, cette virilité, et il y a peu de chances que nous la retrouvions un jour. Envolés, notre position privilégiée, notre pré carré, notre différence.

Dashiell avait entendu parler de ces républicains qui, sur leur lit de mort, s'étaient convertis aux doctrines du camp adverse. Ces apostasies étaient entrées dans la légende : des années durant, de pompeuses baudruches avaient œuvré avec zèle à la débâcle de la gauche et, mises face à leur conscience, réclamaient la clémence du jury. Lui ne céderait pas à cette faiblesse, non. Il ne retournerait pas sa veste sous le prétexte qu'il avait vu son propre parti commettre des horreurs. Ces horreurs, elles s'étaient imprimées sur sa rétine, comme le livre de ses parents. Et cela bouleversait Dashiell, au plus haut point, quand bien même il avait choisi d'assumer ses choix politiques, d'assumer l'identité qu'il s'était forgée au fil du temps. Rien n'est plus facile, estimait-il, de virer de bord quand on sent le vent tourner. Dashiell était républicain, il faisait partie de cette grande famille républicaine, mais, dans le même temps, il se sentait autorisé à les critiquer en toute liberté. Il pouvait dénoncer leur grossièreté et leur ignorance et faire leur procès, sans trêve ni répit, sans jamais se taire.

Dashiell était exténué, mais ses pieds le portaient vers l'avant de leur propre chef. *Parce qu'au bout de ce chemin il y a une ferme, et il y a une bougie qui brûle à la fenêtre, et ils t'attendent*, avait affirmé Trish Leggett avant de s'évanouir dans la nature, de s'enfoncer dans les ténèbres, de disparaître. Soudain, à quelques mètres de distance, Dashiell distingua quelque chose. Une lumière.

Pas trop tôt, se réjouit-il, et il souleva le support métallique qui lui servait de canne pour le poser sur son épaule, un peu à la façon du baluchon qu'il transportait dans ses rêves d'enfant. Il lui suffit de quelques pas pour atteindre la ferme. Toit en chaume, fenêtres à petits carreaux. *OK, je suis encore en train d'halluciner. Ce n'est pas la première fois que ça m'arrive mais là, c'est différent.* Ce genre de cauchemar au long cours indiquait que le système immunitaire ne répondait plus, que la fièvre avait atteint son paroxysme et que des doses massives de drogues étaient déversées dans l'organisme, comme de l'eau sur un incendie.

Dashiell savait désormais qu'il n'avait pas quitté son lit, qu'il était étendu de tout son long sur le matelas, ses jambes parcourues de tremblements malgré les couvertures supplémentaires qu'avaient apportées les infirmières au moment où les frissons s'étaient déclarés. Cela ne changea rien à l'expérience qu'il vivait : la ferme était bien là, elle se dressait devant lui de toute sa hauteur, avec netteté.

La main sur la poignée, il découvrit que la porte n'était pas verrouillée. Elle s'ouvrit sur une pièce à l'harmonie austère, meublée en tout et pour tout d'une table et de chaises en bois. Dans la cheminée crépitait un feu. Debout, au milieu de la pièce, l'attendait une personne qui n'était ni le fermier ni la femme du fermier, ni la mort, ni la vie, ou alors toutes les deux imbriquées, même s'il avait du mal, dans son état actuel, à démêler ce genre de concepts. Alors que Dashiell était le jouet d'hallucinations, sa température corporelle, surveillée en continu par les infirmières sous le contrôle du docteur Chang et du docteur Balakian, frôlait les quarante et un degrés. Une couverture réfrigérante, acheminée en ce moment même, ferait très vite baisser cette fièvre qui le consumait. Le greffon finirait par prendre et Dashiell Mellow se remettrait sur pied, au grand soulagement de ses proches. Cela, pour le moment, il l'ignorait. Il avait poussé la porte de la ferme, la lampe était allumée, quelqu'un l'attendait. Il entra et sa mère le serra sur son cœur.

11

De retour à Saratoga Springs, Roz Mellow constata que son mari avait, en son absence, mis sens dessus dessous les placards de la maison. Il les avait nettoyés de fond en comble, jusqu'aux recoins les plus reculés, et avait passé au peigne fin les résidus de deux mariages successifs. Au cours de son inspection, Roz découvrit qu'il avait rangé les torches électriques sur les étagères du cagibi – non sans les avoir équipées, au préalable, de piles neuves – et qu'il avait disposé en rangs d'oignon les vieilles chaussures et les bottes délaissées depuis des lustres dans la penderie de l'entrée. L'ordre et la discipline, même superficiels, ne manquaient jamais de procurer un soulagement à Roz, et Jack s'était appliqué à conjurer son angoisse en rangeant la maison.

Elle s'était rendue seule à Providence pour prendre soin de Dashiell ; il était inutile que Jack l'accompagne, avait-elle prétendu. Il ne leur serait d'aucun secours, ni à Dashiell, ni à elle. De toute façon, après avoir regardé son fils décliner sous les assauts d'un traitement qui aggravait son état, Roz n'avait qu'une envie, le soir, en regagnant sa chambre à l'hôtel Biltmore : regarder le flash infos de CNN qui tournait en boucle et manger une salade chinoise au poulet commandée auprès du service d'étage. Si elle perdait Dashiell, elle ne survivrait pas, elle le savait pertinemment. Elle évitait de parler de ce pressentiment à Jack, de peur qu'il ne l'accuse de surjouer sa douleur, d'accaparer l'attention générale. Ainsi, elle regagnait sa chambre d'hôtel chaque soir, glissait son badge magnétique dans le lecteur, attendait que la diode verte s'allume et s'immergeait dans une solitude bienfaisante.

Tout cela était désormais derrière elle. Dashiell allait se rétablir et Roz était rentrée chez elle, à Saratoga Springs, dans cette maison aux placards immenses. Jack se tenait à côté d'elle, les mains dans les poches, et il l'observait tandis qu'elle prenait la mesure de son travail.

– J'ai du mal à croire que tu te sois donné autant de mal. C'est la pire corvée que je connaisse. Comment pourrais-je te remercier ? demanda-t-elle.

– Pas la peine.

Elle savait que certains de ses collègues traitaient Jack comme un personnage plutôt comique, un « homme au foyer » dont la présence stable et discrète servait à corriger le dynamisme et les coups de sang de Roz. Roz l'avait rejoint dans cette maison aux placards rangés, tranquille et paisible. Le deuil et la douleur n'y avaient plus droit de cité, car la maladie de Dashiell avait été poussée dans ses retranchements par ses propres cellules. Il s'était sauvé lui-même.

Pendant les trois heures et demie qu'avait duré le trajet sur l'autoroute, ce long ruban sillonné par des 33-tonnes tonitruants, Roz s'était sentie galvanisée, tourmentée par un soulagement fébrile. Elle avait tourné la clef dans la serrure et elle avait retrouvé Jack, et tous ces placards immaculés avec leur promesse de renouveau, de second souffle. Jack avait même disposé un film plastique sur les étagères, en guise de protection. Quel genre d'homme pensait à protéger les étagères de ses placards ? Son amie Constance Coffey avait raison : elle avait de la chance. Beaucoup de chance.

La première fois que Roz Mellow entendit le mot « idolâtrer », elle dut consulter la définition. On était en 1961, elle était mariée à Paul, une de leurs connaissances l'avait accusé de « trop idolâtrer sa femme » et Paul avait contré cette attaque par un éclat de rire.

– Je plaide coupable à cent pour cent, avait-il lancé.

Un peu plus tard, dans le courant de la soirée, Roz avait ouvert discrètement le dictionnaire.

« Aimer avec passion en rendant une sorte de culte », expliquait l'article, et Roz fut plongée dans la perplexité. Un mari qui aimait sa femme avec passion, c'était concevable, mais qui l'aimait *trop* ? Elle avait 25 ans et la place spéciale qu'elle occupait dans la vie de Paul n'était pas encore un motif d'écœurement. Lorsqu'ils faisaient l'amour, elle avait parfois l'impression qu'il se retenait de la dévorer, de se repaître d'elle, de la savourer jusqu'à la dernière bouchée. Exténuant, certes, mais souvent source de fierté, voire de réconfort.

Lorsque Roz et Paul avaient posé pour les illustrations du *Plaisir*, ils étaient en couple depuis une quinzaine d'années et Roz s'était accoutumée, à la longue, à cette vénération indéfectible. Malgré quelques accès de contrariété, elle avait fini par s'immuniser et elle n'y attachait désormais qu'une importance minime. Le matin de la première séance, elle avait pris conscience que l'adoration de Paul exploserait aux yeux de l'artiste et elle en avait conçu une gêne immense, vis-à-vis d'elle-même, mais aussi vis-à-vis de Paul. Et pourtant, au cours des neuf mois durant lesquels le couple Mellow lui avait servi de modèle, John Sunstein était resté assis derrière son chevalet pour étudier, sans émettre le moindre commentaire, la dynamique à l'œuvre entre les deux époux. Ainsi, Roz fut capable de se détendre. Elle voulait aussi capter l'admiration de Sunstein, même s'il ne lui offrait que les compliments les plus anodins, les plus éculés, à mille lieues de Paul et de ses louanges continuelles. Roz aimait son mari et l'attirance qu'il exerçait sur elle n'avait pas faibli. Le souci, c'est qu'elle était tombée un jour, dans un livre, sur un aphorisme qui s'était gravé dans sa mémoire : « Les femmes font l'amour pour jacasser ensuite, les hommes jacassent pour pouvoir faire l'amour. » Oui, l'envie de bavarder la prenait plus souvent que lui et oui, Paul avait envie de la manger de baisers plus souvent qu'il n'avait envie de discuter. Il était un peu maniaque, un peu angoissé, et il envisageait le sexe avec la curiosité que la gent masculine nourrit parfois pour les vins, les nouveautés high-tech ou les voitures. Quel goût, quel son, quelle vitesse ? Où acheter, où essayer ? Où se procurer le nec plus ultra ?

Un jour, Roz arriva seule à l'atelier – Paul, occupé à trouver une place libre dans le quartier, devait la rejoindre quelques minutes plus tard. Tandis qu'elle se déshabillait, un dératiseur surgit de la salle de bains, sa bombe de poison à la main. D'un bond, John Sunstein fit écran entre l'homme et Roz.

– J'ai oublié qu'il était là. Navré, vraiment. On a eu un petit problème de cafards.

Roz enfila hâtivement son peignoir même si le dératiseur ne manifesta aucune émotion. Lorsqu'il quitta le studio, il leur tourna le dos et ils lurent, brodé sur sa combinaison, le slogan de sa société : « Les bestioles, on les zappe. » Ils furent subitement gagnés par un rire homérique qui dura de longues, très longues minutes. Lorsque Paul les surprit hilares, aucun des deux ne put expliquer ce qui venait de se passer. « Tu ne peux pas comprendre », dirent-ils. Tout au long de la journée, Roz repensa à la galanterie de John Sunstein, pour qui la vue de son corps nu n'était pas anodine – sans mériter, pour autant, de bruyants dithyrambes.

Au bout des neuf mois qu'il fallut à John pour achever l'iconographie, Roz et Paul lui offrirent une bouteille de champagne et le remercièrent avec effusion pour son travail admirable.

– Au début, j'étais morte de honte, lui confia Roz tandis qu'ils dégustaient le champagne – Sunstein l'avait servi dans des tasses à café qu'il avait dû rincer à toute vitesse dans sa kitchenette. Je trouvais que je n'avais pas le droit de me montrer dans cet état. Mais tout s'est passé comme si vous m'aviez autorisée à le faire. Vous nous avez autorisés, moi et Paul, à nous montrer nus. Alors merci.

Ils trinquèrent, Sunstein les serra dans ses bras, prévenant, maladroit, et ce fut tout. Leur collaboration était terminée.

Le hasard voulut que le chemin des Mellow croise à nouveau celui de John Sunstein à plusieurs reprises au cours des deux ou trois années qui suivirent. Sous la supervision de l'éditeur et du responsable iconographique, ils avaient tous ensemble approuvé la mise en page et sélectionné les dessins. Et comme le livre caracolait en tête des ventes, Sunstein avait lui aussi suscité l'intérêt des médias. Il arrivait qu'un article consacré aux Mellow soit complété d'un encadré entièrement dédié à l'artiste. Roz était toujours ravie de voir ce visage timide et ce sourire contraint, la raie en zigzag qui séparait les longs cheveux. L'artiste avait choisi l'obscurité afin de les mettre dans la lumière. Un article révélait qu'il se consacrait à nouveau à des pochettes d'albums ; les Kinks avaient exprimé leur intérêt, son agent était en négociations avec Jefferson Starship.

– Alors, vous pensez que vous dessinerez encore beaucoup de femmes nues ? avait demandé le journaliste.

– J'espère bien, avait répondu John Sunstein, hilare.

Ensuite, le contact fut rompu. Le triomphe du *Plaisir* ballotta Paul et Roz aux quatre coins des États-Unis et les secoua sans leur laisser le temps d'imaginer un univers en dehors du paysage sexuel créé par leurs soins. Les enfants, concentrés sur leurs devoirs et sur leurs petites aventures, livrés à eux-mêmes dans la maison de Wontauket, grandirent comme de la mauvaise herbe.

Au tout début de l'été 1977, un magazine réclama quelques dessins inédits du couple et Roz et Paul retrouvèrent le chemin du studio. Sunstein avait planté son chevalet dans un nouvel atelier, situé en plein centre de New York, dont les fenêtres ouvraient sur les tours monumentales du World Trade Center, érigées quatre ans plus tôt. Roz et Paul avaient été immortalisés par un photographe sur la plate-forme d'observation quelques mois auparavant, le vent dans les cheveux, enlacés. « Qui porte la culotte ? » s'interrogeait la légende.

Lorsqu'ils le retrouvèrent dans son atelier, Sunstein semblait changé, plus taciturne que jamais. Il s'était coupé les cheveux, remarqua Roz, ce qui lui donnait l'air plus mûr. Cette métamorphose capillaire n'avait atténué ni sa timidité ni son quant-à-soi. *Le Plaisir*

avait fait sa fortune – il n'était pas aussi riche que les auteurs, cependant – mais il ne se ruinait pas en vêtements, de toute évidence. Roz se demanda s'il vivait seul et elle réalisa qu'elle le connaissait très mal, alors qu'elle avait passé des heures entières en sa compagnie. Ils ne lui avaient jamais posé de questions, il ne s'était jamais ouvert à eux. C'était là l'un des effets néfastes de ces tableaux vivants à connotation sexuelle : ils monopolisaient toute l'attention et tout le matériel humain. Au-delà du lit, le néant.

Ils allaient devoir s'accommoder d'un nouveau partenaire : le lit n'était pas le lit original.

– Les draps sont propres ; je les ai changés ce matin. De toute façon, je vais dessiner le vieux à la place. C'est juste un substitut.

– Moi aussi, je peux avoir un substitut ? demanda Roz.

– Merci beaucoup, fit Paul avant de déboutonner d'une main distraite sa chemise.

Les poils de son torse surgirent au fur et à mesure que les boutons sautaient. Il portait un slip rayé et Roz, étudiant son corps d'un œil critique, estima que le succès l'avait empâté, qu'il avait l'embonpoint d'un homme corrompu par les interviews et les conférences à répétition.

– Excuse-moi, John, mais je suis très sérieuse. Tu ne pourrais pas utiliser les autres dessins comme point de départ ? Imaginer à quoi on ressemble maintenant ?

– Bien sûr que je pourrais. Mais ça m'étonnerait que j'y arrive. Imaginer et dessiner, ce sont deux choses qui n'ont rien à voir.

– Oh, fit Roz.

Elle n'avait pas saisi le distinguo.

– Roz, où est le problème ? s'étonna Paul. Ce n'est que John, ce bon vieux John. C'est parce que tu es devenue célèbre, c'est ça ? Tu as l'impression d'être différente ?

– Je n'en sais rien.

Paul posa ses mains sur ses épaules et la massa. Roz ôta ses vêtements, glacée d'effroi, revenue trois ou quatre ans en arrière – sauf que l'excitation de la nouveauté avait cédé la place à la gêne. Elle s'étendit près de Paul et, dans cette lumière à la blancheur subtile, différente de celle qui baignait l'autre studio, leurs gestes lui apparurent sous un jour nouveau. Ou peut-être était-ce elle qui avait changé. La main de Paul épousa son sein et elle la regarda avec froideur : *Nature morte avec main sur sein.*

De quoi j'avais envie, déjà ? se demanda-t-elle. Autrefois, cela remontait à des siècles, elle avait voulu Paul, et rien d'autre ; elle avait obtenu ce qu'elle voulait, et elle l'avait gardé. Elle s'était promis d'échapper au rigorisme corseté qui avait régi la vie de ses parents. Son union avec Paul était une réaction à leur mariage, chaque mariage se dressant contre ceux qui l'ont précédé, à ces textes criblés de fautes que l'on s'efforce de corriger, d'amender, de réformer. Un gigantesque palimpseste.

Roz ferma donc les yeux tandis qu'elle prenait la pose avec son mari, comme si, en fermant les paupières, elle devenait invisible, comme si elle était retombée en enfance. La main de Paul trouva son sein, l'enlaça, s'adapta à sa forme. Un changement insidieux s'était produit au cours des deux années qui venaient de s'écouler : le contour s'était distendu et l'épiderme flétri, les cônes fermes avaient été remplacés par une substance un peu plus flasque, perceptible non par l'œil humain, mais par la main. La main du mari.

– Très bien. Parfait. Au travail, alors. Je n'ai pas envie d'en faire toute une histoire.

– Tu sais t'y prendre pour rendre un homme heureux, plaisanta Paul.

Plus tard, la séance terminée, Paul se réfugia dans la kitchenette pour y passer un coup de fil en rapport avec la conférence programmée le lendemain à Boston. Roz et John Sunstein se retrouvèrent seuls. Roz, qui s'était déjà rhabillée – elle avait fourré son chemisier en soie dans sa jupe et zippé ses bottes –, voulait se recoiffer et cherchait un miroir.

– Par ici, lança John.

Elle sortit une brosse à cheveux de son sac, se dirigea vers la salle de bains et se planta devant la glace. À cet instant, elle réalisa que Sunstein l'avait suivie. Elle pivota sur ses talons, stupéfaite, sa brosse levée à la façon d'une arme, et le jeune homme s'approcha d'elle, tout près, dans un mouvement vif.

– Je t'aime, tu sais, murmura-t-il.

– Pardon ?

– Je t'aime, répéta-t-il d'une voix monocorde, comme s'il s'agissait d'une punition.

Roz le dévisagea, bouche bée, sans défense. Les mots que Sunstein venait de prononcer semblaient appartenir à un langage étranger. Du chinois, peut-être. Un traducteur était nécessaire.

– Non, tu te trompes. Tu ne me connais même pas.

Sur les traits de Sunstein se lisaient une telle détermination, une telle sincérité, qu'elle ne put faire autrement que détourner les yeux. Elle l'entendit protester :

– Si, je te connais.

Et il disait vrai ; bien sûr qu'il la connaissait. Ils avaient posé pour lui, il les avait étudiés, il avait vu sa façon de fonctionner, ce qui l'excitait, ce qui l'intimidait, ce qui la faisait vibrer. Toujours à distance, il l'avait observée, il avait appris à la connaître.

– Je t'assure. Et je suis amoureux de toi. Voilà, il fallait que ça sorte.

– Depuis quand ? chuchota-t-elle. Quand ?

– Je ne sais pas. Depuis toujours. Je venais bosser, je restais dans mon coin, je dessinais et je te regardais, et j'étais heureux. Il fallait que je te le dise. Je sais que ce n'est pas réciproque, mais il fallait que je le dise une fois, pour que tu saches. Je ne t'embêterai plus avec ça.

Oh, ça recommence, se dit Roz tandis qu'une sensation familière se ventousait au creux de son estomac. Il y eut un mouvement, un vrombissement. Une excitation qui n'était pas uniquement – et pas tout à fait – d'ordre sexuel. Roz sentait qu'il s'y mêlait un autre ingrédient. Était-ce de l'amour ? Allons bon. L'amour, vraiment, alors que cet homme n'était que « John Sunstein », « l'artiste » ou encore « l'homme qui tient le pinceau » ? *Ne prêtez aucune attention à l'homme qui tient le pinceau*. Et Roz avait obéi à cette injonction sans sourciller : elle n'avait pas accordé à John Sunstein une miette de son attention, depuis leur première rencontre et jusqu'à aujourd'hui – même si, elle l'avouait volontiers, elle avait admiré sa jeunesse, sa fraîcheur.

John Sunstein était donc là, il avait surgi de l'obscurité et posé la main sur son visage. Elle saisit sa main, l'approcha de sa bouche et, lentement, déposa un baiser sur le bout de ses doigts. Et les suçota, l'un après l'autre. *Mais qu'est-ce que tu fous ?* l'interrogea sa conscience, et elle lui répondit sur-le-champ : *Je n'en ai aucune idée, alors ferme-la.*

John l'attira vers lui, soudain brutal, Roz lâcha la brosse à cheveux qui tomba sur le carrelage avec un fracas assourdissant. Dans cette petite salle de bains revêtue de chrome, équipée d'un miroir prêt à enregis-

trer leurs méfaits, elle se rendit compte qu'il était différent, ô combien, de son mari. Son visage affichait sa fraîcheur ; il avait 30 ans, elle onze de plus. C'était un visage qui ne voulait plus se dissimuler derrière un chevalet ou un carnet à croquis. Il occupait son champ de vision, s'en rendait maître, comme Roz avait occupé le sien deux années durant.

Il entraîna la jeune femme un peu plus loin et elle s'appuya contre la vitre criblée de taches de la cabine de douche qui vibra dans son cadre en métal. Elle plaça la main de John sur son cœur et, sans s'expliquer cette volte-face émotionnelle, elle devint un être désirant quand, quelques secondes plus tôt, elle ne désirait rien. *Nous sommes si simples, nous autres humains, si proches des animaux*, se dit-elle. *Non, pas des animaux, plutôt de ces bolides sophistiqués capables de passer de zéro à cent à l'heure en un claquement de doigts, sans nous préoccuper du danger. On passe à l'action parce qu'un autre nous met une idée en tête et, tout d'un coup, on jure que cette idée a germé dans notre esprit, on s'en attribue la paternité.*

Dans un recoin du studio, la voix de Paul retentit. Ils distinguèrent des bribes de la conversation et ils comprirent qu'il n'avait pas l'intention de raccrocher. Du coup, John Sunstein s'enhardit et embrassa Roz. Le baiser était brusque et profond, quoique chaste, comme si John avait voulu lui signifier qu'elle n'était pas un simple objet de plaisir, qu'il ne la cantonnerait jamais au rôle de partenaire sexuelle ; bien entendu, le sexe tiendrait une place primordiale dans leur couple et ils pouvaient déjà s'imaginer les effets de leur excitation une fois transposée dans un lit ; mais non, il ne calquerait pas son comportement sur celui de Paul, lui qui répétait sans relâche : « Regarde-toi. » Ou encore : « Roz, essaie dans cette position. » Roz n'avait plus aucun secret pour John : il savait de quoi elle avait l'air en plein orgasme, et au repos, et en larmes. Il le savait déjà, il l'avait vu de ses propres yeux, et jamais elle n'aurait à lui prouver quoi que ce soit. C'était, semblait-il, le message que voulait lui transmettre ce baiser.

Il était moins compact et beaucoup moins velu que Paul. Les deux hommes n'avaient rien de commun. John ne s'était pas encore dépouillé de sa jeunesse, malgré son passage chez le coiffeur. Grand et élancé, il portait un jean taille basse, ses gestes étaient fluides. Roz ne se leurrait pas : entre elle et les précédentes conquêtes de John, il y avait un gouffre béant. Elle était plus âgée, elle avait de l'expérience, elle était maman, réfléchie et fiable, et c'était sûrement pour lui un soulagement immense. Il était heureux en sa compagnie, il dessinait en silence cette femme étendue sur un lit dans de multiples positions qui exaltaient sa beauté, oui, mais aussi son énergie, sa bonté et, de temps à autre, son chagrin. Ce jeune homme mutique était amoureux d'elle.

Paul était encore pendu au téléphone.

– Oui, on vient tout juste de finir, expliquait-il. On ne va pas tarder à s'en aller...

C'est alors qu'il éclata de rire, un rire franc, ignorant ce qui se tramait à quelques mètres de lui.

– John, fit Roz en lui soufflant dans le cou.

Ses cheveux dégageaient un parfum fruité, preuve qu'il devait utiliser le même shampoing que ses filles, censé évoquer un verger visité au cours de l'enfance, ou en rêve.

– Je ne sais pas ce que je fais, et maintenant je suis perdue.

– Je m'en doute. On va trouver une solution.

Ils se turent quelques secondes.

– Alors, ta solution ? demanda Roz. Tu l'as trouvée ?

– Pas encore, avoua John. Oh, il faut que je te dise quelque chose. Personne ne m'appelle John, en réalité. Enfin si, dans le cadre du boulot. En règle générale, les gens m'appellent Jack.

Ainsi, vingt-six ans plus tard, les godillots de Jack étaient rangés dans un placard propre comme un sou neuf. Ses pieds ne rentraient plus dedans ; tout avait un peu forci à l'approche de la vieillesse. Jack était toujours mince, il ne faisait pas son âge et le temps l'avait épargné, même s'il avait perdu une grande partie de sa magnifique chevelure, ce qui avait radicalement modifié son apparence. Les bottes remisées dans le placard étaient les accessoires d'un personnage appartenant au passé, mais il ne pouvait se résoudre à les jeter. Désormais, elles côtoyaient de vieilles sandales orthopédiques et des baskets décolorées qui avaient dû appartenir à l'un ou l'autre des enfants.

Au cours des deux semaines qui avaient suivi leur premier baiser, Roz était retournée à New York à plusieurs reprises, au début sous l'emprise d'une sorte de transe, entre anxiété et exaltation. Les amants faisaient l'amour sans gêne, avec affection. Roz aimait le goût sucré de sa peau, sa façon d'embrasser. Jack posait ses mains sur son corps, calait sa tête entre ses seins, effleurait son clitoris du doigt, comme s'il mélangeait le contenu d'une petite casserole. Les accès de délire de Roz étaient entrecoupés de moments plus calmes. Jack savait quand ne pas la toucher, d'ailleurs, quand ne pas lui prêter attention. Elle l'accompagna à un magasin de fournitures artistiques, où il s'acheta de nouveaux pinceaux, des bombes de fixateur et de la toile au mètre. Dans la boutique flottait l'odeur qui imprégnait ses vêtements : cette séance de shopping fut empreinte d'un érotisme insoutenable. Parlant à un débit saccadé, ils s'échangèrent des anecdotes (tantôt sur le passé de Roz, tantôt sur le parcours sentimental de Jack). Le jeune homme était juif, fils d'un rabbin du New Jersey, et à force de cajoleries elle réussit à le convaincre de lui montrer l'album de photos de sa bar-mitsva. Il était au premier plan, ses cheveux aussi longs que ceux d'une fille, la bouche grillagée par un appareil dentaire ; postés derrière lui, les mains sur ses épaules, ses parents qui le poussaient vers l'avenir, vers l'âge d'homme, vers une liaison avec une femme mariée, beaucoup plus âgée que lui.

Chaque jour, lorsque Roz retrouvait Jack, elle se répétait que leur liaison ne durerait pas. Ils avançaient à tâtons, dans le noir, et elle tira très vite la sonnette d'alarme. « Cela fait presque vingt ans que je vis avec quelqu'un. Je suis mariée. J'ai quatre enfants. » Il ne chercha pas à l'influencer mais il écouta ses arguments et se borna à ajouter qu'il voulait faire sa vie avec elle, qu'il comptait l'épouser, qu'elle n'avait qu'à claquer des doigts. Sa ferveur était digne de confiance et, à l'inverse de Paul, Jack ne l'asphyxiait pas. Elle accueillait son calme avec gratitude.

Ce fut une véritable épreuve. Un soir, dans l'antre, Paul lui montra dans un magazine un encart annonçant la sortie d'un nouvel album. La publicité présentait un portrait hautement stylisé des membres du groupe.

– Ça ne te rappelle pas quelque chose ?

– C'est sûrement Jack, avait-elle répondu.

– Jack ?

– John. John. Sunstein, je veux dire.

Roz se mit à bredouiller, le visage cramoisi, prise en flagrant délit de mensonge.

– Il m'a dit que ses amis l'appelaient Jack, ajouta-t-elle en paniquant : *J'ai vendu la mèche, là. Je me suis trahie.*

Face à cette réaction extrême, Paul resta de marbre. La semaine suivante, lorsque Roz lui annonça un après-midi qu'elle allait à New York boire un verre avec Vivian, son ancienne colocataire devenue journaliste chez *Vogue*, Paul décida de la prendre en filature. Elle se mit au volant de leur nouvelle voiture, une Volvo haut de gamme qu'ils venaient d'acheter, et il se rabattit sur leur vieux break. Les bureaux de Vivian étaient situés dans l'immeuble Condé Nast, au coin de Madison et de la 44e Rue, mais Roz gagna le centre-ville et stationna sur Greenwich Street. Plus tard, elle apprit que Paul s'était garé en double file sans attirer son attention, certain que ses soupçons étaient fondés, et l'avait regardée diriger ses pas vers l'entrée du studio de Sunstein. Roz appuya sur l'une des nombreuses touches de l'interphone et patienta. Une seconde plus tard, elle poussa la porte, qui se referma derrière elle avec un déclic. Paul resta dehors, sous un soleil de plomb, et laissa passer une bonne vingtaine de minutes avant de se diriger vers l'entrée de l'immeuble et d'appuyer sur la même sonnette que Roz.

– Oui, fit la voix de Jack, brouillée par des sons parasites.

– C'est Paul.

– Qui ça ?

– Mellow. Paul Mellow.

S'ensuivit un long silence, éloquent, catastrophé. L'interphone bourdonna, la serrure de la porte se débloqua avec un petit bruit métallique et Paul entreprit de gravir les larges marches en bois, son pauvre cœur battant la chamade. Lorsqu'il atteignit la porte de l'atelier, Jack Sunstein s'était posté sur le seuil, torse nu, et Roz se cachait derrière lui, affolée, les joues en feu. Elle n'avait pas eu le temps de se rhabiller et avait caché sa nudité sous un peignoir. Paul la mettait au pied du mur. S'il n'était pas venu jusqu'ici de son propre chef, serait-elle passée aux aveux ? Le lien qui l'unissait à Jack aurait-il fini par se rompre de lui-même ? Elle ne le saurait jamais puisque son mari était là, devant elle, furieux, le visage décomposé.

– Qu'est-ce que tu fous là ?

– Excuse-moi. Excuse-moi, chéri.

– Très bien. J'ai vu ce qu'il y avait à voir. Super. Génial. Tu peux rentrer à la maison, s'il te plaît ?

Elle acquiesça sans mot dire, jeta un coup d'œil à Jack et récupéra ses affaires. Roz et Paul rentrèrent à Wontauket chacun de leur côté, l'un au volant du coupé, l'autre du break, et aucun n'eut d'accident, par miracle. Suffoquée par l'émotion, Roz réussit à garder son calme en se parlant toute seule. À la maison, ils esquivèrent les sollicitations des enfants et se retranchèrent à l'étage, dans leur chambre. Là, Paul mitrailla sa femme de questions, insistant, infatigable, indigné.

– Depuis combien de temps ? Depuis le début ? Depuis qu'on a commencé à poser pour lui ? Tu couchais déjà avec lui à ce moment-là ?

– Non, non, bien sûr que non. C'est récent. Très, très récent.

Tellement récent que je ne sais pas ce que je dis et que j'improvise à l'instant où on parle.

À quel rythme, insista Paul, quand, comment, pourquoi ? Pourquoi, surtout ? Roz avait la langue nouée. Face à son manque de coopération, il interpréta la situation à sa manière :

– C'est plus fort que toi, ça va te passer très vite et

ce n'est pas la peine que je prenne tout ça au sérieux, c'est ça ? La crise de la quarantaine ?

Au comble du désespoir, Paul cherchait à se raccrocher aux branches. Ils étaient assis sur le lit en cuivre ; au deuxième étage une basse marqua un rythme lourd, un chanteur hurla, une porte claqua. Les enfants couraient dans les couloirs, agités, inconscients – ou tout à fait lucides, au contraire – du drame qui se jouait en dessous, au niveau des parents. Roz ponctuait la conversation de soupirs, les yeux vrillés sur ses mains.

– Je l'aime, finit-elle par avouer.

Lorsqu'elle s'entendit prononcer ces mots inouïs, scandaleux, elle les savoura et sentit un petit frisson, une fierté mêlée de honte, la parcourir. Elle ne mentait pas.

Paul, sous le choc, plongea la main sous sa chemise, les doigts mêlés aux boucles de ses poils, napoléonien, et tâcha de reprendre contenance.

– Oh non, souffla-t-il. Tout sauf ça.

– Je sais. Je sais. Je suis désolée.

– Et si tu continues à baiser avec lui et que tu le largues quand tu en as marre ? gémit-il. Ça ne serait pas la fin du monde. Je vivrais avec ; on s'en remettrait, on tournerait la page. Tout le monde y trouverait son compte.

L'étendue de la douleur de son mari fit vaciller Roz.

– Ce n'était pas prévu, bafouilla-t-elle avant de fondre en larmes. Je ne l'ai pas fait exprès. Je te jure, Paul. Je n'ai rien demandé. C'est arrivé comme ça, comme ça arriverait à n'importe qui. Il n'y avait... aucun calcul de ma part. Il n'y avait rien du tout, si tu veux savoir la vérité.

– Alors arrête de le voir. Vis ton petit truc avec lui, ta liaison, ta toquade, je ne sais pas comment appeler ça, et laisse-le tomber. Reviens à la maison, reviens vivre avec moi.

– Je ne peux pas. C'est déjà sur les rails. Impossible d'arrêter. Je l'aime.

– Et ça veut dire que tu ne m'aimes plus ?

Les yeux fermés, elle formula sa réponse avec des trésors de diplomatie.

– Bien sûr que je t'aime. Ça ne finit pas comme ça. Mais c'est différent.

– Et c'est différent depuis combien de temps ?

Roz se représenta Paul – il la chevauchait, puis il se laissait chevaucher, guidait ses mains, ajustait leurs corps, posait sur elle un regard implacable, un regard qu'elle appréciait, croyait-il, parce qu'elle ne l'avait jamais détrompé sur ce point. Elle repensa aux chorégraphies que leurs membres avaient exécutées en fusionnant, comme les signaux d'un sémaphore. Leurs deux corps s'étaient réunis avant de se détacher, sa peau avait adhéré à celle de Paul – moiteur, frottements, texture, tout participait à cette union. Le quitter maintenant, après s'être livrée à lui, après ces caresses, ces explorations partagées, après ce regard subi des années durant, c'était une aberration, un crime.

– Je sors, dit Paul, les traits durcis. Et je prends les gamins avec moi.

Son visage, sa barbe, sa moustache, tout était trempé de larmes, mais il avait cessé de pleurer. Il trouva ses clefs et se dirigea vers la porte.

– Qu'est-ce que tu vas faire ? s'exclama Roz en lui emboîtant le pas. Tu vas leur dire quelque chose ? Paul, ne leur dis rien. Je ne suis pas prête !

– Parce que tu crois que j'étais prêt, moi ? rétorqua-t-il sans ralentir.

Comme sourd à ses supplications, il se posta au

pied de l'escalier qui menait à l'étage des enfants et se mit à hurler :

– Les enfants ! Descendez ! On va aux glaces !

Ils descendirent, en file indienne.

– Paul, ne t'en va pas, l'implora Roz.

Son mari la gratifia alors d'un regard qu'elle ne lui connaissait pas, dont était exclue toute l'adoration à laquelle elle avait eu droit jusqu'alors. Dans ce regard, la haine se disputait à l'indifférence. Paul guida le petit troupeau au bas de l'escalier et sur le seuil en les rassurant de quelques paroles. Seul Michael s'immobilisa dans le couloir, étonné que leur mère ne se joigne pas à leur escapade, mais Paul le poussa vers la sortie.

Ils rentrèrent une heure plus tard. Au début, Roz les attendit assise sur les marches du perron, la tête entre les mains, certaine qu'ils la trouveraient là, pétrifiée dans cette position, à leur retour, mais elle réalisa au bout de quelques minutes qu'elle avait quartier libre. Son moral remonta subitement en flèche, elle quitta son perchoir et s'en alla téléphoner à son amant.

Le mariage Mellow agonisa une petite semaine. Roz et Jack discutaient tous les soirs au téléphone et lorsque Holly finit par la surprendre, Roz se retrouva au cœur de la tourmente familiale. Il fallait une solution, et vite. Roz et Paul convoquèrent leur progéniture dans l'antre le mercredi suivant. Michael feignait l'indifférence ; Holly, complètement défoncée, avait les yeux injectés de sang. Elle traînait de plus en plus souvent à la gare et, au cours de ces derniers mois, Roz et Paul avaient pris l'habitude de faire une petite ronde en voiture, histoire de se rassurer, de surveiller de loin cette fille insoumise.

Les deux cadets s'agitaient sur le sofa en velours brun. Dashiell bondissait sur place, comme assis sur des braises.

– Bon, vous savez qu'en ce moment, entre papa et moi, ça ne va pas fort, commença Roz.

Paul ne desserrait pas les dents. Il n'avait rien à ajouter : c'était Roz qui tenait le rôle principal et il lui laissait volontiers le micro. Muet, vaincu, l'œil atone. Les plus grands semblaient maussades et Dashiell chantonnait même dans son coin. Faisait-il au moins l'effort d'écouter ? Seule Claudia avait l'air affectée par les paroles de Roz.

– Quoi ? Vous allez divorcer ? Non, c'est pas possible. Pas possible. Les parents d'Ariel Spitzer sont divorcés et elle m'a dit que c'était l'horreur !

Claudia n'était pas blasée, se rassura Roz. Contrairement aux autres, elle était encore capable d'être frappée d'épouvante, d'exprimer un chagrin sans fard.

Les Mellow se séparèrent deux jours plus tard et la nouvelle atterrit à la une des journaux (qui, narquois, en firent leur miel des mois durant), en plus de faire l'objet de débats enflammés parmi ceux qui les connaissaient. Paul déserta le foyer conjugal et loua un studio au bord de l'eau à Marburne, une localité proche de Wontauket, ce qui lui permettait de passer ses week-ends en compagnie des enfants. Sans brusquer les choses, Roz suggéra à Jack Sunstein de venir la voir à Wontauket une fois par semaine. Elle ne voulait pas encore qu'ils vivent sous le même toit, qu'il endosse le rôle de père. Les enfants n'avaient pas besoin d'un second père ; celui qu'ils avaient était irréprochable. Elle garderait Jack à part, pour son propre usage. La sexualité serait bannie du quotidien. Elle incarnerait une figure exclusivement maternelle.

Mais les enfants n'ignoraient pas qu'il y avait anguille, ou plutôt amant, sous roche, et ils se replièrent dans leur coquille. Ils savaient, elle savait qu'ils savaient, et c'était un sujet tabou, excepté pour Paul qui, tout à la fureur d'avoir perdu sa meilleure moitié, n'hésitait pas à l'injurier devant les enfants.

Il fut rapporté à Roz, entre autres faits, qu'au moment de préparer une fournée de hamburgers dans son petit studio (le hamburger étant sa seule et unique spécialité), il s'était lâché et l'avait traitée, carrément, de « vulgaire salope » avant de fondre en larmes et de se tourner vers les plus petits :

– Je retire ce que je viens de dire. C'est totalement faux. Je ne sais pas ce qui m'a pris. Votre mère est une femme merveilleuse.

Il lui fallut du temps avant de digérer une séparation qui sonna le glas de leur carrière, qui abattit cette vague sur laquelle ils surfaient depuis deux ans et précipita « les Mellow », ainsi que la postérité les avait appelés, dans l'oubli. Cette époque-là était finie, morte et enterrée, par la faute de Roz. Sa décision échappait à toute logique et, malgré ses deux remariages, Paul ne comprit jamais ce qu'elle avait pu trouver à cet artiste discret et bégayant. C'était à ses yeux un mystère complet. Lorsqu'il lui arrivait de se replonger dans cette époque, Paul Mellow secouait la tête, perplexe.

En 1986, Claudia quitta le lycée et s'inscrivit au Hampshire College, un établissement pilote situé dans le Massachusetts dont les effectifs se composaient en majorité d'étudiants excentriques, introvertis ou plus simplement un peu paumés, à l'image de Claudia. Roz mit en vente la maison qui trouva très vite acquéreur : elle passa aux mains d'un couple chinois, les Feng. À cette époque régna sur Swarthmore Circle une ambiance de ruche en effervescence : tous les enfants, à l'exception de Holly, vinrent aider leur mère à démanteler le passé, chacun en emporta quelques fragments dans sa chambrette d'étudiant ou dans son studio. Ils étudièrent de près le contenu de la bibliothèque, Paul ayant refusé de récupérer les livres. Roz découvrit que les enfants s'étaient pris d'affection pour des objets totalement inattendus. Michael réclama *Sans viande et sans regrets* alors qu'il était un carnivore invétéré et Dashiell s'attribua l'album des golden retrievers.

Roz confia la plus grande partie de ses effets personnels au garde-meuble en emménageant chez Jack, à New York. Deux ans plus tard, lorsqu'on lui proposa d'intégrer l'équipe éducative de l'université de Skidmore, elle récupéra ses affaires et reprit contact avec la vie qui avait moisi si longtemps dans des cartons. Désormais, les vestiges de cette première vie encombraient la maison de Saratoga Springs, mêlés aux artefacts du couple qu'elle formait avec Jack. Les placards recelaient différentes strates : les vieilles bottes de Jack, ses escarpins, le poncho ciré d'une petite fille, la lampe de poche d'un garçon parti en colonie de vacances, l'ukulélé d'un autre, le parapluie d'un ex-mari, tel objet à l'origine occulte, tel autre, et encore tel autre, et tant de choses dont la datation était indéterminée. Une même vie peut être abordée de mille manières différentes, c'est là un fait indéniable : les personnages, les décors et les accessoires ont beau changer d'un mariage à l'autre, ils indiquent fidèlement ce qui vous attend la fois suivante. Cela nécessite d'être *à côté*, d'être *tout proche ;* de la même façon, vivre entouré de sa famille, cela signifie *vivre parmi*. Le souvenir éclot lorsqu'en chemin on tombe sur un élément qui nous rappelle notre vie passée.

Roz se mit à genoux devant la penderie du rez-de-chaussée et se retrouva nez à nez avec une boîte à sandwiches en plastique rouge datant du Cénozoïque. Instantanément, elle fut transportée des années en arrière. Cette boîte avait fait le bonheur du petit Dashiell. Lee Majors s'affichait, la mine renfrognée, sur le couvercle. *L'Homme qui valait trois milliards*. Dashiell était à l'époque très fier de sa boîte à sandwiches, il se pavanait avec, et elle le revit trottinant vers l'école Felice P. Bolander, l'air fanfaron, les doigts enroulés autour de la poignée. Entre ce garçonnet et l'homme allongé dans un lit d'hôpital, il y avait un fossé béant. La trajectoire que parcourt chaque enfant est une longue courbe dépourvue d'angles droits et de virages qui le transporte d'un point A à un point B. L'enfant et l'adulte que cet enfant allait devenir se télescopaient à l'instant présent, foncièrement identiques ; jeunes ou moins jeunes, la personne qui les connaissait sur le bout des doigts, qui pénétrait jusqu'à leurs moindres secrets, c'était leur mère.

Roz avait confié Dashiell aux mains de Tom dans leur appartement de Providence, pour qu'il s'accroche à la vie, pour que des infirmières lui apportent des soins à domicile, pour laisser la greffe poursuivre son travail souterrain, son système immunitaire se reconstituer et se renforcer tel un bébé dinosaure titubant hors de sa coquille. Il retrouverait la santé, avaient assuré les médecins, et Roz retrouverait elle aussi son équilibre. Le livre, en revanche, en était au point mort. Michael s'était heurté à un mur ; personne n'avait réussi à convaincre Paul. *Le Plaisir* ne renaîtrait pas de ses cendres, Roz allait devoir s'y résoudre.

Aux chiottes le bouquin, aurait dit Holly. Oui, c'était ça : *Aux chiottes le bouquin*.

Roz ferma les yeux une fraction de seconde, souhaitant revivre la surprise éprouvée à son retour, au moment où elle avait vu qu'une petite fée avait restauré la discipline dans les placards. Elle voulait aussi examiner de plus près les objets amassés au fil du temps, accumulés à son insu. À présent, Roz Mellow considérait la trame du temps qui, à force de se dilater, avait saturé l'espace, envahi la maison de Saratoga Springs et pris d'assaut chaque placard, chaque chambre, chaque couloir.

12

Le père et le fils avaient décidé de passer la soirée ensemble, de sortir. Ils avaient deux événements à fêter : le corps de Dashiell avait accepté la greffe et Michael passait sa dernière nuit en Floride. L'heure était aux Blue Floridian et aux beignets frits servis dans des seaux en plastique, aux larmes de soulagement et aux niaiseries, aux effusions, aux confidences émaillées de remarques élogieuses sur les voitures aperçues dans la rue. La recette idéale pour renforcer un lien entre un père et son fils.

Michael devait prendre l'avion le lendemain matin ; son séjour à Naples prenait fin, au bout de cinquante-quatre jours. Il avait posé toutes ses vacances de l'année et, une fois son stock épuisé, réclamé un congé exceptionnel à sa hiérarchie qui avait aussitôt accédé à sa demande, de peur de perdre un élément surdoué. Qu'il fasse ce que bon lui semblait. Rufus Webb avait harcelé Michael d'e-mails tout au long de ces cinquante-quatre jours, avec une régularité de métronome et, longtemps, Michael avait envoyé ses réponses sans délai. « LES JUMEAUX ONT ATTERRI », avait-il écrit le jour fatidique ; il avait toujours recours aux majuscules, comme pour mieux traduire la panique qui s'emparait de lui. « JE SUIS MORT. » Michael avait répondu, posément : «Tu n'es pas mort. Détends-toi.»

Détends-toi. C'était un concept à creuser. Une fois le sevrage d'Endeva derrière lui – et ses symptômes brutaux : l'angoisse fulgurante, les vertiges qui l'assaillaient dès qu'il se mettait debout, les sueurs qui le réveillaient en pleine nuit et les étranges acouphènes qui bourdonnaient dans ses tympans lorsqu'il tournait la tête, à droite ou à gauche –, il entama sa désintoxication et, dans la foulée, sa descente. Un beau matin, au réveil, il se rendit compte que son organisme s'était complètement purgé de l'Endeva, jusqu'à la dernière molécule. À partir de là, il fit seul son chemin. Sans antidépresseur, sans béquille chimique. Sans filet. Lui, seul, en Floride, et rien d'autre. À découvert, fragile, sans protection aucune, comme étendu nu sur un tapis de feuilles humides. Une sensation pas désagréable, mais très étrange. *Caresse les feuilles*, s'ordonna-t-il. *Roule-toi dedans*.

Un soir – il était près de minuit –, Michael chercha à joindre Thea; il comptait soumettre à son jugement l'analogie du tapis de feuilles et lui dire qu'il l'aimait. Le téléphone sonna dans le vide de longues secondes, le répondeur prit le relais. Il entendit sa propre voix, une voix de robot, nasillarde et discordante, et raccrocha immédiatement, sans laisser de message. Il voulut la rappeler le lendemain mais changea d'avis à la dernière minute. L'image de son père humilié par Roz, mugissant comme un cerf dans la maison de Wontauket, lui revint en mémoire. Il ne connaissait rien de pire qu'un homme malheureux. Même la détresse d'une femme malheureuse fait moins de bruit. *Détends-toi*, avait-il conseillé à son collègue; à 41 ans il avait l'impression de comprendre, enfin, ce que signifiait ce genre de conseil. Il n'était pas remis de sa dépression, loin de là : les réactions chimiques à l'œuvre dans son cerveau signifiaient qu'il était encore vulnérable. Mais il avait brisé le joug de l'Endeva et c'était le plus important.

Ainsi donc les jumeaux étaient arrivés dans les locaux de DDN. La belle affaire. Au bout d'un moment, Michael cessa de réagir à la cacophonie hystérique de son smartphone. L'étape suivante fut d'ignorer, tout bonnement, les messages envoyés par Rufus, et cette habitude s'installa au fil des jours. Michael se demandait s'il supporterait de retourner travailler chez DDN, tant la perspective de s'enfermer à nouveau dans ces bureaux ouatés, de réintégrer une communauté de gens oppressés par le stress, menaçait de raviver un désespoir aussi violent que la cascade fracassante qui déversait son cœur stérile dans le hall du Strobe Building.

Le voyage en Floride était un fiasco total, en apparence du moins, même si Michael ne voyait pas les choses sous cet angle. Un fiasco, parce que son père opposait un non catégorique au retour du *Plaisir* dans les librairies, en dépit des arguments de son fils. En revanche, Paul et lui avaient traversé ensemble une véritable épreuve – la maladie et la greffe de Dashiell – et s'étaient rongé les sangs de concert. Leur Blue Floridian, ils l'avaient largement mérité.

Le lendemain matin, Michael embarquerait à bord d'un avion qui le ramènerait à New York, à Dimension D-Net et à Thea Herlihy. Il voyait ça comme une plongée dans l'inconnu. Son père retournerait à son appartement où, en ce moment même, sa femme Élise/Élisa regardait le journal du soir en enduisant ses pieds de crème anticrevasses ; la menthe poivrée parfumait la chambre à la façon d'un pot-pourri. Élise/Élisa changerait les draps dans la chambre d'amis occupée par

Michael cinquante-quatre nuits de suite et cette chambre attendrait un nouveau locataire des mois, voire des années. Son père et sa belle-mère s'inscriraient à un nouveau cours ; peut-être se mettraient-ils à l'italien, comme la majeure partie de leurs voisins, attirés par la mélodie des syllabes, l'huile d'olive versée à partir d'une carafe en céramique et les annonciations au vernis délicatement craquelé. Une sensation de calme, presque de solitude, s'emparerait insidieusement de Paul, et Michael se sentait impuissant face à cette fatalité, parce qu'il serait victime du même sentiment, à l'heure de son départ.

Michael eut un frisson d'effroi à l'idée de se réapproprier son appartement, de glisser la clef dans la serrure, de pénétrer dans cet endroit immaculé, aussi stérile qu'un bloc opératoire.

– Je ne sais pas ce que je vais retrouver à la maison, avoua Michael dans le bar obscur après avoir vidé son premier Blue Floridian, servi dans un verre à peine moins profond qu'une gamelle.

Il lui prit l'envie soudaine d'ouvrir son cœur.

Son père le scruta un long moment.

– Dis-moi, de quoi as-tu peur ?

– Que ce soit un champ de ruines. Mon boulot. Ma vie sentimentale.

– Parce que tout était en ordre avant ton départ ?

– Pas sûr. Enfin, j'espère. Et DDN fait des choses utiles, mais je ne peux pas rester chez eux. Ça m'endort.

– La Floride, soupira Paul, inclinant la tête.

– Pardon ?

– Rien. Continue.

– OK. Bon, en ce qui concerne Thea, voilà l'histoire. Je vais être franc mais, avant, tu dois me promettre, tu dois jurer que tu n'en parleras à personne, papa, pas même à Élis... pas même à ta femme.

Michael avala une gorgée de son cocktail avant de se jeter à l'eau.

– Je n'arrivais pas à aller jusqu'au bout. C'était impossible, littéralement. À cause de ce foutu antidépresseur qu'on m'avait prescrit et je sais que ça aussi, je l'ai gardé pour moi. Quand je suis arrivé ici, je venais d'arrêter mon traitement. Ce qui explique mon comportement bizarre à mon arrivée, tu te souviens ? J'allais vraiment mal. Comme si quelqu'un m'avait adressé un message, comme si on m'avait interdit de jouir. Parce que c'est complètement stérile, en définitive. Prendre son pied, ça ne t'apportera jamais le bonheur.

– Je suis triste pour toi. Ça n'a pas l'air marrant.

– Tu l'as dit. Pas marrant du tout.

– Mais le fait est qu'assurer au lit, ce n'est pas la garantie du bonheur non plus. Regarde-moi. Je n'ai jamais eu de gros problèmes sexuels et pourtant ça ne m'a pas rapporté grand-chose. Au bout du compte, ta mère m'a largué.

Un autre verre, et vite. La bouche en cul-de-poule, Paul aspira la mousse turquoise qui s'était formée à la surface du Blue Floridian.

– Alors c'est pour ça que tu ne veux pas que le livre soit réimprimé ? s'étonna Michael. Ça se résume à ça ?

– Plus ou moins. Que veux-tu que je te dise ? Je ne suis pas quelqu'un de très complexe. Contrairement à vous, les enfants.

Michael avala une gorgée de son cocktail et visualisa ses parents, du temps où ils étaient encore mariés, affalés dans le canapé de l'antre, comme deux gamins. Michael pensait souvent à l'attitude possessive que son père entretenait vis-à-vis de sa mère. Quand il était petit, cette attitude lui avait paru empreinte d'affection, admirable, un modèle à suivre. L'idéal qu'il fallait toucher, avait-il découvert à l'âge adulte, vers lequel il fallait tendre tous ses efforts, c'était la réciprocité des sentiments. Il avait cru la vivre avec Thea avant de comprendre que, dans leur couple, l'indifférence tenait lieu d'amour.

Peut-être Dashiell finirait-il par trouver son équilibre, avec le temps ; quoi qu'il en soit, il mettait tous les atouts de son côté. Claudia leur avait donné avec régularité des nouvelles de leur frère lors de son séjour à l'hôpital et, dans l'élan de leur toute dernière conversation, elle avait mentionné, en passant, qu'elle « fréquentait, si on peut dire », un homme avec qui elle avait échangé quelques e-mails.

– Tu sais, celui que j'ai rencontré à Wontauket, avait-elle précisé. Celui dont les parents habitent notre ancienne maison.

– Je vois très bien de qui tu parles. Félicitations, avait répondu Michael, magnanime.

Sa petite sœur avait toujours eu les plus grandes peines à s'ouvrir aux autres, à se débrouiller seule ; pour avoir concrétisé son flirt virtuel dans le monde réel, elle ne méritait que son admiration.

Alors, étaient-ils aussi complexes que le prétendait leur père, les enfants Mellow ?

– Il n'y a que Holly qui est complexe, reprit Michael.

– Parce qu'elle est partie, tu veux dire ?

– Non. Je pense ça depuis toujours.

Paul hocha la tête à la façon d'un homme qui porte un regard désabusé sur ses échecs personnels. L'image de Holly esquissa quelques rapides entrechats sur la table, à peine plus grande que la fée Clochette, avant de leur fausser compagnie d'un bond.

Son inquiétude, Michael la réservait à Holly. Il trouvait peu probable qu'elle trouve son bonheur mariée à un type tel que son chirurgien. La seule et unique fois où il avait croisé Marcus Leeming, l'homme lui avait paru malsain, elliptique. Difficile de croire que ces deux-là étaient unis par un amour sincère. Quant à les imaginer à table, en train de dîner ou, pire encore, au lit, c'était un véritable cauchemar.

Un soir, alors qu'il venait de s'installer à New York afin d'y poursuivre ses études, la sonnerie de son téléphone avait retenti dans l'obscurité de l'appartement tout en longueur qu'il partageait avec deux amis sur Riverside Drive. À l'autre bout de la ligne, la voix de Holly :

– Salut.

Stupeur. Bien qu'absorbé dans sa lecture, adossé à la fine cloison en plâtre de sa chambre, Michael avait jeté son livre de côté et accordé toute son attention à sa sœur.

Une demi-heure plus tard, Holly s'était présentée à la porte, tremblant comme une feuille, et les colocataires de Michael l'avaient dévisagée avec un mélange de méfiance et de curiosité. En larmes, elle lui confia ses amours ratés, son désespoir existentiel. De toute évidence, elle n'était pas dans son état normal – elle empestait le shit, qui dégageait une odeur de « corde brûlée », à en croire les films pédagogiques qui leur avaient été projetés au lycée, comme si tous les élèves savaient ce que ça sent, une corde qui brûle. « Chut », avait-il dit, faute de mieux. Il lui prêta un T-shirt orné du logo Princeton Ultimate Frisbee – elle s'en fit une nuisette –, lui céda son matelas et punaisa au-dessus de la fenêtre un vieux drap bleu foncé ramené de

Wontauket, ce qui donna à la chambre des airs d'aquarium.

– Je me fais vomir, dit Holly.

– Chut. Tout va bien, Holly. Ça ne paraît pas évident à première vue, mais je t'assure.

– J'ai foiré ma vie, Michael.

– Je ne savais que tu avais déjà un pied dans la tombe.

– Tu sais très bien où je veux en venir.

Et Michael ne put que répéter :

– Chut.

Elle était couchée à quelques centimètres de lui, emmitouflée dans un T-shirt qui sentait l'eau de javel et la lessive. Elle avait les cheveux longs et dorés, un peu en broussaille, et ses cils n'avaient rien perdu de leur blancheur albinos. Holly Mellow était à 24 ans une femme absolument sublime et cette beauté, elle s'apprêtait à la ravager. Face à ce gâchis, Michael était pieds et poings liés. Elle ne lui appartenait pas. Il n'avait aucun droit sur elle, jamais elle ne serait sienne.

Torse nu (il avait gardé son pantalon de pyjama), Michael changea de position et se retrouva le nez contre le mur.

– Bonne nuit. Je te préparerai le petit déj' demain.

Mais, au petit matin, elle s'était volatilisée. Lorsqu'elle daigna lui donner à nouveau de ses nouvelles, une année entière s'était écoulée et elle avait posé ses valises dans le Nevada.

Il sirota son cocktail, désespérant de voir un jour le fond du verre.

– Alors, qu'est-ce que tu comptes faire ? lui demanda subitement son père, sur sa lancée.

– Qu'est-ce que je compte faire ? Je peux rentrer à la maison et trouver une solution. Je vais en discuter au boulot. Je vais en discuter avec Thea. Elle est obnubilée par sa pièce sur Dora. On a parlé, elle m'a écrit, mais je n'ai pas la moindre idée de ce qu'elle veut de moi à présent.

– Tu sais, c'est la même chose pour moi avec Élise, avoua son père.

À nouveau, Michael rata la dernière syllabe du prénom. *Élise* ou *Élisa*? Impossible de se fier à ses oreilles. Connaîtrait-il un jour le prénom de sa belle-mère? Il était trop tard pour se renseigner auprès de Paul, la politesse l'interdisait.

– Elle dort beaucoup, fit Michael en prenant des précautions oratoires. C'est ça, le problème?

Paul secoua la tête : ce n'était ni un non, ni un oui, et, les yeux fermés, il refoula les larmes qu'il sentit monter. Une vague de panique submergea Michael – *Oh non, mon père va se mettre à pleurer* – car les confidences se résoudraient bientôt dans l'embarras. Il allait devoir tendre la main et donner des petites tapes sur le bras de son père, peut-être même dans son dos. Il s'acquitterait de cette mission avec la gaucherie d'un jeune père aidant son fils à faire son rot; les questions se bousculeraient dans sa tête. *Trop fort? Trop doux? Est-ce que je fais ce qu'il faut? C'est bientôt fini?*

Mais Paul Mellow garda son sang-froid; viril jusqu'au bout des ongles, il s'autocensura, puis il piocha dans la coupelle de champignons frits que la chapelure avait fait doubler de volume et mangea sans faim. Michael aurait voulu en savoir davantage mais, à cet instant, trois femmes s'approchèrent du bar avec une détermination de requin. *It iz dificult to know vhen zi vhite shark hi vil attack.* Michael avait bénéficié des faveurs de ce genre de femmes dans une vie antérieure, jamais en présence de son père, et pas depuis qu'il s'était installé avec Thea, car les bars ne figuraient plus dans son emploi du temps.

Les trois femmes étaient toutes jolies à leur façon, jaillies d'un passé qui refusait de tomber dans l'oubli : les années 1980. Elles n'avaient laissé aucun détail au hasard, les cheveux coupés au rasoir, le henné, la mousse coiffante pour sculpter une couronne d'épines, les grosses pendeloques qu'un ami avait dû leur offrir à Noël. L'une des trois se tenait en retrait. La plus timide, la plus hésitante et, en toute logique, la moins jolie du trio. Ce fut elle, victime de l'implacable sélection darwinienne, qui passa à la trappe ; elle se replia d'elle-même, résignée, et se laissa absorber par la salle, se posta devant le juke-box et parcourut en long et en large les pages métalliques de la sélection musicale. Le genre de personne qui trouvait son salut dans la bibliothèque pendant une fête trop bruyante et s'abîmait dans la lecture d'un livre, n'importe lequel pourvu qu'il l'aide à masquer sa gêne. Michael se prit de pitié pour cette jeune femme et se proposa d'aller la rejoindre devant le juke-box. Le problème, c'est qu'il ne tenait plus sur ses jambes ; son élan de sympathie se dissipa aussi vite qu'il était apparu.

– On a fait un pari, lui annonça la plus blonde du tandem.

– Ah oui ? fit-il en levant lentement la tête. Et lequel ?

– J'ai parié, enchaîna l'autre – cheveux foncés, allure soignée, de quoi inspirer la méfiance –, que vous deux, vous étiez père et fils. Mais ma copine Sabina ici présente dit que c'est n'importe quoi, que vous êtes juste potes et qu'il n'y a pas une grosse différence d'âge entre vous.

– Père et fils ? protesta Paul. C'est grotesque.

Sa réplique suscita chez Michael une stupeur mêlée d'admiration. Les deux hommes échangèrent un regard complice.

– Je le savais, jubila Sabina. Lindsey, tu me dois un cocktail. Il a l'air pas mal, le vôtre. C'est un Collateral Damage ? Parce qu'ils sont super bons, ceux-là.

– Non. Un Blue Floridian.

Le cocktail était relativement traître, aussi fluide que du Gatorade, et sa saveur sucrée camouflait l'alcool plutôt qu'elle ne le complétait. Ce qui ne l'empêcha pas de se perdre dans les vapeurs de l'ivresse, comme tous ceux qui l'entouraient, et le jeune barman jovial, un shaker et une passoire pour toutes armes, servait des quantités phénoménales.

– Alors, vous vivez toutes les deux dans le coin ? demanda Paul.

– Non, on fait des études dans le Nord. Là, on est en vacances. La mère de Sabina a un appartement dans le coin, juste de l'autre côté de la nationale, elle nous le prête tous les ans. On est venues l'année dernière, aussi, et on s'est vraiment éclatées. Il fait super beau et, des fois, je me demande pourquoi on se fait chier là-bas, quand la vie est tellement plus facile dans le Sud.

Lorsque Paul se mit debout, Michael constata qu'il était soûl, une ébriété sans commune mesure avec la sienne. La tête du vieil homme pivota avec lenteur, comme celle d'un boxeur de dessin animé.

– On ferait mieux de partir. Je crois qu'il est tard.

– Pas si tard que ça, messieurs, la soirée ne fait que commencer, l'interrompit Lindsey. Et pour être franche, vous n'êtes pas en état de prendre le volant. Ni l'un, ni l'autre. Vous avez l'air complètement rétamés. Ça vous dirait de traverser la rue et de venir voir l'appart' ?

Paul et les deux femmes se mirent en route, Michael leur emboîta le pas. La petite troupe quitta le bar habillé d'acajou et de plantes tropicales et s'engagea dans le velours noir de la nuit. Ils slalomèrent entre les voitures, prirent les femmes par la main et traversèrent la voie en sautillant, au petit bonheur, l'air idiots, mais affranchis, pour la première fois, du lien père-fils. La délivrance était plus grande pour Paul que pour lui et il était intéressant de le voir bomber le torse sous le regard de ces deux jeunes femmes malgré son ébriété avancée. Leur aventure resterait sans suite, bien entendu, même si l'ambiguïté était savoureuse ; les deux hommes étaient attachés à leurs compagnes et ces deux demoiselles-là étaient jeunes, d'une jeunesse absurde, insolente. Quel mal y avait-il à prendre un nouveau souffle dans cet appartement jaune et vert, qui évoquait en tout point un magasin de meubles de jardin ? La résidence, copie conforme du complexe des Bois Rieurs, avait reçu le nom de « Refuge aux coquillages ». Absurde, estima Michael. Comme si les mollusques avaient besoin d'un endroit où ils se sentiraient chez eux, ou comme si les amateurs de fruits de mer avaient envie de se regrouper. Encore une trouvaille surréaliste à mettre au compte de cet état d'esprit « décalé » que l'on retrouvait chez les habitants de la région.

Sabina choisit un vieil album de Steely Dan, par respect pour les deux hommes, et cette attention n'échappa pas à Michael. Curieux mais inquiet, il regarda son père prendre place dans le canapé. Il suffisait que l'une des étudiantes sorte de sa trousse à maquillage un joint roulé d'une main experte pour qu'il s'extirpe de sa torpeur, se redresse et hume la fumée à longs traits.

Michael fuyait la drogue comme la peste alors que certains des collègues de Thea ne se gênaient pas pour allumer un pétard lorsqu'ils venaient travailler une scène chez eux. Ces soirs-là, Michael se calfeutrait dans la chambre à coucher et fermait la porte, écoutant d'une oreille distraite les comédiens qui imitaient divers accents et laissaient libre cours à des émotions dont ils se libéraient quelques secondes plus tard, entre deux éclats de rire.

À l'époque où les Mellow, parents et enfants, vivaient sous le même toit, Michael avait compris que ses parents s'accordaient le droit, de temps à autre, de consommer certaines substances, et cette liberté le faisait sortir de ses gonds. Roz et Paul avaient dédié plusieurs pages du *Plaisir* à l'usage ludique de la drogue, ce qui avait provoqué un tollé parmi leurs détracteurs. Les illustrations qui éclairaient ce chapitre précis montraient leurs avatars les yeux injectés de sang, comme si Sunstein avait colorié le blanc au lavis rose. Les yeux de son père rougissaient en ce moment même. Paul, déjà éméché, n'allait pas tarder à succomber aux effets de la drogue et Michael, dont l'ivresse retombait, allait devoir lui servir de chauffeur.

Quelqu'un apporta un gâteau glacé au chocolat de facture industrielle et ils mangèrent, les hôtes comme les invités, pas parce qu'ils avaient faim, mais parce que l'alcool, combiné à la drogue, leur avait ouvert l'appétit. *Il vaudrait mieux qu'on y aille, et fissa*, songea Michael quand la pâtisserie fut réduite en ruines. Élise/Élisa dormait comme une bienheureuse, ce n'était pas elle qui les empêchait de s'amuser, mais Michael avait un avion à prendre très tôt le lendemain. Il savait que la situation pouvait dégénérer à tout moment.

– Paul, fit-il, employant, non sans une certaine malice, le prénom de son père. Il faut qu'on lève le camp.

Son père fit la sourde oreille : il écoutait Steely Dan avec une ferveur qu'il réservait d'ordinaire au jazz. Quelques secondes plus tard, Sabina alla s'asseoir à côté de lui et chuchota à son oreille. Paul s'esclaffa et Michael détourna le regard, gêné. Son embarras monta d'un cran lorsque la jeune femme fit coulisser la porte-fenêtre et entraîna son père dans le jardin privatif. Michael se retrouva seul au salon avec Lindsey et il se raidit sur le canapé, droit comme un i. Paul l'avait placé dans une position catastrophique. Son père, un homme respectable, un homme marié, s'était volatilisé avec une morveuse qui avait l'âge d'être sa fille, voire sa petite-fille. *Espèce de cliché sur pattes*, commenta Michael à part lui, la mâchoire contractée.

– Bon, souffla Lindsey, on dirait qu'ils sont allés dehors.

– On dirait bien, répondit Michael.

– Tu n'as pas l'air très content, ajouta sa compagne d'un soir, le regard presque implorant. Tu aurais préféré Sabina, peut-être ?

Sa bravoure toucha Michael en plein cœur.

– Quoi ? Non, bien sûr que non. Je ne préfère rien du tout. Je rentre à New York demain matin.

– Pas grave. Je m'en doutais. De toute façon, je ne cherche pas à me caser. J'ai déjà un mec, merci.

Lindsey conclut sa réplique en levant les yeux au ciel. Michael se représenta son « mec » sous la forme d'un étudiant, gentil mais un peu bêta, fan de fumette, tout juste bon à lui tenir chaud l'hiver.

– Tu veux voir la chambre ? proposa-t-elle, et Michael accepta son invitation, aussi stupidement que l'aurait fait le crétin qui lui tenait lieu de petit ami, sans envisager une seule seconde les conséquences.

Lindsey l'escorta dans une chambre où deux lits garnis de courtepointes fleuries étaient collés l'un contre l'autre. Elle referma la porte, aussi fine que du papier à cigarettes, et pivota sur ses talons, un large sourire étirant sa bouche, manifestement ravie de l'avoir pris au piège.

– Toi, tu es mignon. Viens par ici.

Il s'approcha d'elle, docile, et le baiser qu'ils échangèrent provoqua à la seconde une érection qui déforma son pantalon. C'était bien la première fois qu'on le qualifiait de «mignon». Beau, oui. Sérieux. Expressif. Intelligent, brillant, Phi Beta Kappa, «avec mention», lunatique, stressé, sombre, ambitieux, séduisant. Mignon, jamais.

Ils grimpèrent sur les lits jumeaux et Lindsey se coucha sur sa proie, poids plume. Elle se blottit contre Michael et gémit à plusieurs reprises, laissant courir sur son torse ses ongles manucurés. Michael réalisa que son odeur l'écœurait, qu'elle portait un parfum vulgaire, le genre de fragrance qui empestait les pages des magazines. Malgré ce haut-le-cœur olfactif, son excitation ne retomba pas. C'était sans conteste une odeur de femme; il imagina ses seins, son entrejambe moite. S'il n'y prenait garde, il risquait d'éjaculer d'un instant à l'autre. Il allait jouir dans son boxer, ce qui ne lui était pas arrivé depuis la puberté.

Michael pouvait jouir en un claquement de doigts; il savait que ce soir, il en était capable, il en avait l'intime conviction. Cet orgasme-là ne laisserait aucune place à l'hésitation, à la moindre arrière-pensée. Pas d'états d'âme, rien.

– Mmm, répéta Lindsey, et Michael se rappela son propre mantra – «Nnng» – lorsqu'il faisait l'amour avec Thea. Il était en porte-à-faux : la jouissance était à portée de main mais, d'un autre côté, jouir n'était pas l'objectif de la soirée. Michael s'enfermait dans son dilemme lorsque le hasard lui imposa sa solution.

Il changea de position, les lits s'écartèrent comme s'ils voulaient livrer passage aux flots, le gouffre s'élargit et Michael et l'étudiante atterrirent sur la moquette avec un son mat et sourd, sans se faire mal.

– Oh non, s'exclama Lindsey. J'y crois pas.

Ils restèrent coincés dans l'allée obscure et c'est au prix de manœuvres complexes qu'ils parvinrent à s'en extirper, à se mettre debout, à retrouver leur équilibre et à replacer les lits côte à côte. Lindsey était hilare et Michael se sentait, lui aussi, de très bonne humeur. Lorsqu'elle tenta de l'attirer à nouveau vers elle, il opposa un refus subtil, soucieux de ne pas la fâcher.

– Je crois que je suis trop bourré, expliqua-t-il.

Michael n'avait pourtant qu'une chose à l'esprit, l'orgasme qui aurait pu se produire ce soir – l'orgasme en puissance, en germe, celui qui attendait son heure – et tous les orgasmes qu'il vivrait à l'avenir, avec Thea peut-être, ou peut-être avec une autre, une autre femme, de nombreuses autres. Il s'imagina assis devant son ordinateur, en train de mater du porno, d'y prendre plaisir et de n'en tirer aucune culpabilité. Il se vit échanger des e-mails avec une inconnue contactée via les petites annonces, jetant aux orties ce que le livre de ses parents avait enseigné à une époque, l'amour, la tendresse, l'intimité, tout ce qui n'était plus que poussière. Désormais, les possibilités étaient infinies.

– Pas de souci, répondit Lindsey.

Si elle était vexée, elle n'en montra rien. Ils quittèrent la chambre, embarrassés, et regagnèrent le salon à l'instant où la jeune femme qui s'était exilée près du juke-box surgit sur le seuil de l'appartement.

Elle tituba, s'appuya au mur et commença à se lamenter :

– Vous m'avez larguée comme une vieille chaussette.

– Et je m'en veux beaucoup, s'excusa Lindsey.

– J'espère bien, rétorqua son amie et, sans crier gare, elle vomit sur le tapis, traçant un arc bleu parfait.

– Et merde, excuse-moi, bredouilla-t-elle aussitôt avant de fondre en larmes. Je fais tout de travers.

– C'est pas grave, c'est pas grave.

Les deux femmes tombèrent dans les bras l'une de l'autre. Michael était sur des charbons ardents et il remercia le ciel lorsqu'il vit s'ouvrir la porte-fenêtre qui donnait sur le jardin. Paul fit son entrée, talonné de près par Sabina. À la mine bouleversée de son père, Michael comprit qu'il s'était passé quelque chose et qu'il ne tarderait pas à avoir le fin mot de l'histoire. Pour l'instant, l'heure était venue de tirer sa révérence.

Ils remercièrent les étudiantes pour leur hospitalité, pour la drogue, pour le gâteau, pour la gentillesse qu'elles leur avaient témoignée. Ils leur souhaitèrent d'excellentes vacances et beaucoup de réussite dans leurs études. C'était une erreur monumentale, un bide, une soirée singulière en compagnie de deux femmes qu'ils ne risquaient pas de revoir. Michael sentit poindre à nouveau une crise de mélancolie existentielle mais, ce coup-ci, il n'avait pas l'intention de faiblir.

– Papa, qu'est-ce qui t'est arrivé ?

Le trajet lui parut interminable et, la vitre baissée, la tête sortie par la fenêtre, Paul Mellow se sentit comme un chien promené par son maître, ignorant, passif. Il avait puisé un soulagement immense dans le simple geste de confier les clefs à son fils et de s'étirer sur le siège passager, un siège qu'il n'occupait que rarement. Cette place, c'était d'ordinaire Élise qui l'occupait. D'ailleurs, Michael avait dû reculer le siège, beaucoup trop proche du pare-brise, avant d'y asseoir son père. Paul s'était attribué la place de sa femme, il avait laissé le volant à son fils et il allait devoir lui raconter ce qui s'était passé dans le jardin, même si c'était la dernière chose dont il avait envie.

– J'ai besoin d'une bonne nuit de sommeil, annonça-t-il, puis il ferma les yeux, les cheveux balayés par le vent, hanté par la conversation qu'il avait eue avec cette fille, Sabina, à la façon d'une mélodie.

Ils avaient discuté ensemble de sa vie de jeune retraité en Floride et des cours qu'il suivait aux Bois Rieurs, ce qui avait amené la jeune femme à parler de la maîtrise en sociologie qu'elle préparait cette année. Ces études offraient des débouchés bien minces mais la captivaient tant que son avenir passait, pour l'instant, au second plan.

– C'est une excellente philosophie, avait dit Paul sur le ton protecteur d'un vieil oncle.

Par pure politesse, sans penser qu'il s'en mordrait les doigts, il lui avait demandé quelle université elle fréquentait. Sabina avait répondu sur un ton jovial, peut-être avec fierté, et Paul avait senti son sang se glacer dans ses veines.

– Skidmore.

Tous les chemins menaient-ils fatalement à Roz ? Était-ce possible ? Comment expliquer une telle coïncidence ? Comptait-elle le traquer sans répit, jusqu'à son dernier souffle ? Bien entendu, à la seconde où il avait demandé à Sabina, cette adorable étudiante, si elle connaissait le professeur Mellow, qui officiait au département de psychologie, il sut ce qu'elle allait répondre avant même qu'elle ouvre la bouche, et il sut qu'il ne pouvait s'en prendre qu'à lui-même. Il s'était fourré tout seul dans ce pétrin, comme un grand. Roz ne le traquait pas ; c'était lui qui la traquait, et cette chasse à l'homme ne datait pas d'hier.

Rien n'aurait pu le préparer au choc que lui réserva Sabina lorsqu'elle se tourna vers lui les yeux brillants.

– Incroyable. C'est ma conseillère pédagogique.

Sur ce, elle entreprit de lui expliquer que le professeur Mellow ne relevait pas, « à proprement parler », du département de sociologie, mais elle avait suivi trois de ses cours magistraux et obtenu, sur autorisation spéciale, d'intégrer les rangs de ses « pupilles ».

– C'est une prof absolument géniale. Elle se soucie vraiment de ses étudiants, elle. Et je la croise tout le temps en ville avec son mari. Il est plus jeune qu'elle et il est déjà chauve. Vous le connaissez ? Ils se tiennent toujours par la main. Ils ont l'air au paradis ensemble. Je n'ai jamais vu mes parents comme ça. D'où vous connaissez le professeur Mellow ?

Ces informations furent révélées d'une seule traite et Paul se cabra avant de retrouver son aplomb, s'exhortant *in petto* : *Je ne trahirai aucune émotion*. Mais il était difficile d'effacer de son esprit l'image de Roz et Jack exposant leur bonheur à la face du monde et, jouet d'une rage absurde, il sentit son sang bouillonner dans ses veines. Il se détourna de Sabina, à peine, et posa ses mains sur le renflement d'un vase en argile dans lequel s'épanouissait une plante tropicale aux fleurs colorées.

– C'est une vieille amie, répondit-il.

Une vieille amie, en effet. Roz Mellow, sa bien-aimée, la femme à laquelle il s'était abandonné. Il repensa à la journée où ils avaient mis au point le Pardon électrique. Et, plus tard, alors qu'ils reconstituaient la fameuse position dans le studio, sur ce lit gigantesque dont l'aveuglante blancheur évoquait une sexualité solaire, radieuse, Paul et Roz s'étaient imbriqués avec soin.

– On croirait une partie de Twister, avait fait remarquer Roz tandis qu'ils se mettaient en place.

– De quoi ?

– De Twister. Le jeu auquel jouent nos enfants.

– Oui, c'est bien vu.

Main gauche sur le rouge. Pied droit sur le vert. Ils s'emboîtèrent, minutieux, studieux. Paul bandait déjà ; ses érections avaient rythmé, ponctuelles, toute la création du livre. Sa femme était là, toute en courbes, voluptueuse, et il la pénétra, lent et nerveux, conformément au plan qu'ils avaient établi.

– Attends, ralentis, fit Roz entre deux rires. Je pourrais tomber.

– Jamais. Jamais, je ne te laisserais tomber.

Dans un coin de la pièce, derrière le chevalet, l'artiste était assis, encre et crayon à portée de main. Paul se rapprocha de son épouse. À l'époque le Pardon électrique leur avait paru inspiré, avec ses teintes au psychédélisme vibrant, cette allusion aux délires d'une conscience altérée par la caresse, par l'articulation des silhouettes et des identités vieillissantes qui s'entrelacent et se dénouent, rassemblées par ce triomphe annoncé sur la mort (car sans la volonté de s'engager, même si l'engagement est difficile et précaire, sans ce marché conclu entre soi et son partenaire, la vie est d'une monotonie à pleurer). Rien à voir avec un comprimé d'acide qui fond sous la langue. Paul avait lu les chefs-d'œuvre de la littérature à l'université, une époque où l'esprit est une éponge, un oisillon qui attend la becquée, et sondé des dizaines de fois les profondeurs de Mahler. Désormais, sa vie se déployait devant lui. Son corps avait répondu présent, toujours adroit, peut-être pas aussi déterminé, aussi vigoureux qu'autrefois, mais dans ce contexte la panne était exclue, définitivement, ainsi que l'apathie, ou la mollesse : ce serait une perte énorme, pour ne pas dire irréparable.

L'occasion de se retrouver en tête à tête avec Roz dans un lit ne se présenterait plus ; d'ailleurs, Paul n'y songeait même pas. Elle avait desserré les jambes, dénoué les bras, elle s'était détachée de lui pour lui livrer passage. Il avait oublié la toute dernière fois qu'ils avaient fait l'amour ; à l'époque, il ne savait pas qu'elle se livrerait à un autre. Si seulement il arrivait à se rappeler le goût salé de sa nuque, la taille des seins – *eh oui, Roz, ils commençaient à s'avachir, j'ai un peu menti en disant le contraire* – et le gribouillis roux des poils pubiens que ses doigts avaient si souvent exploré, qu'il avait aimé à la folie parce que c'était le sien, parce qu'il lui appartenait, parce qu'il relevait de cet ornement, ridicule et fragile, qu'est la beauté humaine.

– Est-ce que tout va bien ? lui demanda Sabina.

– Quoi ? Oh oui, oui, tout va bien.

Quittant ce lit lointain, Paul rejoignit un jardin baigné de mystère et cette inconnue qu'il dévisagea, saisissant au vol quelques détails épars – la constellation de boutons d'acné qui grêlait son front, ses cheveux enduits de mousse, l'oiseau bleu tatoué sur son poignet – avec un mouvement de recul instinctif.

– Bon, je ne vais pas faire de vieux os.

Elle était si jeune, il n'avait rien à faire dans cet appartement et il parvenait à isoler, sur sa langue, les différents ingrédients du gâteau : le sucre, le beurre, l'œuf, la farine et même la crème de tartre, articulés par la marijuana qu'il venait de fumer.

Il se retrouva ensuite dans la voiture, le nez au vent, et ses pensées se tournèrent vers Roz, la femme qu'il avait perdue. Elle était la mère de ses enfants, elle était la femme de Jack mais, vis-à-vis de lui, elle n'était plus rien. Leurs corps ne se touchaient plus. Tandis que la voiture filait sur des routes obscures, Paul revécut le soir où il avait découvert que sa femme était amoureuse de l'artiste qui répondait au nom de John. Mué en bête sauvage, l'écume aux lèvres, il avait rassemblé les enfants avec l'intention de leur offrir une glace en ville. Personne n'avait faim, encore moins envie de sortir, mais il s'était obstiné, les avait parqués dans le break familial et avait roulé à cent, cent vingt, cent trente kilomètres-heure sur l'autoroute.

– Oh, on est les Mellow, avait-il rugi, votre mère m'a fait bobo.

Un silence de mort avait accueilli cette nouvelle version. Paul sentait sur lui le regard de Michael, qui l'observait depuis le siège passager.

– On n'est pas les Rinzler, parce qu'on est toujours à l'heure !

Puis il arrêta de chanter, la voix noyée de larmes. Une fraction de seconde, il envisagea de projeter la voiture contre un mur – non, mieux, contre la vitrine du glacier, pour atomiser le véhicule, pour se tuer, lui et ses quatre enfants, pour dire à sa femme : « Regardenous, bon sang. Regarde ce qu'on est devenus. »

Bien entendu, il était incapable de faire du mal à ses enfants, ses bouts de chou, et la honte l'envahit, la honte d'avoir laissé une telle pensée s'insinuer dans les replis de son cerveau. Michael, imbu de sa personne du haut de ses 15 ans, avait pris place à côté de lui, et Paul ruminait son désespoir.

– On va faire une petite balade, les enfants. On va juste rouler, rouler jusqu'à ce qu'on tombe en panne d'essence.

– Tu déconnes, lança Michael.

– Oui, je déconne. Je plaisante. Je suis un vrai déconneur. Dis à ta mère que je suis un déconneur de première. Hilarant. Peut-être qu'elle reviendra à la raison, comme ça.

– On va manger des glaces, oui ou non ? s'écria Claudia, assise quelque part sur la banquette arrière.

– Bien sûr, mon lapin, bien sûr.

Paul se gara sur le parking du glacier, confia aux enfants une liasse de billets et les chassa de la voiture. Holly lui lança un regard noir, mais elle obéit. Seul Michael resta.

– Pas de glace pour toi ? lui demanda Paul.

– Qu'est-ce que tu fais, papa ?

– Rien. Rien, j'ai l'impression. Rien d'utile, en tout cas.

Avec un soupir, Paul désigna le glacier du menton, où trois de ses enfants étaient rassemblés sous les néons et passaient commande auprès d'une vendeuse postée derrière un hublot.

– Va te chercher quelque chose. Et pour moi aussi.

Le retour à la maison fut calme, méditatif, beaucoup plus lent, alors que chacun dégustait son cornet. Paul s'endormit ce soir-là sur le canapé, son casque audio sur les oreilles, bercé par Gustav Mahler.

Cela faisait plus de vingt-cinq ans qu'il broyait du noir, qu'il ressassait, qu'il marmottait l'amour qu'elle lui portait autrefois. L'amour qu'elle ne lui portait plus. L'amour qu'elle lui avait refusé. L'amour qu'elle portait à un autre. L'habitude qu'elle avait de faire craquer ses articulations au lit. Les kilos qu'elle avait emmagasinés au fil des années. Son existence même. Son existence sans lui. Paul l'imagina en train d'arpenter un campus verdoyant au nord de l'État de New York avec celui qui portait désormais le titre de mari, bras dessus bras dessous, de discuter du menu du dîner ou, pire encore, de sexe, revivant peut-être la première fois qu'ils avaient couché ensemble. Paul ferma les yeux et tenta de superposer une autre image, plus conforme à ses souvenirs, mais ce fut peine perdue ; l'image refusa de se fixer là où n'était pas sa place et s'envola.

Comment Élise avait-elle pu le supporter pendant ces sept années ? Comment tolérait-elle la compagnie d'un homme obnubilé par son ex-femme, obsédé au point de chercher sans relâche des moyens de manifester son indifférence ? S'opposer à la réimpression du *Plaisir*, c'était le strict minimum, car son compte en banque était vide, et elle avait besoin de voir les caméras braquées à nouveau sur sa personne. Roz avait toujours cherché à être au centre des regards, même au tout début, lorsqu'elle avait démarré sa psychanalyse. Dans le cabinet de Paul, elle s'allongeait sur le divan et disposait sa jupe autour de ses cuisses, en soleil, avec des minauderies de Lolita. Offerte là, elle lui parlait de son enfance, elle lui rapportait ses rêveries sexuelles comme si le monde tournait autour d'elle – une place qu'elle était décidée à occuper le plus longtemps possible. Peut-être avait-elle éprouvé de la déception au moment d'abandonner sa psychanalyse, de se mettre en couple avec lui. Peut-être aurait-il dû se retenir. Oui, c'était ce qu'il aurait pu faire de mieux, mais à l'époque il n'avait aucun contrôle là-dessus ; il était désarmé. Le désir rendait votre crâne plus mou, plus poreux, plus faible devant la jouissance anticipée. Lorsqu'il avait rencontré Élise, il avait cru possible de fermer la parenthèse Roz. Ils avaient une vie sexuelle épanouie et, au lit, quand elle se tournait vers lui, il pouvait sentir la chaleur de ses seins traverser la fine étoffe de sa chemise de nuit. Elle se blottissait souvent contre lui et murmurait :

– Paul, c'était formidable.

Et il devinait, à sa voix, qu'elle était sincère. À ses yeux aussi. Élise était une personne qui débordait de compassion et qui exigeait, dans le même temps, une attention de chaque instant. Les deux facettes avaient fini par s'équilibrer, jusqu'à l'arrivée de Paul dans sa vie. Il n'avait jamais fait secret de l'obsession qu'il nourrissait envers Roz et, au bout de quelques mois, Élise avait rendu les armes pour se trouver une nouvelle passion : dormir. Paul avait une grosse part de responsabilité dans son choix, il le savait. Elle ne souffrait pas de narcolepsie, elle n'était pas subjuguée par son oreiller en riz rouge, elle n'était pas un zombie. Bon Dieu, il était si narcissique, si immature, et pourtant elle était restée à ses côtés. C'était presque un miracle.

Trois fois par semaine, Élise revêtait son costume d'assistante sociale et se rendait dans la ville de Corliss, où elle se mettait au service de familles disloquées par la drogue, la misère, la maladie. Elle s'installait chez eux, ouvrait son registre et posait ses questions en anglais ou en espagnol. Elle travaillait d'arrache-pied pour ces malheureux et, parfois, elle les aidait à changer de vie.

De temps à autre, le soir venu, Élise parlait à Paul d'un dossier qu'elle avait traité à peine quelques heures plus tôt. Ces immigrants illégaux venus de Cuba, par exemple : le père avait perdu son emploi dans l'usine agroalimentaire du coin, le benjamin avait la mucoviscidose et l'aîné, déjà ado, entamait une carrière fructueuse dans les cambriolages. Comment cette famille pouvait-elle espérer garder la tête hors de l'eau dans un pays où même les plus favorisés, les plus riches, les élus, l'élite, stagnaient ? Il arrivait à Élise de glisser quelques billets à ces familles, en catimini, tout le monde était au courant ; un peu d'argent, par-ci par-là, pour les couches, pour le lait, pour un ticket de cinéma.

C'était sa bonté qui avait séduit Paul sept ans et demi plus tôt. Ils avaient fait connaissance à New York, lors d'un cocktail.

– Tu as déjà croisé Élise Brandau ? lui avait demandé une amie commune, une femme qui avait enseigné l'éducation sexuelle dans d'effroyables écoles publiques. Sa carrière avait fait l'objet d'un documentaire télévisé. Ce genre de femme n'existait plus depuis longtemps.

– Non, je n'ai pas eu ce plaisir, avait répondu Paul, et Élise Brandau lui avait adressé un sourire coloré d'une franche affection.

Elle était très jolie, avec ce charme un peu déphasé si typique des femmes qui travaillent dans le social. Elle portait une jupe de cow-girl qui lui arrivait au mollet, une écharpe en soie et quelques touches de maquillage, légères, presque accidentelles. Paul remarqua qu'elle s'était fait refaire le nez et il imagina la version originale : il vit une jeune femme studieuse et un nez un peu trop large sur lequel elle appuyait le doigt, plongée dans ses pensées, comme si elle tentait de gommer la bosse qui parait l'arête de son nez. Le physique qu'arborait à présent Élise, plus moderne, plus lisse, était sûrement moins intéressant, mais il l'aidait surtout à se décrisper, à se sentir plus séduisante. D'ailleurs les hommes sont souvent attirés par l'uniformité, c'est un fait, Paul en était douloureusement conscient. Il aurait voulu lui montrer que l'asymétrie ne lui faisait pas peur – bosse ou pas, il l'aurait aimée –, mais il s'était contenté, ce soir-là, de lui serrer la main, de plonger son regard dans le sien et d'imaginer ce qui se cachait sous ces vêtements fluides.

Il le découvrit trois jours plus tard, pas un de plus, lorsqu'il emmena Élise Brandau dîner dans un restaurant avant de l'inviter dans son lit. Après le steak, le vin et des galipettes fort honorables, elle lui confia qu'elle était devenue veuve très jeune et il lui parla de ses deux mariages, en prenant la chronologie à rebours afin de réserver la portion congrue à l'épouse n° 2, Élisa, et de chanter à l'envi les louanges de Roz. Moyen un peu risqué de suggérer qu'il était capable de se consacrer corps et âme à une femme.

– On était très amoureux.

– Pourquoi avez-vous divorcé, dans ce cas ? s'était étonnée la douce Élise, non sans curiosité, comme si elle s'adressait à l'un des cas sociaux qu'elle avait sous sa tutelle : *Pourquoi voulez-vous récupérer la garde de vos enfants ?* Ou encore : *Cuántas veces a la semana fuma « crack » ?*

– Pourquoi ? répéta Paul, et il fut submergé par le souvenir soudain, terrible et palpable, de la fin de son premier mariage, qu'il camoufla sous un étrange petit rire, presque un ricanement, une réaction peaufinée au fil des années pour répondre à cette question précise. La raison était très simple. Elle était tombée amoureuse d'un autre homme.

– Oh. Oh, je suis navrée, avait dit Élise avant de prendre une initiative qui surprit Paul : elle se plaça à califourchon sur lui et fit à nouveau monter son excitation.

Il avait cru à l'époque qu'elle arriverait à le consoler du départ de Roz, ce dont l'épouse n° 2 avait été bien incapable. Au contraire, Élisa lui avait maintenu la tête dans l'eau tant ses défauts, qui frisaient l'incompétence pure et simple, mettaient en relief les attributs de Roz.

La compassion qu'affichait Élise Brandau n'était pas feinte. Lorsqu'ils eurent fini de faire l'amour – et Paul s'autorisa à croire qu'elle était impressionnée par la performance qu'il venait d'accomplir, deux fois en moins d'une demi-heure, et à son âge, qui plus est –, elle l'interrogea un peu plus longuement sur son passé. Il avait du mal à admettre que sa bonne étoile lui ait envoyé une femme enfin disposée à l'écouter, ravie d'entendre ce qu'il brûlait de lui raconter. Plus tard, elle aurait pu mettre ce talent à profit maintes et maintes fois, par exemple pour parler de leur mariage à eux, de ses espoirs et de ses déceptions, mais elle n'en avait rien fait. Lui non plus n'avait pas fait l'effort de découvrir l'envers des choses, de lui donner la parole et de la laisser s'exprimer, s'épancher. D'accord, sa première femme, Roz, était une anomalie. Elle n'était comparable à aucune autre. Et alors ? Il était où, le problème ?

Dans l'immeuble 3A du complexe des Bois Rieurs, dormait Élise. Elle avait beau être la troisième – personne n'est parfait –, elle n'en restait pas moins sa femme. Sept ans plus tôt, un vendredi, elle avait sorti ses plus beaux atours – une robe en panne de velours violette avec la pochette assortie – et l'avait épousé lors d'une cérémonie civile, en présence de quelques amis. Ils avaient scellé leur union par un déjeuner au restaurant. À peine les alliances furent-elles échangées qu'ils oublièrent qu'ils étaient mariés, qu'ils formaient un couple. La solitude était insupportable à Paul. Elle l'aurait balayé en faisant trembler les vitres. Sans Élise, il serait tenaillé par une terreur perpétuelle ; en l'épousant, c'est dans une distraction perpétuelle qu'il se vautrait.

Filant sur l'autoroute, son fils au volant, inerte et impuissant, Paul était accablé de remords. Il se voyait comme un standard d'appel éclairé de centaines de petites ampoules qui refusaient de s'éteindre et représentaient, chacune, un instant de sa vie où sa stupidité abyssale lui aurait valu quelques bonnes baffes.

Les faits étaient têtus : Roz l'avait quitté. Il ne pouvait continuer à patauger dans le regret ; il fallait tourner la page. Élisa lui avait laissé un souvenir si ténu qu'elle ne méritait pas qu'on s'attarde sur son cas. Mais Élise, elle, était toujours là, qui dormait à poings fermés dans l'appartement qu'il avait choisi de partager avec elle. Pas pour les bonnes raisons, peut-être : le soir où ils avaient été présentés l'un à l'autre, il avait passé sous silence son parcours, ses erreurs et ses casseroles diverses et variées, loin de se douter qu'un mariage l'attendait au tournant. *La première, je l'ai trop aimée. Et je crains que mon stock d'amour ne soit épuisé.* Élise avait placé sa confiance dans l'intérêt que Paul lui témoignait, dans son sourire, dans sa gentillesse et dans sa barbe – cette barbe qui semblait véhiculer une certaine forme de sensibilité, un côté terrien, et envoûtait la gent féminine. Aux barbus, on donnait le bon Dieu sans confession. Paul s'était toujours comporté en parfait gentleman. Jamais il n'avait haussé le ton face à une femme – sauf Roz, vers la fin, mais c'était encore un autre problème. Quand votre femme vous annonce qu'elle vous quitte, vous êtes parfaitement en droit de hurler à pleins poumons, de faire trembler les murs.

– On en a encore pour longtemps ? s'enquit Paul en rentrant la tête dans l'habitacle.

– Tu es coiffé comme un clown, papa.

– Le vent.

– Oui. Et si tu restais à l'intérieur ? On arrive d'ici une dizaine de minutes. Ça va toujours ?

– Impeccable.

Paul rabattit le pare-soleil et étudia son reflet dans le miroir que sa femme utilisait souvent lorsqu'ils prenaient la voiture. C'était la première fois qu'il était assis côté passager et la première fois, forcément, qu'il utilisait ce miroir équipé d'un petit éclairage. Dans l'habitacle enténébré, Paul ne distinguait que le contour de son visage, mais cela lui suffit. Il se regarda lisser cette touffe hirsute qui auréolait son visage et soulignait sa virilité déclinante, la collusion inévitable entre vanité et mortalité.

Le matin, Michael prendrait l'avion. Ils mettraient, l'un comme l'autre, le cap vers leurs femmes, tels deux chevaliers prêts à parcourir des distances phénoménales afin de présenter leurs hommages aux dames de leurs pensées. Souhaitons-leur bonne chance, à ces preux chevaliers, car ils ignorent encore quel accueil leur sera réservé. Son fils allait lui manquer, énormément ; Paul broierait du noir après l'avoir déposé à l'aéroport. Il lui donnerait des nouvelles avec plus de zèle à partir d'aujourd'hui et il appellerait plus souvent les autres, d'ailleurs, en s'obligeant à sortir de la forteresse de son moi cabossé, trop enclin au solipsisme. Il se mettrait à les hanter : le convalescent Dashiell, si solide, avec sa politique de père fouettard ; Claudia, restée enfant ; même Holly, qui pouvait très bien se passer de lui, c'est du moins ce qu'elle proclamait, mais tant pis pour elle. Il l'importunerait dans le seul but d'entendre sa voix. « Ne te fais pas de bile » : il la rassurerait, il n'exigerait rien d'elle, il ne réclamerait pas qu'elle quitte sa Californie d'adoption et qu'elle leur rende visite, à lui, à ses frères et à sa sœur.

Par quel prodige des enfants nourris au même sein pouvaient-ils être si dissemblables ? Comment expliquer qu'ils s'éloignent autant les uns des autres ? Mais

Paul ne pleurerait pas, pas au téléphone, sinon ils ne verraient en lui qu'un minable, un pauvre type, un Willy Loman versé dans l'art érotique. Plutôt crever que de déchoir dans leur estime.

Ils le soupçonnaient d'être amer, et cela, Paul le regrettait aussi. Mais Paul n'était pas amer ; c'était une page qu'il avait tournée.

– D'accord, déclara-t-il. Si ça compte tellement pour toi.

– Quoi ? répondit Michael. De quoi tu parles ?

– Le livre, rétorqua son père, soudain galvanisé, en se dépouillant de sa posture de soûlard décoiffé par le vent. OK pour le livre. Pour la réimpression. Enfin bref. Si ça peut te rendre heureux.

– Tu es sérieux ?

Paul répondit par l'affirmative.

– Je vois. Alors, la solution, c'était d'arrêter de t'importuner avec cette histoire. De l'oublier. C'est ça ?

– Non. Ce n'est pas ça.

– En tout cas, quelle que soit la raison, c'est génial. Vraiment. Merci. Merci beaucoup, papa.

– Mais je t'en prie, ajouta le père avant d'esquisser un vague geste de la main.

Michael engagea la voiture dans le garage ; le vigile parut hausser les sourcils, imperceptiblement, lorsqu'il remarqua que Paul n'était pas au volant, mais il ne dit rien. Il n'était pas loin de minuit ; il ne se passait pas grand-chose, la nuit, dans ce garage.

À l'intérieur tout était éteint, hormis la veilleuse qu'ils laissaient allumée la nuit à l'intention des petites plantes rangées sur le rebord de la fenêtre de la cuisine, comme pour rassurer des nouveau-nés apeurés par le noir. Michael souhaita bonne nuit à son père et gagna la chambre d'amis, au bout du couloir.

Quelques secondes plus tard, Paul tendit l'oreille et suivit son parcours à distance : des chaussures furent ôtées avec un choc sourd, l'eau jaillit dans les tuyaux de la salle de bains. Paul s'enfonça dans les profondeurs de l'appartement, foulant l'épaisse moquette qui absorbait chaque bruit – parfait pour les retours tardifs qui réclamaient de la discrétion. Lorsqu'il ouvrit la porte de la chambre à coucher, l'obscurité l'engloutit. Élise dormait dans une pièce qui ressemblait à une grotte étanche.

Il se fraya un chemin dans le trait de lumière qui avait jailli du couloir. Étendue de son côté du lit – le gauche –, les cheveux détachés, sa femme s'abandonnait au sommeil. Un sein s'était échappé de sa chemise de nuit, la bosse ronde et blanche d'une épaule se détachait sur l'édredon, sa tête était calée sur l'oreiller en riz rouge. Dans le clair-obscur Paul aurait pu compter les grains, un à un, leur contour modelé sous la surface.

Sa femme resta endormie, indifférente à sa présence, et Paul Mellow se planta au-dessus d'elle quelques secondes, hésitant, avant de s'asseoir au bord du lit et d'effleurer son bras.

– Réveille-toi, Élise, s'il te plaît.

13

Imaginez-les, ces deux amants décatis, enchaînés par quatre enfants qui n'étaient plus de la première fraîcheur eux non plus. Imaginez cette femme et cet homme, endimanchés, le visage retouché par une fine couche de maquillage, assis à une table ronde et séparés par un présentateur neutre, sans âge, qui les avait accueillis trente ans plus tôt à cette même table, ou à une table qui lui ressemblait fortement. La première fois que Paul et Roz avaient été reçus dans cette émission, *Nuit blanche*, le téléspectateur avait cru que le mari allait d'une seconde à l'autre se précipiter sur sa femme et lui faire l'amour dans un cocon de câbles et de projecteurs surpuissants. La caméra avait zoomé sur eux, elle avait immortalisé leurs mimiques, leurs échanges, elle s'était attardée sur le visage d'un Paul Mellow ébloui par sa femme avant de s'en détourner et de fixer son objectif sur Roz, sur ses yeux bleus, sur sa bouche, puis de s'incliner pour rendre hommage à son décolleté.

Aujourd'hui la caméra était autrement plus pudique. Elle respectait la dignité de ce couple vieillissant mais charmeur, tâchant d'ignorer l'animosité latente qui menaçait d'éclater sur le plateau, dans l'air figé du studio. L'interview se déroulait en fin d'après-midi, par un lundi glacial, et serait diffusée dans le courant de la semaine, à onze heures et demie du soir (un horaire plus approprié aux insomniaques). Au coin de la 58e Ouest et de la 10e Avenue, les voitures klaxonnaient et les New-Yorkais hélaient leurs taxis en agitant les bras en l'air, comme des noyés, mais ici, dans l'enceinte du studio, tout était calme. Un homme et une femme brouillés depuis trois décennies avaient trouvé moyen de se réunir autour d'une table, l'animateur leur posait des questions, et les caméras tournaient, braquées sur eux.

Les membres de l'équipe technique avaient tous des dégaines de collégiens et si l'un d'eux avait déjà entendu parler de la version originale du *Plaisir : voyage d'un couple au bout de la volupté*, il se garda bien de le montrer. Aucun de ces jeunots vêtus de chemises bleues et coiffés d'écouteurs ne semblait se captiver pour la discussion très olé olé qu'ils enregistraient. Calée sur la table, la nouvelle édition présentait sa couverture sur laquelle figurait un lit stylisé aux draps assortis au fond rose. L'ensemble pesait une bonne centaine de grammes de plus que la version de 1975.

La plupart de leurs amis devaient se pincer pour le croire : les Mellow avaient réussi. C'était un miracle qu'ils aient accepté d'être interviewés, ensemble, par Ken London. Roz était peut-être par trop suffisante et Paul se montrait ouvertement ambivalent et confus, mais ils étaient là. Les deux années précédentes, sous la baguette de Jennifer Wing, leur livre avait été révisé, voire amendé, sur bien des points. Harris Glynn, un jeune artiste originaire de Phoenix qui savait représenter la forme humaine à la perfection, avait signé un ensemble d'illustrations inédites. Les yeux écarquillés qu'arboraient en toutes circonstances ses amants de papier s'expliquaient par la passion que Harris cultivait pour les mangas.

Ils avaient donc accepté, Roz et Paul, de répondre aux questions plutôt pertinentes, dans l'ensemble, d'un Ken London qui avait troqué sa coupe Playmobil et ses vestes en velours contre des cheveux poivre et sel, moins tape-à-l'œil, et un costume conventionnel qui lui conférait une gravité tardive et complètement inattendue. Les questions qu'il posait traitaient de l'édition originale du livre, de sa nouvelle version, des modifications qu'avait subies au fil des années la sphère sexuelle, bombardée par le porno en libre service, les rencontres coquines sur Internet, les films et les jeux vidéo à la violence explicite. Il leur demanda aussi s'ils trouvaient que l'amour avait changé, et en quoi, depuis qu'ils avaient montré la voie à la terre entière.

Il n'était pas exclu que le téléspectateur croise les doigts pour qu'un rebondissement se produise en direct. Pour que l'ex-mari se tourne vers la femme qui l'avait quitté et lui avoue son amour éternel, pour que l'ex-femme lui retourne son aveu, pour qu'ils unissent leurs forces et mettent hors jeu un Ken London stupéfié. Ils repousseraient son fauteuil à roulettes d'un geste brusque, leurs chaises entreraient en collision, leurs bouches se joindraient, les micros-cravate voltigeraient à travers le studio et jamais le public n'entendrait ces choses qu'ils avaient brûlé de se dire toutes ces années.

Tout le monde souhaitait tourner la page ; c'était le sésame d'une génération. Tourner la page, c'était ce que le procureur réclamait pendant le procès d'un assassin d'enfants, ce qui se passait quand le peuple exigeait qu'un mémorial sorte de terre à Ground Zero. On tournait la page à l'occasion d'un divorce, même si une nouvelle fissure s'ouvrait à chaque séparation, un gouffre insondable, il suffisait pour s'en convaincre d'observer, des années plus tard, ces visages amers ou mélancoliques, ces adultes obligés de traîner d'un pas pesant le boulet du divorce des parents, tristesse et indifférence mêlées. Ils n'étaient que des innocents, ces enfants qui avaient connu le plaisir ineffable de voir leurs parents ensemble ; nul ne peut effacer de sa mémoire le sentiment de sécurité, la concorde, indicibles, qui émanent de cette image. Les enfants conçoivent leurs géniteurs sous la forme d'un oiseau géant – une aile pour papa, une aile pour maman –, chevauché par une ribambelle de têtes blondes qui se cramponnent à des touffes de plumes et se laissent emporter dans les airs.

Fatalement, Ken London les interrogea sur la ruine de leur mariage et il s'acquitta de cette besogne en baissant la voix, en adoptant un timbre funèbre, comme si le divorce leur infligeait encore une douleur cuisante – ce qui n'était pas faux, en un sens. Paul et Roz récitèrent les réponses élaborées les semaines précédentes, au cours de plusieurs conversations téléphoniques. Il était essentiel que leurs violons soient accordés, que l'un n'apparaisse pas plus blessé, plus exalté, plus perdu que l'autre. S'ils souhaitaient s'engager dans une nouvelle série d'interviews et d'articles, dans une nouvelle tournée de conférences, il fallait qu'ils apparaissent, sinon soudés, à tout le moins égaux face au sort. Ainsi, lorsque Ken London lui enjoignit d'expliquer ce qu'il avait ressenti en apprenant que sa femme avait donné ses faveurs à John Sunstein, Paul ne fut pas pris de court.

– Ç'a été une épreuve très difficile.

– Une épreuve très difficile, bissa Roz sans lui laisser le temps de poursuivre.

Ils échangèrent un bref regard et, même si ce geste n'avait pas été prémédité, Paul hocha la tête. Quel message voulait-il transmettre ? Que fallait-il comprendre ? Roz l'ignorait, et cela la troubla, mais son malaise fut de courte durée car London attaquait déjà le sujet suivant : le « traumatisme du sida » qui avait modifié la nature même de la sexualité.

– Je crois que je peux apporter des éléments de réponse, annonça Paul, et Roz lui céda le haut du pavé, se tassant dans son fauteuil en cuir.

L'enregistrement fini, l'éditeur avait organisé un dîner en leur honneur chez Plank's, un luxueux restaurant, et les Mellow, entourés de leur clan, prirent place à deux longues tables éclairées à l'aide de photophores. Les paniers à pain, les menus – interminables – et les assiettes – copieuses – se matérialisèrent très vite sous leur nez. *Somptueux, c'est le mot*, se dit Roz en étudiant la table, aussi longue qu'une piste d'atterrissage. Toute la famille s'était réunie autour d'eux. Claudia était accompagnée de David Gupta, son fiancé, qu'elle allait épouser au mois de mai. *Un enfant timide*, songea Roz, *est une source d'angoisse perpétuelle : rencontrera-t-il un partenaire qui l'appréciera pour ses qualités personnelles ? Le monde apprendra-t-il à le connaître ? Sera-t-il piétiné par les forts en gueule, les imposteurs et les hyènes qui s'attribuent toujours la plus grosse part du gâteau ?*

Un an plus tôt, Claudia s'était postée sur l'estrade d'une salle de projection pendant un festival de cinéma à Philadelphie – *L'Enfance de l'art* y était présenté en compétition – et elle avait raconté aux soixante-quinze spectateurs présents comment elle avait vécu le tournage de son premier film. Personne ne s'était moqué d'elle et des applaudissements fournis avaient retenti à la fin de la projection. Claudia avait découvert que le documentaire n'était pas le navet qu'elle avait pronostiqué. David avait visionné toutes les séquences tandis qu'elle travaillait sur le montage et conseillé d'apporter un éclairage à la fois sérieux et comique, jamais condescendant. Depuis, Claudia suivait une formation de monteur et espérait, une fois son stage achevé, décrocher un poste sur le film d'un confrère. Son professeur lui avait donné le nom d'un réalisateur indépendant susceptible de l'embaucher. Assis à côté d'elle, David Gupta lui glissa quelques mots à l'oreille et elle se mit à pouffer.

Trois des quatre enfants Mellow s'étaient donné rendez-vous à New York pour vivre en famille cette semaine trépidante. Il avait été vaguement question que Holly les honore de sa présence, mais, après la longue conversation tout en marmonnements inaudibles qu'elle avait eue avec Claudia deux jours avant le coup d'envoi des festivités – oui, d'accord, elle acceptait de se rendre à New York pour cette foutue commémoration, elle viendrait admirer ses parents auréolés de gloire –, elle s'était dégonflée. Elle restait en Californie.

– Excuse-moi, je suis désolée. Je ne peux pas prendre cet avion. Je ne vais pas y arriver.

– Pourquoi ? Tu as peur qu'il explose en vol ? s'était moquée Claudia.

– Bien sûr que non. Je crois que c'est au-dessus de mes forces. De revoir toute la famille.

– Très bien. Personne ne t'oblige à venir.

Il y eut un silence suivi d'un bruit de trompette (on aurait juré que Holly se mouchait le nez), et Claudia finit par ajouter, moins véhémente :

– Dis-moi juste pourquoi. Pourquoi ce serait trop dur pour toi et pas pour nous ? Qu'est-ce qui te rend si différente de nous ?

– Je ne sais pas. Je n'en ai aucune idée. Les choses se sont passées comme ça, il faut croire. Je suis allergique à cette famille. Je me contrarie pour un rien ; je réfléchis trop. Je ne peux pas faire face. En tout cas, dis-leur bonjour de ma part.

Claudia était donc allée voir ses parents, l'un après l'autre, à quelques minutes de l'enregistrement, pour leur lancer, avec un regard qui en disait aussi long que sa remarque lapidaire :

– Je vous dis bonjour. De la part de Holly.

Holly, qui se sentait dépassée par les événements, était un fantôme. C'est une loi quasi universelle : il y a dans chaque famille une personne incapable de « faire face ». Holly, Michael ne l'ignorait pas, avait connu très tôt le plaisir entre les mains et sous la langue d'Adam Selig, puis dans des joints humides, mal roulés, qui avaient marqué le début d'une longue dégringolade. Adolescente, Holly s'était longuement épanchée sur sa vie, sur son avenir, sur ce qu'elle avait fait avec Adam. Son frère avait bu ses paroles, impressionné, envieux, fasciné par ce personnage hors du commun qu'était sa sœur. L'amour qu'il éprouvait à son égard l'avait dévoré, longtemps, jusqu'au jour où il s'était éteint, faute de carburant.

Il était difficile de superposer ces deux images de Holly : l'une jeune, narquoise et survoltée, contrastant avec sa version plus âgée, dure, déboussolée, en colère. Elle gardait toujours le statut de fugitive, même si ce titre avait perdu de son panache. L'autorité qu'avait revêtue naguère son absence était désormais stérile, presque touchante. Une anomalie : tenir rancune à ses parents malgré les années qui passent, en réaction à leurs manies, leur égoïsme, leurs mensonges, parce qu'ils l'avaient incitée à croire que l'amour pouvait apporter une satisfaction éternelle. Et encore : être attaché si viscéralement à sa famille que l'on se sent obligé de brûler les ponts. L'exil de Holly avait quelque chose de mystique.

Michael savourait ce soir un steak d'un demi-kilo, l'une des pièces de viande les plus chères du menu. Depuis près d'un an il vivait à Wise County, dans les Appalaches, où il représentait DDN. Il avait réclamé cette mutation aux jumeaux sans passer par le canal habituel, ce qui avait fait enrager ses supérieurs directs. Contre toute attente, les jumeaux avaient écouté ses arguments d'une oreille bienveillante et l'avaient mandaté à Norton, une ville de l'État de Virginie, où il était chargé d'encadrer une de leurs équipes. Épaulé par un assistant et une secrétaire, il occupait des locaux modestes situés dans un vieil immeuble du nord de Norton mais passait la majeure partie de ses journées à l'extérieur du bureau, dans les écoles de la région, les refuges, les églises. Il côtoyait la misère la plus abjecte, avec ses usines désaffectées, ses familles entières vautrées, le regard mort, sur des canapés défoncés dans des jardinets envahis par les mauvaises herbes. Michael parcourait la région en voiture, prenait des notes, débordé par l'émotion, et, par moments, sa solitude atteignait des sommets. Son appartement était situé au dernier étage d'une vieille maison ; il avait une voiture, mais peu d'amis. Il s'était lié avec deux ou trois professeurs qui enseignaient à l'université voisine et l'avaient invité à dîner chez eux, heureux d'accueillir sous leur toit un nouveau compagnon, du sang neuf. Le plus souvent, Michael rentrait chez lui sa journée finie et mangeait seul. Parce qu'il travaillait sur un projet visant à lutter contre la faim, il ne pouvait se résoudre à préparer des plats trop sophistiqués ou, au contraire, trop ordinaires. À l'épicerie du coin, il s'achetait des steaks hachés, et une laitue défraîchie, de temps à autre un sachet de riz brun, du fromage, des lentilles, afin d'améliorer l'ordinaire. Il se mettait aux fourneaux et s'armait de *Sans viande et sans regrets*, cette relique de la bibliothèque familiale, ce livre qui avait coudoyé le livre de ses parents des années durant et, puisant son inspiration dans ses pages jaunies, il se concoctait un repas végétarien, pas assez nourrissant mais inventif. Il mangeait la masse fumante qui constituait son repas devant l'écran de son ordinateur et envoyait, dans le même temps, des messages instantanés à Claudia ou à Dashiell ; à force, il avait presque l'impression de dîner à la même table qu'eux. La nuit, étendu sur son lit, il écoutait des vieux Pink Floyd et répétait en son for intérieur : *Mais qu'est-ce que j'ai foutu ? Je vis dans les Appalaches.*

En réalité, il n'avait pas tiré un trait sur sa vie newyorkaise, puisqu'il retrouvait son appartement une fois par mois environ, lorsque sa présence était exigée à une réunion chez DDN. Au cours de ses allers-retours express à New York, Michael multipliait les conquêtes féminines, mais ces rencontres ne débouchaient sur aucune relation sérieuse. Il ignorait si ses activités « sur le terrain » le tiendraient éloigné encore longtemps de New York mais, à en croire certaines rumeurs, les jumeaux comptaient l'expédier au Kenya le printemps venu.

Deux ans plus tôt, à son retour de Floride, Michael avait découvert, à peine surpris, que sa petite amie Thea Herlihy ne l'aimait plus, qu'elle réservait désormais ses faveurs à la célébrissime Anne Freling. Il y eut une dispute, comme l'exigent les convenances, et Michael rumina son malheur, mais la plaie n'était pas mortelle. Thea vida l'appartement de ses affaires et les transféra chez Anne Freling sans passer par la case célibat. Les critiques réservèrent à *Hystérique* un accueil honorable, mais Michael préféra l'ignorer. La pièce fut retirée de l'affiche au bout de quelques représentations. Les deux femmes vivaient toujours ensemble et, de temps à autre, Thea lui envoyait un petit e-mail inoffensif. Elle l'invita à passer les voir à Gramercy Park, mais il avait mieux à faire. Claudia lui signala qu'elle avait aperçu les deux femmes dans la rubrique « potins mondains » du *New York Post* : on les voyait, sur une photo, faire leurs emplettes sur un marché bio. « Anne Freling, la star du très culte *Une bande de potes*, en compagnie d'une amie. » La légende avait capté à la perfection l'attitude distante de Thea : elle n'était qu'une amie, une compagne qui, avec lui, n'avait jamais exprimé une affection débordante. En ce moment, elle interprétait Peter Pan devant un public composé d'enfants. Un rôle qui lui allait comme un gant, estimait Michael, à cette éternelle androgyne ; elle pensait peut-être que, en le quittant, elle serait capable de voler partout où ses ailes l'emmèneraient. Comment pouvait-elle aimer Anne Freling, ce monstre d'égoïsme ? Était-ce cela, son rêve, son ambition ?

Les choix sentimentaux de certains nous laissent parfois perplexes. Comment une personne peut-elle inspirer à la fois attirance et répulsion ? Pourquoi un aliment séduit les papilles de l'un quand il soulève le cœur d'un autre ? Pourquoi, en cet instant précis, dans ce restaurant, entouré de sa famille au grand complet, Michael Mellow n'avait-il qu'une envie, qu'un désir, plonger son couteau dans la chair moelleuse d'un steak Wagyu d'une livre en provenance directe du Japon, sentir la facilité avec laquelle s'enfonçait la lame, la tristesse qui le gagnait à mesure que la tranche fondait dans son assiette. Une bouchée en plus, de la joie en moins. Pour son malheur, le bœuf Wagyu était une espèce inconnue dans les Appalaches.

Le dîner fini, il mettrait le cap vers l'est : il avait rendez-vous sur Second Avenue, dans un bar baptisé, sûrement par goût du paradoxe (la loi antitabac avait éradiqué la fumée dans tous les établissements new-yorkais), Smoky's. C'était le genre d'endroit fréquenté par des « jeunes cadres dynamiques », hommes en bras de chemise et femmes en tenues chic et strictes, avocates, responsables marketing. Un an plus tôt, lors de l'un de ses déplacements, Michael avait rencontré, dans ce bar, une certaine Lucy Sherkow, procureur adjointe de dix ans sa cadette. Ils avaient bavardé tout en vidant quelques verres avant de finir la soirée chez elle, dans son loft de NoHo, où ils avaient fait l'amour avec facilité et espièglerie. Son organisme délivré de l'Endeva, Michael avait éjaculé sans se poser de questions. Il avait presque voulu appeler Thea pour s'en vanter – « Hé, devine ce que je viens de faire » –, comme si elle continuait à s'intéresser à ses moindres faits et gestes.

Récemment, à l'occasion d'un aller-retour en ville, Michael avait à nouveau consulté Snell, le psychiatre. Sa dépression rôdait à la lisière de son champ de vision et il craignait qu'elle ne gagne très vite du terrain.

– Mais j'hésite à reprendre un antidépresseur, confia-t-il au médecin.

– Je comprends. La plupart de ces médicaments ont des effets négatifs sur les performances sexuelles.

– J'ai presque l'impression que, pour neutraliser la maladie, il faut se neutraliser soi-même.

– C'est le cas chez certaines personnes, malheureusement. On a été chanceux avec les ISRS les plus récents, même si, comme tous les autres, ils mettent du temps à s'accumuler dans le système sanguin. Mais il y a un nouveau médicament. Qui traite le problème à la source. Il ne semble pas avoir d'impact sur la vie sexuelle et, chose rare, il agit très rapidement.

Le médicament avait été baptisé Reliizon, un nom singulier tout droit sorti du cerveau d'un auteur de science-fiction, et Michael n'eut à souffrir d'aucun effet secondaire notable. Il avait ses orgasmes en temps et en heure, lorsqu'il retrouvait Lucy Sherkow à New York, ou d'autres femmes ailleurs. Il jouissait facilement, sans réfléchir, même sous antidépresseurs, même sans amour. Comme si l'amour avait un rôle à jouer dans l'affaire. Lorsqu'il était enfant, Michael avait remarqué, en l'observant à la dérobée, que Holly regardait souvent ailleurs, que ses yeux sautaient d'un objet à l'autre, instables. L'amour était une chaîne alimentaire, une dévoration désespérée, un kidnapping.

– Alors, ce Wagyu ? lui demanda Jack Sunstein, et Michael l'invita à goûter par lui-même, poussant l'assiette sous son nez, dans le brouhaha de la salle bondée.

Ce soir, Jack se sentait comme un corps flottant. Sa déception, sa rage même, d'avoir été mis à l'écart de la nouvelle édition du *Plaisir*, il tentait de les mettre en sourdine, et il avait appris à faire l'impasse dessus au fil des mois. Il acceptait, dans le même élan, que sa femme appartienne le temps d'une soirée à son ex-mari, comme au bon vieux temps. Ils étaient assis côte à côte, ces sulfureux Mellow, et Jack, tout comme Élise, la femme de Paul, savait très bien qu'il fallait leur laisser de la place, à ces deux-là, beaucoup de place, pour permettre à la nouvelle version du livre de prendre ses marques et à la réunion de se dérouler dans une atmosphère de nostalgie mâtinée de gêne. Après s'être éclaircis, les rangs de la famille s'étaient renforcés : presque tout le monde était venu en couple, à l'exception de Michael, qui n'avait pas eu peur d'assumer son célibat. Lorsque l'on retrouve sa famille – « sa famille nucléaire », selon l'expression consacrée –, on ne peut pas se passer de la personne qui partage notre nouvelle vie, qui fournira chaleur et réconfort. Seul, c'était l'enfer. Un enfer que Jack était en train de vivre. De l'autre côté de la table, face à lui, il vit sa femme sourire, toucher les mains et les bras de ses enfants, et rire à une plaisanterie de Jennifer Wing.

Jack savait que Roz et lui regagneraient plus tard leur chambre au monolithique Hemsley Hotel, ils se percheraient sur le lit king-size et ils ôteraient leurs vêtements tout en analysant les événements de la soirée, tout ce qui s'était dit au restaurant.

– Raconte, de quoi j'ai eu l'air dans l'émission ? s'enquerrait-elle, et Jack affirmerait qu'elle avait été belle et intelligente, qu'elle n'aurait pu rêver mieux.

Ce qu'il s'abstiendrait de préciser, c'est qu'il avait décroché au beau milieu de l'enregistrement. Il avait laissé ses pensées vagabonder et, sans avoir le temps de reprendre le dessus, perdu le fil. Ce n'était pas très gentil, mais sa patience avait des limites. Ce premier mariage avait fini par l'empoisonner et, depuis toujours, le livre fétiche de Roz, un manuel où étaient explicitées toutes les façons dont un homme et une femme pouvaient exprimer leur amour, traînait sur la table basse.

Jack Sunstein ne se faisait pas d'illusions : il savait qu'il n'arriverait jamais à la cheville de Paul – que ce soit en tant que mari ou en tant qu'amant. Il n'avait rien à voir avec ces satyres insatiables, constamment en rut, dont semblaient raffoler les femmes – ces mêmes satyres qui leur faisaient regretter, au bout du compte, le célibat. Jack adorait les femmes, lui aussi, mais d'une manière plus subtile. Maintenant Roz et lui étaient plus âgés, plus lents, leur vie sexuelle s'était assagie, elle aussi, en parallèle. C'était désolant, certes, mais aucun couple n'échappait à ce triste destin, il le savait ; l'un après l'autre, ils succombaient, hormis ceux qui lui livraient bataille – et s'ils lui livraient bataille, c'est qu'ils avaient déjà rendu les armes, en quelque sorte. À la seconde où Paul et Roz avaient entrepris de décrire au présentateur l'ambiance qui avait défini les années 1970, l'enthousiasme avec lequel ils avaient embrassé cette liberté et s'étaient exhibés dans des draps blancs, le second mari de Roz, une bonne pâte pourtant, avait senti une colère primale monter en lui. Une seule alternative se présentait à lui : soit il contenait cette colère (il se proposait de la noyer dans l'alcool au restaurant), soit il arrêtait d'écouter, purement et simplement.

Tandis que sa femme parlait, de sa voix rauque, douce et mélodieuse, à laquelle répondait, en écho, le baryton de Paul, Jack focalisa ses pensées sur tout autre chose : un nouveau projet qu'il comptait attaquer le lundi suivant, le livret du CD d'un groupe new wave qui avait connu son heure de gloire au début des années 1980 et tentait un come-back honorable.

Ils étaient tous là, Claudia, David, Michael, Dashiell, Tom, Jack et Élise, sa voisine de table, qui beurrait son pain, appliquée. Elle accordait à cette tartine inerte une attention démesurée, presque autiste.

– Comment ça va par ici ? s'enquit Jack.

Dans ce temple dédié au dieu Viande, Élise lui apparut indécise, inquiète. En Floride elle était assistante sociale, mais il n'en savait pas plus à son sujet et cela limitait les angles de conversation.

– Très bien, merci, dit-elle avant d'ajouter : Si vous

voulez mon avis, on aurait tous les deux besoin d'un petit remontant.

Jack éclata de rire, surpris.

– Oui. Oui, vous avez raison.

Il héla un serveur et commanda deux martinis, sous les yeux ravis d'Élise.

– Merci, souffla-t-elle lorsque les cocktails arrivèrent.

Ils levèrent leur verre et trinquèrent ensemble.

– Au mariage, fit Jack.

– Au mariage, répondit Élise en écho.

S'ils l'avaient pu, ils auraient porté un toast à *la fin du mariage*, car un couple avait dû se déchirer pour qu'ils puissent entrer en scène, comme par défaut. Jack et Élise, qui n'avaient pas l'intention de se contenter du statut de remplaçant, vidèrent leur martini, laissèrent s'écouler quelques secondes de peur de paraître impolis et jetèrent un coup d'œil discret de l'autre côté de la table afin de vérifier ce que complotaient leurs conjoints respectifs.

Et ce que Roz et Paul complotaient, c'était ceci :

Paul :

– Les gens passent un bon moment, tu crois ?

Roz :

– J'en ai l'impression. Regarde Claudia. Comme elle est amoureuse. J'en ai les larmes aux yeux.

– Tu ne peux pas pleurer ici, au restaurant. Jennifer s'est donné beaucoup de mal. En plus, on pourrait croire qu'on se complaît dans la nostalgie.

– À vrai dire il en faut, de la nostalgie, dans ce genre d'occasions.

– Il en faut, je suis d'accord. Dashiell m'a l'air en forme. Lui et Tom, ils s'entretiennent. Ils doivent avoir accès à la salle de sport de l'université.

– Est-ce qu'il mange bien, au moins ? Je ne l'ai pas vu prendre sa fourchette.

– Qui, Dash ? Bien sûr qu'il mange.

Mais Paul n'arrivait pas à voir, véritablement, si Dashiell avait mangé ou non. Son fils avait pris place loin de lui, en bout de table, et son assiette était encore pleine, peut-être parce qu'il n'y avait pas touché. Après la greffe, deux ans plus tôt, la maladie s'était métamorphosée en vulgaire lymphome et avait été traitée, avec succès, par une seconde greffe. Dashiell s'était complètement rétabli et la maladie lui avait façonné une allure élégante et sculpturale, *homosexuelle*, songea Paul sans oser exprimer son opinion à voix haute. Il savait que, en dépit de sa légendaire largeur d'esprit, il ne comprendrait que de manière lacunaire ce que deux hommes faisaient ensemble dans un lit, parce que cela ne l'intéressait pas, en plus de lui inspirer une vague répugnance. Dashiell et Tom refusaient de coucher avec des femmes ; ils refusaient le goût, l'odeur, la texture, la signification d'une femme blottie contre leur corps. Ce qui dépassait l'entendement de Paul, c'était le fait qu'ils adhéraient, dans une certaine mesure, aux préceptes frigides et rigoureux du parti républicain. Ils soutenaient ces abracadabrantes réductions d'impôts, ces campagnes militaires brutales... mais ils n'acceptaient pas tout ce cirque sans sourciller, quand même ? Robert Wyman, le sénateur de Rhode Island, comptait se lancer dans la course à la présidentielle en 2008, Dashiell l'avait annoncé quelques mois plus tôt. Lui et Tom allaient sûrement tenir un rôle de premier plan au cours de la campagne.

Paul observa son fils cadet, assis en face de lui, à la lueur de la bougie, et apprécia, en un clin d'œil, les protubérances de son crâne, le tranchant de son col, la façon dont son bras frôlait celui de son amant, sans choquer la décence. Ils étaient raffinés, ces deux-là, engoncés dans une certaine raideur. Tom et Dashiell papotaient avec Claudia, David Gupta et Jennifer Wing; de toute évidence, les convives passaient un très bon moment.

Paul se sentit submergé par une fatigue irrésistible et voulut retourner à l'hôtel sans perdre de temps. Élise ne protesterait pas : rester seule lors d'une soirée, ce n'était pas son genre. À Naples, lorsqu'il leur arrivait de prendre part au buffet qui venait conclure une lecture de poésies, elle le suivait comme son ombre alors qu'il faisait le tour de la salle, saluant les gens qu'il connaissait, leur souhaitant une excellente soirée. Dans ces moments-là, ils réussissaient à donner le change : on pouvait croire qu'ils étaient inséparables, qu'ils restaient ensemble pour la simple raison qu'ils se rendaient heureux, plus que quiconque. *Si seulement c'était vrai*, déplora Paul. Il ne perdait pas l'espoir que cela se réalise un jour. Depuis deux ans, sa femme se réfugiait moins systématiquement dans le sommeil, ils se promenaient souvent ensemble, ils s'étaient inscrits au club de scrabble et ils avaient converti la chambre à coucher en terrain d'expérimentation (rien de très nouveau pour Paul, mais une petite révolution dans leur couple). Qui pouvait dire, dans ces conditions, ce que l'avenir leur réservait? Ils n'étaient pas pressés.

On servit le café et le cheesecake. Les Mellow avaient emmagasiné assez de cholestérol pour obstruer irrémédiablement leurs artères. Repus, ils récupérèrent leurs manteaux avant d'envahir le vestibule pour y échanger des adieux. Il y avait toujours un flottement à la fin d'une soirée; l'idée, se dit Dashiell, ce serait de se rhabiller à toute vitesse, de saisir son compagnon par la main et de s'enfuir dans la nuit sans avoir à s'attarder, à échanger des civilités ou à rendre la situation plus pénible encore. Ce n'était pas un au revoir définitif car ils restaient tous à New York jusqu'à la fin de la semaine. Roz et Paul présentaient une conférence le lendemain après-midi au 92Y, le centre culturel situé sur Lexington Avenue, ils assureraient une séance de dédicaces dans une librairie du centre-ville et donneraient plusieurs interviews au cours des jours à venir. Les occasions de se retrouver ne manqueraient pas. Ce n'était pas un adieu, contrairement aux apparences.

– Bonne nuit, maman, lança Dashiell, et sa mère sauta sur l'occasion pour lui plaquer un baiser féroce sur la joue.

Ni Paul ni elle n'avaient pris la peine de se démaquiller après l'enregistrement de *Nuit blanche*, ce qui donnait l'impression qu'ils avaient gardé leur costume de scène : ils faisaient penser à deux comédiens de seconde zone qui jouaient un vaudeville lors d'un gala de charité en province.

– Bonne nuit, mon cœur, dit-elle avant de pivoter vers Tom et de l'embrasser avec la même fougue. On se revoit demain. Est-ce que l'hôtel vous convient ? Vous avez demandé un étage non fumeur ?

– Tout est parfait, vraiment parfait, répondit Tom qui, en sa qualité d'éminence grise du sénateur, passait sa vie sur les routes de Rhode Island.

Souvent, il ramenait à Dashiell de menus cadeaux, souvenirs des hôtels dans lesquels il séjournait : bocaux de noix de macadamia scellés aussi hermétiquement qu'une crypte, mignonnettes de Johnny Walker, stylos aux armes du Centurion ou de l'Auberge du Parc. Les stylos étaient fort utiles : Dashiell avait gardé l'habitude de rédiger à la main le brouillon de ses discours. Ces derniers temps, la page restait obstinément blanche.

Claudia, David Gupta et Michael avaient tous leur manteau sur le dos, David était même en train de coiffer son cache-oreilles – un cache-oreilles, à son âge ? – et Dashiell dut leur soumettre son plan très vite, d'une voix faussement naturelle, en allant droit au but :

– Écoutez, ça vous dirait qu'on aille prendre un verre sans les parents avant de rentrer se coucher ?

Claudia et David échangèrent un regard et haussèrent les épaules, Michael vérifia l'heure à sa montre et marmonna quelques mots qui sonnèrent comme :

– Bon, OK, d'accord.

– Regardez, dit Paul. Les enfants vont passer le reste de la soirée ensemble. Formidable, pas vrai ?

Élise et Roz enroulaient autour de leur cou de longues écharpes au tissu somptueux et étudiaient côte à côte leur reflet dans le miroir du vestibule écarlate, le regard en coin, en faisant la moue.

– Oui. C'est comme s'ils avaient leur société secrète.

– L'âme choisit sa compagnie, récita Élise à voix basse.

– Pardon ? fit son mari.

– C'est tiré d'un poème.

– Emily Dickinson, précisa Roz. J'ai toujours aimé ce poème, moi aussi.

Et les deux femmes s'adressèrent un sourire dans le miroir.

Dehors, sur le trottoir, les enfants et leurs compagnons cheminaient sans ordre ni discipline. Michael et David s'agaçaient de l'invitation de Dashiell ; les deux hommes avaient le ventre plein, ils auraient préféré rentrer chez eux, comme prévu, sans détour inutile. Mais non, ce petit plaisir leur était refusé. *Très bien*, songea Michael, *un verre, pas plus*. En tête de la petite troupe, Dashiell poussa la porte d'un bar exigu et sombre situé au coin de la rue. Des écrans diffusaient le match du jour, des hétérosexuels purs et durs étaient juchés sur les tabourets, une aile de poulet à la main, les yeux rivés sur l'action. Un choix improbable, qui ne cadrait pas avec le personnage de Dashiell. Michael pensa à Lucy Sherkow, qu'il avait appelée au restaurant sur son portable et qui devait l'attendre dans un autre bar, un endroit beaucoup plus attrayant que celui-ci, mais elle allait devoir ronger son frein encore un petit moment. *Pourvu qu'elle ne perde pas patience*, s'inquiéta Michael.

Ils s'installèrent tous les cinq dans une alcôve à l'entrée de la salle, à bonne distance des écrans, et commandèrent de l'eau ou du Coca light, saturés d'alcool. La conversation repartit, languissante, et Dashiell prit la parole.

– Si je vous ai demandé de venir ici, c'est parce que je ne voulais pas que maman ou papa entendent ce que j'ai à vous dire. Je ne voulais pas qu'ils soient au courant. Pas tout de suite. Si ça ne tenait qu'à moi, ils ne sauraient jamais, mais je crois que je n'ai pas mon mot à dire.

À cet instant-là, Tom le saisit par la main et Michael, spontanément, s'interrogea. *Est-ce qu'ils vont se marier ?* Il ne lui fallut qu'une fraction de seconde pour réaliser son erreur et il sentit son cœur se tordre dans sa cage thoracique.

– Le cancer est revenu, annonça Dashiell. Il s'est généralisé. La seconde greffe ne me fait plus aucun effet. La rémission est terminée.

Ils restèrent muets, sonnés par la nouvelle, trente-six chandelles devant les yeux. Michael protesta :

– Quoi ? Tu nous avais dit que ça avait fonctionné, que c'était fini pour de bon. Que c'était de l'histoire ancienne.

– Ça arrive, dans certains cas, répondit Tom. Personne ne peut prévoir.

Claudia, d'une voix étranglée :

– Alors tu vas subir une troisième greffe, c'est ça ?

– Non, reprit Dashiell en s'efforçant de garder son calme. D'après ce que j'ai compris, c'est inutile. La maladie est devenue trop agressive. L'autre possibilité, d'après le docteur Balakian, ce serait de relancer la chimio, mais ça ne ferait que repousser l'échéance. De pas beaucoup. Cinq ou six mois, pas plus, à en croire ses estimations. On en a beaucoup discuté et j'ai décidé que ça n'en valait pas la peine. Pour la qualité de vie.

Il marqua un temps d'arrêt avant d'ajouter cette remarque incongrue :

– Si quelqu'un vous demande si c'était le sida, vous pouvez lui dire tout ce qui vous passe par la tête. Pour moi, ça n'a aucune espèce d'importance.

– Cinq ou six mois, répéta Claudia. Oh non, non.

Et elle se mit à pleurer si fort que David Gupta, pris de court, chercha du regard un soutien auprès des hommes qui l'entouraient, comme s'il était incapable de gérer une femme en larmes. Comme personne ne semblait venir à son secours, il drapa son bras autour des épaules de sa fiancée et la serra contre lui.

« Vous êtes sûrs ? répétèrent-ils. Vous êtes certains ? » Dashiell et Tom, patients, répondirent à tour de rôle : oui, ils étaient certains, c'était ainsi, il fallait l'accepter.

– Dash, est-ce que tu souffres beaucoup, physiquement ? demanda Michael, et Dashiell les rassura : il était surtout très fatigué, mais ce n'était pas insupportable, il pouvait encore se lever le matin et il avait été capable de venir à New York, après tout. C'était très étrange : au départ, il n'avait même pas compris qu'il avait fait une rechute. Il avait consulté son dermatologue à cause d'une éruption qui s'était déclarée sur son torse, quelques mouchetures roses à peine plus grosses que des piqûres d'épingle, et il avait cru que le médecin lui prescrirait un tube de crème à la cortisone avant de le raccompagner à la porte, comme un patient lambda. Mais le dermatologue, qui connaissait le passé médical de Dashiell, avait été frappé par la virulence de la poussée de boutons et avait jugé plus sage de lui faire subir des analyses. Deux jours plus tard, son sang leur révéla que la maladie s'essaimait, submergeait l'organisme et finirait par le détruire.

Michael imita Claudia et fondit lui aussi en larmes, bientôt rejoint par Dash et par Tom. David, bien qu'assommé, le cœur gros, ne se sentit pas obligé de suivre leur exemple. Pleurer ne servirait à rien. Il s'agrippa à Claudia, lui massa le dos, déposa des baisers dans ses cheveux. Michael, éploré, ôta ses lunettes et les posa sur la table, près des bouteilles de Coca, des verres d'eau et du cache-oreilles de Gupta. Le serveur, qui s'apprêtait à leur proposer d'autres consommations, battit prudemment en retraite.

– Oh merde. Oh putain. Je ne supporte pas ça, je ne le supporte pas, répétait Claudia. C'est horrible. Dash, dis-moi, qu'est-ce qu'on peut faire pour toi ?

Sa voix était voilée de larmes, presque inaudible. Dashiell se pencha par-dessus la table, lui prit la main et fit non de la tête, en silence. *Rien*, c'était la réponse qui resta en suspens. Ils ne pouvaient rien faire.

– Je t'aime, Dash ; je t'adore. On t'aime tous, tu sais, hoqueta Claudia.

Elle se moucha dans une serviette cocktail et lança :

– Tu te rappelles le jour où on a lu le livre tous ensemble ? Et ensuite tu m'as promenée sur ton dos dans la cuisine, comme un cheval.

– Oui, acquiesça Dashiell. On a tourné dans tous les sens sur le carrelage.

Il se tourna alors vers Michael et lui demanda :

– Pourquoi tu nous as forcés à regarder le livre, au fait ? On était tout petits. Ça aurait pu nous rendre cinglés.

– Ça nous a rendus cinglés, corrigea Claudia.

– Parce que je l'avais déjà regardé avant. Et je ne voulais pas être seul dans cette galère.

– Il faut que quelqu'un mette Holly au courant, déclara Dashiell. Claudia, tu devrais t'en charger. Elle et moi, on ne se parle pratiquement jamais.

Claudia accepta d'un mouvement de tête résigné et se moucha à nouveau. Bien sûr, pas de problème, elle allait téléphoner à Holly ; la situation ne pouvait guère empirer, ils avaient touché le fond. Elle pouvait informer Holly, personne n'y voyait d'inconvénient. Nul ne pouvait prévoir la façon dont réagirait sa sœur, nul ne pouvait dire si elle connaissait encore des émotions authentiques ou si la source s'était tarie à cause d'un afflux constant de drogues corrosives, avant d'être comblée de sentiments factices à l'égard d'un mari et d'un bébé qui n'était plus, à proprement parler, un bébé, et qu'aucun n'avait vu plus de deux fois.

– Et vos parents ? s'inquiéta David Gupta, lui qui était resté muet tout au long de l'échange. Vous allez vraiment leur cacher la vérité ?

Un ange passa ; chacun se représenta les parents et ils se figèrent, foudroyés par la culpabilité.

Les parents en question étaient, au même moment, en train de remonter la 57e Rue Ouest, ils avaient d'ailleurs longé quelques secondes plus tôt le bar, sans se rendre compte que leur progéniture était à l'intérieur. Paul, Élise, Roz et Jack formaient un quatuor, deux couples mariés passant la soirée en ville, savourant une balade digestive, contemplant le ciel et l'étrange clarté qui en émanait. Il devait neiger ce soir-là, Jack l'avait entendu à la radio. Le ciel annonçait l'arrivée imminente des flocons : il s'était paré d'une couleur violacée, blafarde, et le vent semblait avoir marqué une pause. Le calme avant la tempête.

Roz se faisait du mauvais sang : de quoi aurait-elle l'air chez Ken London ? Trouverait-elle le courage d'affronter son reflet lorsque l'émission serait diffusée dans le courant de la semaine ? Oui, lui répondit-on, bien entendu, mais c'était quelque chose qui la tracassait.

Paul pensait au moment où il avait adressé un petit signe à Roz durant l'enregistrement, à la surprise qu'elle avait affichée en apprenant que oui, ça avait été une épreuve douloureuse de la perdre, mais il l'avait surmontée.

Élise voulait dormir. *Non, pense à autre chose*, se chapitra-t-elle.

Jack, quant à lui, pensait à l'époque où il dessinait Roz des heures durant, avec application, avant d'ajouter Paul à la va-vite, en quelques traits de crayon. Il pensa à la pièce de viande qu'il avait savourée au restaurant, à son goût divin, à peu près certain qu'il ne pourrait jamais se procurer ce genre de délice à Saratoga Springs.

Lorsque les deux couples se séparèrent au coin de la 57e et de la 5e Avenue, enfin prêts à mettre le cap sur leurs hôtels respectifs, les premiers flocons de la saison firent leur apparition, légers d'abord, puis plus vigoureux. Ils blanchirent leurs cheveux et leurs épaules en un clin d'œil, même si les températures étaient encore clémentes. Paul serra Élise contre lui ; Roz saisit Jack par le bras, l'attira vers elle et l'embrassa, le goût de la neige déjà sur ses lèvres.

Une brève pensée pour leurs enfants, comme le font tous les parents, et ils imaginèrent une soirée bien arrosée, des rires, des plaisanteries et des références culturelles qui leur échappaient, car les références et les plaisanteries de leur génération étaient archaïques : passé un certain âge il était impossible de suivre le rythme, on finissait par déclarer forfait, on laissait la modernité aux modernes et on se contentait de ressasser ce qui éveillait encore en soi des résonances.

Alors que les premières neiges tombaient sur New York, la famille Mellow donnait l'impression de s'extraire d'une longue hibernation, à la façon d'un clown mécanique qui avait pris la poussière sur une étagère et se mettait à entrechoquer ses cymbales, spontanément, à la faveur d'un déréglage interne, dans un ultime sursaut aussi fugace qu'inexplicable.

– Allons nous coucher, proposa Paul à Élise, avec chaleur.

– Tu sais quoi, j'ai hâte de me coucher, dit Roz à Jack.

Elle bâilla longuement et les deux couples se mirent en marche, l'un vers l'est, l'autre vers l'ouest, sous une neige cinglante.

Dans le bar, des hommes rugirent devant le match, et le petit groupe qui occupait l'alcôve près de l'entrée se resserra, comme pour se fondre en un seul et même organisme. « Et vos parents ? » avait demandé David Gupta.

– Il faudra bien que je leur annonce un jour, déclara Dashiell. Mais pas maintenant. Pas ce week-end. Pas cette semaine. Pas pendant qu'ils vivent tout ça.

Car ses parents étaient mortels, tout comme lui, et ils jouissaient de leur dernier quart d'heure de célébrité. En un certain sens, ils étaient de retour dans un lit, là où il n'y a pas de limites au plaisir que deux corps peuvent se procurer. *Laissez-les là*, songea Dashiell. *Laissez-les dans leur lit.* Fermez la porte et laissez-les jouir de ce qu'il leur reste, car le corps n'est qu'une enveloppe éphémère, et cela, bien évidemment, ses parents le savaient depuis toujours, ils s'étaient caressés avec un sentiment d'urgence, comme si le temps leur était compté, conscients qu'un jour ils retourneraient à la poussière.

Cela, aucun couple ne l'ignorait, et le chagrin de la rupture à venir se dévoilait à eux une fraction de seconde avant d'être banni à jamais de la conscience. Mais ils l'entrevoyaient tous, ce chagrin inévitable, ne serait-ce que le temps d'un battement de cils.

Claudia et David Gupta l'avaient aperçu, après les parents de David, Vikram et Preethi ; Roz et Jack ; Paul et Élise ; Holly et son époux, Marcus ; Ken London et Helen, sa femme ; les Rinzler, qui vivaient à Wontauket, en bas de la rue ; Doreen Pernak, l'institutrice, et Russell Corcoran, le responsable du centre multimédia ; Jennifer Wing et son petit ami, Corey Xu ; le serveur du bar et son compagnon, Lowell ; Warren Keyes et sa femme Margaret ; le sénateur Wyman et Susan, son épouse officielle ; les jumeaux Dibbler et leurs innombrables conquêtes ; L. Thomas Juipa et Maureen, sa quatrième légitime ; Ricky Lukins et un jeune acteur, homosexuel refoulé ; Thea Herlihy et Anne Freling ; le docteur Ham Kleeman et Douglas, son partenaire ; « Bille-de-Clown » Westborn et Nona, sa femme toxicomane ; Trish Leggett et Todd, le lobbyiste qui lui servait de mari ; le couple assis à la table voisine au restaurant, qui se tenait par la main à la lueur des bougies ; les amants à peine sortis de l'adolescence qui parcouraient le campus de Skidmore à l'aube ; les grands-parents de l'un de ces adolescents, couchés côte à côte dans une maison du

Maine ; les hommes plus les femmes, et les femmes plus les femmes, et les hommes plus les hommes, qui allaient très bientôt se croiser pour la première fois via un forum de discussion, une annonce sur Internet, lors d'une soirée, une manifestation pacifiste, au bureau d'immatriculation des véhicules, à un arrêt de bus, par hasard, par accident, et fonçaient, délibérément, incompréhensiblement, au-devant de l'échec.

Roz et Paul Mellow s'étaient remis ensemble ce soir, quelques heures à peine, après une longue absence, même s'ils avaient pour leur part laissé loin derrière l'éventualité, même ténue, d'un chagrin partagé. Ils étaient immunisés désormais, fortifiés par leur invulnérabilité face à ce désordre humain. Ils avaient donc pu disserter avec éloquence, en présence de nombreux journalistes, de l'amour, de la sexualité, de l'intimité et des modifications plus ou moins subtiles qui se produisaient au fil du temps, enjambant de vastes paysages culturels. Ils avaient ensuite dédicacé des exemplaires de l'édition la plus récente du *Plaisir*, remis au goût du jour, sobre et élégant ; ils pouvaient dîner à la même table et partager un lit imaginaire doté d'un cadre en cuivre qui se cabrait sans répit contre un mur, comme s'il martelait un code connu d'eux seuls.

Beaucoup plus tard ce soir-là, Claudia Mellow et David Gupta tentaient de trouver une position qui leur permettrait de trouver le sommeil au plus vite, dans un lit qui n'était pas un lit deux personnes. Ils passaient la nuit chez Claudia, sur la 7e Rue Ouest. David, qui n'avait pas quitté Philadelphie, prenait le train et lui rendait visite un week-end sur deux. Il avait adressé son CV à plusieurs cabinets d'avocats installés à New York. Le jeune couple comptait acheter un appartement sur Prospect Heights, dans Brooklyn, et il s'était acquitté du premier versement la semaine précédente. Le logement serait prêt pour le mariage, programmé au Puck Building le 12 mai. Ils organiseraient une lune de miel éclair en Inde et au Pakistan, afin de rendre visite à tous ces Gupta que David connaissait à peine.

Ils se tortillaient, s'agitaient, gigotaient. Lorsque Claudia réussissait à s'assoupir, c'était pour être réveillée quelques minutes plus tard par ses propres pleurs.

– Parle-moi, chuchotait David.

Non, répondait-elle, c'était au-dessus de ses forces. À trois heures du matin, pourtant, elle jeta sa jambe en travers de la sienne, ce qui le réveilla. David posa les mains sur ses hanches et l'attira à lui.

– Et si on essayait quelque chose ? murmura-t-il.

Dehors, sur l'Avenue A, il y eut du raffut – une alarme se déclencha et deux hommes ivres se mirent à vociférer –, mais ils n'y prêtèrent pas attention : la neige amortissait les bruits.

– Essayer quoi ? demanda-t-elle.

– Le Pardon électrique. Tu vois de quoi je parle.

– Oh non. S'il te plaît, pas ça. On n'a rien à se pardonner, de toute façon.

– Ne parle pas trop vite.

– En théorie, c'est vrai.

– Très bien. Ça suffit amplement.

Il sortit un exemplaire de l'édition originale du *Plaisir* d'une boîte rangée sous le lit, à l'abri des regards trop curieux. Dans la version estampillée « Trentième anniversaire », la partie qui traitait du Pardon électrique avait été caviardée car cette position n'avait pas soulevé l'enthousiasme des foules, quand bien même les Mellow avaient prétendu, noir sur blanc, qu'il s'agissait d'une «recette imparable pour atteindre rapidement, et tendrement, l'orgasme après une dispute ou un accrochage». David cala le livre contre le rebord de la fenêtre et, à la lumière du néon bégayant fixé à la façade du dépôt-vente ouvert vingt-quatre heures sur vingt-quatre sur le trottoir opposé, il trouva la page qui détaillait le Pardon électrique. Claudia avait déjà lu le descriptif mais n'en avait rien retenu.

– «Asseyez-vous au milieu du lit, face à face», David lut à voix haute. OK, c'est faisable. Salut, toi.

– Salut.

– «La femme doit enrouler ses jambes autour de son partenaire et l'enlacer fermement, comme si elle le tenait dans ses bras, mais pas plus.»

Claudia obéit à ses instructions : elle le cala entre ses cuisses puis attendit la suite.

– «Elle doit ensuite poser sa main gauche sur son sternum et exercer une légère pression tout en...»

David tourna la page avant de poursuivre sa lecture.

– «... plaçant sa main droite sur les reins, au niveau de l'articulation sacro-iliaque.» Tu sais ce que c'est ?

– La base de la colonne vertébrale.

Ils se mirent en position, lentement, avec mille précautions, comme s'ils bâtissaient un château de cartes qui risquait de s'écrouler à tout moment.

– «L'homme imite sa partenaire en tout point.» Ah, là ça m'intéresse.

David se décala, écrasa un court instant le pied de Claudia et dégagea une main qui s'était entortillée dans les draps.

– «Il doit la pénétrer à un angle précis, de façon à exercer une pression maximale sur le clitoris.» OK, j'arrive, fit-il en s'introduisant, pressé et maladroit.

Elle le sentit s'enfoncer en elle. Rien de naturel là-dedans, rien de familier : c'était la traduction, dans le réel, d'un conte venu du fond des âges, tout simplement.

– « Balancez-vous très lentement au début. » Très bien, ça me va. « Prenez de la vitesse et de l'élan tout en mesurant la force de votre amour, et accordez le pardon à votre partenaire en oubliant toutes ces fois où il ou elle s'est montré(e) désagréable. La vie est trop courte pour que l'on s'attarde sur la colère et la déception. Continuez à vous balancer, bouches jointes, jusqu'à ce que vous atteigniez, l'un et l'autre, le point culminant. Après l'orgasme, détachez-vous doucement en vous laissant retomber sur le lit. »

Ils s'entêtèrent dans leur exercice de contorsionnistes, malgré le lit étroit, l'heure tardive et l'état d'esprit de Claudia. Son corps s'imbriquait à la perfection dans celui de David ; leurs chaleurs fusionnèrent et elle constata, émerveillée, qu'ils s'emboîtaient aussi précisément que les pièces d'un puzzle. Et pourtant, la crainte la saisit : David risquait de glisser, elle pouvait tomber du lit, la pression qu'elle exerçait sur son sternum était peut-être désagréable. Leur baiser fut long et périlleux ; malgré leur nervosité, ils avaient atteint leur objectif, ils étaient venus à bout du Pardon électrique et, durant quelques minutes, Claudia se paya le luxe d'oublier que le jeu n'en valait pas forcément la chandelle. Le plaisir qu'elle éprouvait était négligeable : en plus des frottements et de la pression capricieuse, elle avait le sentiment d'être bousculée en permanence, d'être obligée de précipiter les choses. Si elle respirait trop profondément, elle l'éjecterait et tous leurs efforts tomberaient à l'eau.

Au bout de quelques minutes ils s'arrêtèrent, histoire de souffler un peu.

– Alors, tu aimes ? demanda David, le visage de

marbre. Est-ce que ça marche pour toi ? Ça répond à tes attentes ?

– C'est un peu barbant, je trouve.

– Je trouve aussi.

Ils restèrent dans cette position inconfortable quelques secondes encore et finirent par jeter l'éponge, exténués. Ainsi c'était cela, le fameux Pardon électrique, c'était cette position que ses parents avaient mise au point des décennies plus tôt, ce truc qu'ils avaient inventé avant de l'imposer au goût des autres. Claudia, qui ne s'attendait pas à quelque chose d'aussi grotesque, d'aussi inconfortable et inutile, était édifiée.

Et ils éclatèrent de rire, malgré leurs tentatives avortées, malgré leurs efforts infructueux, malgré le cataclysme qui s'était abattu sur eux quelques heures plus tôt.

– Cette position est un cauchemar, conclut David. Je crois bien que je vais finir castré. Il va falloir qu'on adopte. Si j'avais su, je me serais abstenu.

– On peut toujours se laisser retomber sur le lit, comme ils expliquent à la fin.

– Bonne idée.

Ils se renversèrent sur le lit, les jambes relevées, exhibant leurs parties intimes, roulés en boule comme deux acrobates fendant les airs.

– Qu'est-ce qui leur est passé par la tête ? s'interrogea Claudia un peu plus tard. Ils ont vraiment cru que d'autres y trouveraient leur compte ? Et eux, ils prenaient leur pied comme ça ?

Mais ce qui avait traversé l'esprit de ses parents, cela importait peu, en fin de compte. C'était une énigme, un mystère, une apparition qu'elle était incapable de déchiffrer, et elle savait que cela lui importait peu parce que les vrais héros du *Plaisir*, c'étaient eux, pas elle.

Couchés sur le dos, David et Claudia étirèrent leurs jambes de tout leur long et leur fou rire s'éteignit. Dans la rue, les deux hommes ivres étaient allés crier ailleurs – ensemble ou séparément, ils l'ignoraient – et l'alarme s'était enfin tue. Lorsque l'aube se lèverait, les premières lueurs escaladeraient le flanc de l'immeuble en pierre où dormaient Claudia Mellow et David Gupta, elles filtreraient par la fenêtre et réveilleraient Claudia, et la jeune femme devrait à nouveau affronter la réalité, mais pas encore, pas trop vite. Le lit étroit les retint jusqu'au petit matin.

MIXTE
Papier issu de
sources responsables
FSC® C003309

10/18, une marque d'Univers Poche,
est un éditeur qui s'engage pour
la préservation de son environnement
et qui utilise du papier fabriqué à partir
de bois provenant de forêts gérées
de manière responsable.

Imprimé en France par CPI

N° d'impression : 2025398
Dépôt légal : septembre 2016
X06469/04